詩性敘事與敘事的詩
—中國現代敘事詩史簡編

王榮

總　序

　　1992 年，兩岸開放探親後的第五年，我在埋首撰寫論文〈大陸的台灣文學研究概況〉過程中，驚覺對岸對於台灣文學研究的投入成果，並在種種因緣之下，開始關注對岸文學，一頭栽進大陸文學的研究與教學。

　　多年來，心中一直記掛著應該把台灣的大陸文學研究情況也整理出來。因為台灣和大陸是現代華文文學研究的兩大陣地，除了兩岸學界的本土文學研究之外，還須對照兩岸學界的彼岸文學研究，才能較完整地勾勒現代華文文學研究的樣貌。去年，我終於把這個想法，部分地呈現在〈台灣的「大陸當代文學研究」觀察〉一文中。但是，這個念頭的萌發到落實，竟已倏忽十年，而在這期間，仍有許多想做和該做的事，尚未完成，不禁令人感慨韶光的飛逝和個人力量的局限。

　　回顧過去半世紀以來的現代華文文學研究，兩岸都因政治環境和社會文化的變遷，日益開放多元；近年更因大量研究者的投入，產生豐盛的研究成果，帶起兩岸文學界更加密切的交流。兩岸的研究者，雖在不同的歷史背景下成長，但透過溝通理解、互動砥礪，時時激盪出許多令人讚嘆的火花。

　　「大陸學者叢書」的構想，便是在這樣的感慨和讚嘆中形成的。從文學研究的角度來看，成果的交流和智慧的傳遞，是兩岸文學界最有意義的雙贏；於是我想，應從立足台

灣開始，將對岸學者的文學研究引介來台，這是現階段能夠
做也應該做的努力。但是理想與現實之間，常存在著難以克
服的主客觀因素，台灣出版界的不景氣，更提高了出版學術
著作的困難度。

　　感謝秀威資訊公司的總經理宋政坤先生，他以顛覆傳統
的數位印製模式，導入數位出版作業系統，作為這套叢書背
後的堅實後盾，支持我的想法和做法，使「大陸學者叢書」
能以學術價值作為出版考量，不受庫存壓力的影響，讓台灣
讀者有更多機會接觸到彼岸的優質學術論著。在兩岸的學術
交流上，還有很多的事要做，也還有很長的路要走，我相信，
這套叢書的出版，會是一個美好開端。

宋如珊

2004 年 9 月　於士林芝山岩

目　次

引言

發現與重估：20 世紀中國文學的敘事詩研究

　　20 世紀中國現代敘事詩文學形態的演進與發展，既是中國文學及其文體類型現代化進程中藝術自覺及創新的體現，同時又是以往數千年來中國古典敘事詩藝術傳統，在新的文學語域及文化背景下的歷史延續。自然，和任何的所謂「傳統」與「遺產」一樣，它們都是由當代人選擇與詮釋才存在的，只不過這種選擇與詮釋，並非是一種「隨心所欲」的行為，相反，「歷史的過程得由價值來判斷，而價值本身卻又是從歷史中取得的」。[1]並由此而達到不僅僅是闡釋其歷史，發現其嬗變與轉化的軌迹及其內在關係，更重要的，是在審美發現與價值重構中，探尋並實現在當代學術背景下，對中國敘事詩文學類型以及詩學的發展演變等研究目的。

一、中國古典敘事詩文學傳統的演變與評估

　　正所謂文學藝術的發展過程，同樣也是「在直接碰到的，既定的，從過去承繼下來的條件下創造」[2]的歷史那樣，

---

[1] 韋勒克等著，劉象愚等譯：《文學理論》，生活・讀書・新知三聯書店 1984 年版，第 296 頁。

[2] 《馬克思主義文藝論著選》，四川人民出版社 1983 年版，第 82 頁。

中國現代敘事詩文類及其藝術上的成熟，在感受著西方文學及藝術規範影響的同時，依然深受中國古典文學及其詩文理論的「路徑依賴」及左右。因此，當我們研究中國敘事詩文學類型的發展歷史，以及中國敘事文學美學理論的演變過程，考察描述其「詩的意識及其形式的演變」[3]，思考揭示其在相同歷史及文化語域下與其他文學類型的關係及相互間影響時，才有了能夠從前所未有的藝術與歷史發展的角度，對中國古代悠久的敘事詩藝術發展過程進行歷史觀照與價值評判的契機與可能。

在中國古典敘事詩作品中，首先給我們留下的深刻印象，就是清晰感受到的古代詩人們那種直面現實人生，以反映民生疾苦為己任的審美意識，以及自覺地將自己的創作納入一定的社會政治聯繫之中，力圖由此而表現一定的歷史深度與力度的創作目的。正是有了這種主體對現實的審美體驗和歷史的理解，也就構成了中國古典敘事詩藝術傳統與西方古典敘事詩藝術的鮮明差異，即「詩史」的現實主義創作精神與主題追求。

從《詩經》中「賦」的「直鋪陳今之政教善惡」，到漢魏樂府的「感於哀樂，緣事而發」[4]，現實主義創作精神就成為中國古典詩歌，尤其是敘事類詩歌創作的基本態度與美學原則之一。唐代的新樂府敘事詩創作，更明確地提出了「文

---

[3]　（俄）日爾蒙斯基：《比較文藝學：東方與西方》，轉引自劉寧：《維謝洛夫斯基的歷史詩學研究》，見《世界文學》1997 年第 6 期。

[4]　班固：《漢書·藝文志》，郭紹虞編：《中國歷代文論選》（1），上海古籍出版社 1984 年版，第 141 頁。

章合為時而著，歌詩合為事而作」[5]，「惟歌生民病」，「但傷民病痛」的創作口號，將「欲見之者易諭」，「欲聞之者深戒」，「使采之者傳信」，「為君、為臣、為民、為物、為事而作」等[6]，作為創作的直接目的。從而不僅促成了唐代樂府歌行體敘事詩創作的繁榮，而且以較為完整的理論形式，為古典敘事詩現實主義創作精神，確立了遵循的實踐方式與準則，並對當時以及後來的敘事詩創作，產生著深遠的影響。[7]

　　肇始於唐代[8]，形成於宋代的「詩史」觀[9]，可以說是古典敘事詩現實主義創作精神的集中體現。儘管「以韻語紀時事」的表現方法，有可能抑制詩歌敘事功能的發揮，但是古代敘事詩人們，「於當世治亂成敗得失之故，風俗貞淫奢儉之源流，史所不及紀，與忌諱而不敢紀者，往往見之於詩」的詩歌創作，記述社會歷史的重大事件，揭露貪官污吏的橫行霸道，反映人民的痛苦生活，表現出了和「溫柔敦厚」詩教規範迥然相異的美學風格，並由此而使「詩史」成為中國古典詩論及批評中一個特定的美學範疇。歷代敘事詩創作

5　白居易：《與元九書》，郭紹虞編：《中國歷代文論選》（2），上海古籍出版社 1979 年版，第 96 頁。

6　白居易：《新樂府序》，郭紹虞編：《中國歷代文論選》（2），上海古籍出版社 1979 年版，第 108 頁。

7　胡適：《胡適留學日記》（3），上海商務印書館 1947 年版，第 662頁。

8　（唐）孟棨：《本事詩》，丁福保輯：《歷代詩話續編》（上），中華書局 1983 年版，第 10 頁。

9　（宋）陳肖岩：《庚溪詩話》，丁福保輯：《歷代詩話續編》（上），中華書局 1983 年版，第 167 頁。

中，杜甫、白居易、吳梅村、黃遵憲等作家的敘事詩作品，
也往往因其具有「一代詩史」的美學特徵，被視為中國古典
敘事詩藝術的典範性作品。

　　「憤時憂國」的創作精神與心態，「史家只載得一時事
蹟，詩家直顯出一時氣運」[10]的審美意識，是古代敘事詩人
對歷史進行反省，對現實進行思考的結果。同時，這也使古
典敘事詩現實主義創作原則，凝聚了沉重深厚的歷史感，並
產生了大量具有歷史重負的作品。宋元以後到明清之際，隨
著社會政治的交替變遷，尤其是民族矛盾鬥爭的加劇，反映
亡國亂世人民哀思的敘事詩創作，也進入到一個前所未有的
發展時期。除了樂府歌行體外，諸宮調、套數及雜劇、傳奇
體劇詩創作，不只是在體式篇幅方面，尤其是在審美意識方
面，都使現實主義創作原則及精神，在古典敘事詩藝術中，
展示出了一種更為自由舒暢的藝術創造力。從趙令畤到董解
元，杜仁傑等到劉時中、歸莊，再從關漢卿到孔尚任，其作
品中所包含的社會批判精神和反諷意味，以及「借離合之
情，寫興亡之恨」的創作意旨，顯示出了這不僅是一個最有
可能出現史詩並確實產生了大量史詩性敘事詩作品的時期
[11]，而且也可以說是中國古典敘事詩藝術現實主義創作精神
歷史性實現的重要發展階段。

　　同樣，正是這種現實主義的創作精神，決定了古典敘事
詩藝術的主題追求以及其中所體現的人文理想及價值理

---

[10]　余成教：《石園詩話》，郭紹虞編：《清詩話續編》（下），上海古
　　籍出版社 1983 年版，第 1750 頁。
[11]　霍松林：《西廂記匯編》，山東文藝出版社 1987 年版，第 3 頁。

念。民本思想與英明政治，人道期待與盛世渴望，作為中國
古典敘事詩創作中的主要母題，既成為各時期作家們對當時
存在的追問，以及對這種存在意義與價值的探尋，同時，又
給這些作品烙上了鮮明的時代印記與藝術特徵。

　　首先，對於現實生存狀態的急切關注，不僅使古典敘事
詩創作題材上注重於「徵實」性，更重要的是由此而顯示出
的敘事主題的政治性和功利性，以及「質實」的風格特徵。
在古典敘事詩的藝術源頭和敘事主題濫觴的《詩經》中，從
《大雅》中《生民》、《公劉》、《綿》、《皇矣》、《大
明》等「詩史」對君主權威的解釋，到《頌》中《玄鳥》、
《長髮》、《商頌》等「史詩」對君權的神化，使古代敘事
詩創作中的現實生活主題，更多注意的是切近事件、問題的
思考與探討。由《沔水》、《節南山》、《正月》、《十月
之交》、《雨無正》等對於時局的憂慮和對統治者的勸諫，開
始產生了敘事主題中的政治「興亡」意識。一直到吳偉業的《臨
淮老妓行》、《楚兩生行》、《永和宮詞》、《蕭史青門曲》、
《圓圓曲》等作品，無不體現出政治「興亡」主題的深化。不
過，相比之下，最能展現出古代中國「民本」政治理想的敘事
主題，還是古典敘事詩中表現「征夫」、「孤兒」，以及民生
艱難、戰亂內容的作品。從《詩經》中的《東山》、《擊鼓》、
《鴇羽》等作品中的「征夫怨」，到陳琳的《飲馬長城窟行》，
蔡琰的《悲憤詩》、《胡笳十八拍》等，將「征夫」、「孤兒」、
戰亂等與社會貧困聯繫在一起，成為唐代杜甫、白居易、聶夷
中，以至後代樂府歌行體敘事詩創作的主要敘事主題，並構
成了古典敘事詩藝術中最具「質實」美學風格特徵的作品。

　　其次，情愛主題，應當說是古典敘事詩中最富藝術魅力，也最能超越世俗價值觀，並更具人道理想內容的敘事主題。對此，古代敘事詩作家們似乎施展了歷史給予他們盡可能的創造力，在各自的作品中傾注著生命的渴望與理想，表現著生存的認識與嚮往。如《詩經》中的《野有死麕》、《靜女》、《女曰雞鳴》、《野有蔓草》、《雞鳴》等，對情愛與性愛的價值肯定；《日月》、《終風》、《谷風》等「棄婦詩」，以及《氓》中「始亂終棄」的故事，到漢魏樂府的《塘上行》、《上山采蘼蕪》，繁欽的《定情詩》等，逐漸形成的所謂「癡情女子負心漢」的敘事主題模式。相比之下，《詩經》中的《行露》，漢魏樂府中的《陌上桑》、《孔雀東南飛》等，將情愛置之於社會關係之中進行全方位的表現，實現了情愛主題與忠貞、神聖等人類道德價值的認同。隨後出現的《木蘭詩》和傅玄的《秋胡行》、《秦女休行》，左延年的《秦女休行》，李白的《東海有勇婦》等，進一步豐富了這一敘事主題。因此，在唐以後的古代敘事詩創作中，就能輕易地發現情愛主題對敘事詩藝術及其美學風格產生的巨大作用與影響。

　　由此可見，和西方古代史詩、敘事詩藝術相比，中國古典敘事詩藝術的現實主義創作精神及其主題追求，雖說缺少了「普遍性」的哲理性思考與探究，但多了現實問題的歷史批判和真實觀照；雖說注意到了敘事詩的社會功能及要求，但抑制了敘事主題的藝術創新。所以，在總體美學風格方面，中國古典敘事詩藝術的神話性、傳奇性、宏大性不占主導特徵。相映之下，徵實性、紀事性、質實性則構成其主要

的藝術特徵，並由此而對中國古典敘事詩的文體結構模式，產生了直接的影響。

與此同時，由於敘事藝術的「敘事虛構性」本質，決定了「情節」在其形式結構中的美學功能，並因此而和抒情詩的意象形式結構在文體類型上區分開來。然而，在中國古代文學史上，敘事詩作為一種專門的文學類型，卻從未能由其他文類中獨立出來。[12]中國古典詩歌抒情詩學傳統的影響與作用[13]，以及類型的「含混」與敘事詩論的零散[14]，都使得中國古典敘事詩藝術形式及結構模式等，具有了多元範式的傾向，並作為一種創作規範及藝術傳統，被各個時期的敘事詩創作，在結構形式、敘述體式與話語，以至審美趣味等方面承繼下來。其中，古典敘事詩作品中顯示出來的三類基本結構模式，就典型地體現出了古代作家們的這種審美趣味和形式美學觀。

一是紀事型敘事結構模式。即作品是以事件發生發展的時空順序展開敘述的。所謂「以韻語紀時事」也。這種敘事結構產生的美學功能，側重的是「徵實」，追求的是「詩」史。如《詩經·大雅》中的《生民》等作品。它們不僅是「詩」史的文學源頭，也是中國古典敘事詩紀事型結構模式的雛形。此後，隨著「詩史」審美觀的形成與擴展，這種「多紀

---

[12]　王國維：《文學小言十四》；章炳麟：《國故論衡·文學總略》，郭紹虞編：《中國歷代文論選》（4），上海古籍出版社1980年版，第381頁、第302頁。

[13]　陳世驤：《中國的抒情傳統》，《陳世驤文存》，遼寧教育出版社1998年版，第3頁。

[14]　蕭馳：《中國詩歌美學》，北京大學出版社1986年版，第104頁。

當時事，皆有據依」[15]的紀事結構形式，成為古代敘事詩創作中，用以反映社會重大事件，記錄亂世民生疾苦的主要藝術形式。從曹操的《蒿里行》到杜甫的《兵車行》，白居易、元稹等人的作品，直到清代的吳偉業、王士禎、張維屛等作家的長篇敘事詩作，都成為紀事型敘事結構的典範作品。

　　二是感事型的敘事結構模式。其重要特徵是強調作者主體情感反應及價值評判對於敘事過程的介入。所謂「抒情與敘事的結合」也。這種將主體情感體驗與價值評判凌駕於故事之上，而不是將其「隱藏」於故事情節關係的敘述之中，並極力通過抒發感想與議論來推進敘述進程的文體結構形式，成為樂府歌行體敘事詩的基本形式結構。其中，以客觀全景式敘述出現的作品，往往是通過「場面」的描寫，造成一種「情境」，然後「卒章顯其志」。[16]同時，古代作家們為了消解因這種敘事結構所產生的篇幅拘謹與短小的局限，於是往往採用「場面」疊加或聯章組詩的方式[17]，來實現作品形式結構具有的宏大感、壯偉感等敘事美學功能。從漢魏樂府到唐代新樂府運動，這種敘事結構模式得到了充分的表現，並有了理論上的自覺。「辭質」、「言直」、「事核」、「體順」，確立了這種結構的形式規範及美學基礎。[18]成為歷代詩

15　（宋）陳肖岩：《庚溪詩話》，丁福保輯：《歷代詩話續編》（上），
　　中華書局 1983 年版，第 167 頁。
16　白居易：《新樂府序》，郭紹虞編：《中國歷代文論選》（2），上海
　　古籍出版社 1979 年版，第 108 頁。
17　陳平原：《中國小說敘事模式的轉變》，上海人民出版社 1988 年版，
　　第 318 頁。
18　白居易：《新樂府序》，郭紹虞編：《中國歷代文論選》（2），上海
　　古籍出版社 1979 年版，第 108 頁。

人，尤其是處於國家民族危亡之際的愛國詩人，用以反映現實，表達政治理想與願望的一種常見的敘事詩結構形式。

三是情節型敘事結構模式。這也是中國古代敘事詩作品中最具藝術意味的形式。由於虛構性的「情節」成為藝術結構的中心，所以使這種敘事結構出現了諸如「對話體」、「自言體」、「代言體」等不同的敘事角度和方式，從而不僅豐富發展了敘事詩的表現手法，而且使敘事詩藝術形式功能得以實現，並打開了敘事詩體裁多元發展的道路（如劇詩、寓言詩的產生出現）。如《詩經》中的長篇敘事性詩歌《閟宮》，和《大雅》或《頌》中那些「詩史」性的作品相比，由於史實的誇張產生了敘事詩藝術上必須的「虛構性」，因而具有了「史詩」性的美學功能。漢魏以後，《孔雀東南飛》的出現，標誌著這種情節型敘事結構模式的成熟。唐代杜甫的「三吏」、「三別」，白居易的《長恨歌》，以及宋元以後的諸宮調、套數體敘事詩，雜劇、傳奇體劇詩作品，都是以這種敘事結構形式發展起來的，並可以說是中國古典敘事詩結構形式中最值得珍視的藝術遺產之一。

除此之外，體現在這三類敘事結構模式中的敘述體式與文本結構方式，作為古典敘事詩藝術的重要特徵之一，也必須給予充分地關注與評析。如上所述，中國古典詩歌中的樂府歌行體式，由於其靈活不拘的句法韻律，從而能夠在古代詩歌嚴格的句法、格律等形式要求中脫穎而出，以適應敘事詩敘述「動作」，表現「性格」等形式要求。[19]可見，樂府

---

[19]　（明）胡應麟撰：《詩藪‧內編卷三》，上海古籍出版社 1 1979 年版，第 48 頁、第 55 頁。

歌行體式之所以能夠成為中國古典敘事文體結構形式的典
範，也是自有其內在原因的。相反，消解了這種文體結構形
式的特長與優勢，就可能帶來藝術創作方面的問題。如白居
易的《長恨歌》、吳偉業的《圓圓曲》等長篇敘事詩作品，
在肯定其為「千古絕作」、「可稱詩史」的同時，也因其「使
典過繁，翻致膩滯」，「往往意為詞累」的「典雅」化傾向，
受到同時代及後代作家的批評。[20]並且，也逐漸使明末清初
以後的文人長篇敘事詩創作，走向敘述話語與文體形式「典
故本事」的偏向。應當說，近代以後的敘事詩文體形式變革，
其中之一就是建立在對此不滿的原因之上的。這一點，僅從
黃遵憲等人的作品及「新體詩」理論中，就可以清楚地發現。

　　另外，同樣在古代歌詩基礎上演變出來的「曲體」，也
正是由於其文體結構形式方面的相對自由與舒展，宋元以
後，逐漸成為諸宮調、散套體敘事詩的典範文本結構形式。
它所具有的多種敘事視點和角度，配合以長短句產生的從
容，加上通俗化的敘述語言，使其成為古代敘事詩文體中獨
具「反諷」、「誇張」美學功能的文本結構形式。同時，又
對雜劇、傳奇體劇詩[21]的文本結構產生了直接的影響及作
用。正如清代孔尚任所講的那樣：「傳奇雖小道，凡詩賦詞
曲、四六、小說家，無體不備，至於摹寫鬚眉，點染景物，
乃兼畫苑矣。其旨趣實本於三百篇，而義則春秋，用筆行文，

---

[20] 趙翼：《甌北詩話》，郭紹虞編：《清詩話續編》（上），上海古籍
　　出版社1983年版，第1179頁、第1291頁、第1314頁。
[21] 朱自清先生認為：「我們有劇詩，雜劇傳奇乃至皮黃都是的。」見朱
　　自清：《新詩雜話・譯詩》，《朱自清全集》（2），江蘇教育出版社
　　1996年版，第376頁。

又左、國、太史公也。」[22]一語道盡了中國古代劇詩文體形式與詩歌、史傳等敘事文體形式的內在聯繫。

二、中國古代的詩文理論與敘事詩論

從中國古代的詩文理論資源來看，中國古代文論的「泛文學」觀及詩歌的非「史詩或敘事詩的傳統」[23]，體現在中國古典詩學中，就是沒有形成完整的、有體系的敘事詩論及「敘事詩」文學類型概念。因此，追溯敘事文學意識及敘事詩論在中國古代詩文理論中的演進過程與意義，尤其是它與中國古代敘事文學「史傳」傳統的內在關係，就成了我們研究和理解中國古代敘事詩文學類型及其美學特徵，探討中國敘事美學意識及其歷史詩學的理論命運的重要內容。

從史詩、敘事詩文學類型的起源來看，似乎中西文學在最初時是有著相同的審美意識的。像中國古典詩文理論的源頭，「詩言志」概念中，就包含有「記憶」、「記錄」、「回憶」等敘事美學的根本性理論基因。[24]而相對於西方敘事文學來說，有趣的是，古希臘史詩、敘事詩女神喀利奧帕，就是記憶女神漠濕摩緒涅和宙斯的女兒。而「記憶」，被認為

22　孔尚任：《桃花扇小引》，郭紹虞編：《中國歷代文論選》（3），上海古籍出版社 1980 年版，第 380 頁。

23　葉維廉：《中國詩學》，生活・讀書・新知三聯書店 1992 年版，第 154 頁。

24　朱自清：《詩言志辨》，《朱自清全集》（6），江蘇教育出版社 1999年版，第 133 頁；聞一多：《歌與詩》，《聞一多全集》（1），生活・讀書・新知三聯書店 1982 年版，第 185 頁。

是敘事詩作家基本的創作心理特徵。[25]可見，「記憶」及其
所包含的美學因素，不僅構成了中西敘事詩學的基本內容，
而且同時也為我們系統地考察中國古代敘事詩論，重建其在
中國古典詩學中應當具有的美學位置，尋找到了一個基本的
理論基點及參照系。

　　為此，我們首先就有必要清理的是，在中國古代詩文理
論及批評者的論域語境中，「詩」及其文學類型，除了「被
賦予了經世致用的經典屬性」，並與「慷慨而兼悲涼的審美
心理一體相共了」之外[26]，從「詩言志」起，無論是陸機的
「詩緣情」，還是劉勰的「詩者，持也，持人情性」[27]，以
及宋代嚴羽的「詩者，吟詠情性也」[28]，直到清代袁枚倡導
的「性靈說」，不僅自《詩經》開始，「古代中國人心目中
所謂『詩』，大致說來代表的是一種文字藝術，即『歌出的
文詞』」，而「其敏感的意味，從本源、性格和含蘊上看來
都是抒情的（lyrical）」[29]，而且隨之發展、指稱並認同的「詩」
及其文體形式，也就是抒情詩，或者說是抒情性的韻文形
式。於是，詩的敘事就自然地限制在了須「以情義為主，以

---

[25]　（瑞）埃米爾‧施塔格爾著，胡其鼎譯：《詩學的基本概念》，中國
　　社會出版社 1992 年版，第 73 頁。

[26]　韓經太：《詩學美論與詩詞美境》，北京語言文化大學出版社 2000
　　年版，第 19 頁、第 20 頁。

[27]　劉勰著，范文瀾注：《文心雕龍注》，人民文學出版社 1998 年版，第
　　65 頁。

[28]　嚴羽：《滄浪詩話‧詩辨》，王大鵬等編：《中國歷代詩話選》（2），
　　嶽麓書社 1985 年版，第 809 頁。

[29]　陳世驤：《原興：兼論中國文學特質》，《陳世驤文存》，遼寧教育
　　出版社 1998 年版，第 146-147 頁。

事類為佐」的範圍之內[30]，敘事的「詩」及其文體形式的理論與文學批評，也就在中國古代的詩文理論中，最多被一些學者及詩論家，看作為一種抒情詩的變體或表現手法罷了。而「溫柔敦厚」，「發乎情，止乎禮義」的詩教觀，則將基於實用理性原則的一種適度、節制的現實功利要求，納入詩人的主體性審美體驗及意識之上。即所謂「詩依違諷諫，不指切事情，故曰溫柔敦厚是詩教也」[31]，以及「美多顯頌，刺多微文，涕泣關弓，情非獲已」等創作規範[32]，又進一步構成了詩性敘事及其理論規範的核心內容。

　　所以，我們可以就「敘事」及「敘事詩」詞語與概念在中國古代詩文理論中的演變與含義，以及其文體意識及文學類型的成長經驗與審美要求，進行一番扼要的考察及整理，來探尋古代敘事詩論與古典詩學的內在聯繫，並在和西方敘事詩論的比較參照中，理解並認識其作為中國古典詩學的重要組成部分，在中國文學理論，特別是敘事文學理論發展過程中的地位及意義。

　　據《爾雅》及《說文解字》解釋：「敘」為「次第也」；「事」為「勒也」，「職也」。又據《國語·晉語三》與《禮·大學》的解釋，前者即「紀言以敘之，述意以導之」[33]，後

30　摯虞：《文章流別論》，郭紹虞編：《中國歷代文論選》（1），上海古籍出版社 1979 年版，第 191 頁。

31　（漢）鄭玄注，（唐）孔穎達疏：《禮記·經解》，《十三經註疏》之六《禮記正義》（下），上海古籍出版社 1990 年版，第 843 頁。

32　毛先舒：《詩辯坻》，郭紹虞編：《清詩話續編》（上），上海古籍出版社 1983 年版，第 68 頁。

33　《國語·晉語三》，《國語》（上），上海古籍出版社 1978 年版，第 317 頁。

者即「物有本末，事有終始」。[34]而「敘」與「事」兩詞相
合，一起出現在古代文史著作中，則其表達的「記述事實」，
「把事情前後經過記載下來」的意思，就更為清楚了。如《文
心雕龍》中，劉勰就多次運用「敘事」的詞語及話語，將其
作為文章及文學寫作中的一種獨特的敘述及表現手法。[35]

　　然而，在理論上將「敘事」歸於一定的美學範疇進行系
統性的闡述，則是由中國的古代「史傳」文論開始的。唐代
劉知幾的《史通》，專章闡述了「敘事」在史傳文學中的美
學功能和「尚簡」、「用晦」、「妄飾」等敘事規範及方法
技巧。[36]可以說，「敘事」正是由此才得以在中國古代詩文
理論及批評實踐中，逐漸超越並具有了文體及美學方面的價
值與意義，並以其特有的藝術形式及審美功能，開始初步形
成了自己「尚簡」、「用晦」、「妄飾」等質實性的敘事美
學原則，對中國古代敘事文學，包括史傳寫作與小說，尤其
對中國古典敘事詩創作及其理論，都產生著直接的、深遠的
影響。正因為如此，聞一多從中國古代詩文理論的「源頭」追
溯考察後證明：「詩本是記事的，也是一種史」；「詩即史」；
「詩史之間不可分離的關係」等，強調「詩」的定義：「必
須是『於記事中言志』或『記事以言志』方才算得完整。」[37]

34　《禮・大學》，《十三經全文標點本》（上），北京燕山出版社 1991
　　年版，第 940 頁。

35　劉勰著，周振甫注：《文心雕龍注釋》，人民文學出版社 1981 年版，
　　第 128 頁。

36　（唐）劉知幾著，（清）浦起龍釋：《史通通釋》，上海古籍出版社
　　1982 年版，第 165 頁、第 87 頁。

37　聞一多：《歌與詩》，《聞一多全集》（1），生活・讀書・新知三聯
　　書店 1982 年版，第 187 頁、第 191 頁。

而近年更有學者通過中西文論的比較，認為中國古代詩文理論中的「詩性敘事和敘事詩論最初是寄生在歷史敘事和敘事史學中的」。[38]

不過，從中國古代的學術體系及詩文理論語域中，我們不難發現中國古代敘事詩論及其演變的軌迹。一般來說，其大致是由下面兩個方面展開的。

一是通過對詩的「敘事」寫作經驗及其理論的總結認識，強調「事」在詩的敘事中的獨立作用。所謂「子美詩善敘事，故號『詩史』」，「詩亦史也，故事必有據，如可形諸詠歎」，以及「是故每敘一事，務使後人如稔其故；每述一事，務使後人如值其時，歷其地，詩至此方可稱工，方可信其必傳於後」[39]等觀點，都是從「紀實」、「有據」的角度，將詩的敘事，視為用詩的藝術形式對真實發生過的歷史事件或事實的確切記述。即所謂「以韻語紀時事也」。於是，中國古典詩學中的「詩史」敘事美學觀，也就與西方以亞里斯多德為代表的敘事文學及敘事詩理論，在敘事詩「虛構性情節」與「歷史性事件」這些關鍵性的問題方面，中西敘事詩學出現了不同的藝術理解，並在創作及理論上走向了各自的發展路徑。因為，在亞里斯多德看來，史詩、敘事詩和「詩史」的區別，並不在於它們是否使用了「韻文」，而在於前者是通過「創造情節」，表現「普遍性」的藝術，後者則是

---

[38]　余虹：《中國文論與西方詩學》，生活・讀書・新知三聯書店 1999年版，第 140 頁、第 141 頁。

[39]　冒春榮：《葚園詩話》，郭紹虞編：《清詩話續編》（下），上海古籍出版社 1983 年版，第 1569 頁。

「敘述個別的事」的歷史。[40]或如 20 世紀初中國作家所理解
的那樣，「書之紀人事者謂之史，書之紀人事而不必果有其
事者謂之稗史，此二者並紀事之書，而難言之理則隱寓焉」[41]。
看來，美學上對詩的「敘事」的不同理解，也使中西方敘事
文學，包括敘事詩的創作，從一開始，就走向了不盡相同的
藝術之路。

　　二是關於「敘事」的詩的探討，突出「情」在詩性敘事
及「敘事」的詩中的藝術地位。應當說，在中國古代敘事詩
論中，受抒情文學傳統的理論左右及影響，其中無論是關於
「緣事而發」，「情義為主」，「事形為末」[42]的「感事」
觀，還是基於「敘事、議論，絕非詩家所需，以敘事則傷體，
議論則費詞也」的抒情詩論立場，對敘事情節形式「意味」
及美學功能的漠視[43]，無不是從「抒情」的美學趣味出發，
要求「詩者述事以寄情」。於是，在中國古代敘事詩論中，
較多的是「敘事」的詩論及「感事」的詩論。這不僅和西方
敘事詩學以「摹仿動作」與「只宜於敘述動作」為藝術結構
中心[44]，而對敘事文學，包括敘事詩情節形式功能的強調不

---

[40]　亞里斯多德著，羅念生譯：《詩學》，人民文學出版社 1982 年版，第
　　　17 頁，第 82 頁。

[41]　嚴復、夏曾佑：《國聞報館附印說部緣起》，郭紹虞編：《中國歷代
　　　文論選》（4），上海古籍出版社 1980 年版，第 203 頁。

[42]　朱庭珍：《筱園詩話》，郭紹虞編：《清詩話續編》（下），上海古
　　　籍出版社 1983 年版，第 2323 頁。

[43]　（明）陸時雍：《詩鏡總論》，丁福保輯：《歷代詩話續編》（下），
　　　中華書局 1983 年版，第 1403 頁。

[44]　亞里斯多德著，羅念生譯：《詩學》，人民文學出版社 1982 年版，第
　　　28 頁、第 30 頁。

同。而且也決定並直接影響到中國古代敘事詩文理論中對詩性敘事及其「敘述」方式的理論關注。這就是，和西方敘事詩論從敘事結構形式入手，對「情節」的「長度」和「完整」，以及由此產生的「單一結構」、「雙重結構」的研究，以及建立在情節結構基礎上的敘述角度、修辭、格律等形式功能的討論不同，中國古代敘事詩論對於詩性敘事形式結構的關注，討論最集中的還是敘述手法或「起承轉合」的章法，用以避免紀事的平鋪直述，僵滯呆板。[45]於是，中國古代史傳文學中的各種敘述方法，逐漸為詩的「敘事」和「敘事」的詩所汲取。所謂「質而不俚，亂而能整，敘事如畫，敘情若訴」的形式追求[46]，到了明清之際，在「長篇以敘事」[47]的詩歌創作及理論批評中受到普遍性的認同，並總結歸納出了一整套較為系統的敘述結構準則及方法。[48]典型地體現出了中國古代敘事文論以及敘事詩論在審美趣味和形式結構方面的藝術期待與理論成就。

　　同時，我們也應看到，在長期的古代詩歌批評實踐中，還可以發現許多的詩論家們，並不拘泥於某些正統或先驗的理論及信條，而是從對詩歌作品的鑒賞及審美出發，來探討敘事詩藝術的文體特徵及詩性敘事的美學價值的。因而相比

[45]　喬億：《劍溪說詩》，郭紹虞編：《清詩話續編》（上），上海古籍出版社1983年版，第1063頁。

[46]　（明）王世貞：《藝苑卮言》，丁福保輯：《歷代詩話續編》（中），中華書局1983年版，第980頁。

[47]　（清）劉熙載：《藝概》，上海古籍出版社1978年版，第78頁。

[48]　沈德潛選：《古詩源》，文學古籍刊行社1957年版，第87頁；劉熙載：《藝概》，上海古籍出版社1978年版，第77頁；方東樹：《昭味詹言》，人民文學出版社1961年版，第233頁。

之下，它們似乎更接近並觸及到了敘事詩藝術的真諦。在歷代的樂府歌行體敘事類詩歌批評中，尤其是歷代批評家對《孔雀東南飛》、《木蘭詩》等，以及杜甫、白居易等經典作品的審美批評中，這樣的感悟與理解更是屢見不鮮。如清代作家賀貽孫，就在《孔雀東南飛》、《悲憤詩》及《木蘭詩》的藝術鑒賞中，從作品敘事情節文本裏，注意到性格衝突在敘事詩藝術中的審美及形式功能，得出了「敘事長篇動人啼笑處，全在點綴生活，如一本雜劇，插科打諢，皆在淨丑」的藝術結論。[49]而同時期的朱庭珍，也是從其對中國古代文學及詩歌藝術傳統的認識與把握，提出了所謂「詩道大而體裁各別」的文體觀。[50]儘管和正統的古代詩文理論及主導性的抒情文學傳統相比，這些理論及批評的聲音，都顯得非常的單薄、零碎，而且時斷時續，很少時候受到過正面的、認真的評價及重視，給人以被淹沒的感覺。但是，這些理論及批評實踐中所具有的藝術活力，應該在中國古代敘事詩文理論中佔有重要的價值和地位，並成為中國古代敘事詩論發展可能及藝術自覺的基本素質與動力。

　　總而言之，中國古典敘事詩藝術在創作精神，敘述方式，以及敘事詩論等方面所提供的豐富遺產與傳統，既為20世紀中國敘事詩由古典形態向現代形態的創造性轉移，蘊育了必需的藝術條件和內在動因，確立了基本的創作方向

49　賀貽孫：《詩筏》，郭紹虞編：《清詩話續編》（上），上海古籍出版社 1983 年版，第 149 頁。
50　朱庭珍：《筱園詩話》，郭紹虞編：《清詩話續編》（下），上海古籍出版社 1983 年版，第 2390 頁、第 2391 頁。

和美學規範，同時，又為 19 世紀末 20 世紀初中國近現代敘事詩創作，以及對古典敘事詩藝術傳統的發現與重估，特別是中國現代敘事文學理論及敘事詩論的美學研究及重構，打開了廣闊的理論空間與可能。

三、中國敘事詩藝術研究的歷史與現狀

在中國學術史上，雖然將中國敘事詩藝術作為文學研究的對象，進行系統的整理與學術研究，還是 20 世紀初前後「西學東漸」文化背景下，伴隨著中國傳統學術思想及研究方法的轉變而展開的。但是，在中國古代「經學」學術機制下的文學研究中，事實上已經形成了有著自身鮮明特色的研究體制及方法論，並取得了大量的及自成體系的敘事詩藝術理論及研究批評成果。這其中最為珍貴的，就是那些從敘事詩創作及作品的鑒賞中，對於敘事詩藝術特徵的發現和研究，以及由此而對古代敘事詩創作和藝術發展規律的考察與探究。也正是這種研究和考察的成果，又對當時及以後敘事詩的研究趨向及方法路徑，產生著重要的影響。

在此，基於「經學」學術思想的「詩史互證」研究思路與解讀方法，由唐代開啟而沿襲迄今，尤其對中國古代的敘事詩批評及研究形態的展開，產生了重要的作用與影響。其中，「以史證詩」的「詩本事」研究，雖因各個作家的目的有別而表現出的結果不盡一致，卻都側重於相關資料的選錄、收集及鈎沉，以實現「詩」與「史」的印證及吻合。相比之下，「以詩證史」的「紀事詩」研究，則追求詩性敘事

應當完成的「以詩補史之闕」的「詩史」藝術目的。[51]因此，
對於古代紀事型敘事詩的研究和現實主義藝術觀的推崇，不
僅構成了其方法論的基本特徵，而且也成為中國敘事詩學術
研究由古典形態向現代轉型的重要資源。唐代孟棨從杜甫的
那些紀事性詩歌作品的批評及研究中，首次採用並提出了
「詩史」的學術概念，來指稱及描述其作品「畢陳於詩」的
詩性敘事文體風格和「推見至隱，殆無遺事」的現實主義審
美特徵。[52]隨後，宋代的陳巖肖、蔡啟、劉克莊、洪邁等人，
不僅也從杜甫的「三吏」、「三別」等「多紀當時事」的作
品中，強調其「善敘事」，以及「其與先世及當時事，直辭
詠寄，略無避隱」的「詩史」特徵，而且又指出了這些作品
和《詩經》中的《東山》、《采薇》、《出車》等敘事性作
品之間「相為表裏」的藝術承繼關係[53]，遂使「詩史」成為
了中國古代詩文理論及敘事性詩歌批評中，一個基本的現實
主義美學標準。並以此而對歷代那些「時事所據」的抒情詩
作品的批評及研究，也都產生了直接的重要影響。明清以
後，這種研究和批評可以說達到了一個時期的高潮。這既體
現在以「詩史」為核心的學術思想及現實主義的詩歌批評標

51　黃宗羲：《萬履安先生詩序》，王運熙等編：《清代文論選》（上），
　　人民文學出版社 1999 年版，第 84 頁。
52　（唐）孟棨：《本事詩》，王大鵬等編：《中國歷代詩話選》，嶽麓
　　書社 1985 版，第 84 頁。
53　（宋）陳巖肖：《庚溪詩話》，丁福保輯：《歷代詩話續編》（上），
　　中華書局 1983 年版，第 167 頁；（宋）劉克莊撰：《後村詩話》，中
　　華書局 1983 年版，第 154 頁；（宋）洪邁：《容齋隨筆》、（宋）蔡
　　啟：《蔡寬夫詩話》，參見王大鵬等編：《中國歷代詩話選》，嶽麓
　　書社 1985 年版，第 298 頁、第 633 頁。

準被普遍接受，更具體地表現在當時許多學者，能夠以充分
的學術注意力，對從《詩經》開始，中經杜甫、白居易，直
到吳梅村等「詩史」性敘事詩作品及其藝術發展的連續性認
識與研究[54]，顯示出古代文學學術研究中，敘事詩文類及研
究對象出現了獨立、明晰的可能趨勢及端倪。

　　對於中國古代詩性敘事作品及其藝術特徵的分析和總
結，也是古代敘事詩歌研究及理論批評取得的一個重要成
果。宋代的魏泰通過對魏晉南北朝樂府詩歌，以及唐代張
籍、元稹、白居易等人樂府體敘事詩歌作品的研究，發現了
「詩者述事以寄情，事貴祥，情貴隱」的詩性敘事文體特徵，
以及「如將盛氣直述，更無餘味，則感人也淺」的審美效果。[55]
明清之際，隨著敘事詩文學類型及其藝術形式方面研究學術
意識的增強，《孔雀東南飛》、《木蘭詩》等樂府歌行體作
品，作為中國古代詩性敘事的一種經典性創作，逐漸成為眾
多學者及詩論家關注的研究課題。明代的胡應麟、王世貞
等，正是通過對《孔雀東南飛》的藝術分析之後，才得出了
所謂「皆不假雕琢，工極天然，百代而下，當無繼者」[56]，
以及「長篇之聖」這樣的學術性評價。[57]清代的喬億、沈德

---

[54]　趙翼：《甌北詩話》，郭紹虞編：《清詩話續編》（上），上海古籍
　　出版社 1983 年版，第 1282 頁、第 1174 頁、第 1291 頁；朱庭珍：《筱
　　園詩話》，郭紹虞編：《清詩話續編》（下），上海古籍出版社 1983
　　年版，第 2390-2391 頁。

[55]　（宋）魏泰：《臨漢隱居詩話》，何文煥輯：《中國歷代詩話》（上），
　　中華書局 1981 年版，第 322 頁。

[56]　（明）胡應麟撰：《詩藪·內編卷二》，上海古籍出版社 1979 年版，
　　第 28 頁。

[57]　（明）王世貞：《藝苑卮言》，丁福保輯：《歷代詩話續編》（中），

潛、吳仰賢等，也是因此而稱《孔雀東南飛》為「敘次似衍而複，然情事曲折，盡在是矣，筆墨天成，不假造作」[58]；「淋淋漓漓，反反覆覆，雜述十數人口中語，而各肖其聲音面目，豈非化工之筆」，以及「極長詩中具有剪裁」等藝術特點。其中，賀貽孫的敘事詩歌研究及所流露出來的朦朧的「悲劇」、「鬧劇」及「團圓劇」等審美意識[59]，與晚清梁廷枏就敘事文學中戲曲與敘事詩歌關係研究[60]，可以說共同構成並代表了當時敘事詩學術研究及藝術批評的近代理論形態及最佳水準。

　　此外，清代以後，以相對明確的文類意識及「詩史」標準，對當時的敘事類詩歌作品及相關資料進行收集整理與出版，更能夠體現出古代敘事詩藝術批評及學術研究方法論上的進步與特點。有資料表明，從清初之時，「選詩者亦與唐比盛」[61]，僅清順治到乾隆年間，就有多達五十餘種詩集選本可見。由於「詩之有選，猶物之有權衡也」[62]，所以各種選本自然也就體現出了不同的文學及學術理念。其中，清初學者張應昌編輯的《清詩鐸》，就被認為是一部「以事標類，

　　中華書局 1983 年版，第 980 頁。

[58]　喬億：《劍溪說詩》，郭紹虞編：《清詩話續編》（上），上海古籍出版社 1983 年版，第 1092 頁。

[59]　賀貽孫：《詩筏》，郭紹虞編：《清詩話續編》（上），上海古籍出版社 1983 年版，第 150 頁。

[60]　梁廷枏：《藤花亭曲話》，王運熙編：《中國文論選・近代卷》（上），江蘇文藝出版社 1996 年版，第 117 頁。

[61]　謝正光等編著：《清初人選清初詩匯考》，南京大學出版社 1998 年版，第 12 頁。

[62]　謝正光等編著：《清初人選清初詩匯考》，南京大學出版社 1998 年版，第 289 頁。

以類統詩，以詩存人，匯聚而區分，宏覽而精擇」[63]的「敘
事詩的選本」。[64]事實上不僅使得這部詩歌選集成了古代中
國敘事詩學術研究中鮮見的一部敘事類詩歌作品集，而且也
對近代以後的中國敘事詩藝術批評及研究，尤其是敘事詩作
品的編輯及資料整理，都產生了廣泛的影響。

　　總之，在中國古代文學研究中，雖然和抒情詩及其它文
學類型的研究相比，關於敘事詩藝術方面的學術研究，無論
是從其重視的程度及理論形態上看，還是就研究的方法及學
術成果方面考察，都顯然不成規模。然而，應當從學術研究
角度給予肯定的是，中國古代的敘事詩研究在方法上，側重
於作品本文歷史與現實內容的詮釋及文體形式的分析與批
評，以及由此而對詩性敘事藝術特徵的發現及領悟。並隨著
文體觀念和審美意識的變化及演進，也使不同時期包括敘事
詩作品的整理編輯等為主的研究資料收集等，都開始具有了
專業及學科化方面的學術因素。從而為 20 世紀初，尤其是
五四新文化運動後，敘事文學包括敘事詩歌作為中國現代學
術研究領域內一門相對獨立的文學類型及學科研究，在思想
觀念、方法資料及心理等方面，都做好了一定的學術準備。

　　19 世紀末 20 世紀初中國現代學術體制的確立，西方理
性主義詩學及其學術思想方法的影響，也給敘事詩研究帶來
了根本性的變化。總的說來，和古代的敘事詩學術研究相

---

[63] （清）應寶時：《清詩鐸·應序》，（清）張應昌編：《清詩鐸》（上），
　　中華書局 1960 年版，第 9 頁。
[64] 錢仲聯：《清詩紀事·前言》，《清詩紀事》（1），江蘇古籍出版社
　　1987 年版，第 1 頁。

比，20 世紀的中國敘事詩研究所取得的重要成就，大體包括以下幾個方面。

一是敘事詩研究學術思想及理論方法的自覺。在西方理性主義思想及科學主義方法論的影響下，20 世紀初梁啟超、王國維等對於「文學」、「美術」及「敘事詩」等學科與文類概念的學術性界定和初步闡述，不僅為現代的詩性敘事理論及批評確定了一種新的詩學基點，同時也在學術範式及理論方法等方面，標誌著敘事詩研究「現代化」的開始。五四新文化運動之後，以胡適等新知識份子為代表，標舉「科學的方法」及文學價值觀，使得在傳統與現代學術語義空間中發展的敘事詩研究，進一步從現代的文學分類學入手，來明確其學科及文學類型研究的學術地位。在強化其文類意識及相對獨立性的同時，要求敘事詩學術研究除了注重一般的文學問題討論外，必須從其文類的藝術特徵出發，探討它作為文體形式本身的形成及演進，以及在某一時期的文學整體中的發展及作用等。30 年代初，朱自清在清華大學首開的「中國新文學」課程中，最早將「劇詩」、「長詩與小詩」，以及沈玄廬、馮至、朱湘等作家的敘事詩創作等列出專章或專題，圍繞其文體形式上的諸多問題進行分析討論[65]，充分體現出了現代的敘事詩學術研究的發展及學科化進步。所以，迄今為止，這種學術理路及方法，仍然是敘事詩研究及批評範式的主導趨向，以及現代文學理論及批評實踐的理性詩學的本質內容，並構成了重建的中國現代學術體系及知識形態中不可或缺的一部分。

---

[65] 朱自清：《中國新文學研究大綱》，《文藝論叢》（14 輯），上海文藝出版社 1982 年版，第 1 頁。

　　二是對於當下的現代敘事詩作品及其理論的批評與研究。19 世紀末以降，伴隨著敘事文學中心地位的確立，不同時期的敘事詩創作及其作品，也成為當時文學理論及批評實踐的焦點性內容之一。從梁啟超對黃遵憲等「新體」敘事詩歌的批評活動及倡導的「雜歌謠」等創作，到王國維、周樹人等人的早期理論探索及反思，在中國現代敘事詩理論及批評發展史上，可以清晰地看到他們所留下的思想足迹。五四新文學革命以後，更是湧現出了一大批活躍在文學界及學術界，並在現代敘事詩理論及批評活動中做出獨特貢獻的理論家及批評家。如 20 世紀前半期的胡適、鄭振鐸、聞一多、朱湘、朱自清、茅盾、梁實秋、胡風、朱光潛、姚雪垠、袁可嘉等人的敘事詩論及批評活動。建國後，關於現代敘事詩創作及理論批評的研究與整理，也被納入到中國現代文學學科之內，成為新文學知識體系中的重要資源，受到文壇及學術界的重視。進入新時期之後，尤其是 80 年代初以來，許多主流的文藝刊物相繼就「發展敘事詩創作」問題及一些有影響的敘事詩作品展開的筆談與討論[66]，旨在嘗試汲取西方當代的各種美學及詩學理論，打破 50 年代初以後「民歌體」敘事詩論及批評方法的「一體化」傾向，呼喚敘事詩創作及文體形式的藝術創新。可以說，這一時期所取得的理論成果，無論是數量及規模上或是質量及專業程度方面，都是前所未有的。

---

[66]　《廣東作協組織對敘事詩創作專題討論發言》，見《廣州日報》1978年 5 月 14 日；參見《詩刊》1982 年第 12 期、1986 年第 7-9 期；《文學評論》1983 年第 4 期、1984 年第 2 期；《敘事詩叢刊》1980 年第1-4 期；《詩探索》1981 年第 4 期等。

　　三是對古典敘事詩文學傳統的系統整理和研究。事實上，儘管我們仍然可以從 19 世紀末梁啟超等倡導的維新文學變革運動中，發現其與中國古典敘事詩現實主義創作精神及美學傳統，即古代樂府歌行體敘事詩創作形態的藝術聯繫，但真正自覺運用現代理性詩學及其科學方法對中國古典敘事詩藝術進行系統的整理及研究，應當說是新文化運動後及「整理國故」中的任務之一。其中，關於中國「史詩」及敘事詩的學術研究與整理，探討影響中國古代「民族史詩」（Epic）發展的歷史及文學原因，成為貫穿整個 20 世紀文學研究的一個熱門論題。並先後提出了「存在說」、「失傳說」、「抒情說」及「載道說」等學術觀點。同時，除了胡適在《白話文學史》中實踐其「科學的方法」，從「文學史」學術架構及「敘事詩」文學類型角度，進行的價值「重估」及批評之外[67]，影響所及，最明顯的，是包括後來的許多中國文學史著作，甚至在章太炎、謝無量的文學研究中，也多沿襲了這種學術範式及敘述體式，對中國古代敘事詩藝術的表現手法及風格特徵，進行的系統考訂整理及多方面分析討論。[68]與此同時，古代敘事詩作品編輯與資料整理的傳統學術範式，也出現了新的變化。如鄧之誠編選的「旨在以詩證史」[69]的《清詩紀事初編》，被認為是一本「在編例上自成

---

[67]　參見胡適：《白話文學史》，嶽麓書社 1986 年版，第 75 頁、第 106 頁。

[68]　參見《章太炎全集》（3），上海人民出版社 1984 年版，第 226 頁；謝無量：《詩學指南》，中華書局 1918 年版，第 62 頁。

[69]　嚴迪昌編：《近現代詞紀事會評》，黃山書社 1995 年版，第 3 頁。

一體」的「敘事詩的選本」。[70]建國後，對於古典敘事詩的研究，又成為許多學者注目的學術課題，並取得了很多新的成績。如游國恩、余冠英、王運熙、安旗、蕭滌非、傅庚生、霍松林等人的研究。進入新時期以來，更呈現出一種多元展開的學術態勢。[71]總之，可以說在整個 20 世紀的中國古代文學研究領域中，關於中國古典敘事詩作品的整理考證及藝術風格的分析研究，特別是中國有無「民族史詩」的長期爭論，古典詩性敘事的「詩史」性特徵，古代樂府歌行體式及與外國敘事詩的比較研究等，都是受到許多專家學者重視的學術課題。

　　不過，20 世紀的中國敘事詩研究，從其本身的創作實際及藝術發展的歷史要求相比，無論在學術思想及方法上，還是在知識形態及成果方面，所存在的偏向和不足也是十分明顯的。這包括：首先是學術思想上受中國古代詩文理論及抒情文學傳統的影響與左右，所以，在研究中往往不是從敘事詩創作及文本的存在與藝術形式的詩學分析鑒賞出發，而是按照抒情詩學的規範及標準解讀作品，遴選經典，對敘事詩藝術及其文體形式進行評判和要求。甚至於有的乾脆就不承認敘事詩文學類型的存在。結果，古代詩文批評中的「詩緣情」理論，到了此時成了「詩的專職在抒情」，以及「所謂抒情詩，敘事詩，不過是我們分析前人的作品或直抒所

---

[70]　錢仲聯：《清詩紀事・前言》，錢仲聯主編：《清詩紀事》（1），江蘇古籍出版社 1987 年版，第 1 頁。

[71]　特別值得注意的，是陳文忠的《中國古典詩歌接受史研究》（安徽大學出版社 1998 年版）一書，運用接受美學等方法對於中國古代敘事詩史的分析與研究。

感，或歌詠事件而有的名稱」等等。[72]文學及其詩學論域空間的變化，並未能消解抒情文學傳統的巨大影響。這種可稱之為「抒情論」的文學觀及方法論，在 20 世紀中國敘事詩理論批評及研究中，仍發揮著主導性的作用，影響深遠而廣泛。其次，是簡單地套用「進化論」的文學史觀，來闡述與「剪裁」敘事詩文學類型創作的文學事實，以及其文學類型發展的多方面可能和美學價值。這一點，在二、三十年代的敘事詩理論批評及研究過程中隨處可見。[73]結果，依據這樣的理論及觀點，不僅導致了現代敘事詩創作的倒退與敘事美學及敘事詩論的理論「含混」，而且也造成了中國敘事詩學術研究及批評過程中，在基本概念及知識範式等方面的混亂。最後一點，就是表現在敘事詩研究中必要學術準備的明顯闕失。簡要說來，主要存在兩方面的問題。其中一方面是資料收集的困難和整理的不足。由於敘事詩作品的篇幅較大，往往很難得到系統的整理及編輯出版。特別是建國前的現代敘事詩作品，不僅大多刊載在當時的報刊雜誌上，而且由於政治及戰亂等多種外在原因的影響，許多報刊雜誌時出時停，隨出即停等，更使大量的作品散落或佚失。資料的缺乏及不易收集，自然難以反映中國各個不同時期敘事詩創作

---

[72]　郭沫若：《詩論三劄》，楊匡漢等編：《中國現代詩論》（上），花城出版社 1985 年版，第 60 頁；何其芳：《談寫詩》，楊匡漢等編：《中國現代詩論》（上），花城出版社 1985 年版，第 453 頁。

[73]　西諦：《史詩》，《文學周報》第 87 號，1923 年 9 月 10 日；何其芳：《談寫詩》，楊匡漢等編：《中國現代詩論》（上），花城出版社 1985 年版，第 453 頁；郭沫若：《關於詩的問題》，《雜文》第 3 期，1935 年 3 月；俍工：《最近的中國詩歌》，《星海》（上），上海商務印書館 1924 年版，第 150 頁。

及其文學類型演變的整體面貌和審美傾向。同時，又導致或
影響到敘事詩研究領域學術水平的進步及規模；另一方面，
則是研究者本身的知識結構及準備上也暴露出諸多缺陷。如
文學藝術理論及思維方法的單一化；相關學科及資料掌握
方面的有限；對中外文學及當代創作的瞭解範圍與熟悉程
度等，都影響到20世紀中國的敘事詩研究的深入與發展。
恐怕正是由於這樣一些原因，至今還未看到有一本敘事詩
理論專著，以及中國古代敘事詩及中國現代敘事詩研究的
學術專著問世。這不能不說是中國文學研究學術史上的一
個缺憾。

四、現代中國文學想像與敘事詩藝術的歷史闡釋

　　19世紀末到五四新文學運動前的中國文壇，一個重要
的變化，就是隨著思想文化方面「由不知其為國」到「建設
一民族主義之國家」等現代「國家」意識的形成[74]，使得「民
族文學」及其審美要求，成為了一個新的文學時代的開始及
文體形式變革的中心內容與基本趨向。在所謂「蓋今之天
下，乃地球合一之天下也」的歷史文化背景下[75]，中國古代
的「天下」觀逐漸為「全球性」視野所取代。基於這樣的一
種現代的「世界」觀及歷史觀，「至今而欲辦天下事，必自

---

[74]　梁啟超：《愛國論》等，《飲冰室文集》之三、之十，中華書局1996
　　　年版，第66頁、第35頁。
[75]　王韜：《擬上當事書》，《弢園尺牘》，中華書局1959年版，第208
　　　頁。

歐洲始」。[76]於是,「向西方學習」,也成為中國文學走向「現代」的一個基本共識與總體方向。

　　或許正如法國著名文學理論家茨韋塔‧托多羅夫所認為的那樣:在文學類型與社會歷史的關係及其演變方面,每個時代之所以都有屬於自己時代的文學類型系統,就在於這種文學類型的形成,同當時占主導地位的社會意識形態相聯繫。[77]對此,我們能夠看到的歷史事實是,在當時所確立的中國「民族國家想像」與「現代中國文學想像」中,敘事文學,包括敘事詩及其文學地位[78],不僅從「野言稗史」的邊緣走向「最上乘」的文學中心,而且由和傳統意識形態的「詩」及「史」相比的「小道」,一躍成為「有不可思議之力支配人道」[79]的審美社會意識形態之一。

　　正是基於這種新的「文學」眼光與審美立場,當年的梁啟超、王國維、周樹人、周作人等,幾乎是異口同聲地將「雄渾」、「剛健」的「國魂文學」,作為他們想像及建設中的新的「中國文學」的一個根本性特徵。這其中,除了強調文學具有「新一國之民」及「支配人道」等社會作用之外[80],關鍵是意識到文學在現代「民族國家」及「公民」精神建設

76　王韜:《變法中》,書同上註,第 236 頁。

77　(法)托多羅夫著,蔣子華等譯:《巴赫金、對話理論及其它》,百花文藝出版社 2001 年版,第 29 頁。

78　當時所謂的「小說」,是一個包括所有敘事文學類型的泛文學概念。其中的敘事詩也被稱做「韻文小說」。參見:幾道、別士:《本館附印說部緣起論》;別士:《小說原理》;管達如:《說小說》等。

79　梁啟超:《小說與群治之關係》,舒蕪等編:《近代文論選》(上),人民文學出版社 1999 年版,第 157 頁。

80　同上註。

中，所存在的文化歷史價值及意義。[81]在他們看來，文學，尤其是敘事文學，不僅為「國民之魂」[82]，「群將視小說家之言論為木鐸」[83]，是「國民精神之所寄」，並因此而「所以為國家詩人，非所語於靈界詩翁也」[84]，而且除了「吾人治文，當為萬姓所公，寧為一人作役？文章或革，思想得舒，國民精神進於美大，此未來之冀也」外[85]，作為敘述「言語思想自由之代表」的文學史，亦當立足於「世界之觀念，大同之思想」。[86]

於是，對中國抒情文學傳統及其「溫柔敦厚」與「柔靡」風格的不滿，呼喚「詩界之哥倫布、瑪賽郎」及「精神界之戰士」，要求創作出「有足以代表全國民之精神」的文學作品，成為這個新的「中國文學想像」的中心內容。這種新的文學理想及審美觀，雖然在審美趣味及文學價值觀上，有著「歐洲文學中心」的影子，但不可懷疑的是，中國文學藝術形態「典範」的轉變，包括敘事詩文類創作及理論批評向現

81　獨應：《論文章之意義暨其使命因及中國近時論文之失》，王運熙編：《中國文論選・近代卷》（下），江蘇文藝出版社 1996 年版，第 689 頁、第 714 頁。

82　梁啟超：《譯印政治小說序》，王運熙編：《中國文論選・近代卷》（下），江蘇文藝出版社 1996 年版，第 303 頁。

83　耀公：《小說與風俗之關係》，王運熙編：《中國文論選・近代卷》（下），江蘇文藝出版社 1996 年版，第 268 頁。

84　蘇曼殊：《與高天梅書》，王運熙編：《中國文論選・近代卷》（下），江蘇文藝出版社 1996 年版，第 625 頁。

85　獨應：《論文章之意義暨其使命因及中國近時論文之失》，王運熙編：《中國文論選・近代卷》（下），江蘇文藝出版社 1996 年版，第 689 頁、第 714 頁。

86　黃人：《中國文學史・總論》，王運熙編：《中國文論選・近代卷》（下），江蘇文藝出版社 1996 年版，第 208 頁。

代文學形態的演進，正是由這種新的文學眼光開拓出的藝術
境界中，開始突破生長起來的。

　　標誌著 20 世紀初「現代中國文學想像」的雛形及新的
詩學觀點與審美意識的「崛起」，除了敘事美學向文學中心
的位移之外，就是中國敘事詩藝術及創作思想的發展與演
變。在當時稱作「說部」及「小說」的「泛」敘事文學概念
中，也被稱之為「韻文小說」的史詩、敘事詩文學類型及其
藝術形式，受到不同時期眾多新文學倡導者美學方面的推崇
及藝術上的肯定。正所謂「接受一種文學形式，同時意味著
接受其蘊涵的文化精神與審美趣味」。[87]例如，梁啟超參照
西歐荷馬、莎士比亞、彌爾頓等人的史詩、敘事詩作品，慨
歎其「動亦數萬言，偉哉！勿論文藻，即其氣魄，固已奪人
矣」。批評中國文學「被千餘年來鸚鵡名士」所壟斷，即使
那些為歷代詩人推崇的「長篇之詩」，也都「精深盤郁、雄
偉博麗之氣尚未足也」。[88]同樣，王國維也一再感歎，「我
國人對文學之趣味如此，則於何處得其精神之慰藉乎？」批
評中國古代詩歌「詠史懷古感事贈人之題目，彌滿充塞於詩
界，而抒情敘事之作，什伯不能得一」。[89]而在周樹人所期
待的 20 世紀中國文學之「精神界之戰士」及「摩羅詩力」
的藝術觀中，最初也是建立在對外國史詩、敘事詩藝術的認

87　陳平原：《中國現代學術之建立》，北京大學出版社 1998 年版，第
　　311 頁。
88　梁啟超：《夏威夷遊記》，徐中玉主編：《中國近代文學大系·文學
　　理論集》（1），上海書店 1994 年版，第 677 頁、第 675 頁。
89　王國維：《教育偶感》，《王國維文集》（3），中國文史出版社 1997
　　年版，第 64 頁、第 6 頁。

識及瞭解基礎之上得出的。遂提出了「今索諸中國，為精神
界之戰士者安在？有作至誠之聲，致吾人於善美剛健者乎？
有作溫煦之聲，援吾人出於荒寒者乎」的審美要求。[90]如此
這般，他們幾乎以相同的文學立場及其鮮明的美學觀點，集
中地表達及代表了處於世紀之交的中國文學，這種新的詩學
選擇及其審美觀念與趣味所發生的歷史性轉變。

　　於是，從19世紀末開始，在整個20世紀中國文學的發
展過程之中，我們還能看到的一個文學事實或理論批評「現
象」，那就是圍繞中國文學有無「民族史詩」及史詩、敘事
詩而展開的爭論。這樣一個看似為詩學研究及學術重整範圍
的理論話題，事實上遠遠超出了它所討論的問題本身。即除
了表現中國文學的「全球性」境遇及其和歐洲為主導的西方
文學「秩序亦同」[91]與「對話」，並從文學的現代學術立場
予以「價值重估」與闡述外，實質上顯著的反映了近代以來
中國文學對於「現代中國文學」的未來想像與歷史闡釋，特
別是敘事文學，包括史詩、敘事詩藝術「不甚發達」的歷史
認知與現實「焦灼」。從梁啟超、王國維、章太炎、周樹人
等開始，到胡適、吳宓、鄭振鐸、朱自清、郭紹虞、沈雁冰、
李開先、聞一多、朱湘、梁實秋、朱光潛、蒲風等，再到
1949年以後，以至於包括海峽對岸的臺灣文壇在內，探討
影響及左右中國古代「民族史詩」發生成長的社會歷史「原

90　周樹人：《摩羅詩力說》，見徐中玉主編：《中國近代文學大系・文
　　學理論集》（1），上海書店1994年版，第274頁。
91　章太炎：《訄書・重訂本・訂文・正名雜義》，《章太炎全集》（3），
　　上海人民出版社1984年版，第226頁。

因」，並從文學與藝術角度回應所謂「長篇詩在中國何以不發達」[92]的學術問題，重建中國敘事文學及其敘事詩歌的藝術傳統，推進現代敘事詩藝術創作及其發展，既表現為 20世紀中國文學急於並需要為新的「民族文學」建設及發展尋找一個自尊與傳統的基礎，同時又作為「現代中國文學想像」的一項重要內容，得到了各個歷史時期及不同流派作家的共同關注。

---

[92]　朱光潛：《長篇詩在中國何以不發達》，《申報月刊》第 3 卷第 2 號，1934 年 2 月。

第一章

嬗變與轉型：從 19 世紀末到五四新文學運動

　　19 世紀末 20 世紀初及五四新文學運動前後，是中國敘事詩及其藝術規範出現根本性變化，由古典創作形態向現代文學藝術形態演進的關鍵時期。這種文學上的嬗變，儘管是從近代的敘事詩創作中就開始了的文學現象，但作為一種有意識的、自覺的文學創作形態及其詩學理論，還是集中於 19 世紀末到 20 世紀初的「詩界革命」、「小說界革命」等文學變革運動之中才展開的。而所謂的轉型，即敘事詩文學形態的轉變。它是中國敘事詩藝術在歷史發展過程中所呈現的一定時期的敘事主題趨向與文體結構形式，以及由此而規定了這一時期敘事詩的創作品格及整體風貌，從而使之與以往時代的敘事詩藝術形態顯示出的明顯的區別。西方敘事詩學及文學的影響與中國抒情文學中心地位的式微，以及由此表現出的一種全新的文學理想及藝術追求，直接衝擊並推動著中國敘事詩藝術規範的創新與發展。其中，由通俗謠曲開始的文體形式的「嘗試」，以及五四新文學運動中的「白話敘事詩」創作與「詩體大解放」理論，全面開啟了中國敘事詩創作及其理論批評向現代形態轉變與發展的新紀元。

一、晚清敘事詩歌創作的近代藝術立場與選擇

　　在中國文學史上，清初特別是晚清以降詩歌創作及藝術風格方面的重大變化，就是「紀事」、「紀實」及「感事」型的「詩史」性敘事詩歌作品的大量湧現。對此，錢仲聯先生指出：「以詩歌敘說時政、反映現實成為有清詩壇總的風氣。十朝大事往往在詩中得到表現，長篇大作動輒百韻以上。作品之多，題材之廣，篇制之巨，都達到了前所未有的水平。尤其是清初吳偉業的七言長篇敘事古風，融元白體格、四傑藻采和傳奇特色於一爐，名篇絡繹，號『梅村體』；晚清黃遵憲的樂府詩更是以『古人未有之物，未闢之境』一新詩壇，體現了『詩界革命』的鮮明特徵。而即便被稱為『乾嘉末流』的舒位、陳文述，即便是屬於復古詩派的王闓運、樊增祥以及楊圻、王國維、金兆藩等，他們的詩集中也不乏敘說時政、反映現實的長篇敘事之作。可以說，敘事性是清詩的一大特色，也是所謂『超元越明，上追唐宋』的關鍵所在。」[1]

　　事實上，早在明清之際，「興亡」意識的勃興，民族及歷史歸宿感的增強與認同，就使當時的敘事性詩歌創作，在所追求的審美趣味及藝術觀照建構方式上，開始有了與以往不盡相同的美學因素。即雖仍以樂府歌行體式為主，但除了強調並著力於敘事主題的「以是為遒人之警路。以是佐太史之陳風」的「世道人心」等社會作用[2]，努力或刻意追求形

---

[1] 錢仲聯：《清詩紀事·前言》，錢仲聯主編：《清詩紀事》（1），江蘇古籍出版社1987年版，第1頁。

[2] （清）張應昌：《清詩鐸·自序》，（清）張應昌編：《清詩鐸》（上

式結構的巨大與「錯綜闔闢」的「詩史」性藝術目的外，有
意識提高詩性敘事藝術的「警世」性審美功能，應當說是其
創作思想的一個重要變化。晚清之際，龔自珍、魏源、曾國
藩等人，更有感於詩壇「剽掠脫誤、摹擬顛倒」，「萬喙相
因」的現實，在「尊史」與「經世致用」的學術思想下，從
創作思想上強調「詩與史」的內在關係，反對那些訴一已離
恨別愁的「離別之詩」、「才人之詩」或「學人之詩」等，
推崇「磅礴浩洶，以受天下之瑰麗，而泄天下之拗怒也」的
「個性」之詩。[3]倡導具有「雄、直、怪、麗」等「陽剛之
美」[4]，「幽憂隱忍，慷慨纇卬」，「而千百世後讀之者，
亦若在其身，同其遇，而淒然太息，悵然流涕也」的「惟其
志不欲為詩人」的「志士」之詩。[5]從而在實踐上成為新的
「一代詩風」的開拓者及先驅。[6]因此，儘管他們尋求文學
創新及突破的目光，還不可能脫離《易》、《書》、《詩》、
《春秋》等中國古代的學術及文學傳統。但是，「作歌志哀，

冊），中華書局 1960 年版，第 3 頁。

[3]　龔自珍：《送徐鐵孫序》，徐中玉編：《中國近代文學大系・文學理
論集》（1），上海書店 1994 年版，第 553 頁。

[4]　曾國藩：《求闕齋日記類鈔・文藝》，王運熙編：《中國文論選・近
代卷》（上），江蘇文藝出版社 1996 年版，第 252 頁。

[5]　張際亮：《答潘彥輔書》，王運熙編：《中國文論選・近代卷》（上），
江蘇文藝出版社 1996 年版，第 123 頁。

[6]　吳宓亦認為：「龔定庵詩，意趣清新，境界別開，竊嘗指以為中國維
新之先導」。「自光緒中葉以來，定庵詩遽大著於世。兒時，當庚子
以前，所過親友家，凡稍稱新黨者，案頭莫不有定庵詩集者，作者亦
競效其體」。見呂效祖主編：《吳宓詩及其詩話》，陝西人民出版社
1992 年版，第 188 頁。

以備采風」[7]，以及「詩者，民風升降之龜鑒，政治張馳之本原」等創作目的[8]，已經使這種新的文學主張及審美要求，在實踐上萌生了超越中國文學的「詩教」及「美刺」等傳統詩文創作規範的要求與趨向。而將它們關注及表現的思想主題與內容重心，投向了「國」與「民」生存現狀的揭露及批判，以及反帝愛國、民族救亡等問題的思考及探尋之中。這種和古典詩歌創作，特別是抒情性詩歌創作形態不同的作品，到了鴉片戰爭以降，更達到了一個高潮。

　　清代以降詩歌創作及其文體形式方面的這種明顯變化，應當說是中國古代敘事詩歌藝術的一個必然的承繼與發展。但是，就時代及文化境遇的作用與關係來看，則清楚地表明了時代際遇對作家及其文體形式等藝術選擇方面的影響。其中最重要的，就是作家文學立場及藝術形式選擇上的變化。特別是鴉片戰爭以後，世界及其語域空間的打開與傳統中國社會與歷史觀念的瓦解，進一步使當時的敘事詩歌創作，成為承載中國近代啟蒙思想及詩歌革新主張，寄寓其「經世致用」思想和「憤時憂國」情感的一種「實踐性」藝術形式。

　　因此，在敘事主題方面對於封建社會及其制度所呈現出的階級對立，以及所謂「衰世」趨勢的揭示和反映，表達作家對於現實秩序及其存在意義的追問與探尋；在文體形式方面多用相對自由的樂府歌行體及謠曲體，追求敘事情境的創

---

[7]　魏源：《致陳松心書》，王運熙編：《中國文論選·近代卷》（上），江蘇文藝出版社 1996 年版，第 22 頁。
[8]　馮桂芬：《復陳詩議》，王運熙編：《中國文論選·近代卷》（上），江蘇文藝出版社 1996 年版，第 219 頁。

造及敘述體式的創新，給當時的敘事性詩歌創作及其發展，帶來了新的時代氣息及藝術活力。

　　其中，在詩歌創作上開啟了「一個時代的詩風」，並對近代中國思想界產生了啟蒙作用的龔自珍，除了運用大型抒情組詩的形式，如多達三百餘首的《己亥雜詩》等，反映清王朝政治及文化的病態現象及社會疾苦，表達對整個封建制度的認識及批判，因而被看作是「可以作為時代的史詩來讀的」作品外[9]，應當說，最能夠體現出其「詩作超群脫俗、雄健博麗、卓然自立於近代文壇」的創作[10]，就是那些有著虛構象徵的文本功能，並且主題思想寓意深刻的樂府歌行體敘事詩歌。其中，長篇詩作《漢朝儒生行》採用歷史題材，以「隱义譎諭」旳敘事情境及敘述手法[11]，展示了一個「儒生」所經歷的社會政治事件及人生故事。詩中讓「儒生」作為故事中的一個人物，從第一人稱及外聚焦的角度，對所發生的事件及「場面」描寫敘述。由於省略了作者的介入及評論，並直接在讀者面前觀察、思考與感受，所以在主題思想及審美效果上，形成了強烈、複雜的藝術穿透力。與此不同的是，在《能令公少年行》這首詩人自稱「可以怡魂而澤顏」的作品中，作者則以浪漫、奇肆的敘事情境及敘述手法，虛構並展示了一個理想的「烏托邦」世界及生活場景。作品以不同的敘事形式及審美效果，表達了相同的現實主義思想主

9　管林等：《龔自珍研究》，人民文學出版社 1984 年版，第 21 頁。

10　郭延禮：《中國近代文學史》（1），高等教育出版社 2001 年版，第 59 頁。

11　錢仲聯編著：《近代詩鈔》（1），江蘇古籍出版社 1993 年版，第 33 頁。

題。這種對於封建社會病態現象的批判與失望，在《偽鼎行》及《餺飥謠》這樣的政治寓言詩中，更得到了直接大膽的揭露與傾訴，隱含了豐富的思想內容及現實批判性藝術功能。

　　反映民眾的疾苦和國勢的衰微，到了鴉片戰爭前後，更達到了一個寫作的高潮。魏源的敘事性組詩《江南吟》、《都中吟》等作品，不僅將揭露社會的貧富對立及江南農民遭受的經濟壓迫與剝削，以及鴉片給社會與人民帶來的嚴重危害等問題，作為關注的焦點，而且還將嘲諷及批判的矛頭，直接指向了封建統治者及其文化體系。提出應以「知己知彼」的理性態度，瞭解西方，認清世界大勢。傳達出一種積極進取的啟蒙主義思想主題。同樣，姚燮的那些樂府歌行體敘事詩作，如《哀鴻篇》、《巡江卒》、《賣菜婦》、《誰家七歲兒》、《迎大官》、《北村婦》、《捉夫謠》、《山陰兵》等。在表現晚清社會的腐敗與黑暗中，明確流露出對現實的一種「悲風喧海隅，四望空漫漫」的失望之感。此外，還有陸嵩、魯一同、貝青喬、楊峴、林壽圖、徐子苓、鄭珍、朱琦、鄧輔綸、江湜、湯鵬、張際亮等人的樂府歌行體敘事詩歌創作。可以說，當時幾乎所有的或不同派別的作家，都將此類敘事主題及題材的詩歌創作，當作了自己文學活動及其寫作中的一個不可或缺的組成部分。

　　這裏最引人注目的，就是那些紀述和抒寫民族危亡和列強侵略現實題材，寄寓「憤時憂國」思想情懷的「詩史」性長篇「紀事」詩歌作品。沉重的思想內涵與悲愴的情感痛苦，構成了這些作品共同的藝術特徵。其中，張維屏的《三將軍歌》、《三元里》，張際亮的《陳忠潔公死事詩》等，分別

敘述了抗英將領陳聯升、陳化成和葛雲飛「力戰歿於陣」的英勇事蹟。塑造了中國人民反抗侵略，「鄉民合力強徒摧」的英雄形象。朱琦的《關將軍挽歌》、《吳淞老將歌》、《王剛節公家傳書後》、《朱副將戰歿他鎮兵遂潰詩以哀之》等，都把反映中國民眾及愛國將士抗擊英帝國主義的侵略事蹟，歌頌他們英勇頑強的不屈精神，作為自己寫作的主要目的。姚燮、金和、汪瑔、王闓運、曹元忠、顧翰、徐時棟等人的長篇「紀事」詩歌，不僅用「詩史」筆法述寫帝國主義列強的侵略罪行，而且以「反諷」的藝術手法，暴露統治者貪生怕死、賣國求榮的虛妄本性。特別是像貝青喬的一百二十首組詩《咄咄吟》及「自注」等長篇敘事詩作，更以龐大的篇幅結構，將當時政治生活中的重大事件，作為敘述的題材與「感興」的主題，表達抒發他們「憤時憂國」的政治意識及生命體驗。因而被譽為「字字為血淚所凝成，無愧為時代的鏡子、一朝的詩史」性作品。[12]

　　同時，對女性生存狀態及命運的同情及人道關懷，婦女題材及其敘事主題作品的增多與社會批判意識的增強，既是晚清詩歌領域一個突出的文學現象，也是最能體現出當時敘事詩創作藝術成就，以及現代人文主義思想因素的重要方面。其中的代表，應當是被梁啟超推薦而與黃遵憲並稱為「中國文學革命的先驅」作家金和[13]，以及姚燮和王闓運等人的

---

[12]　錢仲聯編著：《近代詩鈔》（1），江蘇古籍出版社 1993 年版，第 316-317頁。

[13]　梁啟超：《晚清兩大詩鈔題辭》，《飲冰室合集·文集之四十三》（5），中華書局 1989 年版，第 70 頁。

敘事詩創作。這其中，如金和的《棄婦篇》，完整講述了一個十六歲嫁到夫家，含辛茹苦最終仍被丈夫拋棄的「棄婦」故事及命運。《苦蓿頭》則描述了一個童養媳悲慘的遭遇。同樣，楊峴的《棄妾詩八首》，也敘述了一個「棄婦」的故事。俞樾的《女兒曲》，則以「獨白」體敘述了一個女子「生不得入君之室，死猶得在君之旁」，因情所感，為封建禮教扼殺的故事。在這些作品中，作者採用的第一人稱敘事手法及文本功能，使讀者能夠由此領悟到詩人與人物形象有著一種生命本體上的聯繫。從而將人物命運悲劇的揭示，不是放在簡單的「癡情女子負心漢」的倫理批判及道德譴責方面，而是置之於對封建傳統婚姻制度的不合理及現實感受之中。因此使作品及人物形象產生了一種文化審視及性格化的意味。

　　除此之外，金和的《蘭陵女兒行》和《烈女行紀黃婉梨事》等，姚燮的《雙鳩篇》、《暗屋啼怪鴞行為鄭文學超紀其烈婦劉氏事》、《椎埋篇》等，王闓運的《擬焦仲卿妻詩一首李清照妻墓下作》、《王氏詩》等，則在敘述結構及情節上刻意追求，並多以長篇巨構及複雜曲折的敘事情境，塑造並刻劃了一批敢於反抗現存秩序及制度，為追求與維護自身幸福及命運人格，不惜以生命抗爭的女性人物形象及叛逆精神。如其中的《蘭陵女兒行》，就是一首篇幅罕見的長篇敘事詩作。詩中塑造的那位「蘭陵女子」，不只機智勇敢、不畏權勢，可以說是一位有著「俠骨」與「俠膽」氣質的奇女子。女主人公栩栩如生的神采，愛憎分明的性格，都給不同時期的讀者留下了非常深刻的審美印象。其他，如長篇《烈

女行紀黃婉梨事》中與殺害全家的仇人周旋，最後報仇雪恨
之後自盡的「黃婉梨」；《雙鳩篇》中反抗父母之命而選擇
了雙雙飲鴆殉情的青年男女；《暗屋啼怪鴉行為鄭文學超紀
其烈婦劉氏事》裏面對英國侵略者，以全家人服毒自殺表示
憤怒與不屈的「烈婦」；「反映舊時勞動婦女受迫害的慘景，
無愧敘事詩傑構」[14]的《擬焦仲卿妻詩一首李清照妻墓下
作》；主題及風格明顯受古樂府《陌上桑》影響的《王氏詩》
等。這些仍以「烈婦」或「烈女」事蹟為題材的作品，可以
清楚發現的是，不僅造成主人公悲慘遭遇及其不幸的共同的
原因，幾乎都由於社會歷史的外在因素，而且她們身上所彰
顯的「節烈」氣質，既是一種發自心靈的行動及震憾力，同
時也將自己對於生命及其人格精神的理解，用不同的方式凸
現在了世人的面前。

　　晚清以後敘事性詩歌的「實踐性」藝術特徵，在當時的
許多「遊俠」題材詩作中，也明顯地體現了出來。這種從魏
晉時期曹植的《白馬篇》開始的「詠俠詩」，到了晚清的詩
歌創作中，在主題思想方面也有了些許的變化。所謂「其行
雖不軌於正義，然其言必信，其行必果，已諾必誠，不愛其
軀，赴士之厄困」的「遊俠」，或稱「布衣之俠」[15]，成了
這時期及此後的「詠俠」敘事詩歌的基本主題。「俠客」及
其身上所體現張揚出的「武毅不撓」、「見危受命，以救時

---

[14]　錢仲聯編著：《近代詩鈔》（1），江蘇古籍出版社 1993 年版，第 583
　　　頁。
[15]　司馬遷：《遊俠列傳》，司馬遷撰：《史記・傳》（10），中華書局
　　　1975 年版，第 3181 頁。

難而濟同類」的「俠義」與精神，似乎寄託了詩人現實中無法
實現的社會政治理想。[16]這或許也正是生於亂世的人們普遍推
崇並嚮往的一種英雄精神及人格力量吧。如張維屏的《俠客
行》敘事情境中，以完整的故事情節，塑造了一個除暴安良
的「遊俠」形象。同樣，沈汝瑾的《長安有俠客行》，也講
述了一個「閭里不知名」的「布衣之俠」，扶危救難的故事。
這些以匡扶正義為責而不圖任何報答的「遊俠」品格，呼之
欲出，力透紙背。而在金和的許多敘事詩作品中，詩人也將
俠之精神與氣質作為一種理想性格，賦予給了他所喜歡的一
些人物身上。如那些鴉片戰爭中的烈士與英雄，以及「蘭陵
女」、黃婉梨等。除此之外，他的《斷指生歌》，又塑造了
一個具有「俠骨」及「俠氣」的人物形象。詩中所謂「古今
惡箚常紛紛，痛惜生平指頭耳」的感歎，讓讀者確切地領悟
到了一種為守護理想與正義而絕不妥協的人格力量及精神。

　　自然，我們也可以看到，晚清敘事詩歌創作形態在文體
結構形式方面的變化，就是開始出現並形成了一種與古代詩
性敘事及其敘述方式不同的敘事詩話語及其結構。由於在文
體形式上突破了「紀事」或「感事」的敘事模式，不拘於七
言或五言的形式束縛，有時甚至長達十五言之多。因此，也
就受到後來各個時期的作家及學者的注意。如關於金和長篇
敘事詩的文體形式，除了梁啟超予以藝術上的肯定，胡適稱
他的這些創作，「別開一個生面」，「很帶有革新的精神」[17]

16　江子厚：《陳公義師徒》，《武俠叢談》，上海書店 1989 年影印版，
　　第 185 頁。
17　胡適：《五十年來中國之文學》，姜義華編：《胡適學術文集・新文

外，同樣，錢仲聯在談到貝青喬、姚燮的長篇敘事詩作時，也
強調了其作品在形式方面，「時能融鑄方言俗語、民謠口諺以
至新詞以入詩」，「吸取民間文藝鼓詞與子弟書之特點，交織
以藻采與激情，……可謂奇作」等特點[18]，發現並注意到他們
的敘事詩歌創作，對於清末民初和後來的敘事詩歌創作及其
理論批評的演進，所產生的直接及必然的積極影響與作用。

二、清末民初的「新體」敘事詩歌創作

清末文學革故鼎新的歷史帷幕，是由梁啟超等領導的一
系列文學變革運動開始的。1899 年，梁啟超在正式提出的
「詩界革命」及其創作理論中，基於他對西方文學的初步瞭
解及認識，特別是對國外史詩及敘事詩作品的藝術認同。明
確表達了他對中國古典文學傳統，包括敘事詩創作規範的懷
疑及不滿。同時由此斷言：「支那非有詩界革命，則詩運殆
將絕」。並且將中國新的詩歌藝術追求及其創作的範式，明
確認定為向歐洲的詩歌學習。於是，對於當時中國作家「不
做詩則已，若作詩，必為詩界之哥倫布，瑪賽郎然後可」[19]的
要求，不僅成為「新體」敘事詩歌創作及藝術實踐的「精神」
內容核心與最大推動力，而且在文體形式上，立足於敘事詩
學對傳統詩文形式規範的肆意衝擊及多方面探索，也使清末

學運動》，中華書局 1998 年版，第 94 頁。

[18]　錢仲聯編著：《近代詩鈔》（1），江蘇古籍出版社 1993 年版，第 199
頁。

[19]　梁啟超：《飲冰室詩話》，徐中玉主編：《中國近代文學大系・文學
理論集》（1），上海書店 1994 年版，第 681 頁。

民初敘事詩歌的話語形態，出現了前所未有的一個「詩」、「歌」、「傳奇」及謠曲等文體並峙，可謂「多姿多彩」的現象及階段。

　　在梁啟超倡導的新體詩歌創作活動中，以梁啟超、康有為、黃遵憲、丘逢甲等為主體的「新體」詩人，在這時期的樂府歌行體敘事詩創作實踐中，也都程度不同地顯示出了刻意的藝術追求及創新。如梁啟超的《秋風斷藤曲》和《朝鮮哀詞五律二十三首》，分別以樂府歌行體及聯章組詩的形式，記述與敘寫日本伊藤博文被刺及朝鮮被日本吞併亡國之事。康有為的《六哀詩》，是一首以五言歌行體感述戊戌政變六君子與翁同龢生平事蹟，寄託自己懷念祖國情思的長篇紀事詩歌。同樣，以類似「心路歷程」結構寫成的長篇感事詩《開歲忽六十》，也通過宏大的篇幅及鮮見的氣魄，來表現作者「緣事而發」、感事憂國的思想主題。而夏曾佑、譚嗣同、丘逢甲、蔣智由的樂府歌行體敘事詩創作，則有意識地採用口語俗語入詩，來增加作品的現實及時代氣息。尤其是黃人的《元旦日蝕詩》、《短歌行》及《勸種桑歌》等，更以明確的創作意旨及不拘的文體樣式，體現出當時「新體」敘事詩歌的藝術特徵及創作追求。

　　不過，真正能夠說在理論及創作實踐上，給當時「新體」敘事詩歌開闢了藝術「新地」的，應當是黃遵憲及他的作品。[20]他的長篇紀事詩《逐客篇》，敘寫華人在美國排華事件中所遭受的種族歧視與壓迫，抒發自己的悲憤及感歎；《紀事》

20　錢仲聯編著：《近代詩鈔》（2），江蘇古籍出版社 1993 年版，第 723 頁。

描寫美國選舉活動的過程及情景，傳達民主的政治思想；《馮將軍歌》與《降將軍歌》，分別敘述了抗法將領馮子材及抗日將軍丁汝昌的事蹟；而《聶將軍歌》中塑造了「實合於西洋文學中所謂『悲劇中之主角』」[21]的聶士成將軍的形象；《俠客行》中，以「獨白體」的敘述方式，塑造了一個新的「革命」的「俠客」形象。其他如《悲平壤》、《東溝行》、《哭威海》、《臺灣行》等，以及被梁啟超稱之為「空前之奇構」[22]的長篇詩歌《錫蘭島臥佛》、《番客篇》等。不僅以鮮明的敘事主題及創作精神，有意識地從不同的角度紀錄反映了當時晚清社會遭遇到的沉重政治文化危機及國土淪喪的現實，從而成為近代中國社會的「詩史」性詩歌創作，而且也以其具有的恢宏氣勢及新穎的文體形式，被看作是近代「新體」詩歌的典範性作品。此外，他在「新體」詩歌文體形式上倡導的「復古人比興之體」；「以單行之神，運排偶之體」；「取離騷樂府之神理，而不襲其貌」；「用古文家伸縮離合之法以入詩」與「古人未有之物，未闢之境，耳目所歷，皆筆而書之」等理論主張[23]，也一反明清以後，尤其是吳梅村歌行體敘事詩的「典雅化」及「格律化」傾向，為古典敘事詩文體的典範形式——樂府歌行體重塑出新的藝術活力，以及使其向現代敘述體式與話語的轉變，做出了積極自覺的探索及變革「嘗試」。

---

[21]　呂效祖主編：《吳宓詩及其詩話》，陝西人民出版社 1992 年版，第 242 頁。

[22]　梁啟超：《飲冰室詩話》，人民文學出版社 1982 年版，第 4 頁。

[23]　黃遵憲：《人境廬草自序》，舒蕪等編：《近代文論選》（上），人民文學出版社 1999 年版，第 169 頁。

　　因此，黃遵憲的敘事詩歌風格及藝術創新，事實上對當時及後來敘事詩文體類型的演變及創作形態的發展，都產生著廣泛的影響。因此，除了梁啟超稱他是「中國文學革命的先驅」，以及「詩集是中國有詩以來一種大解放」外[24]，錢仲聯也認為：黃遵憲的詩歌創作，之所以能形成「既有權奇倜儻、弘麗恢張，又有明白暢曉、清新自然的獨特詩風」，不僅在於其「能從民間文學中吸取養分」，更主要的是「它能廣泛地吸取了舊體詩歌的寫體經驗，『自曹、鮑』以下『迄於晚近小家』，變化運用，自鑄新詞，因此能於古典詩歌領域內一新壁壘」[25]。同樣，五四新文學運動時期，作為「白話」詩學的理論倡導者及藝術實踐者，胡適也主要從「做詩如說話」的文體形式及敘述話語方面，讚賞並肯定「黃遵憲是一個有意作新詩的」。[26]

　　自然，這種「新體」敘事性詩歌和他們所發現的西方史詩及敘事文學作品，尤其是期望實現的中國「詩界之哥侖布、瑪賽郎」的目標相比，包括黃遵憲在內，由於仍將「新意境」的開掘及「新語句」的創新，集中並限定在「須以古人之風格入之」的形式規範之中，因而在對敘述動作及其敘述話語的設計，給予了充分注意及強調之際，依然忽視了敘事詩的「敘事虛構性」品質以及其文體類型美學規範的認

---

[24]　梁啟超：《晚清兩大詩鈔題辭》，《飲冰室合集・文集之四十三》（5），中華書局 1989 年版，第 70 頁。
[25]　錢仲聯編著：《近代詩鈔》（2），江蘇古籍出版社 1993 年版，第 725頁、第 724 頁。
[26]　胡適：《五十年來中國之文學》，姜義華編：《胡適學術文集・新文學運動》，中華書局 1998 年版，第 94 頁。

同。結果，使他們的敘事詩創作形態及作品的結構模式，與
中國古代敘事詩歌所追求的「詩史」性目的及「有韻之春秋」
的審美趣味，在美學觀念及藝術規範方面，事實上也存在著
必然的與本質上的聯繫。

　　與此同時，那些依然恪守古典的詩歌形式及「詩史」美
學規範，或師法中晚唐作家，或摹仿漢魏六朝詩風的詩性敘
事創作，在清末民初的敘事詩藝術形態中，取得的最為引人
注目的成績及藝術表現，就是敘事意識的明顯增強及一批長
篇敘事詩作的湧現。樊增祥的前後《彩雲曲》，以清末名妓
傅彩雲一生的際遇及傳奇故事為經，在廣闊的社會時代背景
上，反映了庚子事變前後中國社會的動蕩與危機，暴露了封
建制度的末世氣象及侵略者對中國民眾犯下的罪行。因而，
在當時的詩壇曾頗受稱譽。[27]同樣，楊圻的長篇《檀青引》
和《天山曲》，除了表現並抒發一種「於流離之況，寄家國
之恨」[28]的人生無奈與感傷情懷外，還應注意的，就是詩人
有意跳出以往那種「以稱豔聞」的題材俗套，用詩性敘事展
示「香妃」所謂「亡國婦人」的悲劇性命運，表達其「國破
家亡白骨枯」的生命體驗及倫理道德的「廉恥」與「清白」
之辯。此外，還有金兆蕃「以梅村體記珍妃事，反映晚清政
局，堪稱詩史」[29]的長篇敘事詩《宮井篇》，以及王國維的
《頤和園詞》、《隆裕皇太后輓歌辭九十韻》等，許承堯的

27　錢基博：《現代中國文學史》，嶽麓書社 1986 年重印本，第 211 頁。
28　楊圻：《檀青引》，錢仲聯編著：《近代詩鈔》（3），江蘇古籍出版
　　社 1993 年版，第 1737 頁。
29　錢仲聯編著：《近代詩鈔》（3），江蘇古籍出版社 1993 年版，第 1499
　　頁。

《後頤和園詞》等作品，也多以「感事」的敘述話語，紀錄歷史的興衰與社會政局的演變，反映歷史轉折時期的社會政治動盪及人的精神心理變化。從而構成了可謂是清末民初前後，敘事詩創作及發展過程中結出的「奇花異葩」。[30]

　　這些「奇花異葩」式的長篇敘事詩創作，儘管由於其篇幅結構的巨大，敘事情境及文體風格的古典化意味，以及「詩史互證」批評傳統的價值詮釋等，而引起不同時期人們的高度關注及評價。然而，時代及整個意識形態語域的演變對於它們的影響及藝術選擇，還不僅僅的體現為敘述語言的淺易及清晰、自然及流暢，以及整體風格與基調的沉重及悲涼、傷感及無奈等方面。事實上，從敘事詩創作的藝術立場來看，應當是中國敘事文學傳統，尤其是魏晉以來，文人敘事詩創作及《孔雀東南飛》、《長恨歌》等，清初之際《桃花扇》、《圓圓曲》等「借離合之情，寫興亡之恨」敘事藝術方法，在詩性敘事及其話語演進中的一個可喜的進步及發展。這就是有意識地將人物置於歷史之中，注重個人與社會的關係，以人物或個人的命運為敘述視角，通過敘事情境及故事情節，「聚焦」歷史，反映現實，達到「詩史」的藝術目的。從而不僅在創作實踐方面，突破了古典詩性敘事話語的「紀事」或「感事」模式，以及敘述的「典雅化」及意象化，而且也使這些作品的敘事功能及審美品格，得到了極大的提高。並從某個方面，體現出了近代敘事詩創作形態及其形式規範的轉變。

---

[30]　錢仲聯編著：《近代詩鈔》（3），江蘇古籍出版社 1993 年版，第 1853 頁。

　　同樣，出於開通民智、養育「新民」等「維新變法」的社會政治及文化目的，以及近代中國「救亡圖存」與思想啟蒙的歷史需要，民間歌謠、曲藝等文體形式的藝術價值，在這時期也開始受到新的關注及很高的美學評價。因而，民間謠曲對當時的通俗詩歌寫作，特別是敘事詩創作形態的發展及文體形式的演進，都產生了深遠的影響。湧現出了包括「南社」等作家在內的大量的敘事性歌謠創作。如黃遵憲除了早在 1891 年的《山歌題記》中，就對民歌的「絕妙西今」及「天籟」形式讚賞有加。並直接採用民歌體，寫了敘述光緒皇帝一生命運事蹟的敘事歌謠《五禽言》，以及描述女子訂娶育子生活的敘事組詩《新嫁娘詩》五十一首外，還有《度遼將軍歌》、《古從軍樂》、《赤穗四十七士歌》等作品。而林紓運用白話俗語寫作通俗歌謠，除了有感於「聞歐西之興，亦多以歌訣感人者」，故而「以為轉移風氣，莫如蒙養，因就議論所得，發為詩歌」[31]，寫了《閩中新樂府》三十二首外，民初之際還在北京的《平報》上，以「射仇」的筆名發表了一百三十餘首的「諷喻新樂府」，以鮮明的思想傾向針砭時弊、臧否人物。以至於辛亥革命前後，這種創作活動更成為許多資產階級革命家用來宣揚民主改革思想，或鼓吹政治革命的一種工具。其激情澎湃，感懷深邃。如梁啟超的《愛國歌四章》及《二十世紀太平洋歌》等，章太炎的《山陰徐君歌》和《逐滿歌》，秋瑾的《紅毛刀歌》、《劍歌》、《寶刀歌》及《寶劍歌》等，高旭、馬君武的《女子唱歌》、

---

[31] 畏廬子：《閩中新樂府序》，薛綏之等編：《林紓研究資料》，福建人民出版社 1983 年版，第 102 頁、第 127 頁。

《華族祖國歌》、《路亡國亡歌》等白話通俗歌謠，以及廣東等地採用粵謳等民間謠曲寫作的反映華工題材的敘事性作品。

　　這種將借鑒與汲取民間謠曲文體形式的敘事性詩歌創作，明確自覺地與當時的敘事詩創作及其文體形式的變革聯繫起來，也是梁啟超等倡導的文學變革運動中的一個重要內容。1902 年，針對《新小說》提出擬用「新樂府」形式的創作設想，黃遵憲在致梁啟超的信中，表示反對摹仿白香山、尤西堂的樂府詩體，認為古代「新樂府」體的敘事性作品，「實詩界中之異境，非小說家之支流也」。因此建議「當斟酌於彈詞粵語之間，句或三或九或七或五或長或短，或壯如『隴上陳安』，或麗如『河中莫愁』，或濃如『焦仲卿妻』，或古如『成相篇』，或俳如俳伎詞，易樂府之名而曰雜歌謠，棄史籍而采近事」。[32]於是，這種名為「雜歌謠」或「時調唱歌」的通俗敘事詩歌，也就成了當時《新小說》、《繡像小說》、《申報·自由談》等雜誌報刊開闢「專欄」刊載的一類創作。如署名「燕市酒徒」的一組《辛壬之間新樂府》，其中的《二毛子》及《洋大人》等篇，就生動地描寫諷刺了庚子事變後社會上出現的種種「洋奴」及「媚外」世相。此外，還有如署名「詠一」的《庚子時事雜詠二十二首》，以長篇組詩的方式及白話語言，敘述了義和團運動及八國聯軍侵佔北京的過程，刻畫了朝野上下的各色人等；無名氏採用廣東方言寫成的「粵謳」歌謠；蓬園仿「鳳陽花鼓調」的《破

---

[32]　黃遵憲：《與梁任公書》，《新民叢報》14 號，1902 年 7 月。

國謠》；「竹天農人」仿「小五更」調寫的「詠日俄交戰」歌；凡民等「用浦東土白」、「蘇州、常州音」及「對話體」，寫的名謂「社會小說」、「短篇小說」等敘事詩；等等。總之，當時的這些採用或仿民歌、民謠體敘事詩歌，不僅是及時反映時事及社會眾相，宣揚西方民主人權觀念，破除封建愚昧思想的一種文學方式，而且作為一種「報章體」詩性敘事話語，作品數量及形式的繁複不齊，傳播及影響的廣泛，尤其是對後來「白話敘事詩」文體形式的影響等，值得給予關注。

　　同時，民間曲藝中的彈詞，不僅被看成一種「韻文體」小說及敘事詩創作，「亦攝於小說之中」[33]，指出其「其初蓄亦用以資彈唱。及至今日，則小个復用為歌詞，而僅以之供閱覽矣」[34]，而且認為其在國家政治的現代化進程中，有著直接的作用。[35]從而使其創作，也成為當時敘事詩創作形態中的一個重要組成部分。如李伯元的《庚子國變彈詞》，陳天華的《猛回頭》，秋瑾的《精衛石》，覺佛的《獅子吼》，謳歌變俗人的《醒世緣彈詞》，心青的《二十世紀女界文明燈彈詞》，泣紅的《胭脂血彈詞》，挽瀾詞人的《法國女英雄彈詞》，義水的《富爾敦發明輪船彈詞》、《照像發明彈詞》等。儘管在許多作者看來，可能他們真正的文學創作興

---

[33]　別士：《小說原理》，陳平原等編：《二十世紀中國小說理論資料》，北京大學出版社 1989 年版，第 60 頁。
[34]　管達如：《說小說》，陳平原等編：《二十世紀中國小說理論資料》，北京大學出版社 1989 年版，第 371 頁。
[35]　無名氏：《論戲劇彈詞之有關於地方自治》，王運熙編：《中國文論選·近代卷》（下），江蘇文藝出版社 1996 年版，第 785 頁。

趣也未必就在這裏，但是這些作品情感及思想內容的切近與
新鮮，話語形式韻白相間、敘說不拘造成的清新流暢，事實
上對當時敘事詩文體類型的敘述話語及結構形式，以及審美
功能的演進過程，有著重要積極的作用及影響。

　　同樣，敘事文學觀念的「崛起」及詩學規範的轉變，也
使中國古典文學形態中重要組成部分的雜劇體與傳奇體劇
詩創作，受到這些文學變革運動倡導者們的注意。在他們看
來，這種雜劇體及傳奇體劇詩創作，不只也是一類「韻文體」
小說，可以「欲求此等劇本，以蔚小說界中一大國」，而且，
「在詩歌中，最適於敘事之用，西人敘事詩，往往有長至數
百千言者，在中國惟傳奇可以當之。」[36]這些主要發表在當
時創刊出版的《新民叢報》、《新小說》、《民報》、《月
月小說》、《小說林》、《繡像小說》、《小說月報》，以
及諸如《揚子江白話報》、《中國白話報》、《覺民》、「改
良小說會」、「尚古山房」等社團刊印本上的劇詩作品，以
鮮明的敘事主題及敘述性話語動作，鼓吹民主政治革命，反
對民族壓迫及帝國主義列強的侵略，提倡婦女解放等「救亡
圖存」的思想及時代意識，表達他們期望建設一個自由平等
的現代民主國家的政治理想與憧憬。如筱波山人的《愛國
魂》、無名氏的《陸沈痛》、浴日生的《海國英雄記》等，
吳梅的《風洞山》、湘靈子的《軒亭冤》、嬴宗季女的《六
月霜》、傷時子的《蒼鷹擊》、孫雨林的《皖江血》、華偉
生的《開國奇冤》等，以及洪楝園的《警黃鐘》、《後南柯》，

---

[36]　管達如：《說小說》，陳平原等編：《二十世紀中國小說理論資料》，
　　　北京大學出版社 1989 年版，第 371 頁。

柳亞子的《松陵新女兒》，玉橋的《廣東新女兒》，大雄的《女中華》，挽瀾的《同情夢》等；梁啟超的《新羅馬傳奇》，感惺的《斷頭臺》，無名氏的《亡國恨》等，都成為當時敘事詩創作形態中所謂「皆激昂慷慨，血淚交流，為民族文學之偉著，亦政治劇曲之豐碑」的重要作品。[37]

　　尤其應當注意的，就是當時這種雜劇、傳奇及彈詞體劇詩創作形態，在文體形式方面的變化。其中，除了在作品中體現的有意識地從以對話為主導性話語的舞臺詩劇形式中分離出來，向以敘述為主導性話語的劇詩方面的轉變外，在理論上他們也開始嘗試給予詩學方面的區分。以突出其文體結構及審美功能上的「文學優美，感情高尚」的「愛美之性質」[38]。即一種「可讀不可演的案頭文學」，作為戲劇體敘事詩的文學類型品性。如梁啟超《新羅馬傳奇》，不僅以新的題材和虛構的故事情節，來演繹「救亡圖存」的啟蒙思想主題，而且嘗試採用了自由活潑的敘述話語及動作，來打破傳統戲曲舞臺劇必須要求的森嚴曲律。從而對當時的這類劇詩創作及文體形式產生了很大的影響。所以，後來有些研究者從舞臺劇的形式規範出發，並據此得出了「藝術水平低」的結論。其實恰恰是忽視了當時中國詩學觀念的改變，特別是敘事文學觀念的「崛起」，對劇詩這一文體形式所發生的影響及作用的文學事實。

---

[37]　鄭振鐸：《晚清戲曲錄敘》，《鄭振鐸古典文學論文集》，上海古籍出版社 1984 年版，第 1005 頁。
[38]　管達如：《說小說》，陳平原等編：《二十世紀中國小說理論資料》，北京大學出版社 1989 年版，第 371 頁。

三、白話敘事詩的創作「嘗試」

　　1916 年到 1920 年間的「白話敘事詩」創作，是中國敘事詩文體類型審美功能向現代轉變，以及現代敘事詩藝術規範形成的重要階段。新文學倡導者們「須用白話做詩」，「做詩如同說話」及「白話」可為韻文之利器的形式美學觀，以及「有什麼材料，做什麼詩，有什麼話，說什麼話，把從前一切束縛詩神的自由和枷鎖鐐銬攏統推翻」等「詩體大解放」的文體變革理論[39]，不僅充分顯示出中國詩歌藝術形式及其審美趣味與功能的根本性轉變，並給中國敘事詩文體類型的演變及發展帶來深刻的作用與影響，而且直接啟動了五四新文學運動期間「白話敘事詩」創作形態的出現，為中國現代敘事詩文體形式的建立及審美功能的成熟，確定了基本的發展趨向與初步的理論基礎。

　　五四新文學運動前後倡導及最初進行「白話敘事詩」創作的詩人，是一批生活在新的文化及歷史背景之下，脫離了傳統文人仕途軌道，雖受之於傳統文學的薰陶，但接受了西方文學的觀念及審美趣味，具有現代社會及文化批判精神的新知識份子作家。創作主體的改變與審美意識的轉變，使這種「白話敘事詩」創作形態，在敘事主題及題材選擇，文體形式及敘述結構等方面，都發生了本質上的變化，並有著鮮明的時代特徵。

　　將藝術的目光，專注於反映下層社會普通民眾的現實生活，並通過這些「小人物」的命運和遭遇來展示當下的社會

---

[39] 胡適：《談新詩》，《星期評論》第 5 號，1919 年 10 月 10 日。

現狀，表達新文學運動的人道主義及人性解放思想理念，不只是這時期一大批明顯帶有樂府歌行「紀事」或「感事」「痕迹」的「白話敘事詩」作品，在敘事主題及題材上與古典樂府歌行體敘事詩，以及此前的「新體」敘事詩創作根本不同的時代分野。同時也是中國敘事詩文體類型在審美功能上，與當時新文學追求的「平民文學」、「社會文學」、「人的文學」及「寫實文學」等現代文學理想保持一致，趨向於「為人生」、「表現人生」藝術目的的充分體現。因此這種「白話」的「社會問題敘事詩」創作，就以新的主題意蘊及文體形式，成為中國現代敘事詩早期創作的「寫實主義」潮頭。

劉半農的《遊香山紀事詩（十）》，寫一個因「欠租五斗」的老農，被公差捕捉鞭打的悲慘故事，《相隔一層紙》用兩種不同生活畫面的對照，暴露貧富懸殊「朱門酒肉臭，路有凍死骨」的社會現實；《車毯》、《牧羊兒的悲哀》、《餓》等，或用一段「車夫」的話語「獨白」，或呈現一個戲劇性場面，刻劃敘述普通勞動者的生活艱辛；毛飛的《一個貧兒》，寫社會的貧富對立及不平等；此外，劉大白的《賣布謠》，直接借鑒吸收了民間歌謠的文體節奏及話語形式，敘寫處於政治及經濟壓迫之下民生的疾苦和悲哀。季陶的《懶惰》，描述失業者街頭求乞的情景，反映當時城市農村經濟的破產；《阿們》揭露了資本家對工人的剝削和欺騙。孫祖宏的《窮人的怨恨》，用三個乞丐的故事，表現對下層貧民社會的人道同情。趙強章的《渡江》，敘述了軍閥混戰及帝國主義侵略勢力給民族帶來的嚴重危機。以及夬庵的《瓦匠的孩子》，良工的《湖南的路上》，沈玄廬的《鄉下人》、

《夜遊上海有所見》、《農家》、《起勁》，辛白的《女丐》，子壯的《兩種聲音》，康白情的《先生和聽差》，沈兼士的《山中雜詩》，沈尹默的《三弦》，胡適的《你莫忘記》，楊仲章的《父女二人的問答》，呂聰民的《小乞兒》，雙明的《一個農夫》，田漢的《竹葉》，孟雄的《警兵》，吳德名的《小僕》，翁璜的《吃飯》，季陶的《開差》等。特別是那些被稱之為「人力車夫派」的白話敘事詩作品，將「人力車夫」的生存現狀「問題」，作為自己寫作的主題。如胡適的《人力車夫》，沈尹默的《人力車夫》，覺佛的《公園門口》，陳錦的《快起來》，沈葆華的《沒有法兒》等，幾乎都是用寫實的敘述動作，突出一個或幾個戲劇性的場面或情景，展示一個令人感歎的故事，寄寓作者對社會各種問題的思考及追問。同時，也用藝術的形式，參與了當時思想文化界就「人力車問題」及「人力車夫」生存狀況展開的討論[40]。

　　能夠代表並體現出這種現實主義創作精神及審美趣味的作家與作品，大概非吳芳吉和劉成禺及他們的敘事詩作莫屬。這其中，受新古典主義的詩學觀念及美學規範的影響，吳芳吉批評「白話」新詩在學習西方文學方面，過於依賴，結果「使其聲音笑貌，宛然西洋人所為」。為此他要求自己在創作上，能夠「略其聲音笑貌，但取精神情感以湊成吾之所為」。使之成為一種「依然中國之人，中國之語，中國之

40　分別見張厚載：《人力車問題》，《新中國》第 1 卷第 1 期，1919 年 2 月；李冰心：《人力車問題》，《新中國》第 1 卷第 5 期，1919 年 6 月；沈選千：《人力車問題》，《民國日報・覺悟》，1920 年 3 月 31 日。

習慣而處處合乎新時代」的「理想之新詩」。[41]正是在這種
創作思想的主導下，吳芳吉寫了許多明顯帶有樂府歌行體
「痕迹」的敘事詩歌。如在當時「流傳很廣，影響頗大」《婉
容詞》和《倆父女》[42]，以及記述蔡鍔將軍「護國運動」事
蹟的《護國岩述》，反映政治動亂及軍閥割據，對四川各族
人民的殘害等內容的長篇「史詩」《籠山曲》等。其中，《婉
容詞》敘述了一位叫婉容的少婦，在得知丈夫赴美留學與一
美國女子相戀結婚，自己被拋棄後，悲慘地投水自盡的故
事。但是，詩中敘述的絕非一個老套的「癡情女子負心漢」
敘事主題，相反，則是將主人公婉容與其丈夫的婚姻變故，
置於中國傳統的「媒妁之言」及「從一而終」婚姻觀念，與
西方男女平等愛情自由的文化矛盾衝突之中，來揭示時代變
化對個人命運及遭遇的衝擊。並因此給作品的敘事主題及主
人公的性格，賦予了深沉的悲劇意味。《倆父女》描述一個
生活在戰亂中的普通家庭，妻子在兵匪的搶掠中被殺死，最
後剩下父女二人在貧寒交迫中苦苦掙扎的故事。詩中運用了
倒敘、插敘等敘述結構形式，除了控訴社會動亂給普通人民
帶來災難之外，也揭露了社會的貧富懸殊及世態炎涼等現實
病狀。《護國岩述》展示蔡鍔將軍「為國民人格而戰」的意
志及精神。[43]從而和劉成禺 1918 年寫就並分別為孫中山、章
太炎認為具有「宣闡民主主義，鑒前事之得失，示來者之懲

---

[41]　吳芳吉：《白屋吳生詩稿自敘》，《學衡》第 67 期，1929 年 1 月。
[42]　吳芳吉：《白屋詩選》，四川人民出版社 1982 年版，第 78 頁。
[43]　《護國岩述·記者附語》，《晨報副鐫》第 1477 號，1926 年 11 月 18
　　日。

戒」的作用，以及「後之百年，庶幾作史者有所撿拾」史學價值[44]的大型組詩《洪憲紀事詩》相比，無論是在文體結構上，還是審美趣味上，都有了明顯的不同。充分顯示他的敘事詩作，不僅在敘事主題上有了鮮明的時代氣息及新的審美趣味，而且在敘述動作及話語結構上，也突破及超越了樂府歌行體式的束縛，顯示出「白話敘事詩」文體類型的某些基本風格特徵。

　　此外，刊載在《民國日報》副刊等刊物上的一些名曰「閑謳」的敘事歌謠，除了敘事話語和清末民初的「雜歌謠」體有著明顯的連續性外，敘事意識的自覺，使創作題材及主題思想都有了長足的進展。如王涵墨和添覆的《新五更調》，李諷華的《國貨五更調》，金錫候的《時事五更調》，萬竹學生的《愛國歌》等，雖摹仿民謠歌調卻純用白話，並且都以社會現實事件及問題，作為寫作的中心。特別是署名「灘迷」的一首長篇《時事新灘黃》，以白話敘事詩的文體形式，較為完整地敘述了「五四」學生愛國行動發生的前後過程。作品從中國政府參加「巴黎和會」講起，到五四運動爆發後引起的各方面反響結束。除描寫了「議和專使陸徵祥」、顧維鈞、梁啟超等人物形象外，歌頌學生們的愛國行動，並對曹汝霖、章宗祥等人，進行了無情的諷刺及揭露。儘管這首作品發表時注明「未完」，但僅此而已，恐怕仍是當時詩歌創作中一首並不多見的作品。

44　孫文：《洪憲紀事詩敘辭》，《洪憲紀事詩三種》，上海古籍出版社1983 年版，第 33 頁；章太炎：《洪憲紀事詩題辭》，《民國日報·民國閒話》，1919 年 5 月 5 日。

　　同時值得我們注意的，是這時期的「白話敘事詩」創作
形態中，所出現的一批以虛構的童話或寓言情節為敘事結構
形式，表現當時社會及思想界關注的各種具有現代性意味的
「理念」與思考等內容的作品。因此也使當時的「白話敘事
詩」創作，有了鮮明時代氣息的寓理詩及「敘理詩」的特徵。
胡適的《答梅覲莊》，可以說是第一首有意用白話寫作的敘
事詩。唐俟的《他們的花園》，描述一個天真純潔的兒童，
從鄰家花園採摘到一朵百合花後所引起的戲劇性故事。隱喻
了美好與邪惡的衝突。陳衡哲的《鳥》，用「代言體」的敘
述話語，通過一隻「自由鳥」的所見所聞，間以「籠中鳥」
的內心獨白，表現了渴望及爭取身心自由解放的敘事主題。
劉人白的《紅色的新年》，以「拿錘兒的」工人和「拿鋤兒」
的農民，在「一間破屋子」的交談為敘述動作，展示對現實
的不滿及對新社會的憧憬。光典的《瘋漢底話》，把「瘋子」
比喻為覺醒者及啟蒙者。夫公的《蘋果樹》，從一群猴子的
故事裏，諷刺了貪婪與勢利的醜惡品性。夬公的《小鳥》，
講述一群「歡樂的」小鳥遭受老鷹欺凌發出質問。寒星的《老
牛》，用擬人化的手法，批判「不勞而獲」的寄生蟲思想。
平陵的《冰雪的結局》，寓意「和平主義」的祈願。俍工的
《鬥雞》，由動物的「互相殘殺」，表達的是人道主義的悲
憫情懷。此外，唐俟的《愛之神》、《桃花》，朱自清的《羊
群》，玄廬的《一個青年的夢》，兼士的《一個睡著過渡的
人》，大白的《淘汰來了》，沫若的《巨炮之教訓》，俞平
伯的《風的話》，陳建雷的《樹與石》，默園的《解放》，
施誦華的《也算是一生》等作品，也多以虛構的敘事情節及

敘述動作，來表現或闡釋新文學的人道主義的主題，以及新
文化運動「科學」與「民主」的思想觀念。尤其是在文體形
式方面，從這些作品中既看不到樂府歌行體影響的「痕迹」，
也難以發現是民間謠曲的借鑒摹仿，而完全是一種現代的自
由體式的「白話敘事詩」。

　　這類寓理「問題」詩的代表性作品，除了被胡適稱之為
「新詩中的第一首傑作」[45]，即周作人的《小河》外，還有
隨後署名「光佛」的一首「白話敘事詩」《百舌》，也值得
稱道。這首近百行的長篇詩作，講述了一個「鳥類社會」的
世態現象及故事。因此，假如說《小河》主題思想的豐富及
文體的自由，而讓「較早些日子，做新詩的人，如果不是受
了《嘗試集》的影響，就是受了周作人先生的啟發」。[46]並
被認為是「新詩完全擺脫舊詩影響而卓然自立的一個標誌」
的話。[47]那麼，對於中國現代敘事詩文體類型的轉變及其審
美功能的演進來說，這類詩的文本及詩學價值，還不僅僅在
於它沒有了「從舊式詩、詞、曲裏脫胎出來」的痕迹，並「全
然擺脫了舊鐐銬」及「簡直不大用韻」[48]，更重要的地方，
就在於它在敘述結構及話語方面，完全擺脫了古典敘事詩
「紀事」或「實錄」及「感事」的形式規範，用虛構的象徵
性「小河故事」、鳥的社會化故事及敘述話語，有效地避免

---

[45]　胡適：《談新詩》，《星期評論》第 5 號，1919 年 10 月 10 日。

[46]　馮文炳：《談新詩》，人民文學出版社 1984 年版，第 83 頁。

[47]　錢光培等：《現代詩人及流派瑣談》，人民文學出版社 1982 年，第 5
　　　頁。

[48]　朱自清：《〈中國新文學大系・詩集〉導言》，見楊匡漢等編：《中
　　　國現代詩論》（上），花城出版社 1991 年版，第 242 頁。

與消解了「白話敘事詩」創作形態中，純以「寫實」或「白描」手法而造成的「缺少了一種餘香與回味」[49]的審美功能缺陷。因此對「白話敘事詩」創作的發展及現代敘事詩文體形式的確立與成熟，具有重要的「詩學」史意義。

1920 年間，劉半農的《敲冰》，沈玄廬的《十五娘》，以及郭沫若的敘事劇詩《鳳凰涅槃》等多部長篇敘事詩作品的湧現，標誌著中國敘事詩文體類型及形式規範的成熟及確立。它們以清晰的敘事詩創作形態及自覺的文體審美意識，開始引起當時新文學理論及批評界的認同與重視，並直接啟動了 20 年代以後的中國現代敘事詩創作形態的發展。其中，《敲冰》是劉半農採用象徵手法創作的一首現代敘事詩。詩中虛構了一個旅客和四位船工，齊心協力，不畏艱難險阻，在冰封的江河上破冰航行的故事。象徵著五四時期突破所有困難的決心及必勝的自信，以及現代中國對於未來的不倦追求與探索精神。而被朱自清先生稱為「新文學中第一首敘事詩」的《十五娘》[50]，則以完整的故事情節及人物性格刻畫，充分體現出現代敘事詩創作形態中現實主義創作精神的發展進步。尤其應當注意的，是在這些作品的文體形式上，由於敘述者角度及話語動作，以及敘述結構方面的追求及變化，給作品審美功能帶來的不同美學效果。《敲冰》以第一人稱的敘述角度及象徵性的手法，貼近與讀者心靈的距

---

[49]　周作人：《揚鞭集序》，見楊匡漢等編：《中國現代詩論》（上），花城出版社 1991 年版，第 130 頁。

[50]　朱自清：《中國新文學大系·詩集·詩話》，上海良友圖書印刷公司 1936 年，第 25 頁。

離，強化了讀者對詩中象徵性敘述動作的理解及印象，同時
也能夠明顯地覺察到中國古典敘事詩「感事」藝術傳統的影
響。而《十五娘》則以第三人稱的敘述角度及敘述話語，在
與讀者形成的閱讀距離中，用客觀冷靜的審美效果，增強讀
者對現實的關注及思想認識，實現表現普遍性的藝術目的。
在此，民間歌謠，特別是江南吳歌與其藝術表現手法，又和
詩的情調及修辭有著很深的聯繫。這也自然和作者的有意汲
取是分不開的。[51]然而，《敲冰》與《十五娘》在敘事主題
及文體形式上呈現出的獨創性成就，使它們和中國古典敘事
詩及此前的「白話敘事詩」創作，有了根本不同的風格特徵
及審美功能，從而成為中國現代敘事詩的典範性作品。

　　作為五四新文學運動期間敘事詩創作形態的一個組成
部分，1919 年，郭沫若發表了他的第一首劇詩《黎明》。
隨之又先後創作了《鳳凰涅槃》、《棠棣之花》等敘事劇詩。
它們作為作者當時受西方文學影響而有意「從事史劇或詩劇
的嘗試」性創作[52]，事實上成為了當時劇詩創作成長進步的
一個突出證明。其中，《黎明》敘述一群居於孤島的「海蚌」，
當黎明到來之際，在兩個首先「覺悟」過來的「海蚌」帶領
下，掙脫了禁錮身心的「蚌殼」，共同迎接黎明的故事。長
篇劇詩《鳳凰涅槃》則取自阿拉伯神話題材。詩中借「鳳凰」
「滿五百歲後，集香木自焚，復從死灰中更生，不再死」這
一「有意味的形式」，在虛構的敘事時空中，充分盡情地展

51　玄廬：《兒歌》，《新青年》第 8 卷第 4 號，1920 年 12 月。
52　張澄寰編：《郭沫若論創作》，上海文藝出版社 1983 年版，第 368
　　頁。

示了五四時期社會變革的時代精神與文化理想。同樣，《棠棣之花》等都是作者採用歷史題材並有意給「史實」的軀殼「另行吹虛些生命進去」的長篇劇詩作品。雖然如此，我們依然能夠看到的是，在這些有意借鑒西方劇詩形式創作的敘事詩歌中，作者往往是將故事情節的結構重心，放在最能表現人物性格與關係的戲劇性場面上，並在這種虛構的「場面」中，通過劇中人物之間的「對唱」或「歌唱」等戲劇性話語來展開情節的內在關係，並有意識地抑制敘述者的敘述話語動作，從而使作品產生一種可謂「立體化「的藝術效果。同樣，在詩句及詩節等文體形式方面，作品呈現出的「筆奔放到不能節制」的抒情風格[53]，以及吸收民間歌謠的格調體式等，都讓人看到其與古代樂府體敘事詩歌的敘事模式，尤其是和中國抒情文學傳統及民間文學的緊密關係。並且，正是基於這樣的創作意識及藝術目的，使得這些敘事劇詩首先在敘述動作及結構上，不僅超越了中國古典敘事詩藝術，以及「新體」敘事劇詩創作強調的「紀事」或「感事」的敘事規範及「詩史」或「教訓」的審美功能，因而具有了鮮明的「敘事虛構性」的「史詩」藝術追求及美學品格；其次，是富於抒情色彩的激情及強調節奏變化的戲劇性話語動作，以及全然的自由體詩句和現代詩行排列型態，使其完全擺脫了古典劇詩的音律及詞曲體式。由此為中國現代劇詩創作，提供了最初的審美規範及基本體式，並對三四十年代的中國現代敘事詩及戲劇創作，產生了深遠的影響。

---

[53] 王訓詔等編：《郭沫若研究資料》（中），中國社會科學出版社 1986年版，第 78 頁。

四、新的詩學觀念及審美意識的「崛起」

　　中國現代敘事詩理論與批評的濫觴和文體類型意識的自覺，是 19 世紀末 20 世紀初中國文學及其審美趣味發生轉變的一個重要內容及文學現象。「現代民族國家」意識的成長與「民族文學」的想像及期待，使小說、戲劇等敘事文學被視為「文學之最上乘」，並直接構成了對中國古典文學抒情傳統中心地位的顛覆；西方文學，尤其是西方史詩、敘事詩創作形態的藝術發現，使一直以「詩歌大國」自尊自譽的中國作家，受到強烈的心理衝擊與觀念的對立。從而成為 20 世紀中國敘事文學理論，包括現代敘事詩論及批評，在現代文藝美學框架下演變發展的基本動力。於是，文體概念及美學範疇的理論分析審定，文學傳統及遺產的整理及學術重構，就成了五四新文學運動前後敘事詩論建設及批評活動的兩個主要任務。

　　首先值得關注的，就是對敘事文學的「虛構性」文本特徵及美學功能，所展開的一些廣泛的討論與理論辯析。1897年，嚴復、夏曾佑由「史」與「稗史」的敘事文本功能入手，肯定了「紀人事而不必果有此事者」，是二者雖「並紀事之書，而難言之理則隱寓焉」，以及所以「入人之深，行世之遠，幾幾出於經史上」的原因所在。[54] 其後，這個實質上屬於「史與詩」關係的理論課題，作為一個焦點問題，受到更多作家的注意。[55] 同樣，在當時的「泛小說」理論語境中，

---

[54]　幾道、別士：《本館附印說部緣起》，王運熙編：《中國文論選・近代卷》（下），江蘇文藝出版社 1996 年版，第 19 頁、第 21 頁。
[55]　別士：《小說原理》，王運熙編：《中國文論選・近代卷》（下），

管達如、俠人等，不僅一再申明敘事文學是一種「記載理想界之事實」，「而非事實的事實」的文本，指出「其所以易於恢奇也」的緣故，乃「非著者才力使然，實材料然也」。[56]而且，就「歷史」和「小說」的不同形式意味，進行了多方面的比較[57]，因此認為：「文之至實者莫如小說，文之至虛者亦莫如小說。而小說之能事，即於是乎在」的敘事功能，與「導人於他境界，以其至虛，行其至實，則感人之深，豈有過此」的審美特徵[58]，是文學與歷史的根本性差異。尤為值得重視的，是王國維所提出的「一切之美，皆形式之美也」的理論命題及其對藝術形式美學功能及其價值的闡述和肯定。[59]可以說，這種觸及到藝術理論核心的美學探討及研究，不只因其鮮見而具有重要的學術價值和意義，而且也在更深的層次上體現出當時中國文學觀念及審美趣味的嬗變。

其次，是對於文學及藝術概念的詩學界定。1904 年，王國維在《紅樓夢評論》及其後的一系列文章中，針對中國傳統的「文以載道」觀念及理論，批評中國古代文學「美術之無獨立價值也久矣。」強調藝術的性質及作用，就在於「所欲解釋者皆宇宙人生根本之問題」；告誡作家「毋忘其天職，

江蘇文藝出版社 1996 年版，第 60-62 頁。

[56] 管達如：《說小說》，王運熙編：《中國文論選・近代卷》（下），江蘇文藝出版社 1996 年版，第 794 頁。

[57] 俠人：《小說叢話》，王運熙編：《中國文論選・近代卷》（下），江蘇文藝出版社 1996 年版，第 319 頁。

[58] 楚卿：《論文學上小說之位置》，王運熙編：《中國文論選・近代卷》（下），江蘇文藝出版社 1996 年版，第 387 頁。

[59] 王國維：《古雅之在美學上之位置》，姚淦銘編：《王國維文集》（3），中國文史出版社 1997 年版，第 31 頁。

而失其獨立之位置」。[60]黃人也依據「進化論」及「科學」
的分類法，強調「文學則屬於美之一部分」，希望在「世界
之觀念，大同之思想」的基礎上，重建中國「文學史」的學
術敘述等。[61]

　　於是，針對中國古典文論「有文字箸於竹帛」皆為文學
的「泛文學」理論體系，以及當時多用「說部」、「稗史」
詞語稱述小說等敘事文學，用「新樂府」或「紀事詩」、「稗
詩」或「韻文小說」、「舞詩」等概念，來指稱那些「敘述
小說者也」的敘事詩、劇詩文體類型等理論現象，王國維從
對「吾國人之所長，寧在於實踐之方面，而於理論方面則以
具體的知識為滿足，至分類之事，則除迫於實際之需要外，
殆不欲窮究之也」的思維方法批判著手[62]，以現代的詩學理
論術語及其表述，為中國現代文學理論包括敘事詩論確立了
最基本的美學及理論體系基點。他不只首次從文學理論「敘
事的文學」和「抒情的文學」的藝術分類中，正式提出了「抒
情詩」、「敘事詩」、「史詩」，以及劇詩等文體類型概念[63]，
並且進而論述了敘事文學與抒情文學的美學區別。[64]

60　王國維：《論哲學家與美術家之天職》等，徐中玉主編：《中國近代
　　文學大系・文學理論集》（1），上海書店 1994 年版，第 216 頁、第
　　217 頁、第 218 頁。
61　黃人：《中國文學史・總論》，王運熙編：《中國文論選・近代卷》
　　（下），江蘇文藝出版社 1996 年版，第 206-208 頁。
62　王國維：《論新學語之輸入》，姚淦銘等編：《王國維文集》（3），
　　中國文史出版社 1997 年版，第 40 頁。
63　王國維：《文學小言》，姚淦銘等編：《王國維文集》（1），中國文
　　史出版社 1997 年版，第 28 頁。
64　同上註。

　　正是由於藝術觀念及審美趣味的轉變，使得當時的文學理論及美學批評，開始用一種新的藝術眼光及美學規範，對中國古典文論及詩學的基本理論框架及其概念，進行現代性的學術研究及理論重構。例如，周樹人、周作人兄弟就在《摩羅詩力說》等一系列論文中，指出「美術為詞，中國古所不道」，是源自西方的美學概念。強調「由純文學上言之，則以一切美術之本質」的審美特點和「藝術」所包含的「三要素」[65]，批評中國傳統的文學「邪正」觀，除了「夭閼國民思想之春華，陰以為帝王之右助。推其後禍，猶秦火也」之外，更使「文章之士，非以是為致君堯、舜之方，即以為弋譽求榮之道，孜孜者唯實利之是圖，至不惜折其天賦之性靈以自就樊鞅」[66]。

　　同樣，在此之前的 1903 年，梁啟超也就他早年對中國古代詩歌藝術成就的整體性否定，從中西「詩歌」文類概念的差異上，進行了理論方面的反思。由此提出，「詩詞何以有狹義有廣義，彼西人之詩不一體，吾儕譯其名詞則皆曰詩而已。若吾中國之騷之樂府之詞之曲皆詩屬也，而尋常不名曰詩。於是乎詩之技乃有所限。吾以為若取最狹義，則惟三百篇可謂之詩，若取其最廣義，則凡詞曲之類，皆應謂之詩。數詩才而至詞曲，則古代之屈宋，豈讓荷馬但丁，而近世大名鼎鼎之數家，若湯臨川、孔東塘、蔣藏園其人者，何嘗不

---

[65]　周樹人：《摩羅詩力說》，《魯迅全集·集外集拾遺補編》，人民文學出版社 1981 年版，第 45 頁、第 47 頁。

[66]　獨應：《論文章之意義暨其使命因及中國近時論文之失》，王運熙編：《中國文論選·近代卷》（下），江蘇文藝出版社 1996 年版，第 694 頁。

一詩累數萬言耶。其才力又豈在擺倫彌兒頓下耶。」[67]隨後，
高旭再進一步說明「中國舊時所稱詩人，乃狹義的詩人，而
非廣義的詩人。若西國則布龍（拜倫）、蘇克斯比（莎士比
亞）、彌爾登諸人稱之為世界大詩人者，非專指五七言之韻
語而言，凡一切有韻之文、傳奇腳本之類，皆包括在內」等
問題的同時，批評「今人但知曹子建、杜少陵、李太白、陸
放翁之為中國大詩豪，抑知屈原、司馬相如、湯若士、高東
嘉、王實甫、孔方亭、辛稼軒、姜白石等之亦為大詩豪呼？
明乎此理，而詩之變化盡焉矣。」[68]

　　文學觀念的變化，即使在學術思想上堅持傳統學術立場
的章太炎身上，也可以清楚地有所發現。如他 1904 年寫的
文章中，就從中西史詩及敘事詩藝術差異與演變的比較研究
中，圍繞中國古代有無「民族史詩」創作的問題，提出了一
種可謂「存在說」的新的中國史詩、敘事詩文學史觀。為此，
章太炎首先指出：中國古代文學與西方的古希臘文學「韻文
完具而後有筆語，史詩功善而後有舞詩」的發展過程類似。
同樣都經過了「一，大史詩，述複雜大事者也；二，裨詩，
述小說者也；三，物語；四，歌曲、短篇簡單者也；五，正
史詩，即有韻歷史也；六，半樂詩，樂詩、史詩混合者也；
七，牧歌；八，散行作話，鉾於街談巷語者也」等，這樣所
謂的「先史詩，次樂府，後舞詩」的文學史演變階段。並由
此認為：中國古代的史詩及敘事詩藝術發展和西方相比，也

67　梁啟超：《小說叢話》，《新小說》第 7 號，1903 年。
68　高旭：《願無盡廬詩話》，王運熙編：《中國文論選・近代卷》（下），
　　江蘇文藝出版社 1996 年版，第 440 頁。

同樣可謂是「徵之吾黨，秩序亦同」。具體說來，就是：「夫三科五家，文質各異，然商、周誓誥，語多磔格；帝典蕩蕩，乃反易知，彼直錄其語，而此乃裁成有韻之史者也。蓋古者文字之興，口耳之傳，漸則亡失，綴以韻文，斯便吟詠而易記憶；意者蒼、沮以前，亦直有史詩而已。下及勳華，簡篇已具。故帝典雖言皆有韻，而文句參差，恣其修短，與詩殊流矣。其體廢於史官，其業存於矇瞽。」[69]而王國維的《宋元戲曲考》，則是從文體類型學的角度，探討整理了中國古代劇詩藝術及其「聯曲體」敘事形式，由「漸借歌舞以緣飾故事」到「不以歌舞為主，而以故事為主」，「寫情則沁人心脾，寫景則在人耳目，述事則如其口出是也」的演進軌迹。[70]以上這些，由各個不同的方面，顯示出 19 世紀末以來到五四新文學運動以前，新文學先驅者們以新的文學眼光及藝術觀念，對中國古典文學傳統的歷史反思與學術發現。這也因此成為五四新文學運動以後，尤其是 20 年代中國敘事詩藝術傳統「整理」與「重估」的開始。

五四新文學運動期間的中國敘事詩美學及理論建設，正是在 20 世紀初以來所取得的創作經驗及理論與學術基點上的繼續。

這其中，一是基於現實主義藝術觀對中國古典敘事詩藝術傳統的認同，並在現實及歷史的選擇中，使其融入了現代

---

[69]　章太炎：《訄書‧重訂本‧訂文‧正名雜義》，《章太炎全集》（3），上海人民出版社 1984 年版，第 226 頁。

[70]　王國維：《宋元戲曲考》，姚淦銘等編：《王國維文集》（1），中國文史出版社 1997 年版，第 413 頁。

性的精神理念及價值觀。早在新文學革命口號正式提出之
前，胡適就對白居易「新樂府」詩歌及其詩論，給予了極高
的評價。[71]新文學革命發生以後，胡適等新文學倡導者在對
中國古代文學的整體性否定中，卻依然強調並闡發中國古典
敘事詩的所謂「社會文學」價值及現代意義。[72]推崇及稱讚
它們是「現實寫真」，「寫實詩」，「全寫民情」，藝術結
構上「經濟」，能運用「具體的寫法」等，「紀事言情——
活現於紙上」的有「真主義」的、「內外相稱，靈魂與與體
殼一致」的藝術作品。[73]這種對於古代敘事詩藝術價值及其
現實主義創作精神的「經典性」發現，自然也是和新文學革
命所期望實現的現代中國文學目標聯繫在一起的。因此，像
《孔雀東南飛》這樣的作品，也就一反梁啟超當年「詩雖奇
絕，亦只兒女子語，於世運無影響也」的遺憾及批評[74]，相
反，對現代敘事文學創作及其結構形式，則具有了一種「示
範性」的作用。[75]

　　二是從文體形式入手，以自覺的文體變革主張，期望從
創作形態上徹底打破限制中國敘事詩藝術發展的形式束

[71]　吳奔星等編：《胡適詩話》，四川文藝出版社 1991 年版，第 44 頁、
　　　第 46 頁。
[72]　胡適：《譯張籍的〈節婦吟〉有跋》，《新青年》第 8 卷第 3 號，1920
　　　年 11 月。
[73]　參見胡適：《文學改良芻議》，《論短篇小說》，《建設的文學革命
　　　論》，《談新詩》等；錢玄同：《寄陳獨秀》；劉半農：《詩與小說
　　　精神上之革新》；傅斯年：《文學革新申議》，《白話與文學心理的
　　　改革》等。
[74]　梁啟超：《飲冰室詩話》，人民文學出版社 1982 年版，第 4 頁。
[75]　胡適：《論短篇小說》，王運熙編：《中國文論·現代卷》（上），
　　　江蘇文藝出版社 1996 年版，第 54 頁。

縛。當時的新文學倡導者們，依據現代理性詩學規範及其審美趣味，認為中國古代詩歌中所謂「貴族的」、「古典的」及「山林的」文學作品，除了內容陳舊、單調外，語言形式也陳腐、呆板。從而在根本上束縛了中國詩歌藝術的發展。因此，他們首先將古代文學形式作為「革命」的目標及對象，從理論上進行了激進的、不留餘地的猛烈抨擊。[76]於是，「白話」不僅成為評判中國文學的「價值」關鍵以及詩歌藝術「活」的形式標誌[77]，而且「白話」的敘事「靈活」及「詩體大解放」的理論主張，又為「白話敘事詩」的創作「嘗試」及詩學理論成長與發展，鋪平了藝術的實踐之路，並開拓出了建設的語域空間。這種自覺的文體變革意識及理論主張，除了在根本上消解並打破了限制中國敘事詩藝術成長發展的觀念束縛之外，同時又為敘事詩文學類型意識的自覺及其現代敘述形式的確立，提供了必須的詩學理論前提。

　　三是批評中用「詩體大解放」及「增多詩體」相號召，推進現代敘事詩「敘述體」形式的建立及文體類型的獨立自覺。如果說胡適的「詩體大解放」口號側重於「新內容和新精神」的表現，要求「不能不先打破那些束縛精神的枷瑣鐐銬」的話[78]，那麼，劉半農則是通過對英法兩國詩歌藝術的

76　胡適：《致獨秀》，《新青年》第 2 卷第 2 號，1916 年 10 月；陳獨秀：《文學革命論》，《新青年》第 2 卷第 6 號，1917 年 2 月；劉半農：《我之文學改良觀》，《新青年》第 3 卷第 5 號，1917 年 7 月；劉半農：《詩與小說精神上之革新》，《新青年》第 3 卷第 5 號，1917 年 7 月。

77　胡適：《建設的文學革命論》，《新青年》第 4 卷第 4 號，1918 年 4 月。

78　胡適：《談新詩》，《星期評論》第 5 號，1919 年 10 月 10 日。

比較研究，發現了英國之所以「詩人輩出，長篇記事或詠物
之詩，每章長至數萬字，刻為專書行世者，亦多不可數」的
原因，就在於「詩體極多」及「詩律」寬鬆，使得詩人「本
領魄力」能夠有「所發展也」，並提出了「增多詩體」及「自
造、或輸入他種詩體」、「更造他種詩體」的文體變革論。[79]
如前所述，胡適除了早在五四新文學運動之前，就曾對古代
敘事詩如《詩經》、漢魏樂府、《琵琶行》等作品中的「對
話體」結構形式引起注意之外[80]，新文學革命後，又一再將
《石壕吏》、《上山采蘼蕪》等作為古典敘事詩結構上講究
「剪裁」與「佈局」的範例[81]，把《孔雀東南飛》、《木蘭
辭》、《新豐折臂翁》等作品，看作一種「韻文短篇小說」
或「有情節的詩」，提供給了當時的敘事文學及新詩作者，
作為他們在敘述結構形式方面參考學習及藝術「模仿」的一
種「範式」。[82]並且提醒大家注意中國古代詩歌文學類型中，
「韻文只有抒情詩，絕少記事詩，長篇詩更不曾有過」，以
及「中國的文學實在不夠給我們作模範」的事實。所以，西
方的文學類型則要「比我們的文學，實在完備得多，高明得
多，不可不取例」，尤其是那些「中國從不曾夢見過的體裁」，
才會「真有許多可給我們做模範的好處」。[83]

---

[79]　劉半農：《我之文學改良觀》，《新青年》第 3 卷第 5 號，1917 年 7 月。
[80]　胡適：《對語體詩詞》，吳奔星等選編：《胡適詩話》，四川文藝出
　　　版社 1991 年版，第 57 頁。
[81]　胡適：《建設的文學革命論》，《新青年》第 4 卷第 4 號，1918 年 4 月。
[82]　胡適：《論短篇小說》，《談新詩》，《新青年》第 4 卷第 5 號；《星
　　　期評論》5 號，1918-1919 年。
[83]　胡適：《建設的文學革命論》，《新青年》第 4 卷第 4 號，1918 年 4 月。

　　四是從分類學及基本概念入手，努力建構中國現代敘事詩理論體系。五四新文學運動時期，出現在當時刊物及許多文論或批評文章中的「敘事詩」概念，除了側重於「寫實」和「白描手法」，因而常和「現實寫真」、「記事詩」，或如「寫實諸詩」、「敘事之詩」等詞語混用外，其理論表述及學術體系建構上，則明顯受到西方理性主義的「二元論」詩學理論模式及「文學進化論」的影響，或者直接來自譯自西方文論。如田漢就依此將「敘事詩」放在「客觀的律文詩」類中，並由此區分出所謂「敘事的敘事詩」與「抒情的敘事詩」文類概念來。[84]同樣，聞宥也是根據外國學者的文學分類方法，將「敘事詩」分為「客觀的律文詩」，劇詩稱做「主客觀之律文詩」，置之於與「散文詩」相對的「律文詩」類型之中。[85]這種直譯或意譯過來的詩學概念，對當時的理論批評及學術研究，都影響甚廣。甚至包括許多堅守傳統學術思想及方法的學者。如謝無量的《詩學指南》，就顯然接受並從「敘事詩」文類角度，通過對《孔雀東南飛》、《木蘭辭》、《長恨歌》等的分析，論述了「蓋敘事體最是樂府之可式者也」，以及「後來敘事詩，大抵本古樂府」，故「近世以歌行紀事者，莫如吳梅村，又因元白之體勢也」等文體上的演變軌迹。[86]儘管從文學發展的角度看，概念使用的隨意及無序，無疑是一種理論及思維混亂與不成熟的表現，但

---

[84] 田漢：《詩人與勞動問題》，《少年中國》第 1 卷第 8-9 期，1920 年 2 月 15 日-3 月 15 日。
[85] 聞宥：《白話詩研究》，上海粱溪圖書館 1920 年版。
[86] 謝無量：《詩學指南》，中華書局 1918 年版，第 62 頁。

作為中國敘事文論及敘事詩論演進過程中的初期階段，又事實上體現說明了當時理論建設上的「活躍」。或者正是在這種顯得「混亂」的「活躍」中，20 世紀初到五四新文學運動期間的中國敘事詩理論及批評，才能夠得以不斷超越自身，並因此取得長足的進步及發展。

第二章

認同與自覺：20 年代中後期的創作及成熟

　　1921 年後現代文壇發生的重大變化，也對現代敘事詩創作形態的形成及發展，帶來了直接或間接的影響。其中，首先是隨著新文化及新文學陣營的「分化」，使五四新文學運動中聚集在「文學革命」旗幟下的倡導者們，開始逐漸因為政治立場及文學興趣的不同與分野，而各有所指並向不同的方向趨進。因此也使 20 年代中國現代文學的發展，由新文學運動的中心性理論倡導與示範性創作嘗試，進入並形成了在認同新文學基本藝術原則的基礎上，有意識並自覺進行現代文學多方面理論及創作實踐的探索階段。從而為當時現代敘事詩創作形態的生成及演進，提供了一個恰當的文學環境及條件；其次，是伴隨著這種變化而湧現出的各種新文學社團，以及它們以各自不盡相同的理論標識及創作上的追求，使當時的現代文學發展格局，整體上出現了一個前所未有的活躍時期。以《小說月報》、《詩》月刊、《創造季刊》、《現代評論》及《晨報副刊》、《民國日報・覺悟》、《時事新報・學燈》、《文學旬刊》等刊物為傳播途徑，它們在刊載了許多新詩人的敘事詩創作及外國敘事詩作品翻譯的同時，也不斷地圍繞新詩及敘事詩藝術形式方面的問題，展

開了積極的討論及批評；最後，也是尤為值得注意的，就是
在當時以理性主義及其科學方法「重建」的現代學術知識體
系及文學研究中，對中國敘事詩藝術傳統及文學價值的研究
與「重估」，也日益成為一個受到眾多學者及文學批評者矚
目的研究領域。

一、「寫實」及「問題」敘事詩歌的多體紛呈

　　眾所周知，將「人生」與「為人生」作為文學及藝術的
根本性價值及目的，以及藝術批評及審美評判的首要標準，
是五四文學革命以後現實主義文學創作遵循的一個基本原
則。到了 20 年代中後期，隨著新文化運動及思想革命的演
進，這種「為人生」的現實主義文學觀及審美趣味，開始出
現了許多新的因素和變化。[1]除了重申「詩是人生的表現，
並且還是人生向上的表現」外[2]，更要求詩人將「歌吟現在
的活的人生」作為自己的「天職」。[3]其中，最明顯的一點，
就是將勞工大眾的「人生」及「人道」問題，以及如何解決
這些現實社會問題及人生現狀的辦法途徑等，作為他們「為
人生」藝術的描寫內容與創作目的。[4]從而也必然地對當時
的「寫實」及「問題」敘事詩創作形態及文體風格的形成，

---

[1]　羅家倫：《什麼是文學》，《新潮》第 1 卷第 2 號，1919 年 2 月；西
　　諦：《血和淚的文學》，《文學旬刊》第 6 號，1921 年 6 月 30 日；
　　孟真：《中國文藝界之病根》，《新潮》第 1 卷第 2 號，1919 年 2 月。
[2]　俞平伯：《詩的進化的還原論》，《詩》第 1 卷第 1 號，1922 年 1 月。
[3]　劉延陵：《美國的新詩運動》，《詩》第 1 卷第 2 號，1922 年 2 月。
[4]　胡適：《文學改良芻議》，王運熙主編：《中國文論選‧現代卷》，
　　江蘇文藝出版社 1996 年版，第 3 頁。

尤其是題材選取與主題思想傾向等，產生著實質性的左右及多方面的深刻影響。

因此，我們僅從當時的《小說月報》，《文學週報》，《晨報副刊》，《時事新報》副刊「學燈」，《民國日報》「覺悟」、「平民」、「文學旬刊」等副刊，以及《小說世界》等報刊雜誌的考察中，就可以清楚地看到，在 20 年代中後期的現代敘事詩創作及其藝術形態中，由於眾多作家的寫作參與，不同流派及其風格的創作競爭，加上思想文化領域內的理論支援，以及各刊物對作品的競相刊載等，這種「寫實」及「問題」敘事詩歌的多體紛呈與創作繁榮，不僅成為當時一個引人注目的文學現象，在整體上形成了一個創作高潮及衝擊，而且作為一種「為人生」的敘事文學類型及現實主義的實踐性寫作，也以其共同一致的審美趨向及追求，展現出了它在中國現代文學史，包括現代敘事詩發展史上獨特的、無可替代的文學價值。

出現在這時期的敘事詩創作，最為引人注目的，還是那些與中國古典敘事詩現實主義傳統及其創作精神一脈相承的現實社會政治題材。從軍閥統治下的中國社會中選取創作題材，力圖揭示並反映普通民生的非人處境及國家民族的苦難，以期達到「啟蒙主義」的社會作用，就成了這時期的以文學研究會作家為主體的「寫實」、「紀實」性敘事詩創作中，作者及作品數量最多，主題思想和現實生活最為貼近的一類寫作。余愉的《犬吠聲》、《上帝之心》，寫農民生活的貧困，宣傳「人生而平等」的理念；李之常的《京漢車中雜吟》，以感事的方式，表達新知識份子對勞苦大眾的同情；

陳文華的《想起》、《在銀行和郵局裏面》,展現軍閥統治
社會中無處不在的「官僚」習氣;王統照的長篇《道聽》,
以散文詩體和「對話」場面,展示社會的黑暗及墮落;李之
常的長篇《戰慄之夜》,講述一個剛生產過的婦女,因「兵
變」而陷入恐懼驚慌中的情景;徐玉諾的長篇《有仗恃的小
孩們》,描述一個老嫗帶著「生來就失去了眼睛」的四歲孫
子,沿街乞討最後凍死在「富人」門口的情景;《母親》,
講述了一個貧苦的農婦,在荒年裏被活活餓死的慘像;潘力
山的《奉直之戰》,以兄弟二人因生活所迫當兵,結果雙雙
死於對陣之中的悲慘故事,揭露軍閥混戰的罪惡;蘇宗武的
《一個解甲歸來者》,也以一個復員老兵的遭遇,展示了那
些被軍閥驅趕到戰場的普通士兵們的悲慘命運。其他,還有
浮石的《船公與船婆》,王任叔的《途遇》、《從狹的籠中
逃出來的囚人》等,聶光地的《和喜死了》,蘇兆龍的《聞
鄰女夜哭》等。

　　同時,伴隨著「民主」及「科學」思想的發展,以及「人
道主義」與「勞工神聖」觀念的深入,既是當時文化思想及
意識形態領域內,研究並關注「一般牛馬式奴隸式的勞動者」[5]
生存現狀的一個熱門議題,同時,也是現實主義文學創作選
擇敘事詩歌的文體形式,順應時代及歷史的要求,對勞動人
民寄寓「人道主義」同情及悲憫,探討「勞動者的人權及人
格」等具體現實問題的一種實踐的藝術。於是,許多作品的
一個明顯變化及進步,就是基於「社會主義」的經濟社會「平

5　　石龍:《人道雜誌的宣言》,《民國日報・覺悟》,1920 年 3 月 10
　　日。

等」學說及理解，對在資本主義的「金錢」社會制度下，「人
道」的現實困境，尤其是資本家及地主把勞動者「當牛馬待
遇」的現狀，嘗試從政治及經濟體制方面，進行多視角的展
示與思考。如鄭振鐸的《兩件故事》，通過二個「老練的軍
人的話」，描述貧苦農民因生活無著只好當兵打仗的命運。
李一飛的《轎夫》，用「轎夫」的言語，自述那些「穿著皮
鞋」的小官僚們，使勢詈罵，視穿「布鞋」的轎夫如奴隸一
樣的情形。李日生的《掛髮網的姑娘》，茜村的《絲廠女工
曲》，以民謠體描述「青州女子」等在資本家的盤剝下的痛
苦生活；溫崇信的《為什麼才來》，以「兒童」的視角，描
述工人們的生活辛酸和資本家對工人的剝削；徐玉諾的《丐
者》，以「人道」觀念及「社會主義」的理想，表達對「乞
丐」人格的尊重；浪天的《小販》，描述擺「水果」攤的街
頭「小販」，被警察驅趕及抓走，卻引來周圍人群幸災樂禍
「大笑」的情形等。

　　正因為如此，即使在他們的那些寫婚姻愛情題材的「寫
實」及「問題」敘事詩創作中，讓人觸目所見所感的大多數
作品，也絕非男女之間多少的浪漫或些許的溫暖，而是嚴酷
現實撞擊下的沉重及無奈。何植三的《愛素嫂嫂》，講述一
位年輕的農婦，雖每日辛勤勞作賺錢養家，但仍逃脫不了被
丈夫尋釁打罵的事件。同樣，楊振聲的長篇《河邊草——
Ballad（敘事曲）》，採用民謠體的韻律節奏及「劇詩」的
對話形式，講述了一對青年男女由於父母家庭的阻攔，最後
雙雙殉情而死的愛情故事；宗樹男的《冬之夜》，敘寫一位
「寡婦」為了養育幼子所經受的情感煎熬及生活痛苦；長篇

《白河之畔的戀歌》，敘述一對男女青年的愛情悲劇；徐碧暉的劇詩《湖畔孤鴻》中，「少年」和「女郎」面對軍閥混戰的黑暗現實，發出了憤怒地控訴及吶喊；味辛的《倡女曲》，講述了一個婦女婚後被浪蕩丈夫賣為娼妓的悲慘故事；稻心的長篇《回娘家》，以歌謠體的形式，描述童養媳所遭受的種種家庭暴虐及不幸命運；淚珠女士《斷腸的回憶》，抒寫那種沒有愛情的婚姻給男女雙方帶來精神痛苦及人生的悲劇等。

　　不過，在這些愛情題材的詩作裏，也能夠看到一些新的主題思想及形式因素的成長。如蘇兆驤的《漁娘曲》，用第一人稱敘事，講述一位漁家姑娘不為「商人」錢財所惑，依靠「勞動」主宰婚姻命運的故事。胡叔瑾的劇詩《牧童和浣衣女郎》，講述一位「昔為窮家女，／現為富家奴。／青春猶未遇，／受盡人間苦」的少女，在山澗溪旁邂逅了一位少年牧童，二人相識相愛的故事。詩中應當注意的，倒不是這個浪漫的故事情節，而是其中所表現出的那種熱烈的激情及思想意識。在這種「舞去橫梗著的障礙，／舞出黑魆魆的前途」等有意而為的藝術努力及創作實踐中，也體現出了這些敘事詩作「審美意識形態性」的一個基本特徵。

　　以哲理觀念或宗教題材為敘事情境及主題創作的寓言詩、童話詩，仍然是當時「問題」敘事詩創作的一個不可缺少的組成部分。它們不僅是五四文學革命時期「啟蒙」文學寫作的一種繼續，而且也是新文學作家認識及「思考」現實與未來的一種藝術的表達方式。劉延陵的長篇《琴聲》，講述一個合著「南方底風」的「琴聲」，和被它喚醒的「小草」、

「凍河」，以及「被高亢的石碑／壓了千年」的「睡了的人」之間發生的靈魂衝突。詩的語言自然流暢，結構完整，寓意悠深。作人的《仁慈的小野蠻》，用了二個童話劇的場面，展示出人道主義者所面臨的理想與現實的矛盾狀態。許杰的《窮人們底汽車》，以象徵虛構的藝術意象，描寫了一輛可以讓窮人們都能乘坐的「汽車」，表達對平等社會理想的嚮往。此外，衡哲的《三峽中的揚子江》，表現積極進取無所畏懼的信念及精神；德徵的《生命樹上的果》，重釋基督教中「偷食禁果」的故事；王任叔的《詩人與芙蓉》、《童心》、劇詩《從狹的籠中逃出來的人》等，蘇兆驤的《制度與人生》、《芭蕉底心裏》，敘述新的生命意識的覺醒及「烏托邦」式的理想愛情。

在當時活躍於現實主義「寫實」及「問題」敘事詩創作活動的眾多詩人中，葉聖陶、朱自清、劉大白等人的作品，應當予以特別的關注。其中，葉聖陶的長篇詩作《瀏河戰場》，以其龐大的篇幅及鮮明的「紀實」性敘事特徵，成為當時現實主義敘事詩創作中罕見的一首作品。它以第一人稱或第三人稱交替的敘述角度，多場面全方位的展示了軍閥內戰給社會經濟，特別是普通百姓造成的種種苦難，控訴了軍閥統治者們的無道與罪惡。同時，為了強化詩的「紀實」性效果，在同期刊載的作品中，還配發了兩幅記錄「戰場」殘垣斷壁的攝影照片。而朱自清的《小艙中的現代》，基於人道主義立場，對「現代」的「金錢」社會關係進行了藝術的揭示。作品透過小輪船上表面的「現代」繁榮，揭示金錢背後所造成的「非人」後果。此外，他的《星火》、《侮辱》、

《朝鮮的夜哭》等作品，以及 1923 年發表的敘述「長詩」
《毀滅》，在多層面的社會背景及空間下，以個人的「心境」
歷程，展示及反映現實的動蕩與無奈。並因此對以後許多作
家的「敘述長詩」創作，產生了直接的影響。

　　五四文學革命時期就以歌謠體新詩及「白話敘事詩」創
作，引起新文學界好評的劉大白，20 年代中後期更加努力。
僅在當時的《民國日報》副刊「覺悟」上，幾乎每期都有他
的新作。在這裏邊，除了仍然有很多的歌謠體敘事詩歌外，
還創作了一些與歌謠體不同的自由體敘事詩歌，並在題材及
敘事主題等方面，也有了明顯的變化。如童話寓理詩《姻緣
──愛》、《地圖》等，分別以 「擬人化」的敘事情境及
虛構的故事情節，表達現代的思想理念及社會理想。而他的
長篇《龍哥哥，還還我》，以「史詩」性的敘事情境，敘述
了一個在「龍」與「雄雞」之間所曾發生的神奇傳說故事。
詩中完整的故事情節及生動的人物形象，豐富的思想及藝術
內涵，在當時的敘事詩創作中，都是不多見的作品。

　　此外，「革命敘事詩」的出現，也是當時現實主義的
敘事詩創作活動中，一個具有「歷史轉折」意味的創作動向。
1923 年前後國共合作的「大革命」時期，就出現了一些表
現「北伐革命」題材及政治內容的敘事詩歌。如張維周的《示
威》，描述北京學生及工人集會聲援「京漢鐵路大罷工」的
事件過程，以及工人學生們激憤的情緒與悲壯的精神。尤其
是其中湧現出的「無產階級革命」的敘事詩作品，儘管數量
上不多，但其鮮明的階級意識及其敘事主題，凌厲粗獷的文
體形式及風格，宣揚階級鬥爭及社會政治革命的思想內容，

都顯示出其和當時「革命文學」運動及其文學實踐的內在藝術關係。這其中，赤光的《屠殺》，是一首直接採用地主和佃戶之間「階級」矛盾與鬥爭題材的敘事詩作。作品通過完整的故事情節，彰顯並強化階級鬥爭及社會解放的思想主題。與之相同，方志敏的《哭聲》，用「農民、工人、妓女、童工、士兵及青年的「眾聲」與「哭訴」展開對話，宣傳激進的無產階級解放意識及其「吶喊」。在文體風格上開始初步展示出「革命文學」特有的「先鋒性」特徵。

　　1923 年以後，在《小說世界》及《真美善》等刊物上，還出現了一類可稱之為「通俗敘事詩」的創作現象。這些自稱為「故事詩」或「詩劇」的創作，作者人數不多，且基本在固定的刊物上發表作品。它們運用自然通曉的白話口語及敘述體式，選擇婚姻及普通民眾的現實生活題材，稱頌並讚賞傳統的道德理念及人生品行，表現與現代社會的情感衝突及不適等敘事主題。同時，由於很多作品在主題思想及敘事功能等方面所表現出的倫理教誨意味，因此使其具有了明顯的「通俗文學」特徵。

　　最初出現的一批「通俗敘事詩」作，主要是由靜軒、胡寄塵等人完成的。這其中，靜軒的詩作，多以「感事」性情境的展示及抒寫為主，情節並不完整。但為了達到通俗化的效果，發表時則採用了配有相應內容「漫畫」的「詩配畫」的方式。如《啼聲》，展示了一個深夜為嬰兒哭聲叫醒的母親，不辭勞頓困倦，照顧嬰兒的情景。以抒情的筆調及「獨白」的敘述結構，頌揚「母愛」的無私及溫馨；《詩人》，諷刺一個自恃「有情緒」即可「做詩」的文學青年，尋覓詩

情而不得時苦思冥想的窘境。而禹鐘的《賣餳》，則以虛構
的都市「田園」情調，描述一位「賣餳」小販順天樂命的精
神狀態及生活情景。此外，還有朱君庸女士的《團圓鏡彈
詞》，以彈詞體的形式，講述一位來自美國的女子「特根」，
在蘇州一所教會大學教書的事蹟。

　　相比之下，在這些作品中，「南社」老作家胡寄塵的許
多「故事詩」，則比較注意故事的動作性，又刻意於主題思
想和時代性的同步。並且，發表時也從不用「詩配畫」的方
式。因而在藝術成就方面就顯得相對突出。其中，首先是他
的幾首愛情題材的敘事詩作，在主題思想及文體形式上，所
表現出的一種清新不俗之相。長篇《聽琴》以完整的敘事情
境及敘述話語，使這個多少帶點「才子佳人」意味的纏綿夢
幻般愛情故事，有了些許現代的浪漫情調及婉惜感傷的意
蘊。與之相似，《天真之戀愛》敘述一對曾經是「少小無猜」
的青年男女，長大後卻因為「束縛人們的禮教」，最後只剩
下兒時對「天真之戀愛」的回憶和抱憾。其次，是他對現實
社會中封建道德及「金錢」左右下的人際關係，基於倫理角
度給予的分析及批評。《希臘騎士》取材自莎士比亞的戲劇
《雅典的泰門》，用五言詩體寫成。除了風格古雅和諧，音
韻節奏明快之外，詩中不僅以曲折的故事情節及人物關係描
寫，對現實社會中人性的醜陋及勢利，進行了集中的批判及
刻畫，而且所講述的這位「騎士」，也明顯帶有中國文學中
「義俠」及「隱士」的精神氣質；《敵國》想用人性的自私，
揭示並批判傳統家庭制度的保守與弊端。最後，是一些有著
陳腐的封建道德痕跡及勸戒、教化目的的作品。也是在這裏

看出了其與新文學藝術精神存在著的明顯距離。如《妾與兒》
中所否定的，並不是封建的宗法制度及不合理的婚姻關係，
而是對這種「妻不容妾」現象的勸戒及批評；《金錢之價值》
用一種被動幻想的詩意觀念，企圖對現代社會及「金錢萬能」
的現實，進行道德上的消解及反抗；《女英雄》，講述一位
「走遍了四海，五湖，／遇不到敵手」的英雄俠士，碰到心
愛的女子後，「軟得變成了一團棉」的喜劇性故事。由於在敘
事功能上希望實現倫理道德的勸戒效果，可以看出它們在創
作思想及文學傳統方面，與古代文學中諷喻詩歌的內在聯繫。

二、在浪漫愛情和夢幻人生之間感傷吟唱

　　現代「主情主義」詩學的流行及抒情文學傳統的影響，
使 20 年代中後期的「浪漫」敘事詩創作，在藝術及詩學形
態方面最為引人注目的，就是其中所顯示出的「夢幻感傷」
情調及審美趣味的時代性特徵。當時的「浪漫」敘事詩創作，
無論是對理想人生的嚮往及歌頌，還是對美好浪漫愛情的期
盼及感傷，作品中那些自述性主人公及敘述者，除了多由一
些傲視世俗成見特立獨行的「詩人」，或者滿懷孤獨憂鬱委
屈哀怨的「自我放逐者」等類似的人物形象承當之外，寄託
他們理想或願望的「圓夢者」及靈魂或精神「拯救者」，也
多為月中的「月姐」或者柔情體貼、聰慧睿智的「女神」等
超人類的藝術形象。從而也使敘事詩文體形式，成為他們抒
發表現自己人文社會理想的一種「實踐」性藝術創作，以及
一代知識青年心靈情感悲歡跌宕的反映與記錄。

　　用敘事詩歌的藝術形式，歌頌美好浪漫的愛情理想，抒寫浪漫主義詩人對「人」的發現及激動，表現自然人性論及個性解放的人道主義思想主題，是這種「浪漫」敘事詩作品的一個基本特徵。梅紹農的《菩提樹下》，歌詠一個甘願冒犯「清規」和情人「幽歡」的年輕尼姑，最後被「村紳們」捉住「殘酷地」「沉入百丈的深河」中的愛情故事。許幸之的長篇《牧歌》，用第一人稱的敘事情境，講述了一對青年男女的「生死戀」故事。馮雪峰的《雪晚》，描述「一對十三四歲的男女」之間樸素純真的情感故事。汪靜之的《孤苦的小和尚》，講述一個十七歲的「小和尚」心中按抑不住的情感波瀾。王統照的《牧羊兒》，在遊客與牧羊兒的戲劇性抒情歌唱中，抒發他們對於幸福愛情的企望。陳翔冰的長篇敘事詩《黃五娘》，取材於閩南民間傳說故事。作品通過「偕逃」、「獄中」及「墮井」三個章節的篇幅，描述了「陳三」和「五娘」悲淒的愛情命運。白采的《羸疾者的愛》，是當時影響較大的一首長篇敘事詩作。詩中通過主人公「羸疾者」和偶遇的一位「慈祥的老人」，以及「他的一個美麗的孤女」等人物之間的「對話」，表現一種所謂「最深切的，無我的愛，而且不只是對於個人的愛──將來世界的憧憬也便在這裏」[6]的愛的理想。

　　在這類敘事詩歌作品中，為避免浪漫主義文學所強調的「情緒」的間斷及單調，保持詩歌藝術及結構形式整體的情緒統一及延續，許多長篇作品也採用了「聯章體」組詩的結

---

[6]　朱自清：《白采的詩》，《一般》10 月號，1926 年 10 月。

構形式。如郭沫若的《瓶》，抒寫了一個癡戀於藝術的愛情故事，表現現代青年對於美的理想所抱有的執著及憧憬；張我軍的《亂都之戀》，用 55 首的「聯章體」組詩，以主人公的抒情自敘，講述寄居京城的一位臺灣青年悲歡離合的愛情事蹟。同樣，韋叢蕪的《君山》，是當時產生較大影響，被認為是一首「明白婉約，清麗動人且為中國最長之述事抒情詩」[7]的作品。詩中亦以組詩的結構及形式，展示了幾位青年男女在「野站」的邂逅，八月君山的相約，以及野站的重遊等情節場面，抒寫五四時期一代青年知識份子的情感期待。自然，像這樣的「聯章體」敘事詩作，僅在近代以來許多作家的創作中都可以看見。如貝青喬的《咄咄吟》，康有為的《朝鮮哀詞五律二十三首》，王國維的《隆裕皇太后挽歌辭九十韻》，劉成禺的《洪憲紀事詩》等。因此，可以說這種「聯章體」的結構形式，一方面適應並迎合了中國抒情文學傳統的創作規範及欣賞趣味，另一方面又因為寓於一個「形式上的故事」，能夠產生詩意的情緒背景及主題思想的開闊。從而在文體形式方面，成為影響當時及以後的可謂「抒情敘事詩」創作的一種「典範」性作品。

通過愛恨交織的情感糾葛，抒寫知識青年心靈及精神的矛盾和自卑，袒露浪漫詩人理想及愛情的衝突和感傷，表現浪漫主義英雄及其反抗精神的孤傲與崇高，是浪漫主義敘事詩作品的一個重要審美特徵。育熙的《街頭女詩人》，以第三人稱的視角，描寫一位「心圍之熱血已冷縱飄流也不過是

7　沈從文：《我們怎麼樣去讀新詩》，楊匡漢等編：《中國現代詩論》（上），花城出版社 1985 年版，第 140 頁。

一具活屍」的瘋狂「女詩人」對現實世界的絕望及反抗。易
家鉞的長篇《玉簫明月》，以第一人稱的自述體，抒寫主人
公敏感的心靈世界及感傷憂鬱。孟超的《夢擺侖》，通過虛
構的「夢境」情節，以「夢中」拜倫的「自述」，疾呼並宣
揚「在為搗毀機器工人請命，／在援助民族運動的義舉」。
倪炯聲的《原始之夢》，抒寫主人公在「夢境世界」中看到
的「原始社會」及「野人」們，「不知虛偽的禮教」，「不
知種國的分界」，「像從天堂裏降生之神」。王統照的《獨
行的歌者》，以抒情的筆調，塑造了一位在「冷荒的萬象」
中激昂吟唱的孤獨歌手。在那裏，這位歌手希望用他的歌
聲，呼喚出一個美麗的「世界的花園」。詩中歌者與海之女
那充滿哲理，洋溢著深情的對唱，使詩的敘事籠罩在濃濃的
抒情氛圍之中。

　　劇詩，即用戲劇體寫的僅供閱讀的敘事詩，是浪漫主義
的敘事詩歌及主情主義作家最為鍾情的體裁形式之一。並
且，正是劇詩藝術形式功能的「史詩的客觀原則和抒情詩的
主體性原則這二者的統一」[8]，使得主情主義的敘事詩人及
其創作，有了一個最能夠充分展現自己才情及縱情發揮藝術
想像的「恰當」形式。從郭沫若五四新文學運動期間創作的
《黎明》、《鳳凰涅槃》、《棠棣之花》等作品開始，這種
以戲劇場景為情節線索及故事背景，以劇中人物之間的「對
唱」或「歌唱」等抒情話語為敘述方式的劇詩作品及其形式，
對現代戲劇體敘事詩創作，特別是浪漫主義的敘事詩創作，

8　黑格爾著，朱光潛譯：《美學》（3 卷下冊），商務印書館 1981 年版，
　　第 241 頁。

在敘事主題及文體風格等方面，都產生了很大的影響。如何心冷的《春之薄暮》，通過一對「少男少女」和「小愛神」的歌唱，頌揚「地久天長」的愛情；飛來客的《詩人與月》，通過「詩人」與「月姐」、「烏雲」之間的對話，借助浪漫愛情的離合幻滅，展示「詩人」對純潔愛情與美好人生的追求及迷惘，以及對「無情的人間」的厭棄及失望；袁家驊的《秋江》，以「秋江」之上「江妃」與「舟中青年」的「對唱」，抒寫一代青年心靈的孤寂與情感的憂傷。此外，還有白薇的《琳麗》，王秋心、王環心的《春之神》、《海上漂泊者》、《日暮的倦鳥》等，也都是當時這類敘事詩創作中有一定影響的劇詩作品。

　　同時，在當時的通俗文學刊物《小說世界》、《真美善》等雜誌上，也出現了一些自稱「詩劇」的劇詩作品。它們多以愛情婚姻或歷史題材，來抒發浪漫出世的思想主題，傾訴事業人生的失意或傷感。如汪劍余的《菊園》，通過「詩人」和「菊」、「喜鵲」、「雁群」等「擬人化」藝術形象之間的對話，講述了一個「詩人」，在愛情及事業上遭受挫折之後，心靈的痛苦與精神的感傷。詩中以「菊」的沈默不語，「喜鵲」和「雁群」的相互鼓勵等情節，在哀傷的敘事情境中，又散發著一種積極進取的精神意向。而《桃花源》和《娥皇女英》，前者演義了桃花源的歷史傳說，在虛構的烏托邦社會理想中，表達一種不與現實相附和的「出世」思想。後者則以娥皇和女英救帝舜的傳說故事為題材，對人世間的爭權奪利及勾心鬥角，表示出本能的厭惡及反對，有著強烈的現實批判意味。同樣，錦遲的劇詩《墳邊潔婦》，以一位仍

沈溺於往日婚姻情感中的「潔婦」，在故夫墳前的「自述」，
以及和丈夫「鬼魂」的對話，抒寫愛情的幻滅及人生的悲傷，
而被東亞病夫（曾樸）稱之為「含有哲學意味的詩劇，還含
些象徵的色彩，是很好的作品」。[9]

　　不過，從郭沫若、周靈均等人這時期的劇詩作品中，我
們能夠發現劇詩創作及其藝術形態一些新的變化。如郭沫若
的《女神之再生》，取材於顓頊與共工爭帝的古代傳說，抒
寫了一群不願煉石修補殘破的「天球」，決心「創造個新鮮
的太陽」的「女神」形象。表現了浪漫主義英雄人物激進的
政治變革思想主題；《湘累》取材自屈原沈江的歷史故事。
詩中以屈原行舟洞庭湖的一個戲劇性片斷，在由「湘水之神」
娥皇女英「水下歌聲」形成的情境氣氛中，著力抒寫屈原追
求政治理想的堅定及不屈的性格特徵；《廣寒宮》採用嫦娥
等神話傳說，描寫「月中世界」的清明爽朗；《孤竹君之二
君子》中以伯夷、叔齊的歷史故事為題材，講述這兩位「孤
竹國的王子」，對現實社會及其「私產制度」的絕望。但在
結構形式上，這些作品戲劇動作衝突等因素的增加，以及敘
述話語的「散文詩」化趨向等，都使其劇詩創作明顯地向現
代詩劇及話劇方面演變。相比之下，周靈均的《紫絹記》，
則以長達十「齣」的場次及篇幅，敘述了一對青年男女「才
子佳人」式的愛情悲劇。然而，這部作品應當注意的，除了
作者有意用「女子從軍」、「憂國赴難」等情節，來增強作
品的時代氣息，表現浪漫主義的敘事主題等「創新」意識外，

9　病夫：《編者小言》，《真美善》第 1 卷第 9 號，1928 年 3 月。

最重要的，就是藝術結構上，採用古代傳奇劇的場次結構，以及詩節詩段的古典詞曲痕迹等，顯示出來對中國古典劇詩文學傳統的認同趨向。由此，我們可以看到的是，在以後的劇詩創作中，這種有著更多「戲劇性」的作品與那些「抒情性」劇詩，在文體形式及審美趣味上有了明顯的不同及差異。

　　被認為是「中國最為傑出的抒情詩人」，以及「敘事詩創作堪稱獨步」的馮至[10]，也可以說是這時期浪漫敘事詩創作的代表作家。或如作者後來所述：《女神》及其浪漫主義風格帶給他詩歌創作的藝術啟迪，除了「首先是使我看到詩的領域是這樣寬廣」外，最重要的，還「使我起始認識到語言的音樂性和形象化在詩歌中的重要意義」。[11]於是，以浪漫主義的詩學觀為基點，有目的的借鑒西方的詩歌藝術，尤其是德國浪漫派文學及其謠曲形式[12]，立意於「將真和美的歌唱給寂寞的人們」等自覺的文體及審美意識，使得他的那些情調型的敘事詩作，成為了中國現代敘事詩發展史上浪漫主義風格的一種新的典範。他的這些數量不多的作品，為主情主義的「浪漫」敘事詩藝術成長及實踐，做出了獨特的貢獻，也從某一個方面，標誌著當時現代敘事詩藝術的成熟及發展。

　　馮至的這些現代敘事詩作品，雖然敘述的故事情節各有所趣，但是其中所要揭示並表現的主題意旨及浪漫憂鬱的審

---

[10]　分別見魯迅：《中國新文學大系・小說二集導言》；朱自清：《中國新文學大系・詩集・詩話》，上海良友圖書出版公司 1936 年版，第 5頁、第 28 頁。
[11]　馮至：《馮至選集》（2），四川人民出版社 1985 年版，第 368 頁。
[12]　張寬：《論馮至詩作的外來影響和民族傳統》，《文學評論》1984 年第 4 期。

美風格，卻是基本一致與統一的。即通過虛構的故事情節和
營造渲染的敘事情境，有意識淡化情節的曲折和人物細部的
具體描述，特別是第三人稱敘述產生的間離性敘事功能等文
體形式，將現代人對於現實命運的無法把握，以及悲劇性困
境的追問感傷，以一種超然的詩的境界及委婉情調，藝術地
呈現在讀者的面前。在這裏面，《一個青年的命運》，講述
了一個幽美淒婉的故事。《吹簫人的故事》，在人道主義的
愛情敘事主題中，揭示現代人的理想與自由的困惑及衝突。
詩中那個隱居深山，超凡脫俗的「吹簫人」。當被愛情叩開
心扉之際，依然也會「好像著了瘋狂」，「吹著簫，挾著長
衫，／望喧雜的人間奔向」。經過了尋尋覓覓的痛苦之後，
他終於從人間找到了夢寐以求的女郎。然而，就在他們用了
「盡藏」自己「精靈」的「洞簫」，贏來期待已久的「並肩
的人兒一雙」，換取了愛情的歸宿之時，相伴隨的卻是失去
了各自「洞簫」後的「深切的傷悲」，以及「完成了」的愛
情和生命。於是，在這二人的愛情世界裏，唯一「剩給他們
的是空虛，／還有那空虛的惆悵──」。結果，二人只好追
尋著那「縷縷的簫的餘音，／引他們向著深山逃往」。而在
《寺門之前》這首作品中，主人公老僧和他的經歷，如同是
一泓死水之上升騰起的「蜃樓」。在這裏，所謂的「人性的
覺醒」，「宗教的虛偽」等等都不是主要的，揭示人本身與
生俱存、不可抑滅的憧憬與生命渴望，才是這首詩作離奇情
節及其形式「意味」所體現出的真實心態與價值觀。敘事詩
《蠱馬》則採用了一個超現實的荒誕題材，虛構了一個動人
心魄的命運悲劇愛情故事。從而把那種執著的愛戀之情，推

向了藝術的極致。詩中少女與「駿馬」由於命定的隔膜及距離所帶來的必然的毀滅，並非是理想愛情的失落或消解，恰恰相反，這正是詩中反覆吟詠的那種「燃燒著的愛情的餘焰」最終的釋放和爆發。同樣，劇詩《河上》中出現的那個「櫻唇嬌嫩」、「烏髮如絲」的少女，讓人對現代人及其浪漫主義所懷抱的那些完美理想與嚮往，深深地感覺到一種永世的單戀與缺憾。尤其是《帷幔》一詩，詩人顯然不是想要簡單地告訴人們，或者滿足於揭示出造成這種悲劇的某一種社會或文化方面的原因而已。詩中通過主人公「少尼」淒悲的命運故事及其性格，所著力表現並力圖展示的，正是理想主義者對於自我精神的絕對追求及張揚，以及固守這種人格精神的必然要求在現實生活中的錯位與失落。從而傳達出一種更為深刻的自由主義精神及現代價值理念。或許正因為如此，這首敘事詩作品才能在藝術上給不同時期的讀者帶來多方面的審美感受。

　　同時，在詩的外形及音韻節奏等方面，馮至的敘事詩作品，也顯示出了詩人的刻意及藝術追求。《吹簫人》、《帷幔》都是四行一節，每行基本是四拍，但又隨話語的節奏變化不等。同時，二四行的交叉韻腳，又能寓變化於規律之中。而《蠶馬》除了上述的總體特點外，詩人的藝術匠心，更具體表現在每段的第一節詩，都是八行，兩行換韻，前兩段八行五節，押韻規律相同，而到了詩的最後第三段，隨著情節進入高潮，詩人將二十四行組成的詩節與十二行組成的結尾推出，從而產生出敘述語態的張揚熱烈和情緒的急切緊湊。

　　可以說，正是在現代敘事詩文類形式裏，使詩人馮至能夠充分展示和藝術地表現出其獨具思想意蘊與思考的主題，並形成了鮮明的個性化敘事詩美學風格。因此，馮至的現代敘事詩創作，既不同於一般的浪漫主義對於「個性解放」的率真頌揚與祝福，又不同於「寫實主義」對於現實社會問題的道義譴責與批判，更非「感傷主義」的自虐呻吟或宣泄。而是從理想追求與現實失落、精神憧憬與人生錯位等矛盾及衝突中，將五四新文學運動以來的人道主義敘事主題，拓展到了對於人的命運本身及現代社會人生困境的反思層面。從而使這些敘事詩作品在審美價值上，超越了狹隘的主情主義的浪漫或感傷，在 20 世紀中國文學史上有著永久的藝術魅力。

三、「華族民性」與「人性的綜合描寫」

　　20 年代中後期敘事詩歌藝術的現代性「史詩敘述」及文體形式追求，集中體現在以新月詩派為代表，以及受其創作思想影響或相近的一批新文學作家的創作實踐活動之中。鮮明的人文及理性批判精神，以及文體形式的刻意與音韻節奏的講究，都使他們與當時其他文學流派的現代敘事詩作品，在敘事主題及風格上形成了明顯的區別與對照，在中國敘事詩史上佔據一個重要的文學地位。

　　1926 年前後，在《晨報副刊》、《現代評論》及《小說月報》等刊物上，聞一多、徐志摩、朱湘、饒孟侃、王希仁、甲辰（沈從文）、趙景深、焦菊隱等先後發表了許多的

敍事詩作。其中所顯示出的那種執著的藝術態度，別具一格
的風格特徵及其文學創作現象，很快就受到了文壇的密切關
注[13]，有人乾脆直呼其為「晨報副刊派」，並指出其與當時
其他新詩創作區別。特別是在文體類型方面「多半善於寫篇
幅較長的詩」，以及「像冰心女士的《繁星》那樣小巧玲瓏
的小詩，是概不多見了」[14]等特點。

　　可以說，在這種敍事詩創作中，現代「民族文學」想像
及處於其藝術規範核心的人文主義人性觀，作為一種用來把
握理解並批判現實的超越性理念，從最初開始就決定著他們
文學立場及其敍事主題選擇的審美格調和趨向。[15]從希望用
新文學及詩歌藝術，「替」「我們這民族這時期的精神解放
或精神革命」，以及「我們自身靈裏以及周遭空氣裏多的是
要求投胎的思想的靈魂」，來「構造適當的軀殼」[16]，到用
敍事詩「來稱述華族民性的各相」[17]，並斷言「敍事詩將在
未來的新詩集上占最重要的位置」。[18]不僅使他們對詩歌的
藝術本質及價值、題材的把握及文學的社會功用，以及它們

---

[13]　劉夢葦：《中國詩底昨今日》，《晨報副刊》，1925 年 12 月 12 日；
　　　梁實秋：《新詩的格調及其它》，楊匡漢等編：《中國現代詩論》（上），
　　　花城出版社 1985 年版，第 142 頁；朱自清：《中國新文學大系·詩集
　　　導言》，書同註 10，第 244 頁。

[14]　王哲甫：《中國新文學運動史》，上海書店 1986 年重印本，第 182
　　　頁、第 183 頁。

[15]　《大江發刊詞》，引自聞黎明等編：《聞一多年譜長編》，湖北人民
　　　出版社 1994 年版，第 276 頁；徐志摩：《致魏雷書》，轉引自尹在勤：
　　　《新月派評說》，陝西人民出版社 1985 年，第 29 頁。

[16]　徐志摩：《詩刊弁言》，《晨報副刊·詩鐫》，1926 年 4 月 1 日。

[17]　羅念生編：《朱湘書信集》，上海書店 1983 年版，第 136 頁。

[18]　朱湘：《北海紀遊》，《小說月報》第 17 卷第 9 號，1926 年 9 月。

之間內在的邏輯聯繫等問題，有著自己獨到的認識及理解，而且也為這種可謂是人文主義敘事詩創作的成長發展，以及作家群體的形成及文體意識的自覺等，提供了必須的文化思想資源，以及藝術的驅動力及凝聚力。

　　其中，首先值得注意的，就是「史詩」性美學意識的自覺及張揚，使他們的敘事詩創作及其作品，重視敘事內容的現代性詮釋與倫理道德「勸戒」意味的消解，強調人性立場的深層揭示及評判，塑造一種獨立的人格精神及其美學風範。已經絕非僅是現代詩歌藝術題材及主題領域的一種拓展，或是他們追求「人性的文學」的必然歸宿或目標，實際上，更為重要的，還寄寓著他們重構民族生命意識與傳統，以及在此前提下建設「國魂」的新文學及美學理想的一種努力。例如，一生都在督促、指導他周圍作家敘事詩創作的聞一多，自己也創作了許多優秀的作品。像他選取「世俗流傳太白以捉月騎鯨而終」傳說寫成的長篇《李白之死》，以主人公形象的「獨白」敘事，在一位桀驁不馴，不甘墮落，為追求理想而獻身的「狂人」形象身上，體現出強烈的個性解放思想及其價值觀；取材於西漢張良「橋下納履」故事的《納履歌》，以及三國時期彌衡「擊鼓罵曹」史實的《漁陽曲》、《大鼓師》，講述「秦始皇」之「欲望」的《秦始皇帝》，以及表現身經百戰、解甲歸田的「將軍」，幡然醒悟皈向善故事的《劍匣》等。都圍繞著這樣的敘事主題，並以嚴整而自由的敘述體式，寓激情於冷靜之中，形成了鮮明的藝術風格。而在現實題材的詩作中，他的《一個小囚犯》、《醒啊》、《七子之歌》、《叫賣歌》等，用不同的敘事情境及「對話

性」敘述，呼喚獨立自由及民族意識的復蘇。尤其是「三一八」事件發生後，在《詩鐫》創刊號上，聞一多還特意用四首敘事詩，即饒孟侃的《天安門》，楊世恩的《「回來啦」》，蹇先艾的《回去》，聞一多的《欺負著了》，來紀念「三一八慘案」並「最虔誠的獻給這次死難的志士們」。[19]這些文體整齊，形式韻律講究的敘事詩作品，幾乎全以失去了兒子「寡母」們的「對話」，或用「母親」作為敘述者，來推進敘事內容的展開。因而給讀者留下了深刻的印象。同時，這種主題思想及審美傾向，對新月詩派及其它的現實主義敘事詩歌創作形態，也似乎提供了一種示範或說是藝術探索的方向。

　　同樣，作為新月詩派的領袖及代表作家之一，徐志摩的敘事詩創作，無論是題材的廣度還是主題思想的深度，都可謂成績不俗。如在宗教題材的詩作中，《人種由來》及《又一次試驗》，以純粹的人物「對話」敘述，描寫亞當夏娃、上帝造人等基督教故事，表現人性的覺悟；《卡爾佛里》用「旁白」體描述「耶穌受難」的「戲劇」性場景，刻畫神聖與偽善、寬容與奸詐的矛盾及衝突。而在他所擅長的愛情題材創作中，《翡冷翠的一夜》，《罪與罰》（一、二），以及被稱為「另創一種新的格局與藝術」的「史詩」性長篇《夜》[20]等，分別以「自敘」體的敘述話語，講述了主人公驚心動魄的情感經歷。特別是那些現實題材的作品，似乎更

19　聞一多：《文藝與愛國——紀念三月十八日》，《晨報副刊・詩鐫》，1926 年 4 月 1 日。

20　《編者附言》，《晨報・文藝旬刊》，1923 年 12 月 1 日。

能體現出他在敘事主題開掘及詩意把握方面的特點。這其中，如果說《叫化活該》、《古怪的世界》、《一小幅的窮樂圖》及《「這年頭活著不易」》等作品，在文體結構形式上，還多少帶有「樂府詩」刻意營造「場面」或「場景」，以及「卒章顯志」痕迹的話，那麼，在《誰知道》、《先生！先生！》、《蓋上幾張油紙》、《太平景象》、《大帥》（戰歌之一）、《人變獸》（戰歌之二），以及用方言寫的《一條金色的光痕》等作品中，作者幾乎都採用了「代言體」或純「對話體」的敘述話語，來展示事件及情節故事。正因為這樣，使它們和當時的「寫實」及「問題」敘事詩創作形態相比，不僅在主題思想上，超越了一般的人道主義的「同情」及「憐憫」，而且在敘事功能上，能夠站在社會底層及弱勢族群的角度與立場，透過他們精神的痛苦及焦慮，生存的困境及無奈等「視角」，反映並再現處於這種社會及歷史境遇中的人生與「現實」。

　　與之相同，焦菊隱的敘事詩《七夕》，以現代的人文精神，消解了牛郎織女傳說的浪漫故事意味，表現了所謂「情令智昏，期望太深」的主題思想。梁實秋的長篇《尾生之死》，用完整的情節結構及舒暢的敘述話語，重釋「尾生抱柱而死」的歷史故事，突出其中蘊涵的對愛情及幸福執著與堅貞的價值意義。臧亦遽（臧克家）的長篇《賣狗頭罐子的同他隔鄰的少女》[21]，用人文主義的理性精神，顛覆了所謂「一見鍾情」的愛情神話。鄧炳麟的長篇《花間鳥語》，以散文詩的

---

[21] 這首作品後經作者修改，以《賣狗頭罐子的》的題目及「臧克家」的署名，發表於 1943 年 12 月桂林出版的《文學創作》第 2 卷第 5 期。

句式，通過一老鳥和一小鳥間的「對話」，表達了對於「人類之愛」及「社會和平」理想的期盼。林玉堂的《一個驢夫的故事》，以荒誕詼諧的敘事手法，敘述了一個離奇的故事，表達作者對於當時國內的社會政治動亂及其前景的擔憂與抗議。朱大楠的《刑場的輿論》，從人性角度揭示「刑場」上的「看客」們及其精神狀態的冷漠、頑愚與勢利。饒孟侃的長篇敘事詩《蓮娘》，以第三人稱內聚焦的敘述話語，「英雄救美」式的傳奇性「大團圓」故事，以及嚴整的結構及詩句詩節，刻畫了主人公嫉惡如仇的性格及除暴安良的「俠義」精神。另外，還有劉夢葦的《竹林深處》等，也都寫得委婉動人，獨樹一格。

　　其次，值得我們注意的，是這個作家群中甲辰（沈從文）、趙景深、王希仁、朱湘等人的敘事詩創作，以及其作品的文體特徵及詩學意義。在這中間，聲稱其「創作的方法」，「只是用一種很笨的，異常不藝術的文字，捉螢火那樣去捕捉那些在我眼前閃過的逝去的一切」的沈從文[22]，就以個性化的敘事主題及審美趣味，在20年代末前後寫下了一些很有意思的敘事詩作。《「狒狒」的悲哀》，「自述」了「狒狒」對生命的困惑，刻畫了其自卑及茫然的精神狀態與性格特徵；《叛兵》選取的題材，是作者所謂的「兵中回憶」之一。詩中講述一夥「往日決人」，「今日又輪到了自己」的「叛兵」們，所遭遇到被處決的悲慘故事。以詩意的浪漫與現實的對比，揭示這些「小人物」們對生命及人生的

---

[22]　沈從文：《第二個狒狒引》，《晨報副刊》第1425號，1926年8月2日。

理解與悲哀；《瘋婦之歌》通過一個「窮婦人」的「自述」
話語，抒寫展示都市生活及「小姐，奶奶，太太」們的上流
社會病態；長篇民歌體《春》，採用男、女「對唱」的敘述
方式，講述了湘西邊城青年男女相識相愛的過程。不過，最
能體現出他這種強調自然天成詩意情境的營造，以及「無眩
奇、不生澀」文體意識的作品[23]，還是《曙》和《絮絮》這
兩首長篇敘事詩作。它們不只都選取的是「青樓」題材，而
且還都採用了第一人稱的敘事角度。尤其有趣的是，前者的
主人公是「男子」的自述話語，用了 260 餘行的詩句，表現
一位男子的情感掙扎及「茶花女」式的愛情幻想。後者則以
一位「神女」及其自述的口吻，用了十一段的篇幅，敘寫了
一個為生存而淪為娼妓的女子，在現實生活的辛酸麻木中，
內心對真正愛情的渴望。從而透過這種「才子佳人」式的傳
統文學母題及其形式，揭露人性在現代「物質」及「金錢」
社會關係中的「災難性」處境。在此我們或許不難發現的，
就是和他的小說創作在敘事主題及其功能風格追求方面所
存在著的密切關係。

　　趙景深的敘事詩作品，在文體風格方面最明顯的特徵，
是多採用「對話」來推動情節的展開，言語曉暢自然，擅長
於營造極富詩情畫意的情境。他的敘事詩《花仙》，把神話
傳說和現實題材揉合在一起，用整飭優美的詩性敘述話語，
講述了一個美麗神奇的故事；《放翁的老年》，取材於陸游
《釵頭鳳》一詞的「本事」；劇詩《天鵝》、《小小的一個

23　沈從文：《論朱湘的詩》，《文藝月刊》第 2 卷第 1 號，1931 年 1 月。

要求》，前者取材自安徒生的童話故事。敘述被後母逐出王
宮的公主「伊尼斯」，為了尋找並救出被詛咒變成「天鵝」
的五位王子哥哥，所歷經的許多苦難與艱險，最終兄妹們「歡
聚」團圓的事蹟。後者虛擬了「密司脫」蜻蜓和「密司」蝴
蝶之間的溫情故事，以及它們對於愛的渴望。通過善與惡、
美與醜、愛與恨等方面的對比，突出作品及人物性格中的人
性內容。

　　相比之下，王希仁這時期的敘事詩創作，不僅數量及長
篇居多，文體形式最為講究，而且作品選取的題材及敘事主
題，也極富個性及特色。敘事詩《「兒歸」》，以「兒歸鳥」
因生前遭受後母虐待，所以死後哭泣不止的民間傳說為敘事
情境，從新人文主義者的立場，描寫了人性的複雜性；《「快
離開我」》用純「對話體」的敘述言語，通過一個「悲哀的
神女」對「情人」的質問及決絕，批判現代人際關係的勢利
及隔膜；《倡答曲》以「青年」與「少女」的「對話」展開
敘述，歌頌純真的男女之情；《水鬼的生前》講述一個青年
婦女為了報復奪去她「好容易一個得意的人」，結果殺死仇
人後自己投水自盡的悲慘故事；《木匠》通過一位「木匠」
的生活際遇，描寫了主人公在不幸及苦難中的勤勞和堅強；
《錦兒的哀歌》以「潛對話」的文本結構，抒寫一位女兒對
母親的追思及悲哀；《海盜的歌》採用海盜船的故事，表現
對現存社會及文化制度全面否定與徹底反抗的思想主題；長
篇《松林的新匪》敘述的則是一個「宿命」性的命運悲劇故
事。這些作品以一種決絕的情緒及人生體驗，切入現實及人
性的內心，讓人思索、擁抱及期待。因而其形式意味顯然不

同於一般的現實主義創作，事實上蘊含著更為豐富的文化及
思想意義。特別是在文體形式方面，王希仁也極為講究。這
不僅體現在作品外形式的詩節整飭有序，詩句節奏和諧等方
面，而且更表現在結構形式上以多重「敘述話語」及「聲音」
的設計安排，來推進故事情節的展開，並使文本敘事功能改
善及增強等。因而，應當成為當時及新月詩派敘事詩創作形
態中，在「創格的新詩」探索方面引人注意的作家之一。

　　在中國現代敘事詩史上，朱湘可稱為自覺的詩人。基於
對現代詩歌「感傷主義」的批評及抒情「偏向」的認識，他
一再申明：「我一貫的目的……是要用敘事詩（現在改成史
事詩一名字）的體裁來稱述華族民性的各相」。因而不僅計
劃要寫杜十娘、韓信、文天祥等歷史題材的敘事詩[24]，而且
這種執著和熱情也得到了當年徐志摩等人的充分肯定。[25]可
以說，正是這種自覺的現代敘事詩文體意識，使他成為當時
敘事詩創作的一位代表性作家。同時為 20 年代中國現代敘
事詩文體類型的成長進步，作出了歷史性的貢獻。但遺憾的
是，關於他的現代敘事詩創作及其藝術成就，則要麼一筆帶
過重視不夠，要麼滿足於以現代抒情詩的規範標準，進行一
般的分析或評判。

　　朱湘短暫坎坷悲戚的一生，常常令人感慨唏噓不已。
1921 年，年僅 17 歲的朱湘考入到北京的清華留美預備學

---

[24]　羅念生編：《朱湘書信集》，上海書店 1983 年重印本，第 136 頁。
[25]　徐志摩：《編者的話》，《詩刊放假》，分別見《晨報副刊》1926 年
　　　4 月 16 日、1926 年 6 月 10 日；念生：《草莽集》，方仁念編：《新
　　　月派評論資料選》，華東師範大學出版社 1993 年版，第 185 頁。

校。但清華校園裏的一切，倒讓他有著一種所謂「非人的」與「單調」的窒息。[26]於是，加入以詩歌創作和文學理論探討為主旨的「清華文學社」，到北京大學旁聽自己喜歡的課程，進行新詩創作及文學批評，就成了他當時醉心的一種「奮鬥」、「變換」、「熱剌剌」「人生」的主要途徑。開始將全付身心投入到了詩歌創作及當時的新詩批評活動之中。這種「太詩人化」的人生追求，不只從最初就使他與現實的人生相隔膜與疏離，而且也使一個受過嚴格西方現代教育，具有滿腔文學理想及才華的學者、詩人，因「不懂人情世故」，「又愛得罪朋友」[27]，竟至淪為「頭髮蓬亂，形容憔悴」的失業者。[28]難以見容於真實的人生及社會，最終迫於生計而蹈入命運的絕路。詩人這種特立獨行的「孤傲」品格及個性，除了讓人痛感現實的殘酷無情與文壇社會的勢利外，也從一個極端的歷史層面，昭示了朱湘文學活動及現代詩歌創作「最不苟且最用心深刻」的特點與品性。或許正是這樣的性格，使他對於新文學的創造及建設，才會產生出一股責無旁貸的使命感，也對中國現代詩歌，有了非同一般的思考及理解。

　　詩人獨特的天性以及付之於實踐的大膽探索與努力，對於他 20 年代中後期人文主義詩學思想，包括敘事詩論的形成及確立，起到了決定性的作用。同時也對他的新詩創作，

26　羅念生編：《朱湘書信集》，上海書店 1983 年重印本，第 147 頁。

27　羅念生：《草莽集》，方仁念編：《新月派評論資料選》，華東師範大學出版社 1993 年版，第 185 頁；羅念生編：《朱湘書信集》，上海書店 1983 年重印本，第 2 頁。

28　蘇雪林：《沈江詩人朱湘》，轉引自尹在勤：《新月詩派評論》，陝西人民出版社 1985 年版，第 143 頁。

尤其是現代敘事詩創作，具有積極的直接影響。[29]1925 年初出版的第一部詩集《夏天》，被看作是詩人前期「多半帶有五四前後的氣息，格式非常散漫不一致」，以及「表示著解放之初，無所適從，大膽向前摸索的痕迹」詩歌創作的結束。[30]1927 年出版的《草莽集》，也以「代表作者在新詩一方面的成就，於外形的完整與音調的柔和上，達到一個為一般詩人所不及的高點」，以及在現代敘事詩創作上顯示出的「勇敢與才情」[31]，標誌著詩人在現代詩歌藝術追求及風格上的進步與成熟。

　　這種執著的新文學及詩歌藝術的創造意識，在朱湘二年左右的國外留學期間及其後期的文學活動中，似乎成為他全部生命中的一種主導性精神資源及思想的動力。[32]可以說，如果不是詩人的猝然離世，相信會有更多的優秀作品在他的筆下問世。由此也不難發現，正是在現代敘事詩文體類型的創作中，更多地寄寓著詩人對於民族文學復興等美學意識與審美情懷，並因此成為他終生新文學活動，包括現代敘事詩創作人文主義詩學目標的核心內容。

　　「稱述華族民性的各相」，或說「進行人性的綜合描寫」，是朱湘現代敘事詩創作始終追求的基本主題。從最早

29　朱湘：《北海紀遊》，《小說月報》第 17 卷第 9 號，1926 年 9 月。

30　石靈：《新月詩派》，方仁念編：《新月派評論資料選》，華東師範大學出版社 1993 年版，第 49 頁。

31　沈從文：《論朱湘的詩》，方仁念編：《新月派評論資料選》，華東師範大學出版社 1993 年版，第 192 頁、第 196 頁。

32　羅念生編：《朱湘書信集》，上海書店 1983 年重印本，第 180 頁、第 181 頁、第 15 頁。

見諸於 1925 年《小說月報》的敘事詩《貓誥》起，在詩人短暫的一生中，僅公開發表的長篇敘事詩作品及短篇斷章，就不只在當時的新月詩派作家中，即使在中國現代文學史上，也都是鮮見的。它們以鮮明的敘事主題及藝術風格，給讀者留下了深刻的印象。

用現代的思想感情，處理歷史性題材，創作出現代的詩，是朱湘敘事詩作品在題材方面的主要特徵。事實上，正如朱湘所說，「天下無嶄新的材料，只有嶄新的方法」，關鍵在於「全靠新詩人自己去判斷」[33]，歷史性題材所具有的豐富含義及形式意味，既能夠提供給詩人充分的藝術想像力與創造的空間，同時又和作者「人性綜合描寫」的敘事詩學觀有者內在的必然聯繫。因此，朱湘的敘事詩作品，雖然基本上都採用的是非現實性的歷史題材，但卻絕非是一種簡單的「陳義陳用」[34]，而是賦予了其新的價值與意義[35]，是藝術的創新。如長篇敘事詩《貓誥》，以整齊的詩節與二行押韻的形式，敘述了在一個色屬內荏的「老貓」身上，所發生的虛妄自大與怯懦軟弱的荒誕有趣故事；《還鄉》，通過一個復員老兵的遭遇，以反諷的敘事手法展示人物的悲劇性命運；《月遊》中選用神話傳說題材，以虛構的月亮世界，表達自己的人文理想；《殘灰》以戲劇性的場景，描寫一個獨坐在「火盆」旁的老人，對自己一生命運的思索。

---

[33] 羅念生編：《朱湘書信集》，上海書店 1983 年重印本，第 53 頁。

[34] 石靈：《新月詩派》，方仁念編：《新月派評論資料選》，華東師範大學出版社 1993 年版，第 50 頁。

[35] 沈從文：《論朱湘的詩》，方仁念編：《新月派評論資料選》，華東師範大學出版社 1993 年版，第 196 頁、第 198 頁。

另外，還有如《死之勝利》、《哭城》等一批短章節的敘事詩篇。

　　奠定了詩人在現代敘事詩發展史上的地位，並給詩人帶來很大聲譽的《王嬌》，代表了當時以新月詩派為主體的敘事詩創作，在藝術上所能達到的最佳水平。這首取材於《今古奇觀》「王嬌鸞百年長恨」篇的長篇敘事詩，之所以有別於一般的文類「改編」或演義，而為藝術的創作或再創造，有四點值得我們注意。一是詩人將原小說中周生與王嬌的相識，由原來的周生「逾牆」窺遇，拾繡帕遞詩傳情的「才子佳人」式「後花園」愛戀俗套，變成了上元節觀燈途中遇險，周生挺身而出的「英雄救美」式浪漫傳奇。由此使敘事詩中的男女主人公情感糾葛，一開始就建立在俊男靚女一見鍾情的平等感情基礎上，而不是原小說情節那樣，從倫理教化立意，將之視為「及瓜不嫁知情慕色女子」與多情才子的生理性衝動；二是將男女主人公「私訂終身」的原因，由原作的王父出於自己公文筆箚需王嬌操持而遲疑未允，逐使二人情感越軌，釀成大錯的偶然性因素與道德性勸喻，改成了周生為追求接近王嬌，不惜以僕役的身份寄身於周家，二人由愛生情，情熾成婚的自然發展及結果。明顯地突出了男女主人公追求理想愛情的勇氣及性格特徵；三是對男女主人公愛情悲劇的詮釋，不是像原作那樣簡單地歸之於一種「癡情女子負心漢」或所謂「始亂終棄」的道德譴責，而是著重揭示了造成這一悲劇的原因，不只有王父以門第不合而堅拒的社會性因素，更有周生個人性格中不堪現實壓力及負擔的「懦弱」一面。強化了作品主題的人文主義內容；四是推翻了原作男

主人公受刑被杖殺的「因果報應」式「大團圓」結局。最後
詩中以王嬌的愛情理想破滅自縊身亡，留下王父孤苦一人
「碎了的靈魂」獨處悲泣收尾，有力地深化了作品的社會悲
劇氣氛及主題意蘊。正因為如此，當時就有評論者指出，《王
嬌》一詩的作者，已將「原來故事的間架，由詩人的想像加
以改變，不相干的情節刪去，而人物心理方面則添出了許多
瑣碎細微的描寫，不但使幾百年的僵屍復活，而且使它變成
一個具有現代人靈性的亭亭美人了」。[36]

四、敘事詩理論的自覺與批評的深化

　　20 年代現代敘事詩理論與批評的進步及發展，主要體
現在兩個方面：一是有意識、系統的敘事詩學研究，以及外
國敘事詩論的翻譯、介紹；二是現代敘事詩學及其文體美學
的理論建構，以及中國古代敘事詩藝術的學術整理和研究。

　　早在五四新文學運動時期，胡適等新文學倡導者們，就
將「文學之界說」與「自造新名詞及輸入外國名詞」，以及
「趕緊翻譯西洋的文學名著做我們的模範」等問題明確提了
出來。[37]1921 年前後，主要在《文學周報》、《小說月報》
等刊物上，圍繞「譯文學書」，「審定文學上名辭」等問題，
展開了頗為熱烈的討論。其中，鄭振鐸就提出「文學書不能
譯」的觀點，舉例荷馬史詩，強調「一大部分造成文學的東

---

[36] 蘇雪林：《論朱湘的詩》，《青年界》第 5 卷第 2 期，1934 年 2 月。
[37] 劉半農：《我之文學改良觀》、胡適：《建設的文學革命論》，分別
　　載《新青年》第 3 卷第 5 號、第 4 卷第 4 號。

西是沒有失掉；古代生活的表現，史詩敘述的雄姿，英雄之
事與不測之事的觀念，情節的精密，詩的想像——所有這些
荷馬文學的要素都顯在譯本的讀者之前。」[38]對此，沈雁冰
也撰文指出翻譯外國詩的意義，是「借此可以感發本國詩的
革新」，以及外國文學翻譯「對於新的民族文學」的崛起，
所具有的「間接的助力」。[39]不久，在關於「文學的名辭譯
法的討論」中，他又提出，在理解翻譯包括敘事詩、抒情詩
等概念在內的「文學上的專用名詞」時，「一定要有統一的
標準譯名」。[40]而吳致覺所寫的《關於詩歌名辭的譯例》一
文，對包括敘事詩、抒情詩及劇詩等詩歌文類譯名的統一與
概念的界定，也做了初步的「嘗試」及努力。[41]

與此同時，在《小說月報》、《文學周報》、《晨報副
刊》、《現代評論》、《創造月刊》等新文學刊物上，也刊
登連載了許多外國的敘事詩作品譯作、文論和作家介紹。如
沈雁冰、沈澤民、冬芬等主要就俄國及東歐敘事詩歌的介紹
與作品翻譯；鄭振鐸等對歐美文學原理著作的介紹；性天對
席勒敘事詩的介紹；謝六逸、徐調孚對霍普特曼及郎弗羅劇
詩、敘事詩作品的介紹，林子翻譯的《詩的原理》，以及仲
密譯的《猜謎的武士》；焦菊隱翻譯的劇詩《三惰婦與一王》；

---

[38] 鄭振鐸：《譯文學書的三個問題》，《小說月報》第 12 卷第 3 號，1921
年 3 月。

[39] 沈雁冰：《譯詩的一些意見》，《時事新報‧文學旬刊》52 期，1922
年 10 月 10 日。

[40] 沈雁冰：《標準譯名問題》，《小說月報》第 14 卷第 2 號，1923 年 2
月。

[41] 吳致覺：《關於詩歌名辭的譯例》，《小說月報》第 14 卷第 2 號，1923
年 2 月。

饒了一與胡勃分別翻譯的《十二個》；蘇兆龍譯的《孩子》；
徐志摩翻譯的敘事詩《新婚與舊鬼》、《唐瓊與海》，英國
哈代的《我打死的那個人》、《在一家飯店裏》；卜士翻譯
的劇詩《心欲之國土》；田漢翻譯的外國敘事詩《屈利斯坦
與懿蘇爾特》，錢稻孫用古漢語翻譯的但丁的《神曲一臠》
等等，都取得了不俗的成績。

　　然而，在這些致力於外國敘事詩作品及其文論的譯者
中，最為用力的則是傅東華。從古希臘史詩《奧德賽》，到
《阿龍索與伊木真》、《多拉》、《以諾阿登》，劇詩《曼
弗雷特》、《參情夢》等敘事詩作品，以及亞里斯多德的《詩
學》，莫爾頓的《文學之近代研究》、《文學進化論》等文
學理論著作，都是由他較早譯介給中國讀者的。同時，他的
外國文學翻譯介紹，不僅具有非常明顯的針對性及目的性[42]，
有著較大的影響[43]，而且體現出鮮明的理性主義的詩學及敘
事文學特徵。[44]

　　有意識的外國敘事詩理論及作品的翻譯介紹，不僅對當
時的現代敘事詩創作，提供了一種「以資練習」的文類範式，
而且也對中國的現代敘事詩學理論建設及批評實踐，在思維
方法及知識體系等方面，都產生著根本性的影響。例如就中

---

[42]　傅東華：《文學之近代研究・譯序》，《小說月報》第 17 卷第 1 號，
　　　1926 年 1 月。

[43]　鄭振鐸：《詩之研究・引言》，勃利司潘萊著，傅東華、金兆梓譯：
　　　《詩之研究》，商務印書館 1923 年版；陳淑：《亞里士多德的「詩學」》，
　　　《新月》第 1 卷第 9 號，1928 年 11 月。

[44]　傅東華：《參情夢・譯者的話》，《小說月報》第 16 卷第 10 號，1925
　　　年 10 月。

國古代詩文理論中長期爭執不下的「文學的內容」、「模仿
與創作」、「詩與史」的關係、「題材」等一系列的「焦點」
問題，傅東華分別做了簡要的論述，並進一步從理論上對
「史」與「詩」的概念進行了分析。[45]

　　同樣，在梁實秋、余上沅、鄭振鐸等人的文學批評及研
究活動中，也能清楚地看到這樣的影響。如梁實秋在對亞里
斯多德《詩學》的研究及介紹中，也一再強調其作為「一般
的藝術學說」或「藝術原理」對文學創作及批評的理論意義
和特徵。[46]余上沅通過對中西戲劇藝術特徵及其發展的比較
研究之後，就以現代詩學的美學規範，得出了「宋元的雜劇，
明清的傳奇，又何嘗不是詩。這些作品雖在名稱上叫曲，其
實也就是詩，而且在意境上，在字句上，有許多地方，還能
比美詩聖賢而無愧」，以及「詩與非詩不在外形，而在他的
本質。所以我們也應該承認關王白馬是詩人——而且是戲劇
詩人」等新觀點。[47]而在那部由鄭振鐸編撰、連載在《小說
月報》，隨後又結集出版的「頗具規模之讀物」《文學大綱》
中，作者以小說、戲劇、敘事詩、抒情詩等文學類型的演變
為線索，概述了西歐、東歐、俄國、印度等國家的文學，由
古代到 20 世紀初的發展歷程。並且將中國文學的發展，納
入到了世界文學的系統之中，運用比較研究的方法，分析發

45　傅東華：《讀〈詩學〉旁劄》，《小說月報》第 16 卷第 3-5 號，1925
　　年 3 月-5 月。
46　梁實秋：《浪漫的與古典的‧文學的紀律》，人民文學出版社 1988
　　年版，第 30 頁，第 63 頁。
47　余上沅：《論詩劇》，《晨報副刊‧詩鐫》第 5 號，1926 年 4 月 29
　　日。

現中國文學的特徵及其短長。[48]由此可見，西方文學，包括
史詩、敘事詩理論及作品的翻譯介紹，不僅激發了中國新文
學作家欲在世界文學格局中確立自身位置的主動意識，以及
創造現代中國文學的自信，而且為當時的文學研究及理論批
評實踐，賦予了現代詩學及其「科學方法」的基本特徵。

　　20 年代現代敘事詩學及其文體美學的理論建構，是從
文學分類學上著手，通過對「敘事詩」文學類型概念的理論
界定與闡釋，逐步進行探討並確定其在現代詩學體系中的位
置及關係的。

　　早在本世紀初，受西方理性主義學術思想及方法的影響[49]，
王國維在早期的敘事詩論中，首先將「敘事詩」概念的詩學
界定，即「敘事詩」作為「敘事的文學」中的一種文學類型
概念，提出來並進行了初步的理論闡述。強調其在美學功能
及創作規範等方面，都是與「《離騷》、詩詞」等「抒情文
學」及其文學類型相對的一個完全不同的文學理論概念及範
疇。[50]從而清楚地表現出和中國古代詩文理論，包括中國古
代敘事詩論的詩學分野及方法差異。

　　不過，必須看到的是，顯然這種詩學及學術觀點的接受
及影響範圍仍然較為有限，或者還未能夠得到應有的重視及
認同。五四新文學運動前後，雖然在新文學刊物上，開始經

---

[48]　鄭振鐸：《文學大綱》，載《小說月報》1924 年第 15 卷第 6 號，11-12
　　　號；1925 年第 16 卷第 1 號。

[49]　王國維：《論新學語之輸入》，姚淦銘等編：《王國維文集》（3），
　　　中國文史出版社 1997 年，第 40-41 頁。

[50]　王國維：《文學小言》，《〈人間詞話〉拾遺》，姚淦銘等編：《王
　　　國維文集》（1），中國文史出版社 1997 年，第 28-29 頁、第 181 頁。

常看到「敘事詩」及其文類概念的出現，但很多時候往往是
和「現實寫真」、「紀事詩」、「敘事之詩」、「序述詩」
及「長詩」等名辭混用在一起的。[51]甚至到 1928 年初，俞平
伯還採用「詩的小說」，來歸納概括中國古代那些「雖為詩
型而實含小說之質素」的敘事詩作品。[52]可見，直到 20 年代
中後期，「敘事詩」作為敘事文學及其文類概念的詩學意義，
除了被看作成一種詩歌體裁及「韻文」的文體形式外，最主
要的，則是側重於強調其內容的「寫實」和「白描」等敘述
手法。因而在理論形態上，也就明顯帶有中國現代詩學「轉
型」時期的「類型混雜」痕迹。

　　於是，依據現代的理性主義的文學理論及其方法，探討
並闡釋敘事詩藝術及其文體類型的美學特質，就成為 20 年
代中後期現代敘事詩理論及批評實踐中，不同文學派別作家
共同致力於建設和發展新文學的重要領域及目標之一。

　　如上所述，五四新文學革命前後，嘗試從文學類型角
度，討論及論述敘事詩、抒情詩文體特徵，以及它們和小說
等文學類型關係的文章，曾相繼出現在《新民叢報》、《新
小說》、《繡像小說》、《中華小說界》、《小說月報》、
《文學周報》、《晨報副刊》及《民國日報・覺悟》等刊物，
以及許多的文學理論及學術著作之中。如在敘事文學理論，
即「小說原理」中被分類為一種「韻文小說」等；在詩歌理

51　胡適：《論短篇小說》，王運熙編：《中國文論・現代卷》（上），
　　江蘇文藝出版社 1996 年版，第 54 頁。
52　俞平伯：《談中國小說》，《小說月報》第 19 卷第 2 號，1928 年 2
　　月。

論中，田漢等直接按照外國文論的分類法，提出的所謂「敘事的敘事詩」與「抒情的敘事詩」等。[53]這種顯得有些僵硬、龐雜及繁瑣的理論表述，除了讓人感到最初階段借鑒西方文論時的力不從心及思想粗糙外，必須肯定的一點，就是由此所體現出的企圖在現代詩學及文藝美學體系中，確定敘事詩藝術理論及其美學範疇的努力與信心。

以此為基點，使得現代敘事詩理論形態，首先在文體類型概念及其詩學範疇等方面，開始顯示出長足的進步及成熟。如針對包括中國古代詩文理論分類法在內，多以「韻文和散文」為標準的文學分類，鄭振鐸通過一系列的文章，如《詩歌的分類》、《史詩》、《抒情詩》等，明確將詩歌分為「敘事詩（Epic）」和「抒情詩（Lyric）」，將小說分為長、中短篇三種，戲劇分為悲、喜、獨幕劇等。認為「敘事詩又名史詩」，「但卻不一定是敘述一種史的活動的」，而是「為表現一個民族的精神與歷史的」創作。指出現代的敘事詩文學類型，「差不多都是表現個人的事蹟與情感的」。[54]而孫俍工的現代詩歌批評，亦是「按照詩歌底分類，把最近的中國詩歌底作品分成敘事詩，抒情詩，劇詩來剖解」的。[55]同樣，沈雁冰則將這種「沒有明確的文學觀與文學之不獨立」，尤其是「文筆之分，即文藝文與非文藝文之分，全在

---

[53]　田漢：《詩人與勞動問題》，《少年中國》第 1 卷第 8-9 期，1920 年 2 月 15 日-3 月 15 日。

[54]　西諦：《詩歌的分類》，《史詩》，分別載《文學》85 期；87 期，1923 年 8-9 月。

[55]　俍工：《最近的中國詩歌》，《星海》（上），上海商務印書館 1924 年版，第 145 頁、第 165 頁。

是否偶語韻詞，在今日看來，實謙不妥」等，看成是「中國
文學不能健全發展的原因」之一。[56]朱光潛也從「中國文學
之未開闢的領土」角度，強調「分類研究在中國更為重要」。
批評「中國學者向來最大的毛病是好淵博而不免於籠統」。
認為「文學應獨立，而獨立之後，應分門別類，作有系統的
研究」。[57]此外，朱自清的《短詩與長詩》等，瞿世英的《小
說的研究》，嚴既澄的《韻文及詩歌之整理》，謝六逸的《文
學的分類》，仲雲的《文藝作品的分類法》，趙景深的《文
學的界說》等等，都程度不同地將現代文學各個文學類型的
藝術特徵，包括敘事詩文體及其審美功能的詩學分析與理論
界定，作為自己研究的對象及論述的中心。這種現象甚至於
在新文學周圍的一些作家的論述裏，也可以清楚地看到。如
梁啟超認為：包括樂府、曲本、彈詞在內的「有韻的」文體
形式，「都應該納入詩的範圍」。[58]曾虛白也在他所辦的刊
物中，對所要設列的「敘事詩，抒情詩，劇詩」等「創作或
譯述文字種類的範圍」進行了新的解釋。[59]表面看來，這種
現象或許不過是一種新的文學觀念及理論方法的興起，但從
中國敘事詩學的發展過程來看，其實質性的意義及理論突
破，就在於它超越了中國古代詩文理論的「徵實紀事」、「感

[56]　雁冰：《中國文學不能健全發展的原因》，《文學周報》第 4 卷第 1
　　　期，1926 年 11 月。
[57]　朱光潛：《中國文學之未開闢的領土》，《朱光潛全集》（8），安徽
　　　教育出版社 1993 年版，第 142 頁。
[58]　梁啟超：《〈晚清兩大詩鈔〉題辭》，梁啟超：《飲冰室合集》（5），
　　　中華書局 1989 年版，第 73 頁。
[59]　曾虛白：《編者的一點小意見》，《真美善》創刊號，1927 年 11 月。

事」及「詩史」的詩性敘事美學規範。從而將敘事詩藝術置
於敘事文學及其「虛構」的詩學體系之中，並使之得以成長
而具有了多方面發展的可能。

正是在這種詩學語域內，以新月詩派作家為主的理論及
批評實踐活動，開始了對新文學「浪漫主義」、「偽浪漫派」
及「浪漫之趨勢」的警覺及排斥，並且將新詩創作中所謂「感
傷主義」的「濫情」與「小詩」現象聯繫在一起，作為他們
當下批評的焦點問題與建立理性敘事詩學的開始。

1923 年 6 月，聞一多從現代詩歌創作與「時代精神」
的關係方面，在肯定《女神》的「現代性」品質的同時[60]，
也明確指出其「薄於地方色彩」及「歐化」傾向。[61]並力排
眾議，批評即將訪華並備受時人崇拜的「文學大師」泰戈爾，
以及他對中國新詩的負面影響及「短處」。[62]並在隨後倡導
的「新格律」詩論中，明確地將「偽浪漫派」及「絕對的寫
實主義」，視為造成「詩的自殺政策」及使「藝術的破產」
的主要危險。[63]與之相同，梁實秋通過對新文學「浪漫之趨
勢」的整體性評估，也將「情感的推崇」、「印象主義」及
「到處瀰漫著抒情主義」，看成是導致新文學創作「濫情」
傾向及「型類的混雜」的主因。批評當時風行一時的「小詩」
創作，「唯一的效用就是可以由你把一些零星片斷的思想印

---

[60]　聞一多：《〈女神〉之時代精神》，楊匡漢等編：《中國現代詩論》
　　　（上），花城出版社 1985 年版，第 82 頁。
[61]　聞一多：《女神之地方色彩》，《創造週報》第 5 號，1923 年 6 月。
[62]　聞一多：《泰果爾批評》，《時事新報・文學旬刊》，1923 年 12 月 3
　　　日。
[63]　聞一多：《詩的格律》，《晨報副刊・詩鐫》，1926 年 5 月 13 日。

象記載下來」。[64]饒孟侃也通過對郭沫若、穆木天、王獨清等「創造社」作家的抒情短詩分析，將矛頭直接對準了新詩的「傷感主義」創作傾向。[65]這在朱湘看來，那則是由於「抒情的偏重，使詩不能作多方面的發展，淺嘗的傾向，使詩不能作到深宏與豐富的田地，便是新詩之所以不興旺的兩個主因」。從而指出：「詩，與旁的學問旁的藝術一般，是一種終身的事業，並非靠了淺嘗可以興盛起來的。」[66]而朱自清關於「長詩底好處在能表現情感底發展以及多方面的情感」的觀點，也是針對「短詩的音調與濫作」和「叫人厭倦」，以及「感傷的情調和柔靡的風格，正和舊詩詞和散曲裏所有的一樣」等現象有感而發的。[67]

　　這種對於新文學「濫情」傾向及趨勢的理論抨擊與討論，在理論上既是對中國文學抒情傳統及其詩歌審美趣味反撥的一種表現，同時又為 20 年代中後期敘事詩藝術理論建設的自覺、進步及完善，提供了恰當的語域氛圍。其中，最明顯的兩個方面，就是對敘事詩藝術結構形式和敘述技巧的探索。

　　事實上，關於敘事詩的結構形式，在王國維早期的敘事詩論中，就曾有過敏銳地發現。[68]五四新文學運動之後，面

64　梁實秋：《現代中國文學之浪漫的趨勢》，《晨報副刊》，1926 年 3 月 25 日。

65　饒孟侃：《感傷主義與「創造社」》，《晨報副刊·詩鐫》，1926 年 5 月 26 日。

66　朱湘：《北海紀遊》，《小說月報》第 17 卷第 9 號，1926 年 9 月。

67　佩弦：《短詩與長詩》，《詩》第 1 卷第 4 號，1922 年 4 月。

68　王國維撰，趙萬里輯：《人間詞話未刊稿及其它》，《小說月報》第 19 卷第 3 號，1928 年 3 月。

對敘事詩創作中普遍存在的淺露及平實等藝術性問題，逐漸引起了許多新文學作家的藝術警覺及理論思考。這裏，首先引起新文學作家們注意的，就是和文學傳統的內在關係問題。如愈之等就參照西方文學的發展過程，認為造成這種「真實的文學創作，仍舊不多」現象的一個關鍵原因，就是「大多數的作品，不過把文體改成語體罷了；結構（Structure），格調（Style），題材（Subject Matrer）還是守著刻板的老規則，擺脫不了。有時雖然也有很好的思想，因為缺乏藝術手段，不能夠顯明活潑的表現出來，便成了不成熟的作品」[69]；其次，就是從敘事文學及其詩學規範上，對結構形式及其美學功能的探討與強調。如吳宓依照大致相似的思路[70]，在批評「寫實小說」「有悖文學之原理」的「流弊」中，特別強調敘事文學之「事皆虛構，但求其入情入理，盡善盡美，因不問其確符於某時某地之情形否也。縱能盡合，亦不為工」的結構形式特徵。[71]於是，梁實秋重申詩的形式並不在於行數的多寡，平仄韻律，「真正的意義乃在於使文學的思路，挾著強烈的情感豐富的想像，使其注入一個嚴謹的模型，使其成為一有生機的整體」。因為，「偉大的文學作品都是有『建築性的』，最注重的是幹部的堅固，骨骼的均衡」[72]；此外，他們還從文本的分析著手，對詩性敘述方式及其創作

[69] 愈之：《新文學與創作》，《小說月報》第 12 卷第 2 號，1921 年 2 月；于賡虞：《詩之情思》，《晨報副刊》，1926 年 12 月 4 日。

[70] 吳宓：《希臘文學史》，《學衡》13 期，1923 年 1 月。

[71] 吳宓：《論寫實小說之流弊》，載《中華文學評論百年精華》，人民文學出版社 2002 年版，第 80 頁。

[72] 梁實秋：《文學的紀律》，《新月》創刊號，1928 年 3 月。

經驗進行多方面的批評與總結。如瞿世英從敘事文學角度，
對小說和敘事詩、抒情詩、劇詩各自文體及審美特徵的分析[73]；
朱自清由白采的敘事詩作品分析中，所發現「長詩」與短詩
的區別，認為關鍵就在於結構的「鋪張」方面等[74]。

　　如果說，以上這些討論還顯得零散及一般化，或者說缺
少體系性的話，那麼，從聞一多及朱湘這兩位具有代表性的
作家身上，可能會更清楚地把握到當時的中國現代敘事詩學
及其建構過程的「所思所慮」及成長的蹤迹。

　　推崇西方敘事詩藝術中的「明喻」手法，是聞一多要求
敘事詩超越「寫實」的紀事，「擺脫詞曲的記憶，跨在幻想
的狂恣的翅膀上遨遊」的創造意識，追求完整的敘述方式等
詩學理論的關鍵字之一。在他看來，那種「明喻」的敘事功
能，是「大規範的敘事詩（Epic）中用以減煞敘事的單調之
有效的技倆。中國舊文學中找不出這種例子，也正是中國沒
有真正敘事詩的結果。」[75]並且一再指出：「佈局 Design 是
文藝之要素，而在長詩中尤為必需。……有了佈局，長篇便
成了一個多部分之總體 a composite whole，也可視為一個單
位。……詩中之佈局正為求此和睦之關係而設也。」[76]

　　同樣，作為新月詩派敘事詩論的闡述者之一，朱湘的不
同之處，就在於選擇了從「創造新文學」和「中國精神文化

---

[73]　瞿世英：《小說的研究》，《小說月報》第 13 卷第 7-9 號，1922 年
　　　7-9 月。
[74]　自清：《白采的詩》，《一般》第 1 卷第 2 號，1926 年 10 月。
[75]　聞一多：《〈冬夜〉評論》，《創造周報》第 5 號，1923 年 6 月。
[76]　聞一多：《給吳景超、梁實秋的信》（1923 年 3 月 17 日），見《聞
　　　一多選集》（2），四川人民出版社 1990 年版，第 261 頁。

之一方面的代表者」的現代文學立場[77]，來審視並觀照敘事
詩、史詩文體「稱述華族民性的各相」的藝術價值及作用。
因而，圍繞現代敘事詩的結構及音韻節奏等文體形式，確定
敘事詩文類及其美學功能的獨特性，自然成為他理論上努力
的重心所在。這其中，首先，就現代詩歌及敘事詩歌的語言，
他反覆辯析新詩與文學傳統的關係。認為對傳統的價值重
估，「實在是與盛新文化的唯一的康衢」[78]；強調「新詩的
白話絕不是新文的白話，更不是……平常日用的白話。……
我們必得採取日常的白話的長處作主體，並且兼著吸收舊文
字的優點，融化進去，然後我們才能創造出一種完善的新詩
的工具來，而我國的新詩才有發達的希望」。[79]其次，關於
詩的藝術結構，朱湘則基於人文主義的詩學原則，除了針對
胡適早期的「白話詩」作品及其創作中，所謂「詩的經驗主
義」及「詩的玩耍主義」傾向表示明確的反對，也對郭沫若
浪漫主義詩歌創作的「求新的傾向」，以及所謂「單調的想
像」及「單調的結構」等形式結構，進行了認真的分析批
評。[80]最後，是對現代詩歌韻律節奏等的論述。這也是朱湘
詩論中用心最多的地方之一。認為「『詩』卻是拿行作單位

---

[77]　羅念生：《朱湘書信集》，上海書店 1983 年重印本，第 69 頁，第 80
　　頁，第 16 頁，第 136 頁。

[78]　朱湘：《聞一多與死水》，方仁念編：《新月派評論資料選》，華東
　　師範大學出版社 1993 年版，第 75-76 頁。

[79]　朱湘：《中書集》，上海書店 1986 年重印本，第 334 頁；羅念生編：
　　《朱湘書信集》，上海書店 1983 年重印本，第 204 頁；朱湘：《中書
　　集》，上海書店 1986 年重印本，第 308 頁。

[80]　朱湘：《中書集》，上海書店 1986 年重印本，第 360 頁、第 364 頁、
　　第 371 頁、第 376 頁、第 338-339 頁。

的」，因此，在創作中，「便不得不顧到行的獨立同行的勻
配」。[81]申明「音韻是組成詩之節奏的最重要的分子」，「節
奏同文字有最密切的關係」。[82]提出在詩歌的韻律節奏上，
依據每部作品的「情調境地」需要及漢語的形式特點，確定
詩的「音調」或「調子」。[83]也正是如此，朱湘在批評「西
字的插入」、「土白入韻」等創作現象的同時，倡導研究中
國古典詞曲藝術形式的「長處」與「介紹」外國文學的「真
詩」，以及學習民歌謠曲形式因素等開放多元的形式觀念。[84]

　　20 年代中後期現代敘事詩論的發展及文類意識的自
覺，又使中國現代作家及學者，在對中國古典文學傳統及資
源的「價值重估」中，通過對古代敘事詩創作及藝術演變過
程的考察整理，獲得藝術傳統上的認同及感悟，發現自身的
局限及不足。這種認同及感悟，如果說此前，主要是古典樂
府歌行體敘事詩歌所體現出的「詩史」現實主義創作精神，
以及「質實」的美學風格的話，那麼，到了這一時期，則發
展為包括各種文體及其敘事功能等內容在內的綜合性與整
體性研究。因而，就使古代敘事詩的學術整理和研究，不僅
為中國現代文學及詩學理論的建設與發展，提供並確立了必
須的傳統及基礎，而且作為現代中國文學學術體系的一個組
成部分，也在「科學的方法」及詩學規範上出現了根本性的
轉變。

81　朱湘：《中書集》，上海書店 1986 年重印本，第 313 頁。
82　同上，第 411 頁、第 307-308 頁。
83　羅念生編：《朱湘書信集》，上海書店 1983 年重印本，第 52 頁。
84　朱湘：《中書集》，上海書店 1986 年重印本，第 412 頁、第 209 頁。

首先，是在當時的文學批評及文學史研究中，關於「史詩」及敘事詩的論題，成為備受注目的一個「焦點」。同時，這時期的批評及研究活動，除了有不同流派及學術思想的作家和學者參與，顯得分外地「熱鬧」外，切入問題的角度、方法及側重點，以及期望達到的目的，也和此前基本是圍繞「中國有無史詩」，以及注重從民族歷史方面進行的價值闡釋及討論不同。於是，探討中國古代「史詩」及敘事詩創作發生演進的原因，受到眾多作家及學者們的格外關注。其中，鄭振鐸雖然也沿用早先的「否定說」，並依據西方文論的「嚴格的史詩定義」，重申在中國古代，「偉大的個人的史詩作者，也同民族的史詩一樣，完全不曾出現過」。但同時，他又承認，事實上還存在著一些所謂的「短史詩」及「短促」、「零星的敘事詩」。[85]然而，面對中國有無「史詩」這一問題，李開先則明確表示反對「否定說」的觀點，並初步提出並論述了影響中國敘事詩產生發展的「抒情說」、「載道說」和「失傳說」等觀點及其原因。[86]1926 年，朱光潛從中西文學創作與審美觀的特質及差異入手，重申「抒情說」並指出：「長篇敘事詩何以在中國不發達呢？抒情詩何以最早出呢？因為中國文學的第一大特點就是偏重主觀，情感豐富而想像貧弱。文人大半把文學完全當作表現自己觀感的器具。很少有人能跳出『我』的範圍以外，而純用客觀的方法

---

[85]　西諦：《文學的分類》；《詩歌的分類》；《史詩》，分別載《文學》82 期-87 期，1923 年 8-9 月。

[86]　李開先：《敘事詩之在中國》，《民國日報·文藝旬刊》第 5-6 期，1923 年 8 月 16-26 日。

去描寫事物」。[87]隨後，在郭紹虞的文學史「整理」及研究文章中，以上的這些觀點又得到進一步的討論與論述。[88]隨後，在胡適的《白話文學史》中，這種學術思路也有明顯的延續。在依據泰納的文藝「三要素」理論進行了一番「大膽假設」和「小心求證」的基礎上，謹慎提出了不完全否認「民族史詩」存在的可能，以及「也許是古代本有故事詩，而因為文字的困難，不曾有記錄，故不得流傳於後代；所流傳的僅有短篇的抒情詩。」[89]它們和章太炎的中國古代史詩「存在說」一道，儘管學術觀點有異，但在總體上顯示出當時新文學界及現代學術界，對中國史詩及敘事詩文學傳統與藝術資源的重視，以及由此而表現和流露出的詩學觀念及審美意識的理性選擇。

其次，運用現代的詩學觀及美學規範，分析古典敘事詩作品的文本形式及創作方法的特點，賦予它們對當下新文學的藝術價值及意義等，並因此而成為當時「整理國故」及文學傳統價值「重估」運動的內容之一。這其中對敘事詩文體特徵及其發展流變的探討，無論是從當時出版發表的那些論著或論文的數量上講，還是就所涉及到的內容及學術深度方面看，都可以說是前所未有的現象。如李開先等研究及整理中國古代敘事詩藝術的「動機」，就是有感於當時「短詩流行，俳句充斥的中國詩壇」，希望以此讓新文學作家「知道

---

[87] 朱光潛：《中國文學之未開闢的領土》，《東方雜誌》第 23 卷第 11 號，1926 年 6 月。
[88] 郭紹虞：《中國文學演進之趨勢》，《小說月報》第 17 卷「中國文學研究」號外，1927 年 6 月。
[89] 胡適：《白話文學史》，嶽麓書社 1986 年版，第 75 頁。

敘事詩的價值」，或者想「用敘事詩來補救」這種「不好的現象」。[90]並且，隨著某些晚清敘事詩作進入到敘事詩批評及研究的視野，也將「字數的限制，音韻的拘束」，認定為「中國敘事詩之不發達」的原因之一。[91]與此不同的是，雖然聞一多也認為「戲曲詩（Dramatic）中國無之。敘事詩（Epic）僅有且無如西人之工者。抒情詩（Lyric）則我與西人，伯仲之間焉。如敘焦仲卿夫婦之事，蓋非古詩莫辦。故古詩敘事之體也」[92]，但是「認敘事詩與戲曲為詩之正宗，而謂詩為模仿技術」的「學衡派」理論家胡先驌，正是通過對《孔雀東南飛》、《木蘭辭》、《長恨歌》到《圓圓曲》等「敘事之作」的考察分析，強調並堅守自己保守的詩歌文體觀。[93]而梁啟超對古代敘事文學及敘事詩的研究，特別是他通過對《孔雀東南飛》、《賣炭翁》等作品的比較分析，對所謂「寫實派」敘事的「技術上的手段」及強調，以及對白居易「諷喻詩」的批評，也值得予以注意。[94]

　　然而，儘管上述幾乎所有的批評及研究，都能夠讓人清楚看到一種「重寫」文學史的自覺意識及敘述角度，但是，

---

[90]　李開先：《敘事詩之在中國》，《民國日報・文藝旬刊》第 5-6 期，1923 年 8 月 16-26 日。

[91]　石君：《金和的〈蘭陵女兒行〉》，《民國日報・文藝旬刊》第 5 期，1923 年 8 月 16 日。

[92]　聞一多：《律詩底研究》，孫敦恒編：《聞一多集外集》，教育科學出版社 1989 年版，第 158-159 頁。

[93]　胡先驌：《評〈嘗試集〉》，《學衡》創刊號，第 2 期，1922 年 1-2 月。

[94]　梁啟超：《中國韻文裏頭所表現的情感》，劉夢溪主編：《中國現代學術經典・梁啟超卷》，河北教育出版社 1996 年版，第 680-685 頁。

這時期最具代表性的，還是那些在「重構」的系統性、體系性的文學史寫作中，對中國「史詩」及敘事詩相關資料的整理及文學史描述。如楊鴻烈在 1928 年出版的、早在此前即在《晨報副刊》上連載的《中國詩學大綱》裏，就設有「中國詩的分類」專章，將「歐美詩學家分詩的種類的標準」，「採用」與「改動」之後[95]，分別描述及闡釋中國古代詩歌「史詩」、「抒情詩」及「劇詩」等文學類型的演變。並由此而構建出了新的中國詩學的學術體系。同樣，胡懷琛的《中國民歌研究》，也顯示出這種系統研究的理論及學術傾向。[96]顯然，這是以「平民文學」立場出發，而勾劃出的一幅中國古代敘事詩史論框架。同樣，在胡適的《白話文學史》中，「故事詩的起來」及不同時期的敘事詩創作，構成了支撐他文學史論及價值闡釋的一個重要內容。這其中除了上述關於中國古代有無「史詩」等問題的分析與探討外，在談到中國古代敘事詩體裁篇幅及形式上的「有斷制，有剪裁」特徵時，作者認為有兩個方面的原因：一個是由於作家的文學觀念，「受了長久的抒情詩的訓練，終於跳不出傳統的勢力」；另一個則是因為創作的目的，「主旨在於議論或抒情，並不在於敷說故事的本身。」[97]應當說確實抓住了涉及束縛古代文人敘事詩創作的一個關鍵問題，不失為當時敘事詩研究中的一種精闢之論。

---

[95] 楊鴻烈《中國詩學大綱・第四章，中國詩的分類》，《晨報副刊》，1925 年 3 月 15 日。

[96] 胡懷琛：《中國民歌研究》，上海商務印書館 1925 年版。

[97] 胡適：《白話文學史》，嶽麓書社 1986 年版，第 77 頁。

　　綜上所述，20 年代中後期敘事詩理論與批評的進步及發展，是由文學分類學入手，在界定和闡釋敘事詩文體類型及其詩學範疇的同時，以敘事詩美學規範對中國古代的敘事詩文學傳統進行整理和價值重估，來探討古代敘事詩藝術的基本特徵及制約其發展的各方面原因。從而不僅在歷史與現在的溝通及聯繫中，賦予了中國古代敘事詩以現代的藝術內容與精神，取得並確立了與世界文學對話的信心及氣魄，而且也為 30 年代以後中國現代敘事詩理論建設，以及敘事詩藝術的學術研究，奠定了基本的詩學及理論方向。

第三章

吶喊與敘事：30 年代的多元形態與發展

　　30 年代中國現代敘事詩創作及理論批評方面的探索，是在當時中國新文學發展格局出現了新的調整，新文學作家及其審美趣味也產生了明顯分野的情況下發展起來的。1925 年的「五卅慘案」及隨後不久的「三一八慘案」，1927 年的「四一二政變」與國共兩黨的分裂，1928 年北洋軍閥政權的覆滅與辛亥革命以來國家的「統一」等社會歷史境遇的演變，不僅在當時的新文化領域及思想界，引起了巨大的反響及刺激，而且對新文學創作活動中無產階級文學思潮的興起及「左翼文學運動」的開展，現代南北文壇中心格局的形成及其文學思潮與創作的競爭等，也產生了直接的影響與作用。其中，在當時現實主義的敘事詩歌創作活動中，以左翼作家為主體的無產階級的敘事詩創作，除了以鮮明的思想意識及明確的藝術目的，標誌著從 20 年代末開始出現的「革命敘事詩歌」創作，在主題思想方面，由所謂個性解放到「階級意識的覺醒」[1]的轉變及完成外，這種代替了「進化論」

---

[1]　魯迅：《且介亭雜文・〈草鞋腳〉》，《魯迅全集》（6），人民文學出版社 1973 年版，第 27 頁。

的「唯物史觀」及發自心靈的激厲「呼喊」[2]，以及倡導以
「大眾歌調」[3]化文體形式追求的「先鋒」性敘事詩歌風格
特徵，還以其獨特敏銳反映時代及社會現實律動的「現代」
性文學精神，「恰當」地適應了當時讀者的「閱讀期待」，
並因此對當時的其他現實主義的敘事詩歌創作，在敘事主題
及敘述結構形式上，發生著明顯的影響。同時，由於在詩學
規範及其審美趣味的分歧與對立，又使他們和同時期那些堅
持人文主義文學立場的自由主義作家，特別是受新月詩派影
響的敘事詩創作形態，無論是在藝術實踐上，還是在敘事功
能等方面，都形成了明顯的對照。並且對當時敘事詩理論及
批評的發展，尤其是中國古代敘事詩的學術整理及研究方法
等，也賦予了特有的時代特徵及重要的影響。

一、「心靈激動的吶喊」與「左翼」作家的敘事詩創作

　　翻開 30 年代中國現代詩史，讓我們感到迎面撲來陣陣
時代熱浪的，首先就是那些聚集在當時中國左翼文學的中心
──上海，以鮮明的階級鬥爭意識、思想政治觀念和血與淚
的呼號，採用社會關注的現實題材，社會政治鬥爭的重大題
材，以凌厲粗糙又不失新鮮感的藝術形式，力圖使自己的作
品直接配合社會的階級鬥爭，撩撥起中國民眾反抗鬥爭的
神經，與社會的政治革命步調保持一致，並使之處於時代

2　茅盾：《向新階段邁進》，見《茅盾文藝雜論集》（上），上海文藝
　　出版社 1981 年版，第 577 頁。
3　木天：《新詩歌・發刊詩》，《新詩歌》第 1 期，1933 年 2 月。

鬥爭的前列，而馳騁於當時文壇的一批以後期創造社、太陽社及中國詩歌會詩人為主體的「戰士型」左翼作家的敘事詩作品。

在這些作品中，選擇鮮明敏銳的社會反抗與鬥爭題材，以飽滿的政治激情及「吶喊」，表達普羅大眾與統治階級的對立意識及生死博鬥，就成為他們敘事詩創作的一種自覺追求。其中，殷夫的敘事詩《在死神未到之前》，以自己被捕入獄的經歷為故事原型，記述了一個青年革命者，在「四一二政變」之後，逐漸成為一個堅定的無產階級戰士的過程。他的另一首作品《梅兒的母親》，用第一人稱「獨白」的自敘話語，塑造了一個「即使是死了，」依然要「呼喊」「解放，自由，永久的平等」的革命者形象。同樣，森堡的《遺囑》，描寫了一個革命者給自己剛出生的嬰兒，書寫遺書的情景。而錢杏村 1928 年出版的第一部長篇敘事詩集《暴風雨的前夜》，也是作者自稱的一首長篇「記事詩」及「在意義方面，是很重要的一篇史詩」。[4]詩中通過一個被國民黨抓進監獄的青年革命者的經歷，記述國共分裂後流行於革命青年中的激憤心理。[5]此外，杜力夫的《血與火》，羅瀾的《暴風雨之夜》，蔣光慈的《哭訴》，柔石的《血在沸》等，都是當時有意於用敘事詩體裁反映「四一二政變」後社會政治鬥爭的代表性作品。它們以一種整體性的創作姿態，形象地反映出當時青年知識份子思想及政治鬥爭意識的張揚，以及敘事詩創作形態中現實主義創作精神及敘事主題的演變。

---

[4]　錢杏村：《暴風雨的前夜·後記》，上海泰東圖書局 1928 年版。
[5]　蔣光慈：《暴風雨的前夜·序》，上海泰東圖書局 1928 年版。

　　30 年代初「無產階級文學」運動中的「革命敘事詩」
及其創作現象的「繁榮」，應當說也和整個社會的意識形態，
以及新文學發展的關係密不可分。正所謂身處「大轉變的時
代」，不僅讓許多激進的「革命文學」作家認為，「革命可
以給藝術以靈魂，藝術可以給革命以口舌」。[6]同時，也促
使一些並非是「革命文學」的團體及其刊物，在創作意識、
編輯方針及內容上發生了顯而易見的「轉變」。例如，1928
年 4 月，上海出版的《泰東》月刊，就曾在刊出的《九期
刷新徵文啟事》中聲明：「本刊從下期起，決計一變過去
蕪雜柔明的現象，重新獲得我們的新生命，以後要儘量登
載並且徵求的是：（1）代表無產階級苦痛的作品，（2）
代表時代反抗精神的作品，（3）代表新舊勢力的衝突及其
支配下現象的作品。……至於個人主義的、溫情的、享樂的、
厭世的———一切從不徹底不健全的意識而產生的文藝，我們
總要使之絕迹於本刊，這是本刊的轉變。」[7]於是，在這份
刊物隨後發表的那些「革命詩歌」裏，也出現了幾首完整
的「革命敘事詩」作品。其中，芳孤的長篇《餓者的哀歌》
中對「車夫」的命運揭示，也一改五四時期「人力車夫」
派作品的人道主義同情或「憐憫」，而將暴露社會貧富懸殊、
階級壓迫的經濟原因，啟發無產階級的政治意識作為創作的
根本性意旨。與之相似，藻雪的長篇敘事詩《媽……媽媽……
我餓了！我要吃飯！》，也從一個叫「小寶」的女孩的視角，
講述了一個普通工人貧苦淒慘的生活狀況及其積鬱待發的

6　顧鳳城：《文學與時代》，《泰東》第 1 卷第 7 期，1928 年 3 月。
7　見《泰東》第 1 卷第 8 期，1928 年 4 月。

反抗精神。這種鮮明激進的政治「吶喊」和「傾訴」式的敘述方式，構成了這類早期「革命敘事詩」創作形態的一個重要特點。

「無產階級文學」思潮的影響及「左翼文學」的發展，也使當時那些反映下層勞苦大眾，尤其是農民生存處境的敘事詩作品，在敘事主題及審美意識上出現了明顯的變化。蔣光慈的敘事詩《鄉情》及《從故鄉帶來的消息》，用似乎雷同的情節，講述一位名叫「黃牛」的「轎夫」後代，因不堪忍受豪紳地主的欺辱而奮起反抗，最終被他們與官兵聯手鎮壓而犧牲的故事。木農的《父與子》，敘述一個農民因為被地主逼債而失去了自己土地的故事。海鏡的《將死的哀音》，通過一個臨終「病人」對妻兒的「告別」，表達鮮明的政治思想內容。石塘青的長篇《恭喜！恭喜》，用諷喻體的形式及婚姻家庭題材，揭露現實社會的醜陋及權勢者的卑劣。鄭志劍的敘事詩《一幅農民的淡描》，顯示出了力圖運用唯物史觀來分析中國社會現實的努力。《廢人》講述了一位流落到城市的破產農民，走進工廠後又因世界資本主義經濟危機而失業，最終走上無產階級革命鬥爭道路的故事。體現出用無產階級形成的有關理論來演繹人物及故事情節的創作傾向。而濺波的《潘三沒走合母親的意思》，敘述了一位叫「潘三」的窮苦青年，因為貧困而搶劫，最後被處以死刑的故事。此外，歐弟的《歸家》，昌標的《母子之死》，梨子的《乳婦的悲歌》等，都是一些表現這類主題的敘事詩作。它們從中國敘事文學傳統中「官逼民反」、「逼良為盜」的古老敘事主題裏，闡釋出了新的主題意蘊，從社會經濟或政治方

面，剖析說明造成普羅大眾貧困破產的社會原因。並將其作為一種基本的敘事模式，在「左翼詩歌」的敘事詩創作中，進行努力的藝術性表現或實踐。

　　長篇敘事詩歌創作的興盛及其作品的大量湧現，是當時現實主義敘事詩藝術成長及發展過程中一個有著非同尋常意義的文學現象，同時也是「中國詩歌會」作家敘事詩創作的主要成就之一。對此，茅盾肯定並斷言：這種「『從抒情到敘事』，『從短到長』」的創作現象，「表面上好像只是新詩的領域的開拓，可是在底層的新的文化運動的意義上，這簡直可說是新詩的再解放和再革命。」[8]實質上，這應當也是現代詩人敘事詩創作意識整體上的自覺，以及「史詩」及「偉大的詩」等詩歌藝術創造自信的一個充分展現。鄒荻帆的《做棺材的人》，敘述一個貧苦工匠不幸的命運。他的另一首長篇《沒有翅膀的人們》，以「史詩」的敘事結構及其敘述話語，從農村社會的多個層面及角度，描寫軍閥戰亂及其政治等「人禍」，給當時普通民眾帶來的災難情景。長篇《木廠》則是作者一首長達一千四百餘行、分為「序詩」等五個章節、多個詩題的精心之作。田間的長篇敘事詩《中國農村底故事》，作為「吶喊」型敘事詩創作的代表作及典範形式，以長達一千四百餘行的詩句和「饑餓」、「揚子江上」、「去」三個章節的篇幅，展示中國農村社會的貧困和地主劣紳的橫行霸道，以及帝國主義的經濟壓迫及屠殺等時代關注的「焦點」問題。儘管茅盾也認為「它沒有一般敘事

8　茅盾：《茅盾文藝雜論集》（上），上海文藝出版社 1981 年版，第 633 頁。

詩的特性———一件故事」，「只是感情的突擊的花的爆發」，
僅靠「幾個『特寫』幾個畫面接連」或「場面」的突出，以
及短促的一個或二、三個字組成的詩行及其形成的韻律節奏
來組織完成，但是仍對其「飛迸的熱情，新鮮的感覺，奔放
的想像」等「獨創的風格」，給予了充分的肯定。[9]楊騷的
長篇敘事詩《鄉曲》，以「在寫信」、「黎明」、「騷動」、
「鋤聲」及「短簡」等五個章節的篇幅，用妹妹「阿梅」寫
給哥哥的「信」串聯起作品中的故事情節。力圖通過一種宏
大的歷史性敘事，來反映當時農村社會的政治貧困及經濟破
產，以及在此基礎之上「階級」意識的發生與農民革命鬥爭
的興起。馬子華的長篇《綠酒！紅燈！》，同樣也以龐大的
篇幅結構，四行一節及整齊的韻腳，通過「秋聲」、「奴隸」、
「命運」、「中秋」、「綠酒」、「依戀」、「園裏」、「階
級」、「決心」、「突變」、「紅燈」及「狂吻」等十二章
詩段，完整地敘述了一個「革命＋戀愛」的浪漫蒂克式故事。
江嶽浪的《饑餓的咆哮》，塞克的《歸來》，拾名的《楊媽》，
史輪的《白衣血浪》等，也都是長篇敘事詩創作中值得注意
的重要作品。

　　劇詩，特別是長篇劇詩作品的大量湧現，也是這類長篇
敘事詩創作現象中的一個重要的方面。這其中，柯仲平的長
篇劇詩《風火山》，以急切的政治熱情和鮮明的思想意識，
通過「打麥場」、「冒火線」、「生與死交戰」、「人吃人」
和「風火山」等五幕場景結構，以及民歌小調、唱本等民間

9　茅盾：《茅盾文藝雜論集》（上），上海文藝出版社 1981 年版，第
　　634-635 頁。

謠曲的敘述形式，抒寫農村所發生的政治革命及反抗壓迫的
鬥爭。[10]王紹清的劇詩《戰爭的插曲》，抒寫抗戰前線負傷
將士立志報效祖國，英勇頑強的鬥志和決心。孫俍工和梅痕
女士的劇詩《理想之光》，雖然在敘事主題方面，是以「五
四運動」為背景，並通過「惡魔與神」、「蘇醒」等象徵性
情節，愛情理想與現實矛盾之間的衝突，表現青年知識份子
的愛國主義激情和期望，但是，在文體形式方面卻具有明顯
的「吶喊」型敘事詩歌風格及其情調。與其相似的，還有陳
晉遐的三幕劇詩《魔王的吩咐》，許子曙的劇詩《易水悲歌》
等。此外，嚴夢的《曼殊的春夢》，王紹清等人的《釋放》，
張白衣的《信號》，逸民的《歸來，國魂》，王景秀的《掛
在枝頭的老奴》，林房舒的《路》，史輪的《血的願望》等，
都是當時現代敘事詩藝術形態中劇詩創作不能忽略的作品。

　　在此，我們不能不注意到當時「民族主義文學」的敘事
詩代表作《黃人之血》。黃震遐的這首長篇劇詩，由「帖尼
博耳河畔」及「沙漠之魂」等七章節組成，以 13 世紀 40 年
代蒙古大軍西征俄羅斯基輔城的史實為題材，通過描寫元軍
將領拔都、羅英、宋大西等人物形象與隨同西征的漢、女真、
契丹等民族軍隊之間的衝突，以及與蒙古、俄國美女慕尼瑪
及華蘭地娜等人物發生的情感糾葛，力圖在所虛構的「大亞
細亞主義」的敘事情境中，表達其「雖然是盡力地表現出蒙
古人的偉績，卻祇是就其民族整個的努力而言」的創作目

10　王瑤：《中國新文學史稿》（上），上海文藝出版社 1983 年版，第
　　219 頁。

的，以及「『友誼與團結』的力量」等[11]所謂的「民族主義
文學」內容及思想傾向。由於作品所宣揚的這種「民族精神」
及「大東亞」思想主張，有著明顯的為日本軍國主義侵略政
策利用及張目的嫌疑，並且與「左聯」的「國際主義」政治
路線對立，因而其甫一露面，即受到「左翼文學」陣營的猛
烈抨擊及批判。被斥之為「替日本人的大亞細亞主義作鼓吹」
而「仰承著帝國主義進攻蘇聯的意旨而作的巧妙文章」[12]，
以及「願為進攻蘇聯的警犬」和「寵犬」[13]式的作品。不過，
在此應當注意到的是，在「民族主義」文學運動及其理論中，
敘事詩、史詩也被看作一種「民族主義的詩歌形式」。[14]因
此，他們的這種「民族主義」的敘事詩創作及作品，在民族
危機四伏的當下，自然也就有可能觸及到當時讀者關注的一
些問題，從而產生一定的客觀意義，成為特殊歷史時期及社
會背景下的「另一面」文學創作。[15]

　　顯示當時現代敘事詩藝術的現實主義創作精神，以及從
藝術的「象牙塔」走向「十字街頭」的作品中，應當給予注
意的，還包括那些反映民族危機，揭露日本帝國主義侵略野

---

[11] 黃震遐：《黃人之血·寫在前面》，《前鋒月刊》第 1 卷第 7 期，1931
　　年 4 月。

[12] 石崩（茅盾）：《〈黃人之血〉及其它》，《文學導報》第 1 卷第 5
　　期，1931 年 9 月。

[13] 晏敖（魯迅）：《「民族主義文學的任務和運命」》，《文學導報》
　　第 1 卷第 6、7 合期，1931 年 10 月。

[14] 湯冰若：《民族主義的詩歌論》，《前鋒周報》第 17-20 期，1930 年
　　10-11 月。

[15] 蒲風：《五四到現在的中國詩壇鳥瞰》，黃安榕等編：《蒲風選集》
　　（下），海峽文藝出版社 1985 年版，第 803-804 頁。

心和罪行，鼓動中華民族抗日救亡信心的敘事詩作。它們作為當時中華民族內憂外患、危急存亡「國難時期」歷史現實和意識心態的反映，不僅是近代以來中國敘事詩藝術創作中反抗侵略、「救亡圖存」現實主義敘事主題的延續與拓展，同時也是現代中國文學民族精神及歷史責任感的藝術實踐及形象顯現。正因為如此，所以早在「九一八事變」以前就出現了許多反映日本殖民統治罪惡和抗日主題的敘事詩作。如賴和的長篇敘事詩《流離曲》，在由「生的逃脫」、「死的奮鬥」和「生乎？死乎」等部分組成的詩裏，敘述了一位勤勞善良的農民，在日本殖民當局和自然災害的雙重壓榨下，從痛苦的掙扎到最後的覺醒過程。「九一八事變」之後，這種現實主義的敘事詩歌創作活動，不僅成為當時中國文壇的一大「亮點」，而且在注重捕捉社會及歷史「尖銳題材」的「左翼作家」，尤其是「中國詩歌會」的詩人手中，得到了集中的藝術處理及表現，並湧現出了一大批可稱之為「流亡與戰爭」主題的敘事詩作。例如，除了穆木天、柳倩等作家反映淪陷區人民生活及抗日題材的敘事詩作品外，白曉光（馬加）的長篇《古都進行曲》，記述青年學生在「一二九運動」精神的激勵下，走上街頭宣傳抗日救亡的遊行過程。叔寒的《滑稽的夢》，以諷刺嘲弄的筆調，揭露那些假借「抗日」之名，而實為撈取個人利益的醜行及現象，反映民族危機之際中國政治及社會的混亂散漫。張澤厚的《偉大的開始》，是一首以「九一八事變」為題材的長篇敘事詩作品。詩中以充滿激情的敘述話語，反映了日本帝國主義侵佔東北的事實。批判及嘲諷了中國軍隊及當局所奉行的不抵抗

政策，頌揚了普通士兵及民眾的抗戰決心。此外，金劍嘯的
《興安嶺的風雪》，描寫東北義勇軍在風雪彌漫的興安嶺上
和日本侵略者浴血戰鬥的事蹟；辛民的敘事詩《拷刑》，敘
寫日本帝國主義對中國留學生的迫害和殘暴鎮壓；虹淵的
《七口之家》，則是一部長約一千二百餘行的長篇敘事詩。
它通過內地一個農民家庭迫於劣紳的壓榨和天災的禍害，逃
難到東北謀生時，全家七口都被日本軍隊殘酷殺害的悲慘故
事，反映出中國內地農村的苦難和東北淪陷區人民的不幸命
運。由於作者明確的創作意識[16]，因而在敘事主題方面，顯
示出作者有意將中國內地農村和東北淪陷區聯繫起來，以期
達到整體反映當時社會現實的藝術企圖。

　　「中國詩歌會」作家群及其「左翼」敘事詩創作，在「捉
住現實」及「歌唱新世紀的意識」[17]，以及「新詩歌謠化」
等「新詩歌」理論指導下[18]，不僅以其明確的政治意識及時
代責任感，倡導及重視敘事詩創作，尤其是長篇敘事詩寫
作，而且將當時社會關注的重大現實問題，確定為自己敘事
詩歌創作的中心題材及焦點主題。並且，還希望能用他們所
「新創造形式之一」的「大眾合唱詩」創作及其作品，「解
放過去新詩歌的敘事性和抒情性的狹隘」[19]。例如，穆木天

---

[16] 虹淵：《七口之家・序話》，見虹淵著：《七口之家》，中國文化出
　　版社 1937 年版。
[17] 穆木天：《發刊詩》，《新詩歌》第 1 期，1933 年 2 月。
[18] 任鈞：《關於中國詩歌會》，楊匡漢等編：《中國現代詩論》（上），
　　花城出版社 1985 年版，第 461 頁。
[19] 戴何勿：《關於大眾合唱詩》，王訓昭編：《一代詩風——中國詩歌
　　會作品及評論選》，華東師範大學出版社 1996 年版，第 386 頁。

的《守堤者》，以發生在東北某地日本、朝鮮浪人和當地中國民眾械鬥的事件為素材，來反映處於帝國主義勢力下中國民眾的悲慘處境；《掃射》講述日本侵略者在東北農村，用所謂「日滿一家」迷惑善良的民眾，然後集體槍殺並欺騙世界輿論的故事。鼓動人們團結起來，勇敢抗戰；長篇《江村之夜》以「大眾合唱詩」的形式及「史詩」性風格，展示中華民族及東北淪陷區各階層民眾，同仇敵愾反抗侵略和壓迫的決心。而王亞平的《孩子的疑問》，以一個孩子的自述話語，反映日本帝國主義對中國的侵略；《五月的太陽》，講述「徵地修路」造成農民的「失地」及經濟破產。柳倩的《震憾大地的一月間》，是一首以上海「一二八事變」為題材，並被譽為「抗日史詩」[20]的長篇敘事詩作。詩中通過悲壯的故事情節，刻畫出中華民族反抗日本侵略者的意志及力量。任鈞的《車夫曲》，抒寫那些由於「農村破了產」而到城市謀生的「車夫」們，「給人當牛馬」的生活，以及「為著真正做個人」的反抗意識。江岳浪的《王老三的話》，講述工運領袖「王老三」組織工人和資本家鬥爭的事蹟。溫流的《我們的堡》，以「母親」、「我」和「弟弟」等敘述角度的轉換，描寫中國農村社會不同歷史時期的變化，反映在世界資本主義衝擊下農村經濟的破產及生存苦難。宋寒衣的長篇《南洋謠》，講述沿海貧苦農民闖蕩「南洋」謀生，「肉被剝盡血被榨乾」的故事。左琴琳娜的《戰壕裏》，描述躲避戰火的難民們，對自己故鄉的思念。此外，孤帆的《長工阿

---

[20]　王瑤：《中國新文學史稿》（上），上海文藝出版社 1983 年版，第230 頁。

二的死》、《倒戈》等，竹友的《東洋矮鬼打中國》、《新彈詞》等曲體作品，也都是「中國詩歌會」詩人中具有一定影響的敘事詩作。

在「中國詩歌會」作家群及其敘事詩創作活動中，蒲風不僅是一個主要的領導組織者及理論批評家，而且也是創作意識最為自覺，成績與影響最具代表性的詩人。「在現今，偉大的時代下包含了偉大的現實，誰說我們不該用詩來作整個的表現，誰說我們不該當來開發長篇的敘事詩、故事詩、史詩一類的東西呢。」[21]於是，他不僅自己努力寫作，並積極致力於探討及實踐敘事詩文體形式現代的「大眾化」，還大力倡導及組織「中國詩歌會」的詩人們，努力進行敘事詩歌的創作及理論探索。從而在他周圍，事實上團結並形成了一個並不多見的自覺進行現代敘事詩創作及批評的作家群體，對推動 30 年代現實主義的敘事詩藝術發展，做出了獨到的藝術探索及努力。

長篇敘事詩《六月流火》和《可憐蟲》，則可以看作是蒲風這時期敘事詩創作的代表作，也可以說是「吶喊」型敘事詩創作中，具有「用抽象的詞句來表現『熱烈』的情緒或『革命』的道理」，「用韻語寫出『豪壯』的或『悲慘』的故事」[22]等風格特徵的典範性作品。其中，在《六月流火》這部由 24 段有題詩章組成的長篇敘事詩裏，詩人以「充分

---

[21]　蒲風：《關於〈六月流火〉》，黃安榕等編：《蒲風選集》（上），
　　　海峽文藝出版社 1985 年版，第 579 頁。
[22]　牛漢等編：《胡風詩全編》，浙江文藝出版社 1992 年版，第 603 頁。

表現大時代下的農村動亂的主題」[23]，敘述了中國南方某個
農村的民眾，為反抗毀田修路而展開的武裝鬥爭故事。在這
個顯然是作家「虛構」的故事情節中，傾注著詩人鮮明的政
治意識和寫作目的。同樣，脫稿於抗戰爆發前夕的長篇敘事
詩《可憐蟲》，完整地敘述了一位臺灣青年，在日本留學期
間與一位日本女子相戀成婚，後因民族矛盾等原因，最後雙
雙死於非命的悲劇故事。以反映處於日本殖民統治下的臺灣
民眾，在亡國的痛苦與掙扎中民族意識的覺醒。這也是當時
表現愛情敘事主題的敘事詩作品中，具有明顯時代社會內容
的一部作品。

　　總之，這些活躍在 30 年代中國現代文壇的「吶喊」型
敘事詩創作，也正如茅盾在論述當時「左翼文學」創作的整
體態勢及其意義時所強調及敏銳指出的那樣：「一個民族的
前進活躍的藝術，必然是此一民族全心靈所要求，所爭取的
偉大目標，以及在此爭取期間種種英勇鬥爭的反映」。[24]事
實上，這樣的創作活動，也確實構成了當時新文學中最具現
代性的「一個民族的前進活躍的藝術」之重要內容及組成部
分。正因為如此，我們也就不難想像，假如缺少了這些表現
「社會反抗」、「心靈激憤」及「民族救亡」激厲「吶喊」
的敘事詩歌作品的話，那麼，至少讓中國現代文學，包括現
代敘事詩藝術的歷史，將會因此而顯得虛弱與蒼白。

---

[23] 蒲風：《關於〈六月流火〉》，黃安榕等編：《蒲風選集》（上），
　　海峽文藝出版社 1985 年版，第 580 頁。
[24] 茅盾：《向新階段邁進》，《茅盾文藝雜論集》（上），上海文藝出
　　版社 1981 年版，第 577 頁

二、「自我」成長的呈現與「救贖」之路的敘述

在中國現代敘事詩發展史上，以自覺的「歷史意識」及其審美趣味，有意識地將個人的覺醒和民族的振興聯繫起來，通過在大時代背景下成長起來的「自我」與精神心靈的「新生」歷程，表現並把握當下的現實生活及整個社會歷史的變動等敘事主題，也是敘事詩創作形態中值得給予充分注意的文學現象之一。這些在文體形式上介於「敘事抒情」或「抒情敘事」的「長詩」創作，從文學傳統上看，它也可以說是中國古代敘事詩「紀事」及「徵實」的「詩史」創作精神，以及「借離合之情，寫興亡之感」表現手法的變化及創新。同時，又是新文學及其作家們，要求並期望自己的新詩及現代敘事詩創作，能夠與時代保持血肉關係的體現。正因為如此，當時主持《大公報・文藝》副刊「詩特刊」專欄的梁宗岱，就從抒情詩學的立場及角度，認為「要在今日為中國作史詩固不免是癡人底妄想；但是要創造一種具有『建築家底意匠』的歌詠靈魂冒險的抒情詩卻不失為合理的願望」，以及這種「長詩」創作及其藝術形式的詩學「合理性」。[25]

因此，這種以「歌詠靈魂冒險」，表現「詩人積聚在內在世界裏的畢生的經驗與夢想，悵望與創造」為基本藝術特徵，側重於將「個人」的成長及「自我」的「新生」，放在整個社會及歷史的背景之下，在展示一代知識青年追求真理的際遇，以及他們對於現實社會真實感受與認識的過程中，

---

[25]　梁宗岱：《按語和跋・論長詩小詩》，《詩與真二集》，商務印書館 1936 年版，第 112-113 頁。

表現宏大敘事主題及其所蘊含歷史內容的「長詩」創作，就
把對「小詩」及其「濫情」傾向的批評與反省，詩歌藝術與
時代的緊密關係，以及「長詩」和「偉大的詩」等，從藝術
實踐方面聯繫在了一起。30 年代初，璧兒的《懺悔》，描
寫「自己」夢中遊歷「地獄」，並在那裏和「祖父」、「父
親」、「兄長」相遇，最後擺脫「撒旦」的誘惑，在「理性
之光」的指引下，得以「新生」的情感經歷。馮至的長詩《北
遊》，採用了十三個章節的篇幅，通過「別」、「車中」、
「哈爾濱」、「雨」、「公園」、「咖啡館」、「中秋」、
「禮拜堂」等多個敘事場面的轉換，記述「我」——「一個
遠方的行客」，經歷了「人性和他們的悲痛之所在的艱難的
路」[26]，而「沒有沈淪」[27]及不甘心於「長久地睡死」的精
神磨難。同樣，孫大雨的《自己的寫照》，是作者原計劃寫
的千行「長詩」中的一部分，並且因為主題思想的「先就闊
大」和「情感的深厚與觀照的嚴密」，以及「筆力的雄渾與
氣魄的莽蒼」，而被徐志摩稱譽為自有新詩以來「最精心結
構的詩作」[28]之一。而金克木的《少年行》（甲、乙），也
以長篇的詩節及「感事」型的敘述結構，通過一個農村少年
的成長經歷，反映自五四新文化運動到「五卅慘案」、北伐
革命，以及「四一二政變」等不同歷史時期，中國社會從農
村到城市，政治及經濟方面發生的變動。詩前引自晚清詩人

---

[26]　馮至：《北遊・詩前引》，《馮至選集》（1），四川文藝出版社 1985
　　年版，第 77 頁。
[27]　馮至：《北遊及其它・序》，《馮至選集》（1），四川文藝出版社
　　1985 年版，第 254 頁。
[28]　徐志摩：《前言》，《詩刊》第 2 期，1931 年 4 月。

龔自珍的詩句，不僅簡要地概括了作者希望在作品中寄寓的
人生感受及把握的歷史真實，而且還恰當地體現出了這首詩
的文體形式特點。[29]

　　其中，以第一人稱或「自述體」的話語，將個人的成長
及「新生」和「革命」聯繫起來，是那些現實主義的作品中
常見的一種敘事結構模式。竇隱夫的長篇敘事詩《一個詩人
的故事》，講述了一個「詩人」的「生命」死而重生的故事。
詩中「我」因不堪「殘酷的人間」及「血腥的暴政」，將自
沉於「汪洋的大海」之際，在「黎明之神」的指引下，明白
了「革命」這「人類歷史上必然的變動」，才會「醫治了社
會，醫治了我的心」。李華飛的《新的航程》，記述「我」
少年時「當小漣工」的苦難，長大因「饑餓」走進了「軍營
中」，在「我們的司令」的啟發下，最後「在司令的領導下，
與敵鬥爭」，「尋出新的航程」。而李雷的長篇《遊子吟》，
講述了「我」的生命和「故鄉」──「滿洲」生死相依的故
事，展現了「自我」的「新生」之路和抗日救亡民族解放之
間的內在關係。從而將個人的成長及命運與政治革命及時代
主題緊密地融為一體，並且在文體形式上，具有一定的代表
性及示範性的意義。

　　同時，在當時的「長詩」創作中，還出現了一批具有「自
我救贖」意味及情節結構，表現人文主義敘事主題及思想內
容和敘述者「心靈歷程」的作品。它們和闡述宗教「原罪」
之說作品的最根本性區別，就是旨在表現人及自我在現實的

---

[29]　商壽：《讀〈蝙蝠集〉》，《新詩》第1期，1936年10月。

黑暗與罪惡的處境之中，自我意志的清醒及不甘「墮落」，
最終能夠通過自身的覺悟及不懈的努力，克服悲觀或逃避而
走向「救贖」或「新生」之路。因而，作品的敘事功能及審
美效果，也就沒有了對命運無法把握的無奈或頹唐，而顯示
出積極進取的現實主義創作精神及氣質。例如，曹葆華的長
詩《幻變》，完整地敘述了「我」的心靈及精神的成長和「自
我救贖」的「歷程」。詩中除了描寫主人公「童孩」時的「神
秘的天真」，「年齡稍稍加增」後「浪漫的靈魂」，「爛漫
的青春」期「我感覺歷來人類的煩惱」，以及「懵懵然不知
道怎樣生存」的成長故事外，著重刻畫了「我」是如何克服
「墮落」的誘惑，通過自我的救贖而走向「新生」之路的過
程。同樣，他的《獻》，也是一首表現「自我」走向「新生」
經歷的長篇抒情敘事詩。而陳夢家的《往日》[30]，則是一首
由「鴻濛」、「昧爽」、「陸離」三章組成，詩行整飭及韻
律和諧的「自述」體長詩作品。詩中運用了多樣的宗教及歷
史素材，以及充滿象徵、隱喻意味的人物形象及敘事情境，
敘述了「我」對自然與人類、信仰與智慧、現實與神聖等具
有「形而上」問題或意味的思考，以及自我意識由「無知」
到「新生」的成長過程。與之不同，老舍自稱為「敘述的」
詩《鬼曲》，是作者計劃寫的一首「像《神曲》中的『地獄』」
式作品中的一節。如同他所說那樣，是想通過這首「夢中之

---

[30]　根據詩後注出的寫作日期及《夢家存詩·自序》，可知《夢家存詩》
　　　中收入的《當初》、《登山》及《出塞》三首作品，分別為陳夢家寫
　　　於 1933 年 10 月 23-30 日，發表在 1934 年第 1 卷 1-3 期《學文》雜誌
　　　上的長詩《往日》各章節的一部分或修改刪節稿。

夢的頭一個夢」，表達「我見著很多鬼頭鬼腦的人與事。」[31]
因此，詩中描述了「我」在那「宇宙似還沒有誕生」的「夢
境」之中，以「獨自前行」及「兩眼渴望光明」等積極進取
的自我意識，所真實感受及經歷的「無邊的黑暗」、「恐怖」，
以及「癡立茫然，只想悲歎」的人生狀態。以鮮明的現實及
人文批判意識，顯示出較為清新自然的藝術風格。

　　1928 年，在《小說月報》上刊載的敘事詩作品中，渾
沌的敘事詩《三個時代》，以音韻和諧的詩句和自然流暢的
言語，講述了主人公「我」所經歷的所謂「三個時代」的生
活變遷。在一種「恨海茫茫怎麼樣填」、「女媧也補不了情
天」的傷感氣氛中，把個人的情感及「自我」的成長，有意
識地和一個時期的社會歷史變化聯繫了起來。凝秋（塞克）
的長篇《歸來》，運用了「燒冥錢」、「歸來」、「歸來之
二」及「從鬼窟裏來」四個章節的篇幅，描述一個「五年前」
被「父親驅逐了不肖的兒郎」──「我」，返回「那遠隔雲
山的故鄉」後的失落及迷惘。這類多以詩人或第一人稱「我」
為敘述者的愛情長詩，由於側重主情主義的「個人」情感抒
發及興寄，而程度不同地帶有「感傷主義」及「濫情」痕迹。
但是，通過虛構的故事情節及藝術的想像，以歷史際遇中理
想的「愛情」與現實的衝突，以及「自我」的掙扎與心靈的
「拯救」為「形式」，表現思想及個性解放的人文主義敘事
主題，從而使這些愛情題材的「自述體」或「感事型」長詩
創作，完全有別於「感傷」的傾訴或「濫情」的放縱，具有

---

[31]　老舍：《鬼曲・詩後說明》，《現代》第 5 卷第 5 期，1934 年 9 月。

了可稱之為「靈魂的敘事詩」的風格特徵及意味。如羽音的長篇敘事詩《幽夢曲》，通過一個虛構的「夢」境，以對唱、合唱的敘述方式，描寫了一個「傷感」的詩人和「放蕩」的「女神」，與偉大的「巨靈」間發生的精神衝突。展示了當時青年知識份子在現實與理想、情與愛、靈與肉、血與火的矛盾狀態中，心靈世界的焦慮、掙扎和奮起。[32]

　　同樣，丁丁的《廢墟之歌》，用整齊的詩節及韻律，敘述一個流浪「詩人」和少女「娉婷」的戀愛悲劇。詩中貌美多情的「詩人」，因「沒有黃金白銀累累成箱」，終成了一縷在「野曠廢墟人絕迹的遠郊」之上，遊蕩的「寂寞的苦悶的鬼靈」。王墳的《骷髏歌舞之夜》，展示處於「黑夜」之中的人們對現實生活的失望及未來的徹底絕望。陳翔冰的《番女夜曲》，以嚴整和諧的詩節韻律，通過一個苦苦「等待著」戀人的女子的「自述」，描述失戀中的「我」，「眼見我的屍身放在柴火上，／熱騰騰的煙灰瀰漫著碧雲天」，「只有黃昏的烏鴉肯在墳上叫」。曾今可的《愛的三部曲》，以抒情組詩的聯章結構形式，抒寫一對青年男女悲歡離合的愛情故事。雖作者自稱有意「是以詩來描寫的一個戀愛的故事」[33]，但實際上，也是一首缺乏敘事情節及「沒有形式上的故事」的「感事」型長詩。而冷落的長篇《寶寶》，通過主人公「寶寶」分娩前「陣痛」中的「回憶」，講述了她一生為「愛情」付出的代價及不幸的遭遇。此外，梅痕女士的

---

[32]　見《白露匯刊》第 1 卷第 6 期，1928 年 6 月。

[33]　曾今可：《愛的三部曲・自序》，上海新時代書局 1931 年版，第 1 頁。

《她的旅程》，徐沁君的長篇《靈魂的夢》，邱韻鐸的《夢與眼淚》等作品，也都是當時有一定影響的作品。

　　這種可謂「靈魂的敘事詩」及其藝術特點，在一些戲劇體詩歌作品中，得到了充分的展現。笳嘯的劇詩《詩人的悲哀》，通過「一個垢面之詩人」，在「夢境」裏和虛構的「女郎之神」、「革命戰士」、「豪紳顯官」及「青面魔鬼」等人物形象的「對話」，展示「詩人」執著的道德「理想」與社會批判意識。孤雁的劇詩《心聲》，以一個「頭髮蓬鬆」、「滿身狼藉難堪」的「旅客」為主人公形象與「自述者」，講述一個「迷途的」的「誤踏陷阱的青年」的失望及焦慮。這種敘事詩創作形態，即使在那些多少帶有唯美主義，甚或是頹廢色彩的「另一面」劇詩作品中，也都有著一些值得注意的及相似的藝術表現。如王墳的劇詩《她的亡魂》，通過「詩人」和他死去「愛人」之「亡魂」的對話，不僅形象地表現了主人公在「理想」破滅之後，精神及心靈上的痛苦及感傷，而且描寫了「詩人」的「新生」之路。與其相似，轉蓬的劇詩《愛的除夕》，通過「新婚之夜」裏「新娘」與「她舊日死亡了的戀人」之「幽靈」，以及「愛神」、「惡魔」與「新郎」等人物形象之間的戲劇性場景及對話，展示現代青年的精神痛苦及情感衝突，以及對於「愛情」的「痛苦」與無奈。

　　30 年代末，臧克家的敘事長詩《自己的寫照》，曾作為代表「現有的長篇敘事詩」的「另一極」及其「偏向」，受到茅盾的注意及批評。[34]這首以長達千餘行的篇幅結構，

34　茅盾：《敘事詩的前途》，《茅盾文藝雜論集》（上），上海文藝出版社 1981 年版，第 634-637 頁。

通過「我,一個年紀剛傍午的青年」為「敘述者」,講述了
這位不甘心「讓毀滅挖斷生命的根土」的主人公,以及「我」
的「祖,父,叛逆的事蹟」,童年的悲哀,北伐戰爭時期的
風雲變幻和失敗後的反抗鬥爭等「個人」成長的經歷,表現
「自我」的「新生」,期望能在廣闊的時代背景下,反映個
人的覺醒或解放和社會歷史的密切關係。由於作者創作的主
旨並不在於敘述故事,再加上作者與敘述者的重合,因而明
顯削弱並消解了詩性敘事的美學功能。所以,儘管這類作品
和那些「概念化」、「口號化」的敘事詩相比,有著較為注
重藝術結構及敘述時空的推進與轉換,特別是敘事場景描寫
和刻畫等特點或長處,但仍然被茅盾看作是當時敘事詩藝術
形式方面存在的一種「偏向」。不過,即使如此,這類「長
詩」及長篇敘事詩的創作,在中國現代敘事詩發展史上,還
是非常有影響的。到了 40 年代,更成為許多詩人用來反映
「大的時代」及創作「民族史詩」的一種重要形式。

三、自由主義作家的敘事詩創作及其流變

　　30 年代自由主義作家的敘事詩創作,作為一個文學史
概念,它所指稱的是當時活躍在以北平為中心的北方地區,
或以上海為中心的南方地區,主要受人文主義文學思潮及新
月詩派的影響,或者繼承了五四新文學人道主義敘事主題的
敘事詩創作及其作家。在審美趣味及總體風格上,沉潛於傳
統與規範的探索和實踐,強調敘事詩藝術的人文理性及其文
體形式的創新,追求「史詩」敘述及其敘事功能等詩學目的

的實現等，都使其與側重於來自「心靈的激動」及「吶喊」，
力圖處於時代及社會歷史「潮頭」及「先鋒」的「左翼」敘
事詩歌，形成了鮮明的對照。從而對整個中國現代敘事詩藝
術的演進及發展，產生著直接的影響與作用。

其中，注重敘事結構及故事情節的創造，強化敘事主題
所包含的理性衝突與歷史內容等，使他們的敘事詩創作，即
使是那些直接反映社會現實題材，尤其是反映農村生活內容
及現狀的作品，也有著鮮明獨特的風格特徵。如在清華大學
的「校園作家」中，慕旦（穆旦）的《兩個世界》，通過兩
個「場景」的描述，刻畫上層社會的墮落與下層社會的痛苦。
家雁的《搶糧》，反映「饑餓」中農民們奮起反抗的鬥爭事
蹟。一粒的《死溝》，以「史詩」性的敘述話語，描寫一個
家族及其三代人在社會中的歷史性變遷。霍佩心（霍世昌）
的長篇《李媽》，敘述一個寡母和她的兒子先後被黑暗社會
欺侮吞噬的悲劇；另一首長篇《一隻珍奇的酒杯》，講述了
一對社會地位懸殊的男女之間的愛情悲劇。同樣，當年的文
學研究會老作家王統照，這時期又創作了長篇敘事詩《石堆
前的幻想》、《她的生命》等。這些作品最引人注意之處，
就是作者分別都採用了類似「意識流」的敘事結構及第一人
稱「內聚焦」的自述話語，表現由於農村經濟破產及傳統生
活方式解體而流落到「都市」的農民，在新的生存壓力之下，
給他們帶來的迷惘與困惑。葛葆楨的《荒村浮動線》，則採
用「對話體」的敘述及冷靜、客觀的情節動作與敘事情境，
反映農村社會沉重的雜役捐稅和貧困的生活狀況。笳嘯的
《新年》，以「新年」裏流落街頭的「母子兩人」間的對話，

表現「朱門酒肉臭，路有凍死骨」的社會現實及矛盾。而被
朱自清推薦為「白話詩的通俗化」方面「值得重提」的蜂子
和他的敘事詩《趙老伯出口》[35]，運用自然質樸的言語，講
述一個孤身老人「趙老伯」的人生故事。以完整的故事情
節，表達及寄寓著人道主義的思想主題與道德關懷。同樣，
他的另一首敘事詩《在戰壕裏》，講述的是一個叫「李貴」
的貧苦農民，如何由善良的農村青年變成禍害百姓的「兵
痞」流氓的故事。以上作品和譚靈的《紡紗娘》，畢奐午
的《掘金記》等一起，共同構成了當時自由主義作家敘事
詩創作形態中，現實題材及敘事主題作品的基本藝術精神
及風格面貌。

李金髮的敘事詩《剩餘的人類》，用明晰的敘述話語及
節奏韻腳，展示一位退伍兵士由於「吸毒」及「懶怠」，以
及自身對外在誘惑的放縱等因素，而「墮落」為浪迹街頭，
靠撿拾垃圾來謀生的「剩餘的人類」的故事。陳夢家的長篇
《老人》，是作者以上海「一二八事變」為背景，「從前線」
看到戰爭中「難民」們「愛他們的家鄉，就便死也不願離
開」[36]的事蹟，表現中國民眾反抗侵略的頑強精神而創作的
一首敘事詩作。特別是臧克家的敘事詩創作，除了審美趣味
及藝術風格上受新月詩派影響外[37]，還由於作者「下了最大

---

[35] 朱自清：《新詩雜話·真詩》，《朱自清全集》（2），江蘇教育出版
社 1996 年版，第 381 頁。

[36] 陳夢家：《鐵馬集·在前線四首小記》，上海書店出版 1992 年重印本，
第 40 頁。

[37] 王瑤：《中國新文學史稿》（上），上海文藝出版社 1982 年版，第
233 頁。

的決心」，要「下功夫寫長一點的敘事詩」。[38]因此，在敘事詩《老哥哥》、《兩個小車夫》等「寫實」性作品中，既和五四期間「人力車夫」得到的人道主義的憐憫及同情不同，也與「革命文學」作品中揭示的「階級」剝削及對立明顯有異。尤其是他的那些「小敘事詩」作品，多是通過一個或幾個場面的敘述，有意淡化或模糊人物面目與個性的明晰，來營造一種「虛構性」的敘事情節及其情境。如《到都市去》、《兩個黑洞》、《撿煤球的姑娘》等作品。這些「有血有肉的以農村為題材」的創作[39]，事實上是希望採用敘事詩的體裁形式，能夠從不同的層面及視角，展示與反映包括中國廣大農村社會在內的歷史現狀及真實人生。顯然，從文學傳統上看，這種「小敘事詩」作品超越了古代樂府體敘事詩「卒章顯其志」的結構模式及其「勸喻」功能，而在現代敘事詩文體形式中，有著獨特的審美價值，並對當時及後來的所謂「小敘事詩」創作有著長久的影響。

在他們的筆下，20 年代就備受注目並取得了相當藝術成就與廣泛好評的愛情主題，依然是他們現代敘事詩創作中著力用心最多的領域。並且，開始有了更多更明顯的社會、人性及文化等方面的批判因素及內容。黃育熙的長篇敘事詩《自埋曲》，以第三人稱和第一人稱交替敘述的手法，講述一位知識青年為了獲取情人的芳心，奔赴沙場建功立業，然而當他實踐了諾言歸來時，情人卻早已香消玉殞。愛的破滅

---

[38] 臧克家：《罪惡的黑手·序》，生活書店 1934 年版，第 1 頁。

[39] 佩弦：《新詩的進步》，楊匡漢等編：《中國現代詩論》（上），花城出版社 1985 年版，第 304 頁。

及堅持，使他最後選擇了「自埋」於情人「新墳」之中，來表達信仰的破滅與絕望的反抗。他的另一首長篇敘事詩《也不知是那一位畫師的傑作》，以第三人稱「內聚焦」的敘述話語，充分展示了愛情理想在現實社會處境中的宿命性悲劇後果。邵洵美的敘事詩《花一般的罪惡》，虛構了一位落凡於人間二十餘載的天帝愛女「仙妖」，在人慾橫流的塵世間懺悔與醒悟的故事。流露出對金錢社會中愛情「神話」的批判及失望。韋叢蕪的長篇敘事詩《黑夜的人》，比起他 20 年代的敘事詩《君山》，明顯地蛻去了當年的理想與熱情，增多了落寞與迷惘。

　　這種在敘事詩作品中用愛情主題及其形式，來反襯並批判社會人生現狀的藝術努力，在萩萩的長篇敘事詩《鶯鶯》和嘍嘍的劇詩《走到幽靈的世界》裏，可以更清楚地看到。其中，《鶯鶯》一詩的題材，雖來自於唐代詩人崔護《題都城南莊》的「本事」[40]，但詩人在作品中卻並非想要重繹一段所謂「尋春遇豔」類的傳奇故事，而是以詩性敘事的形式，通過「鶯鶯」這位癡情女子對理想愛情的執著，以及她為此而付出的一生代價及犧牲，在抒情詩原作「人面不知何處去／桃花依舊笑春風」的主題意蘊基礎之上，強化詩中「鶯鶯」無怨無悔的愛情「熱念」等情節因素及形式功能。而在《走到幽靈的世界》這首頗具「荒誕」意味的作品裏[41]，「情僧」蘇曼殊和「情種」賈寶玉，以及「癡情」的林黛玉和「純情」

---

[40]　（唐）孟棨：《本事詩》，丁福保輯：《歷代詩話續編》（上），中華書局 1983 年版，第 10 頁。

[41]　見《燕大月刊》第 4 卷第 1 期，1929 年 1 月。

的晴雯，四個在塵世上難遂心願的「鍾情」男女之「魂靈」，
相聚在了一個海市蜃樓般的「風景絕佳的海島」之上。作為
他們全部生命的愛情，也在這個世界裏都得到了完滿的實
現。從而以一種決絕的創作態度，藝術地表達了作者對現代
社會建立在金錢利益基礎上人際關係的批判，否定了這種人
際關係中的「虛偽」與「欺詐」對人性理想的蹂躪及踐踏。

　　除此之外，一些作家採用歷史或宗教性題材，追求詩性
敘事「史詩性」質感的敘事詩創作及作品，無論是在藝術形
式方面，還是就主題思想上看，也都有著值得重視的創新之
處。在這裏邊，羅慕華的長篇敘事詩《蒼龍的命運》就頗有
意味。詩中敘述一條誕生於「九百年前」的「蒼龍」，因厭
惡大際中「星球」間的相互「追逐與鬥爭」，而「躍入滄海」，
期望尋找到自己理想的精神家園。然而，現實中的「海世還
是殺戮紛紛」和「虛偽」，不僅令它時時感到難以「容身」，
反而陷入到「因忠誠而遭驅」的命運困境。萬般無奈之下，
只好流亡到了一座「孤島」，「幻化」成為「一株老松」，
在「寂寞地過著春冬」的時間裏，打發著「再沒有什麼擾亂
也再沒有戰爭」的日子。不過，正當它「心中已往的恩怨早
已忘空」之際，不幸又接踵而至：「海面上起來撼蕩宇宙的
劇風」及「雷霆」，最終將它「摧折」而「無聲無息地倒了
下去」，惟留下「那勁骨嶙峋還可見出生時的傲骨」，在茫
茫的風雨聲中執著地堅守與等待。全詩以完整的故事情節，
表達了現代人的人文理想及人格追求，以及為此付出的困苦
與執著。同樣，徐遲的劇詩《假面跳舞會》，在「夢」的「假
面舞會」這一敘事情境之中，採用眾多的人物形象及戲劇性

「場景」轉換，以及詩性敘事的節奏韻律，表現人性及其思想文化方面批判的主題。而羅念生的《馬剌松信使》，取材於古希臘「馬剌松的戰事」。清溪的長篇敘事詩《聖誕故事》，是取材自《聖經》的一首作品。詩中有意識地淡化削弱了宗教題材中的神秘氣氛，強化了人物及其性格形象的現實性和生動性。曾經加入「左翼」文藝組織，但在審美趣味及藝術風格受到象徵派影響的詩人艾青[42]，在這時期的敘事詩創作中，也多採用西方的宗教歷史或中國古代的歷史題材，寫作了一批敘事詩作。如敘事詩《馬槽》和《一個拿撒勒人的死》，都採用了《聖經》中的宗教故事，「縱情地而且是至情地歌唱了對於人的愛以及對於這愛的確信」。[43]情節的完整與藝術結構的緊張，使得這些異域的宗教傳說，充滿了現實感。取材於中國歷史上第一次農民起義史實的敘事詩《九百個》，通過陳勝、吳廣這些「叛亂者」形象，賦予其反抗專制暴政的現代性精神。是「用著明朗的調子唱出了新鮮的力量」。[44]它們都以較為完整的情節及主題意蘊，顯示出「史詩性」敘事詩創作的獨特氣質。

　　在 30 年代的敘事詩創作形態中，由於多方面的原因[45]，這時期的新月詩派詩歌創作，尤其是敘事詩創作，未能夠像以前那樣，出現預想的成績及更明顯的成長。但儘管如此，新月詩派早先倡導的「人性的綜合描寫」等詩歌藝術綱領及

[42]　王瑤：《中國新文學史稿》（上），上海文藝出版社 1982 年版，第237 頁。
[43]　牛漢等編：《胡風詩全編》，浙江文藝出版社 1992 年版，第 608 頁。
[44]　牛漢等編：《胡風詩全編》，浙江文藝出版社 1992 年版，第 609 頁。
[45]　徐志摩：《「新月」的態度》，《新月》第 1 卷第 1 期，1928 年 3 月。

其審美理想，仍然在沈從文等先後編輯的《大公報‧文藝》副刊及《文藝副刊‧詩刊》，朱光潛主編的《學文》月刊，孟宗、呂紹光主編的《詩歌月刊》中得到一定的發展及延續，並且影響了後來一些新人作家及其敘事詩作的基本風格。這其中表現在敘事詩創作領域上的「亮點」及成績，除了徐志摩的長篇敘事詩《愛的靈感》，以及朱湘等老作家的作品外，還出現了一些新的作家及作品。如鶴西（程侃聲）、劉宇、孫毓棠人的敘事詩創作等。可以說，也正是他們的敘事詩創作活動，代表著當時自由主義作家們基本的詩學氣質及風格特徵。特別是他們期望在主題思想方面確立的「解釋人類等問題」及「人性的治療者」等「應有的尊嚴目的」[46]，謀求民族文化的獨立和精神的復興；在藝術形式方面建立所謂「純正的文學趣味」[47]，以及「本質的醇正、技巧的周密和格律的謹嚴」[48]等文體規範上的努力。

在立意於用敘事詩體裁「稱述華族民性的各相」[49]的新月詩派代表作家朱湘筆下，這時期又創作了一些風格及主題思想獨特的敘事詩作。其中，長篇敘事詩《莊周之一晚》，以六音拍的詩句，二行一韻及分行不分節的節奏形式，通過對「莊子」傳統形象及其「道」家虛無主義思想的消解，敘

---

[46] 沈從文：《廢郵存底‧五》，《沈從文選集》（5），四川人民出版社 1983 年版，第 16 頁。

[47] 朱光潛：《談趣味》、《談讀詩與趣味的培養》，《朱光潛全集》（3），安徽教育出版社 1987 年版，第 348 頁、第 352 頁。

[48] 陳夢家：《〈新月詩選〉序言》，楊匡漢等編：《中國現代詩論》（上），花城出版社 1985 年版，第 150 頁。

[49] 羅念生編：《朱湘書信集》，上海書店 1983 年重印本，第 136 頁。

述了「莊子」對生命與死亡問題的遐思，揭示人性的弱點及
其複雜性；《收魂》則虛構了一個被派遣下凡到人間的太白
金星，在收錄塵世上死魂靈時遇到和發生的離奇故事。在那
裏，既有太白金星自己由於「衙門欠薪」，無錢更換破爛不
堪「收魂袋」，不慎將一個「瘦弱如柴」的「文人」陰魂「半
途漏下」，而受到玉皇大帝「申呵」的尷尬，又有「收魂」
時和「克扣芝麻元寶」的「竈王」、驢的陰魂等發生的矛盾
糾葛等。以充滿荒誕與隱喻色彩的故事情節，在詩人創造的
藝術時空與嚴整的敘述形式中，產生了強烈的「反諷」效果
及深刻的文化批判意識。《八百羅漢》和《團頭女婿》都是
作者未完成的敘事詩作品斷章。《八百羅漢》寫往日養尊處
優的「八百羅漢」，在因為善男信女「學時髦進了天主教堂」
而面臨著現實生存危機時，他們相互間由扯皮、推諉而產生
的無謂和爭執。以諷擬性的故事情節，傾注著作者對國民性
格及文化弊端缺陷的揭示及批判；《團頭女婿》取材於古代
小說集《今古奇觀》的「金玉奴棒打薄情郎」篇，但作者對
原作的情節及主題進行了根本性的創新。作品中以主人公
「莫稽」雖刻苦讀書卻陷於生活貧困，最後不得不寄身於「乞
丐」團頭家的資財上生存的「喜劇」性命運為情節結構的中
心，以及由此而對其中人物關係的揭示，充分地顯示出了作
者旨在進行社會及文化批判，而非倫理或道德教誨的藝術目
的。而劇詩《陰差陽錯》則敘述了一位「苦了自己一世」的
畫家，死後被一位自殺的富家小姐借屍還魂的離奇故事。用
陰間與人世、男人與女人、愛情與假情等「雜語」式敘事藝
術時空，表現作者企望達到的對於人生及社會的本真理解與

思考。同時，在藝術形式方面，朱湘的這些敘事詩作品，也
和他 20 年代的敘事詩創作有了顯著的變化。即不僅在文體
形式上，多採用四拍一行不分節，喜歡運用戲劇性敘述話
語，或者跨行轉韻的敘述體式，而且在敘事結構方面，有意
識地將情節發展的虛構時空，轉換到超越現實生存環境的
「幽靈」或「彼岸世界」、「陰曹地府」之中，來拓展並深
化藝術的表現領域，執著於人的精神及生存方式層面的開掘
與探索。

　　鶴西（程侃聲）和劉宇的敘事詩創作，是當時自由主義
作家的敘事詩創作中，最為引人注目的一個「亮點」。從
1928 年 4 月到 1931 年 3 月間，在當時的《小說月報》雜誌
上，鶴西先後發表了多首敘事詩作。這些作品多是通過對男
女生死愛戀糾葛或一個刻骨銘心愛情故事的敘寫，來表現愛
情的大起大落及瘋狂毀滅。人文主義的敘事主題及浪漫憂鬱
的情境格調，尤其是文體形式方面顯示出的嫻熟，不僅顯示
出其與 20 年代以馮至為代表的情調型敘事詩創作之間某種
藝術上的連續性，同時也清楚地證明了新月詩派對當時許多
作家敘事詩風格所能夠產生的深刻影響。如敘事短章《琵琶
引》，以整飭優美的節奏韻律，抒寫主人公「她」一年四季
的愁淒與憂怨；長篇《一個牧童的故事》，運用第三人稱的
敘述話語及敘事情境，講述了一個牧童的愛情悲劇故事；短
篇《幽靈》，純用「對話體」敘述，三行一節隔行一韻，抒
寫一個「靜夜歸來」、生前叫「俊驊」的「幽靈」，在「夜
半」時分的「窗下」，和愛人「湘茝」之間生死愛戀的衷腸
互訴；長篇《最後》，採用第三人稱「內聚焦」的自述話語，

講述一個青年男子「終日沈湎」在「愛」中，由「沈醉」到「沈淪」，直至毀滅的故事；長篇《在黃昏裏》，以第三人稱敘事情境中母子間的「對話」和「母親」的第一人稱自述，展示一位女人偶然「遇見」初戀情人之後的感情跌宕及往事追憶。他的作品值得稱道的地方，除了善於運用富於戲劇衝突性及「動作性」的對話，來敘述和推進故事情節，營造及渲染虛構性的敘事情境之外，精緻和諧的詩節韻律，尤其給人留下了深刻的印象。

　　相比之下，同樣受新月詩派影響[50]，並在長篇敘事詩創作上被沈從文稱為開拓了「一種境界，一種為他人無從企望的完美境界」的劉宇及其敘事詩作品[51]，首先給人的印象，就是篇幅及結構方面顯得特別的用心和突出。如長篇敘事詩《械鬥》，以農村的「械鬥」為題材，用了近六百行的篇幅，講述了「太和鎮」的「老莊」和「新莊」兩個村子的民眾，因為「王家的小孩罵了蕭家的媽」，於是相互「請來」了「江湖上的好漢幫忙」，由此引發出的一場慘烈「械鬥」事件。詩人通過完整的故事情節及客觀冷靜的細節描述，對農村社會傳統的落後勢力及其封閉愚昧的文化生態，進行了深刻地理性剖析及道德批判。而他的另一首長篇力作《肉與死的博鬥》，則敘述了一個發生在「禮義之鄉」、「貞節村」裏的婚姻愛情悲劇。作者以鮮明的人本主義立場及文化意識，也

50　劉宇：《十年中印象較深的書》，《青年界》第 8 卷第 1 號，1935 年
　　6 月。
51　《沈從文文集》（11）花城出版社・三聯書店香港分店 1984 年版，第
　　25 頁。

用了長達六百餘行的篇幅，在對扼殺人性及生命的「貞節」
觀念及制度，進行了藝術性的抨擊及否定的同時，又對農村
社會封建愚昧的傳統勢力，尤其是受其剝蝕下民眾的精神狀
態及其醜陋之處，進行了尖銳的揭露和剖析。這種明確的社
會及文化批判主題與思想傾向，也因此被趙景深肯定為是旨
在「向舊風俗舊禮教挑戰！在社會的觀點看來，作者又是站
在前邊的戰士」。[52]

　　作為一位從事歷史研究的學者，孫毓棠的敘事詩創作，
也從最初開始，就受到新月詩派的影響，並被聞一多看成是
能夠從「中國本位文化」的方向，為新詩的藝術發展「展開
一個新局面」的「開拓者」之一。[53]這除了表現在他重申詩
的內容「比較嚴重」，應當是「人格和思想的表現」，特別
強調詩歌創作是「思緒和情緒經過藝術的雕鏤煅煉」，以及
「蘊藏著一個真實的自己」等觀點外[54]，在創作實踐上，也
直接受到聞一多的具體引導和鼓勵。所以，《寶馬》這首作
品最初發表時，作者也特意將「獻給聞一多先生」的題辭寫
在了詩前。[55]或許正因為如此，孫毓棠的敘事詩作品，「史
詩」敘述藝術追求與民族文化精神的重構意識，就顯得尤為
明確和自覺。如抒情敘事長詩《夢鄉曲》和《寫照》，以「自

---

[52]　趙景深：《劉宇詩選序》，趙景深：《文藝論集》，上海廣益書局 1933
　　　年版，第 35 頁。
[53]　聞一多《悼瑋德》，轉引自聞黎明等編：《聞一多年譜長編》湖北人
　　　民出版社 1994 年版，第 470 頁。
[54]　孫毓棠：《文學於我只是客串》，鄭振鐸等編：《我與文學》，上海
　　　書店重印本 1981 年版，第 277 頁。
[55]　孫毓棠：《我怎樣寫〈寶馬〉》，《大公報・文藝》1937 年 5 月 16
　　　日。

述體」的話語形式，抒寫「自我」意識覺悟及其精神心靈追求的事蹟；長篇敘事詩《櫓歌》，講述漁家姑娘「蘆花兒」和三個船夫之間所萌發的純真執著、生死不渝的愛情故事；敘事詩《河》及《農夫》，分別以「潛對話」的史詩性敘述話語及五拍至七拍不等的詩句，表現團結堅韌積極進取的敘事主題及民族精神等。

　　發表在抗戰爆發前的長篇敘事詩《寶馬》[56]，以龐大的藝術結構和篇幅，敘述了西漢武帝為得到西域大宛國的汗血寶馬，兩次遣發大軍西征，以強大的武力攻城陷地，揚威於西域諸國，最終迫使其獻出「汗血寶馬」的故事。需要注意的是，和《史記·大宛列傳》及《漢書·張騫李廣利傳第三十一》裏所記載的史實相比，在詩人所創造的虛構性故事情節中，寶馬的獲得與否，不僅成為藝術結構的中心，而且成為了牽動著國家的榮譽與尊嚴，將士與民眾等個人命運的敘事主元素。所以，在主題思想方面，古代史實中窮兵黷武的意味被消解淡化，漢王朝與大宛國的衝突，漢軍將士的浴血奮戰，以至於普通民眾付出的犧牲等，成了展示古代中國強悍剛健、不懼困難的民族性格與精神風貌的「有意味的形

---

[56]　有學者認為：「《寶馬》發表於 1936 年，……記得是該年大公報文藝獎的得獎作品之一。」（司馬長風：《新文學叢談》，香港昭明出版有限公司 1975 年版，第 127 頁）；它「1937 年 5 月，與曹禺的劇本《日出》，何其芳的散文集《畫夢錄》，蘆焚的小說集《穀》一起，榮獲沈從文、蕭乾主持的『大公報文藝獎金』。」（藍棣之：《若干重要詩集創作及評價上的理論問題》，《中國現代文學研究叢刊》2002 年第 2 期）查 1937 年 5 月 15 日天津《大公報》發表的《本報文藝獎金揭曉》、《本報文藝獎金發表》社評及《本報文藝獎金的獲得人》等文獻資料，證實《寶馬》並未獲選首屆「大公報文藝獎金」。

式」。這在當時日寇步步緊逼，民族存亡危在旦夕的時刻，就成了作者用來反思「已往的中國」之「幾千年文華的燦爛」和「我們古代祖先宏勳偉業」，批判「萎靡飄搖，失掉自信」的「今日萎靡的中國」現實，用以激發中華民族奮發圖強的愛國精神，「邁步向偉大的未來」[57]等創作目的的一種有「意義」的「實踐」性藝術表達方式。因此，當《寶馬》發表後，就受到了文壇的普遍注意。除得到自由主義作家及評論家的好評，認為它「確實是新詩中少見的佳作，這可以說是史詩」外[58]，也引起左翼文學批評界的注意，稱其為當時「史詩創作方面」，「算是僅有的碩果」[59]，以及「北方新詩人」中「國防性」長篇敘事詩「優美的收穫」及代表作。[60]

　　30 年代現代敘事詩創作形態的演進與發展，是由「吶喊」敘事詩敏銳的顯性推動與「史詩」性敘事詩沈潛的隱性努力一起，共同構成了中國現代敘事詩藝術發展的重要階段。並在客觀上為 40 年代中國現代作家在民族戰爭的旗幟下重新集結，展開「民族史詩」的敘事詩創作，完成了必要的藝術準備。

---

[57] 孫毓棠：《我怎樣寫〈寶馬〉》，《大公報·文藝》1937 年 5 月 16 日。

[58] 馮沅君：《讀〈寶馬〉》，《大公報·文藝》1937 年 5 月 16 日。

[59] 伊仲一：《1937 年的中國詩壇》，《中國詩壇》第 1 卷第 6 期，1937 年 4 月。

[60] 蒲風：《九一八後的中國詩壇》，黃安榕等編：《蒲風選集》（下），海峽文藝出版社 1985 年版，第 824 頁。

四、現代敘事詩學規範的探索及學術體系的重構

　　30 年代中國現代敘事詩理論與批評的演進，由於當時各種文藝思潮，尤其是無產階級文學思潮的興起及發展，以及人文主義美學思潮的推進及影響，使當時的敘事詩理論及批評，不僅以積極的理論主張，帶來了敘事詩創作的「繁榮」，而且以各自鮮明的立場觀點，促進了敘事詩理論與批評的活躍，並呈現出由一般的詩論或概念「詮釋」，到敘事詩論及藝術規範「重構」的理論趨向。

　　對於現代中國文學的共同想像，期望創作出無愧時代的中國現代敘事詩的藝術理想，是推動 30 年代敘事詩學理論建設，包括現代敘事詩藝術的當下批評及外國敘事詩論的引進消化，中國古代敘事詩文學傳統的整理與研究等多方面成長進步的根本性動力。因此，圍繞所謂「詩的將來」、「敘事詩的前途」，以及「濫情」創作傾向與創造「偉大的詩」等基本問題，不同文學陣營及流派的作家們，基於各自的文學立場及其理論資源或傳統，展開了廣泛的討論及理論思考，並且有了新的理論進展與突破。這主要體現在三個方面：一是從現代詩歌創作實際出發，展望新詩的「未來」及「前途」，以敘事美學的價值觀念及標準，倡導詩的「敘事化」審美趣味及觀念；二是以「情感」與「敘事」為焦點，探討敘事詩文體類型的藝術特徵及形式規範，建立明晰的敘事詩文體意識及美學原則；三是在中國文學學科體系中，採用現代的學術思想及方法，努力發掘並重建中國敘事詩藝術的文學傳統及知識形態等。

　　20 年代末 30 年代初，中國現代詩壇對所謂「小詩」、「長詩」創作及文體形式問題的批評與關注，不僅是五四新文學運動以來對新詩「濫情」、「感傷主義」審美趣味及傾向反思的繼續，同時也是詩歌理論批評及創作實踐上，對想像的「偉大的詩」及其現代敘事詩歌藝術發展關注的一種集中體現。其中，包括當年被看作應對「感傷主義」創作傾向「負一部分的責任」的創造社作家[61]，在其倡導的「革命文學」運動中，也將抒情「小詩」及其審美「趣味」，作為影響「無產階級文學」發展的一種否定性文學現象，進行了更加激烈的批評及抨擊。[62]如果說這種立足於「革命文學」運動立場，明顯有些刻薄及情緒化的理論及觀點，只是代表了後期創造社作家文學及審美觀發生的「轉換」的話，那麼，隨後可以看到的事實，就是這種不斷進行的藝術反思及批評，則更多的和新詩創作的主情主義詩論、分析探尋敘事詩創作缺乏的原因等問題聯繫在了一起。[63]因此，後來除了以中國詩歌會作家為主體的「左翼」詩人，在高倡「捉住現實，歌唱新世紀的意識」的同時，抨擊那種「一些神經質般的簡短的詩句」，是「詩人的職責的背違」[64]和「粗製濫造，醜

---

[61]　饒孟侃：《感傷主義與「創造社」》，《晨報副刊‧詩鐫》，1926 年 5 月 26 日。

[62]　成仿吾：《完成我們的文學革命》，《洪水》第 3 卷第 25 期，1927 年 1 月。

[63]　甘人：《中國新文藝的將來與其自己的認識》，《北新》第 2 卷第 1 期，1927 年 11 月。

[64]　蒲風：《關於〈六月流火〉》，黃安榕等編：《蒲風選集》（上），海峽文藝出版社 1985 年版，第 578 頁。

不成話」[65]，是「在那裏專門表現一種無病呻吟式的世界末日的情緒。」以至於，「對於他們，失戀，就比失去了東三省，熱河，甚至全中國，還更值得悲哀，痛心」之外[66]，甚至當時文壇的「另一面」作家中，也批評「所謂的小詩，嚴格說來絕對不能說是詩，絕對不是一種藝術品」。[67]特別是徐志摩等自由主義作家，在談到「詩永遠是小詩」這種文學現象並發出由衷地感歎的同時[68]，反覆強調，「新詩的將來」，「須向粗大的方向走，不要向纖麗的方面鑽才行」[69]；「偉大的敘事詩盡有它不朽的價值」[70]；「中國文學史上所缺少的是長詩」，「我們需要長詩，中國的詩境需要開拓」等。[71]

　　針對這種創作及理論方面的「濫情」傾向，黎錦明、梁實秋等分別從文體形式、產生的原因，以及現代敘事詩、抒情詩藝術創作的多個層面，做了認真的研究及分析。如黎錦明從「體裁」方面考察後認為：由於「作家不注意體裁的純淨，無用的傷感便在任情中表示出來了」。因而造成了「中

---

[65]　蒲風：《五四到現在的中國詩壇鳥瞰》，黃安榕等編：《蒲風選集》（下），海峽文藝出版社 1985 年版，第 792 頁。

[66]　任鈞：《新詩的歧路》，見《新詩話》，新中國出版社 1946 年版，第 63 頁。

[67]　丁丁：《新詩的過去與今後》，《現代文學評論》第 1 卷第 1 期，1931 年 4 月。

[68]　徐志摩：《猛虎集·序》，趙遐秋等編：《徐志摩全集》（1），廣西民族出版社 1991 年版，第 180 頁。

[69]　郁達夫：《談詩》，《郁達夫文論集》，浙江文藝出版社 1985 年版，第 599 頁。

[70]　陳夢家：《新月詩選·序言》，陳夢家編：《新月詩選》，上海新月書店 1931 年版，第 2 頁。

[71]　吳世昌：《新詩和舊詩》，《大公報·文藝》，1936 年 2 月 23 日。

國新文藝不獨意義與思想大半化為一種傷感主義，且體裁也
似乎有點傷感主義化了」。[72]梁實秋、吳世昌則進而認為：
出現這種現象的原因，一方面是由於「要描寫一個單純的意
念，要記錄剎那的印象，要發泄一點簡單的感情，『小詩』
當然是很適宜的一種形式」；另一方面又因為「白話文學剛
剛擡頭，外國文學尚未充分輸入的時候，『小詩』篇幅既短，
又無束縛，拿來供一般青年練習寫抒情詩，當然最好不過」[73]；
再加上「我們的詩人在西洋詩方面，受他們這類短詩的影響
太多……長詩的影響太少。」[74]為此，他們提出，雖然「詩
的價值原不必以篇幅長短而定」，但是事實上，「偉大的作
品卻沒有篇幅很短的」。強調「偉大作品的內容必不是生活
中的一鱗一爪，必不是一時的片斷印象，而必是根本人性的
描寫。所以沒有相當的長度，作者便沒有周旋的餘地。」要
求作家，「在詩裏只認得幾首抒情詩，這實在是不夠的，應
該再多用些功夫去讀一讀別種的詩。紀事詩，戲劇詩，也該
著實的見識見識，然後才可以知道詩的花園裏有的是偉岸的
松柏，不僅是幾朵芬芳的玫瑰。」[75]能夠真正瞭解，「在西
洋詩中長詩不必說，短的抒情詩也大抵有故事骨幹，舊詩中
長的歌行和慢詞不必說，只有做得最濫最熟的今體詩和小令
才都是些抒情詩」。[76]

---

[72] 錦明：《論體裁描寫與中國新文藝》，《文學周報》第 5 卷第 3 期，
1927 年 8 月 21 日。
[73] 梁實秋：《論詩的大小長短》，《新月》第 3 卷第 10 期，1930 年。
[74] 吳世昌：《新詩和舊詩》，《大公報·文藝》1936 年 2 月 23 日。
[75] 梁實秋：《論詩的大小長短》，《新月》第 3 卷第 10 期，1930 年。
[76] 吳世昌：《新詩和舊詩》，《大公報·文藝》1936 年 2 月 23 日。

　　自然，這些以敘事美學的觀念及審美趣味，來評判中國
現代及古代抒情詩歌創作的觀點，也隱含著一種貶低或模糊
抒情文學及其傳統本身價值的偏向。但必須予以肯定的，則
是其中事實上存在並流露出的創造一種適應時代的詩歌審
美理想的那種急切渴望。「需要偉大的史詩」，「提倡長詩
的創作」和「我們需要長詩」等諸多類似的理論批評主張，
不僅是這種渴望及要求最為直接明瞭的坦露及反映，而且也
是他們對現代詩歌「前途」、「未來」及其使命感的基本認
知及自信。

　　1934 年，作為當時「左翼」敘事詩創作活動的主要領
導者及理論批評家之一，蒲風在考察並總結了五四以來的新
詩創作及其發展經驗後，依據現實主義的詩學規範，明確要
求「左翼」詩人及其現實主義詩歌創作，「這是產生史詩的
時代了。我們需要偉大的史詩呵。」[77]隨後，他又進一步強
調敘事詩創作與「時代」的「客觀的要求」之間的關係，從
所謂「最新的新現實主義」理論出發，提出了自己想要「開
發」、「建立」「長篇故事詩、敘事詩、史詩」方面的一些
具體藝術設想。[78]同樣，王任叔、石靈等人在談到「詩歌發
展的前途」時，也針對「敘事詩在我國，非常軟弱」的問題，
明確提出，「中國正際遇一個史詩的時代」[79]，「我們應該

77　蒲風：《五四到現在的中國詩壇鳥瞰》，楊匡漢等編：《中國現代詩
　　論》（上），花城出版社 1985 年版，第 223 頁。
78　蒲風：《關於〈六月流火〉》，黃安榕等編：《蒲風選集》（上），
　　海峽文藝出版社 1985 年版，第 580 頁。
79　屈軼：《新詩的蹤迹與其出路》，《文學》第 8 卷第 1 號，1937 年 1
　　月。

好好的向這方面發展一下才是」。[80]所以，當茅盾對當時「中國的新詩」這種「新的傾向」，以及批評界關注的所謂「敘事詩的前途」問題，進行了具體實際地考察和分析評估後，充分肯定了當時的敘事詩創作，尤其是長篇敘事詩的創作繁榮，在新文學史及新詩發展過程中的意義和價值。[81]

　　與此同時，也面對同樣的問題，那些持人文主義文學觀的作家，則側重於從五四以來，包括敘事詩在內的各種文學類型的演變發展過程中，尤其是與外國文學發展的比較參照下進行反思及探討。徐志摩在重申新詩「是有前途的」，「詩是一種藝術」的同時，亦強調詩與時代的密切之關係。[82]而作為當時人文主義的重要理論家及批評家，梁實秋則在一系列的文章中，依據新人文主義的理性詩學規範，較為系統地闡述了他的人文主義的敘事詩論及其審美理想。[83]正因為如此，在談到「詩的將來」及「新詩的藝術」時，梁實秋反覆強調：「要提倡長詩的創作」；「睜開眼睛看看世界上最好的文學是個什麼樣子？是不是以王爾德，惠得曼，屠格涅夫，太戈爾，鮑德萊爾為限」[84]等。提出包括「寫敘事詩」

---

[80]　石靈：《新詩歌的創作方法》，天馬書店 1935 年版，第 76 頁。

[81]　茅盾：《茅盾文藝雜論集》（上），上海文藝出版社 1981 年版，第 631 頁。

[82]　志摩：《〈詩刊〉序語》，方仁念編：《新月派評論資料選》，華東師範大學出版社 1993 年版，第 305 頁。

[83]　梁實秋：《文學的嚴重性》，《新月》第 3 卷第 4 期，1930 年；梁實秋：《詩與偉大的詩》，《現代文學論》，梁實秋：《偏見集》，上海書店 1988 年重印本，第 279 頁；第 156 頁、第 146 頁、第 154 頁、第 152 頁；第 200 頁。

[84]　梁實秋：《現代文學論》，《偏見集》，上海書店 1988 年重印本，第 189 頁、第 170 頁。

等「各種試驗」在內的現代詩歌創作今後的「唯一出路」，
「便是拋棄了詩的宗教色彩，而採取一種積極的人本主義的
態度」，「集中在人性的描寫」上面。因為，「詩若能抓住
這基本的人性──尤其是人的基本的情感──加以描寫，則
這詩將永遠成為有價值的東西。」[85]

　　這種文學價值觀念及審美趣味的變化，也必然引起理論
及批評方面「焦點」的轉移。因此，在當時的敘事詩理論及
批評活動中，這些對於敘事詩藝術的理論及美學研究，也都
並不滿足於或停留在僅僅是概念的解釋或理論的審訂上面，
面，而是希望從現代詩學及其美學範疇方面，在與其他文學
類型的比較研究中，超越一般的「詩體」或「體裁」觀念，
能夠進行多層次及整體性的理論思考與探索。如俞平伯從敘
事文學的角度，對「本題為敘事詩」的「詩中小說」進行了
論述。[86]同樣，也是圍繞「敘事詩」的詩學概念問題，錢歌
川主要從語言美學層面，強調雖然「所謂敘事，不待言，是
敘述事實，即是以言語的意義而記述事實為目的。」但是，
「要是文學，就不能單記述事實，本質上即有創造的必
要。……普通的傳奇和小說之類，都包含在這敘事詩或敘事
文學之中。」[87]孫席珍則重申「史詩就是敘事詩」的「主要
意味」，是「將人類的生活和時代的歷史之總和作了全體的
表現」，並且「不僅以述說故事為滿足，它裏面還包含有更

85　梁實秋：《詩的將來》，梁實秋：《偏見集》，上海書店 1988 年重印
　　本，第 215-216 頁。
86　俞平伯：《談中國小說》，《小說月報》第 19 卷第 2 號，1928 年 2
　　月。
87　錢歌川：《文藝概論》，上海中華書局 1930 年版，第 56 頁。

高的精神的力量」。[88]而柳無忌則在「為新詩辯護」的同時，
要求「新詩的作者應該有種覺悟」，「試寫著長篇的史詩，
歌誦著中華民族過去的光榮與文化，傳達著新的偉大的國民
文學的降臨」。[89]同樣，柯可主要通過中西詩歌樣式的比較，
發現「中國詩都縮得那麼短」，而「西洋詩能拉得那麼長」
的原因及其敘事性特徵。[90]

　　正是這些有關「文藝樣式」及包括了敘事詩文體形式等
創作規範的研究，使當時的現代敘事詩理論及批評，又萌生
出更深的理論生長因素及引人關注的話題。如穆木天在討論
「文藝樣式」研究的意義時，雖然以機械的唯物史觀，「從
樣式發達史上看」，得出了「小說也不是從敘事詩和傳奇發
展而來的」結論。但是，卻肯定並認為這樣的研究，「對文
藝有精確的認識起見」，以及「要注意文學之特殊性，文學
創作生產之諸種實際過程」，是一件「必要」及「具體的工
作」。[91]與之相同，老舍除直截了當地指出「中國人對於史
詩、抒情詩、戲劇的分別向來未加注意」外，主要批評的是
「中國人心中沒有抒情詩與敘事詩之別」。[92]隨後，柯可、
梁實秋等人，還就「劇詩」的體裁及形式特點，進行了詩學
方面的理論辯析。在指出戲劇體詩「並不是為了上演的劇本」

---

[88]　孫席珍：《敘事詩》，《文藝創作講座》第2卷，上海光華書局1932
　　年5月。
[89]　柳無忌：《為新詩辯護》，《文藝雜誌》第1卷第4期，1932年9月。
[90]　柯可：《論中國新詩的新途徑》，《新詩》第4期，1937年1月。
[91]　穆木天：《談文藝樣式》，《現代》第5卷第3期，1934年7月。
[92]　舒舍予：《文學概論講義》，北京出版社1984年版，第151頁。

等文體美學特徵的同時[93]，希望作家能夠充分利用「劇詩」
敘述話語中「才可以探索活人說話的節奏」及「語言意志的
轉態最顯明，最複雜」等敘事功能，以改變「新詩頗有做成
八股詩的危險」。[94]

　　關於「情感」及「敘事」在敘事詩創作及文體形式中的
作用及地位，既是當時敘事詩批評及指導當下創作的一個
「現實」性問題，同時因為與敘事詩藝術特徵及形式規範的
探討，以及自覺的敘事詩文體意識的緊密關係，從而又成為
了其中一個引人注目的「理論」性問題。對此，由於不同文
學觀點及立場的分野，也帶來了理論上明顯的差異。穆木
天、郭沫若、張澤厚等活躍在「左翼」文壇的理論家及批評
家們，在堅持「詩歌是抒情的文學」，強調「情感」在敘事
詩創作中的主導作用後，試圖用歷史唯物主義的立場觀點，
來闡述並解決不同歷史時期敘事詩創作中「情感」的階級性
及時代特徵，以及「情感」的藝術形式意義。提出並表明了
自己的敘事詩美學觀及「吶喊」的敘事詩創作規範。[95]

　　不過，應該看到的是，早在 1925 年，魯迅就曾對「五
卅」後出現的那些「吶喊」詩，以及「濫情」傾向進行過尖
銳的批評。認為那些作品，「先前是虛偽的『花呀』，『愛

93　柯可：《論中國新詩的新途徑》，《新詩》第 4 期，1937 年 1 月；梁
　　實秋：《莎士比亞是詩人還是戲劇家》，《文學雜誌》第 1 卷第 2 期，
　　1937 年 6 月。

94　葉公超：《論新詩》，《文學雜誌》第 1 卷第 1 期，1937 年 5 月。

95　蒲風：《郭沫若詩作談》，《現世界》創刊號，1936 年 8 月；穆木天：
　　《詩歌與現實》，《現代》第 5 卷第 2 期，1934 年 6 月；張澤厚：
　　《抒情詩與敘事詩》，《文藝創作講座》第 3 卷，上海光華書局 1933
　　年 3 月。

呀』的詩，現在是虛偽的『死呀』，『血呀』的詩，嗚呼，頭痛死了。」[96]到了 30 年代，作為當時「左翼」文壇的重要理論家和批評家，除了胡風有著敏銳地察覺及批評外[97]，茅盾顯然還有著更為具體的理解與思考。即依據「內容決定形式」而肯定了這類「由心靈的激動而來的『呼喊』」的敘事詩，並因此同意「敘事詩並非一定要有形式上的故事——有了太嚴整的故事形式將使那作品成為『韻文小說』」，但是同時尖銳地批評這種沒有「形式上的故事」的敘事詩作品，因為「只留下幾個『特寫』幾個『畫面』」而「不能近矚」，「結果得到的只是『負』」的效果。從而設想出改變這種敘事詩創作及結構形式「偏向」的「建議」。[98]儘管就這一「建議」本身來說，確實還值得推敲，但是僅從這種批評及研究的過程中，我們即可以清楚地感受到當時「左翼文學」批評及理論界，對於現代敘事詩創作及其結構形式方面的關注，以及希望糾正因強調「感情」及「抒情」的美學功能，而帶來的「感事」與「紀事」的所謂「二極」偏向，走向理想的「敘事詩的前途」等藝術苦心及思考。

　　與此同時，許多持人文主義文學觀及其審美趣味的作家，則針對當時敘事詩創作及理論批評中一味強調「情感」與「敘事」的對立，以及所出現的「口號詩」及「概念化」

---

[96]　魯迅：《魯迅全集·雨地書》（7），人民文學出版社 1973 年版，第 116 頁、第 119 頁。

[97]　胡風：《田間的詩》，牛漢等編：《胡風詩全編》，浙江文藝出版社 1992 年版，第 603 頁。

[98]　茅盾：《敘事詩的前途》，《茅盾文藝雜論集》（上），上海文藝出版社 1981 年版第 635 頁。

現象，進行了認真地討論與理論分析。如沈從文等人基於理性詩學的原則[99]，強調「神聖偉大的悲哀不一定有一攤血一把眼淚，一個聰明作家寫人類痛苦或許是用微笑表現的。」[100]臧克家則斥責那些「唱戀歌，歌頌自然」的詩人，「那簡直是罪惡！」並要求「一個詩人須得執著人生，執著詩，要把詩看得比生命還珍重」的同時，明確表示反對「作者或想用它作為一種宣傳思想的工具」。[101]歐陽克更將這種「把幾個黑暗、痛苦掙扎、奮鬥的方塊字排成短句，甚或和舊小說般的」、「一慣的公式主義」的「寫實主義詩歌」，稱之為是一種「徒留給人家一陣空虛和失望，」而沒有「什麼效能」的作品。[102]於是，強調敘事詩文體類型的「敘事」文體功能及審美特徵，就成為他們理論與批評的中心議題及必然歸宿。因此，針對敘事詩創作中對「情感」因素的片面強調，吳世昌指出，正是「敘事」的詩，使「長詩的感情必須有所附麗，有所繫托」，而「所謂感情的附麗和繫托，便是要把感情納在故事之中，嚴格地說，結構之中」。[103]柯可也認為：「現代的新詩趨勢已漸將抒情敘事等舊詩體之分打破。較長的詩要有顯明可說的發展，內涵較為巨大而豐富的詩要有顯明可說的背景，都可以有一個故事，卻不必定有事實聯絡。」[104]

---

[99] 沈從文：《我們怎麼樣讀新詩》，楊匡漢等編：《中國現代詩論》（上），花城出版社 1985 年版，第 136 頁。

[100] 沈從文：《沈從文文集》（11），三聯書店香港分店・花城出版社 1984 年版，第 302-303 頁。

[101] 臧克家：《論新詩》，《文學》第 3 卷第 1 號，1934 年 7 月。

[102] 歐陽克：《寫實主義詩歌與生活》，《文學》第 8 卷 1 期，1937 年 1 月。

[103] 吳世昌：《新詩和舊詩》，《大公報・文藝》1936 年 2 月 23 日。

[104] 柯可：《論中國新詩的新途徑》，《新詩》第 4 期，1937 年 1 月。

而朱光潛不僅重申造成中國古代「長篇詩」的諸多「不發達」原因[105]，而且通過對「語言與情思的真正關係」之分析，提出了他的「抒情敘事詩」論。[106]

　　在這樣的理論及批評語境下，他們由對「故事情節」審美及形式意味的注意與重視，又進而引起了對敘事詩「題材」，尤其是敘事詩藝術結構及美學功能等問題的討論。其中，敘事詩的「題材」，即「寫什麼」與「怎麼寫」，一開始就是敘事詩理論及批評活動中備受關注的問題之一。但和「左翼」作家強調寫無產階級及其政治鬥爭的「尖銳題材」，用來引導人們怎樣去「革命」的「工具」論文學觀不同，梁實秋等人文主義的作家們，除了對「左翼文學」的「題材的積極性」觀點表示拒絕外[107]，還特別對中國古代敘事詩中「以人事為題材者」及「積極的以人生為題材」的作品不多而感到格外遺憾[108]，並在此基礎上，聯繫敘事詩藝術的創作規範，提出了所謂「偉大的詩」這樣的理論及批評命題。[109]這種頗具代表性的觀點及看法，不僅集中地反映了作者本人的敘事詩藝術觀，同時也展示出當時的人文主義理性詩學，對

---

[105]　朱光潛：《長篇詩在中國何以不發達》，《申報月刊》第3卷第2號，1934年2月。

[106]　朱光潛：《替詩的音律辯護》，《東方雜誌》第30卷第1期，1933年1月。

[107]　梁實秋：《所謂「題材的積極性」》，梁實秋：《偏見集》，上海書店1988年重印本，第240頁。

[108]　梁實秋：《現代文學論》，梁實秋：《偏見集》，上海書店1988年重印本，第148-149頁；吳世昌：《新詩和舊詩》，《大公報・文藝》，1937年2月23日。

[109]　梁實秋：《詩與偉大的詩》，梁實秋：《偏見集》，上海書店1988年重印本，第279頁。

敘事詩美學及其理論批評的演進理路和影響，以及其理論批評實踐中對敘事詩藝術「敘事」及其形式功能給予的盡可能的重視。

　　對於詩的「音節」、「韻律」等形式因素的關心及研究，同樣也是敘事詩理論及批評中最受重視的問題之一。[110]到了30 年代前後，對新詩的「音韻聲律」的探討，進一步從多個方面展開。如胡適、梁實秋等甚至覺得，「音節」等新詩的形式問題，是一個關乎新詩是否成功的重要標誌。[111]而朱光潛則在強調文學的「形式」，即「語言所取的聲調格律」等問題的同時，一方面要求新詩創作，注意形式上的「分行」，以避免「舊詩格」中韻腳「嘗易限於單調」的「一大缺點」等[112]；另一方面除了對新詩「做詩如說話」的主張表示「驚訝」及反對，並要「替詩的音律辯護」外，首先闡明「詩」的概念並通過中西詩歌音韻節奏的考察及分析，強調在詩的「聲的節奏」方面，「如果沒有新方法來使詩的文字本身上見出若干音樂，那就不免失其為詩，而做詩就不免變成說話了」。[113]

　　同樣，在「左翼詩歌」理論批評實踐活動過程中，石靈的《新詩歌的創作方法》，結合「中國詩歌會」作家的詩歌

[110] 陸志韋：《渡河・我的詩的軀殼》，上海亞東圖書館 1923 年版；饒孟侃：《新詩的音節》，《晨報副刊・詩鐫》，1926 年 4 月 22 日。
[111] 梁實秋：《歌謠與詩》，《歌謠》第 2 卷第 9 期，1936 年 5 月。
[112] 朱光潛：《詩的實質與形式》，《現代評論》第 8 卷第 194-195 期，1928 年 8 月 25 日-9 月 1 日。
[113] 朱光潛：《替詩的音律辯護》，《東方雜誌》第 30 卷第 1 期，1933 年 1 月。

創作，提出了可謂「新詩歌」派的敘事長詩「音韻節奏」論。即首先就是「不宜於用很少音節組成的短行」；其次是由於「長詩的聲調，要豪壯」；最後是「長詩裏的韻，要有變化，如果一韻到底」，則為「太單調」。[114]這種觀點，在他隨後的《新月詩派》一文中，又得到進一步的展開。斷言正是「文字組織的限制」，成為了「中國詩裏沒有史詩沒有長詩」的「一個障礙」。認為「如果把音數換上節拍，以節拍為單位，長短可以變化，那病就可以除去了，中國詩的一大缺點就可以被修正了，而我們揚眉吐氣也就有日了。」[115]

除此之外，能夠體現出 30 年代中國敘事詩理論及藝術規範的「重構」特徵，除了當時的許多翻譯工作者及學者，在不斷引進國外敘事文學理論及敘事詩論，盡可能地翻譯介紹外國敘事詩經典作品外，還有一個重要的方面，就是積極採用現代的學術資源及方法。在考察源流，尋求證據，以系統性的知識詮釋與專業性的分類整理，發掘中國敘事詩藝術已有的資源成果及背景傳統的過程中，重建中國敘事詩藝術的文學傳統及知識邏輯結構，以期實現敘事詩文體類型及美學原則與創作精神的現代化。

我們可以看到，從 20 年代就開始了的外國敘事詩理論及作品的翻譯介紹，這時期呈現出多元及系統性的特點。許多外國古代及近現代作家的經典性敘事詩、史詩作品，甚至像艾略特的《荒原》，都有中譯本出版，並能得到文壇的及

---

[114]　石靈：《新詩歌的創作方法》，上海天馬書店 1935 年版，第 68-73 頁。
[115]　石靈：《新月詩派》，《文學》第 8 卷第 1 號，1937 年 1 月。

時注意及評介。[116]特別是國外的各種近現代敘事文學及敘事詩理論規範,開始成為中國現代文藝理論及敘事詩論建構中,不同流派作家選擇的基本美學原則及評判標準。所以,我們既可以從當時許多新文學作家及理論的論說和批評文章裏,也能夠在當時出版的文學書籍和期刊雜誌中,輕易地找到或發現諸如英國的韓德生(W. H. Hudson),美國的貢末爾(F. B. Gummere)與都德裏(L. Dudley),日本的本間久雄、荻原朔太郎等人不盡相同的敘事文論及敘事詩論。而他們的這些理論及觀點也正是經過章錫琛、宋桂煌、汪馥泉、孫良工、傅東華等人的翻譯介紹,對當時中國現代敘事詩論及批評產生著深刻廣泛的影響。如孫席珍在論述其敘事詩理論時,就多次引用都德裏(L. Dudley)等人的觀點。[117]以至於趙景深的《文學概論》、錢歌川的《文藝概論》等,在概念的界定與觀念的論證,以及寫作體例及理論結構方面,都能夠清楚地看到這些外國文論家及其理論的痕迹。

　　30 年代中國敘事詩學術研究領域的成長,首先表現出的,就是敘事詩作為一種文體類型及學術研究對象,已經得到了學術界及研究者的普遍認同,並開始了重構中國敘事詩藝術文學傳統的學術努力。如對《孔雀東南飛》的研究,除了梁啟超、陸侃如、胡適、張為騏等人關於作品產生年代的考證外,他們還就其與印度佛教文學的關係等方面,進行了

---

[116] 魯迅:《〈勇敢的約翰〉校後記》,裴多菲・山大著,孫用譯:《勇敢的約翰》,上海湖風書局 1931 年版。

[117] 孫席珍:《敘事詩》,《文藝創作講座》第 2 卷,上海光華書局編輯部 1932 年 5 月。

多方面的討論。進一步肯定了這首作品作為「中國古代第一
首最長的敘事詩」的學術事實及價值。[118]同樣，陳鐘凡在其
《中國韻文通論》中，也從漢魏樂府體敘事詩的整理研究
中，得出了古代敘事詩的所謂「悲憤派」及「問題派」，以
及古代敘事詩八個方面的藝術特點等學術觀點。[119]其他還有
像胡雲翼的《中國文學概論》（1928）、江恒源的《中國詩
學大綱》（1929）、張世祿的《中國文藝變遷論》（1930）、
施畸的《中國文體論》（1933）、范況的《中國詩學通論》
（1935）等著作，都或列出專章或提出專題，對中國古代不
同歷史時期的敘事詩創作及其文體形式，進行了分別整理和
討論研究；其次，也是最為值得注意的一個學術突破，就是
在當時初創的中國現代文學學科研究領域，產生了由朱自清
創立的初具知識形態及體系的現代敘事詩學術研究。1929
年，他給當時清華大學開設的「中國新文學」課程中，首次
將「劇詩」、「長詩與小詩」等文體類型專章列出，分別進
行分析和討論。並從文學類型的角度，對新文學創作中周作
人、郭沫若、俞平伯、白采等人的「長詩」，沈玄廬的《十
五娘》，「馮至的敘事詩」和「朱湘的敘事詩」等作家作品，
圍繞其結構形式方面的「對話的體裁」，「故事的發展」等
問題，進行了創新性與系統性的整理研究及敘述。[120]從而為
後來的中國現代敘事詩研究，確定了基本的學術方向及路徑。

---

[118] 伍受真：《論〈孔雀東南飛〉》，《現代評論》第 7 卷第 182 期，1928
　　年 6 月。

[119] 陳鐘凡：《中國韻文通論》，中華書局 1936 年版。

[120] 朱自清：《中國新文學研究綱要》，見《文藝論叢》第 14 輯，上海文
　　藝出版社 1982 年版，第 1 頁。

第四章

史詩與謠曲：40 年代的藝術追求與實踐

　　1937 年盧溝橋頭的炮聲，不僅打斷了 30 年代中國新文學的發展格局及其創作進程，直接導致了 40 年代文學創作格局的形成。同時，也規定並左右了這種「戰爭與革命」非常時期及歷史背景下的敘事詩創作形態的詩學選擇，以及理論批評與學術研究的基本走向。使之從起步開始，就同當時占主導地位的社會意識形態聯繫在了一起，並且成為和屬於這個「大時代」文學類型系統中的一個重要組成部分。所以，儘管戰時的敘事詩創作活動，在同時並存的「國統區」、「淪陷區」、「解放區」等各政治及文化地域，呈現出不同的發展節奏及其特點，並隨著「戰爭」及政治鬥爭的演進，而在作品的敘事主題、題材及風格，以及理論批評的關注「焦點」等方面發生了明顯的變化，但是自覺的歷史責任感及使命感，明確的愛國主義信念及熱情，以及高揚的民族解放意識，特別是「敘事詩時代」及「史詩」藝術意識的張揚，則成為推動及促進「這時代的」敘事詩歌藝術形態成長，作為「民族國家想像」的一種文學敘述形式，由分流發展趨向統一目標的內在凝聚力和根本性的動力。

一、「國家意念」的張揚及「民族敘事詩」的創作

　　抗日戰爭爆發以後，國破家亡戰火紛飛的嚴酷現實，全民團結奮起抗戰的政治形勢，一方面「是把全民族掀動了的事件，把全國人民投進了大的興奮裏面的事件。全民族的苦悶消除了，全民族的期待實現了，全民族的潛力躍動了」[1]，另一方面是「國民精神的普遍的奮發」與「溶成了渾然一體的民族意志」。[2]於是，不僅使「我們的國家意念迅速的發展而普及」，產生了「第一次我們獲得了真正的統一；第一次我們每個國民都感覺到有一個國家——第一次我們每個人都感覺到中國是自己的」等民族國家意識及其想像，而且讓作為「時代的前驅」的詩人們，以有別於五四以來的「世界主義的路」或抽象的「國家意念」的「形象化」，認識到「他有義務先創造一個新中國在他的詩裏」[3]的一種基本的「創作動力」。[4]從而自覺並確認「詩歌」的歷史使命及基本任務，就是「我們要用我們的詩歌，吼叫出弱小民族反抗強權的激怒」；「暴露出敵人蹂躪我民族的暴行」和「描寫在敵人鐵蹄下的同胞們的牛馬生活」[5]，並且「用壯烈的歌

1　胡風：《文藝工作的發展及其努力方向》，《胡風全集》（3），湖北人民出版社 1999 年版，第 174-175 頁。
2　胡風：《民族革命戰爭與文藝》，《胡風全集》（2），湖北人民出版社 1999 年版，第 569 頁。
3　朱自清：《愛國詩》，《朱自清全集》（2），江蘇教育出版社 1996 年版，第 358-359 頁。
4　胡風：《民族革命戰爭與文藝》，《胡風全集》（2），湖北人民出版社 1999 年版，第 569 頁。
5　《中國詩人協會抗戰宣言》，《救亡日報》（上海）1937 年 8 月 30 日。

聲，喚醒四億五千萬同胞愛國抗戰的精神，鼓勵我們的壯士帶著激情衝上前去殺死我們的敵人，讓我們全民站在同一條戰線上，與敵人拼最後的死活，去雪我們數十年血淚的恥辱，光復祖國五千年輝煌的光榮」。[6]正如茅盾稍後所概括的那樣：「中華民族正以血以肉創作空前的『史詩』」之現實，不僅使詩人這「大時代的鼓手」，在「詠歎」著「全民族的悲壯鬥爭」之際，將「個人的情感已溶化於民族的偉大鬥爭情感之中」，而且「不求技巧而技巧自在其中」和「抒情與敘事熔冶為一」的文體風格，又使「這時代的詩歌」有著最鮮明的時代性特徵，那就是「所謂洗盡鉛華，真是痛快之至」。[7]

　　抗戰初期，作為「洗盡鉛華，真是痛快之至」的表現了中華民族的「國家意念」及其「想像」等宏大敘事主題[8]的敘事詩作品，首先是那些記錄或報導「盧溝橋事變」及上海等地軍民守土抗戰事蹟內容的一批「通俗化」及「速寫化」作品。這些被茅盾、趙景深等稱之為「實在是抗戰文藝運動中一件大事」的「可以弦歌的敘事詩」[9]或「敘事詩」[10]，適應了抗戰初期全國上下同仇敵愾的藝術需要，而成為一種

---

[6]　蕙冰：《戰時詩歌的理論與實踐》，《大公報‧戰線》（漢口）1937年 10 月 9 日。

[7]　茅盾：《這時代的詩歌》，《茅盾文藝雜論集》（下），上海文藝出版社 1981 年版，第 684-685 頁。

[8]　艾青：《中國新詩六十年》，《文藝研究》1980 年第 5 期。

[9]　茅盾：《關於鼓詞》，《茅盾文藝雜論集》（下），上海文藝出版社1981 年版，第 704-705 頁。

[10]　趙景深：《大鼓與鼓詞》，《文藝新潮》第 1 卷第 2 期，1938 年 11月。

「恰當」的「戰時」敘事詩形式。其中，在老舍直接採用鼓詞、唱本等通俗韻文形式而寫作的那些通俗敘事詩，如《張忠定計》、《王小趕驢》和《新「栓娃娃」》等作品中，「為國衛國」與「保家保己」緊緊地聯繫在了一起。而他的《二期抗戰》及長篇《打小日本》等，也都是以這種通俗化及大眾化的形式，講述並揭露日本侵略者「要滅我中華」的野心，鼓動宣傳抗日救國的道理等。[11]同樣，穆木天的《偽國兵王順反正》，刻畫了主人公「反正」之後，「一心要立功贖罪為國盡忠」的性格特徵。趙景深的《八百好漢死守閘北》及李鷹的《中國三勇士》，以上海抗戰中保衛「四行倉庫」的英勇事蹟，塑造了中國軍人頑強勇敢的英雄形象。除此之外，還有鄭青士的《八百壯士》、《飛將軍轟炸臺灣》、《劉夫人哭靈》、《南京浩劫》等，老向的《光幾亭》、《模範傷兵李德榮》、《毛脈厚》、《江曉風捨身誘敵》等，以及馬涼椿的《八路軍大戰平型關》，蕭波的《范築先魯西抗敵》，弛的《拆穿汪賊的新毒計》、《趙子善殉國》，蘇子涵的《閻應元罵城》，李昂的《張金龍》、《張文正大義滅親》，丁小三的《王三嫂》，何容的《漢奸定計害漢奸》、《棄家從軍》、《割愛除奸》等，都是當時採用鼓詞等通俗文體及韻律，記述中國人民在日本侵略者的鐵蹄面前，英勇頑強，不怕流血犧牲，前仆後繼的英雄壯舉，歌頌愛國主義及其民族精神的「新時代的史詩」。[12]

11　老舍：《打小日本·序》，《老舍全集》（13），人民文學出版社 1999
　　年版，第 302 頁。
12　茅盾：《關於鼓詞》；穆木天：《民族敘事詩時代》，《建立民族革

　　可以說，正是這種基於「國家意念」之上的敘事主題及其藝術追求，不僅使當時的敘事詩創作實踐，具有了鮮明的戰鬥性及時代性，同時也使「抗戰」敘事詩創作活動和「民族敘事詩」的藝術想像與期待聯繫了起來。在他們看來，除了那些通俗韻文「可以試寫史詩樣的長篇鼓詞」，能夠「從一個簡單故事發展為新時代的史詩」之外[13]，在強調「我們的作家不應過於擔心將來的文藝怎樣，還是把我們的實踐和文藝活動獻給當前的神聖的戰爭」的同時[14]，要求作為「裝載著今天中國人民大眾底鬥爭的整個的故事」的「偉大的史詩和詩劇」，更應該「是要依賴我們底詩人今天最良善的，最忠實的，最大膽的創作的過程」。[15]蒲風的長篇敘事詩《林肯，被壓迫民族的救星》和《魯西北的太陽》，分別敘述林肯使「美國正趨向著統一，和平」的事蹟，以及抗日英雄范築先將軍的「偉大靈魂」及「慷慨成仁」為國犧牲的精神。而蔣山青的劇詩《盧溝曉月》，通過一群流亡於內地的「東北大學生」們，和守衛盧溝橋頭中國軍隊將士們互訴衷情的「對話」，表現中國軍民之間的團結，以及決心收復失地、保家衛國的信心與力量。胡紹軒的《鬥爭》，以戲劇體的結構及朗誦詩的節奏韻律，展示了發生在「一個弱大國家的東

命的史詩的問題》，分別見：《茅盾文藝雜論集》（下），上海文藝出版社 1981 年版，第 705 頁；《時調》創刊號，1937 年 11 月；《文藝陣地》第 3 卷第 5 期，1939 年 6 月。

[13]　茅盾：《關於鼓詞》，《茅盾文藝雜論集》（下），上海文藝出版社 1981 年版，第 705 頁。

[14]　胡風：《續論戰爭期的一個戰鬥的文藝形式・集體的史詩》，《七月》第 1 集第 6 期，1938 年 1 月。

[15]　田間：《論我們時代的歌頌》，《七月》第 2 集第 2 期，1938 年 2 月。

北部」的「一篇血淚的記錄」。其他有一定影響的敘事詩作
品還有：老舍的長詩《劍北篇》、《成渝路上》等，王亞平
的《血戰亭子山》、《血的斗笠》、《湘北之戰》，蔣必午
的《天柱山的爭奪》，魯之輸的《中國馬的故事》，覃子豪
的《傷兵的灰軍毯和手杖》，梅英的《蔡金花之死》，伍禾
的《檄日本飛行士》，野火的《快槍八條》，任軍的《決定
的答覆》，彭慧的《長沙會戰》，袁勃的《石獅子和小寶》，
程鏘的《五臺山武裝起來了》，李雷的《汾河灣上的故事》，
盧冀野的《北征之曲》等。

　　這種「國家意念」的張揚及「民族敘事詩」創作意識的
自覺，給 40 年代敘事詩創作形態，尤其是主題意蘊及藝術
風格等方面帶來的明顯變化與影響，從艾青與田間，以及臧
克家等詩人當時的敘事詩創作活動中，就能夠清楚地發現。
例如，抗戰爆發之後，漫天的硝煙與激昂的戰鼓，也使艾青
從 30 年代的「憂鬱」中奮起，將自己的「蘆笛」換成了時
代與戰鬥的號角[16]，開始吹奏出了「烽火中奔馳前進」的雄
壯之歌。《吹號者》是詩人寫的一首「以最真摯的歌獻給了
戰鬥，獻給了犧牲」的長篇敘事詩作。長篇《他死在第二次》，
抒寫了一位英雄的「兵士」，負傷痊癒後「第二次」走上戰
場英勇犧牲的故事。詩中著力渲染及要說明的，就是「一個
兵士」的使命與「被踐踏的祖國土地」命運的關係。然而，
最能體現出詩人敘事詩創作風格「新的轉變」及「進步」的
作品[17]，是長篇敘事詩《火把》。在這首由十八個章節及近

---

[16]　艾青：《為了勝利》，《抗戰文藝》第 7 卷第 1 期，1941 年 1 月。
[17]　雷石榆：《詩評——〈火把〉照著什麼》，《西南文藝》第 1 卷第 1

千行的篇幅結構組成的作品裏，展示了處於新的時代洪流中
的青年，伴隨著國家民族的新生進程，思想感情的轉變及成
長的故事。詩中那些具有深邃的象徵性意象，事實上構成了
一種獨特的隱喻性敘事情境及表達方式，清楚地顯示出了作
者敘事詩藝術風格方面，所依然保持著的那種「始終抱著一
種激情，用這激情去迫近人生」[18]的「生命」體驗及文體特
徵。隨後，艾青又開始了一個可以說是龐大的敘事詩寫作計
劃。雖然最後的結果，是長篇史詩《潰滅》的創作，僅發表
了《賭博》、《瑪蒂夫人家》、《荒廢的田園》、《哭泣的
老婦》等四個章節片斷，但是，從這些公開發表的斷章中，
已經能夠明顯看出詩人想要在作品中表現的，除了「真的代
表中國人民的呼聲」外，還有對「在戰爭看出了陰影，看見
了危機」的揭示及思考。[19]甚至是「皖南事變」後詩人在延
安的敘事詩創作，無論如敘事詩《索亞》及長篇《雪裏鑽》，
還是作者「用群眾的語言以及工農兵易懂的敘述法」，來塑
造「新的農民典型」的《吳滿有》，對於國家前途及民族命
運的焦慮與希望，都始終是他作品敘事主題及詩性敘事「激
情」之根本所在，並因此構成了他的敘事詩創作實踐，有著
深沉凝重的社會歷史內容及史詩性品格的一個基本原因。

　　同樣，30 年代被稱為「時代鼓手」的「擂鼓詩人」田
間，戰爭開始後也立即投入到了文藝界的抗日救亡活動之

期，1941 年 1 月。

[18]　胡風：《關於風格（其一）》，《胡風全集》（3），湖北人民出版社
　　1999 年版，第 68 頁。

[19]　以上均見艾青：《為了勝利》，《抗戰文藝》第 7 卷第 1 期，1941 年
　　1 月。

中，並將「歌頌卑污的，黑暗的，受奴役的，不自由的中國和它底人民底奮起」這樣的「史詩」性創作[20]，確定為自己詩歌創作的基本主題及努力的方向。[21]這其中，長篇敘事詩《她也要殺人》，雖仍採用了短促的詩句及「擂鼓」般的節奏，但卻以悲愴的格調及完整的敘事情境，通過一位生性善良的農村少婦「白娘」，面對戰爭強加在她身上的侮辱及殺戮，終於醒悟過來，勇敢地舉起復仇之「刀」向日寇討還血債的故事，反映民族解放戰爭中整個國家及人民的「鬱憤」及激情。而詩人隨後創作的「紀念碑式的大敘事詩」[22]《親愛的土地》和《鐵的子弟兵》，以及採用民間謠曲結構形式及話語節奏，也是旨在表現「新的農民典型」的《戎冠秀》及《趕車傳》等長短篇敘事詩作，儘管由於「五言句」的「僵化文字」，而使這些作品「終於被形式主義打悶了」[23]，但是，以「新世界」中詩人的政治激情[24]，塑造並歌頌民族解放戰爭中「解放區」湧現出的新家庭和新人物，應該說也是詩人追求的「把新的血的戰爭現實寫入詩裏」[25]的「史詩」性敘事主題，在新的創作實踐及階段中的一個延續與發展。

20　田間：《論我們時代的歌頌》，《七月》第 2 集第 2 期，1938 年 2 月。
21　胡風：《關於詩和田間的詩》，《胡風全集》（2），湖北人民出版社 1999 年版，第 600 頁。
22　以上均見胡風：《一個詩人的歷程》，《新華日報》1943 年 12 月 28 日。
23　胡風：《〈胡風評論集〉後記》，《胡風全集》（3），湖北人民出版社 1999 年版，第 603 頁。
24　聞一多：《艾青與田間》，《聞一多全集》（3），生活・讀書・新知三聯書店 1983 年版，第 407 頁。
25　聞一多：《時代的鼓手》，《聞一多全集》（3），生活・讀書・新知三聯書店 1983 年版，第 404 頁。

特別是詩人自稱的那種「小敘事詩」創作，如《敢死隊員》、《燒掉舊的，蓋新的》、《王良》、《一桿槍和一個張義》、《回隊》、《騾夫》等，以其簡潔而不失其凝練，明快中透出深邃，平易而又顯出機智的風格特徵，吸引了許多作家及評論家的注意。[26]同時，也正是在他的影響下，這種「小敘事詩」寫作，在後來的「晉察冀詩人群」中，更形成了一時間的創作現象及風氣。

相比之下，戰前以「盡力揭破現實黑暗的方面」和「寫人生永久性的真理」作為自己創作目的的臧克家[27]，抗戰開始以後，則從戰爭的血泊與苦難的對比，以及由此所暴露出的偉大與墮落的事實中，深感「神聖的民族抗戰，不但將使中國死裏得生，而且會使它變一個新的模樣」。於是決定「把自己的身子永遠放在前方，叫眼睛，叫這顆心，被一些真切的血肉的現實，牽動著」。[28]時代的感召及審美趣味的變化，不僅使他的敘事詩創作，在主題思想及題材選擇上和以前有了明顯的區別，而且作品的文體形式及風格上也有了顯著的改變。敘事詩《大刀的故事》，通過抗日戰爭中發生在中國軍隊中的一個傳奇性故事，表現中國抗日將士的英雄氣概及形象；《國旗飄在鴉雀尖》，記述大別山戰役中，中國軍隊與日寇浴血戰鬥的壯烈場面及故事；《神羊臺上的宣傳畫》，描寫神羊台戰鬥的激烈及中國將士們的勇敢；《柳蔭下》，

26　胡風：《〈胡風評論集〉後記》，《胡風全集》（3），湖北人民出版社 1999 年版，第 602 頁；胡風：《一個詩人的歷程》，《新華日報》1943 年 12 月 28 日。
27　臧克家：《烙印·再版後志》，人民文學出版社 1963 年版，第 54 頁。
28　臧克家：《從軍行·自序》，漢口生活書店 1938 年版，第 2 頁。

展示台兒莊戰役勝利後，中國軍人們的喜悅及立功受獎的情景；《月亮在頭上》，以對話體的敘述話語，講述一位少女離開自己的母親，參加抗日游擊隊的故事；《老嫗與士兵》，塑造了一位在抗戰中失去了丈夫及兒子的老母親形象，表現中國人民不怕犧牲與侵略者血戰到底的決心。

　　40 年代中後期，是臧克家現代敘事詩創作活動的一個重要時期。其中，圍繞「神聖的民族抗戰」及國家的復興這樣的基本主題，詩人創作了一批史詩性的長篇敘事詩作。如長篇《詩頌張自忠》，以滿腔的熱情，歌頌中國將士「他們的光芒」及「鐵的自信」。而長篇《感情的野馬》，通過一段戰時愛情糾葛，說明民族存亡之際，國家的命運及未來，才是「比愛情更有價值的東西」。尤其是在那首詩人自稱「抗戰以來」及「平生最賣力氣」寫作的「英雄史詩」[29]《古樹的花朵》中，詩人用了長達五千餘行和十八個章節的巨型篇幅結構，以著名的抗日英雄范築先將軍的事蹟為「原型」，塑造了一個「表現了中華民族的氣節與人格的英雄」[30]，以及「一部為民族自由而鬥爭的新時代的英雄史詩」。[31]此外，長篇敘事詩《敲》、《他打仗去了》、《「為抗戰而死，真光榮」》及《六機匠》、《和駄馬一起上前線》等，都以完整的敘事情境，分別展示了在日偽壓迫之下的普通民眾，或由最初的怯懦害怕最終加入到了抗日的隊伍之中，或者放棄了暫時的男女之情而投身於為了國家命運的戰鬥行列等情

29　臧克家：《我的詩生活》，重慶讀書出版社 1942 年版，第 56 頁。
30　臧克家：《古樹的花朵·序》，重慶東方書社 1942 年版，第 3 頁。
31　簡壤：《古樹的花朵》（詩評），《新華日報》1943 年 2 月 9 日。

節場景。因而，它們也與詩人當時於「征途上所得的長詩」[32]
《淮上吟》和《走上火線》一起，不僅以鮮明的主題思想及
飽滿的熱情，集中歌頌了中華民族在戰火中所煥發出的那種
新的國民精神與力量，反映了抗日軍民艱苦卓絕的戰鬥過程
及歷史偉績，而且在藝術風格方面，長篇作品的增多及敘述
話語的加強，以及韻律節奏的舒放與故事情節的明晰等，也
使之具有了鮮明的史詩性美學特徵。

二、「敘事詩時代」及其「史詩」性追求

1941 年初的「皖南事變」及年底「太平洋戰爭」的爆
發，不僅對 40 年代中國社會政治生態的發展及民族解放戰
爭的前途與方向，產生了直接的重大的影響，而且，也因此
而給當時的文學運動，包括現代敘事詩創作，帶來了新的創
作趨向及日益明顯的變化。其中，「皖南事變」的發生，除
了使抗戰以來至少是表面上形成的全國及全民統一的政治
生態不復存在，出現了公開的分裂及對立，更使「國統區」
和「解放區」作為國內政治鬥爭的兩個截然對峙的實體及陣
營，在思想文化和政治制度及其意識形態上構成了鮮明對
照，由此而暗示著原有的「國家意念」及其想像的稚嫩浪漫，
顯示出「現代民族國家」的兩種不同的政治趨向。尤其是「太
平洋戰爭」爆發之後，世界反法西斯陣營的形成，一方面使
中國的民族解放戰爭及民族獨立，和世界反法西斯戰爭的前

---

[32]　臧克家：《淮上吟·序》，上海雜誌公司 1940 年版，第 2 頁。

途緊密相聯。從而為取得戰爭的最後勝利，奠定了堅實的政治基礎及確定的思想信念；另一方面，國際間的政治及意識形態爭奪，特別是第二次世界大戰結束後，美蘇為首兩大陣營的形成及「冷戰」開始後意識形態的對抗，又必然地對當時的中國社會產生明顯的滲透及作用。於是，圍繞戰後中國政治前途及命運的安排設計，即「建國」及走什麼樣「路」的問題，既是當時抗日陣營內國共兩黨政治鬥爭的中心問題，同時也是涉及到中國「現代民族國家」想像內容的核心問題。正是在這樣的歷史文化及社會政治背景之下，標誌著「戰時」全國文藝界大團結的「文協」名存實亡；「暴露文學」思潮的興起，以及以「揭露」抗戰過程中國內社會政治黑暗為創作目的的作品，在各個文學類型中普遍湧現；而「解放區文學」的形成與「脫穎而出」等，又使 40 年代中後期的中國文學，無論是作家的政治立場與創作目的，還是作品的主題思想傾向及藝術形式追求，都自然走向漸趨明朗的分化甚至於對立。與此同時，在新的歷史條件及創作語域空間中，中國現代詩歌及敘事詩創作的發展，也向著新的審美領域及宏大的敘事方面拓展。所謂「敘事詩時代」及其「史詩」藝術追求與實踐，可以說就是這種客觀要求及趨勢的一種集中反映或體現。[33]明確自覺的文體意識及審美選擇，使得這些「詩人們」對於敘事詩創作及「史詩」性風格追求的理解，除了重視敘事主題及題材的開掘之外，詩性敘事結構及其情節創造意識的增強，特別是敘事詩藝術形式中「事」

33　王瑤：《中國新文學史稿》（下），上海文藝出版社 1983 年版，第393 頁。

與「情」的關係，以及所謂「形象化」、「戲劇化」等詩學
規範方面的探討，不僅極大地推動了當時的敘事詩創作，尤
其是長篇敘事詩創作的繁榮，而且，也使「它的文學地位在這
一時期的空前提高，在迄今為止的中國詩歌史上，都是絕
無僅有的」[34]，充分顯示出了抗戰以來現代敘事詩藝術的成
長及藝術發展。

　　在 40 年代的敘事詩創作形態中，較早呈現出「史詩」
性風格及藝術追求的作品，是那些處於日偽統治下的「淪陷
區」新文學作家的創作。1938 年 10 月 10 日，在上海「淪
陷區」創刊的《新詩刊》雜誌上，刊載了兩首長篇「史詩」
性敘事詩作品。其中，紫荊的《塞外行》，以整齊的詩行，
凝重的節奏，敘述了漢代歷史中「蘇武留胡的故事」。詩中
著力塑造了蘇武雖身處於「肅殺的胡地」，「受盡了煎熬」，
仍「持著漢節在那孤島上苦度歲月」，使「華夏底國魂泛出
神州的輝煌」的藝術形象。芷薇的劇詩《卓文君》，以整飭
的詩行韻律，冷靜自如的敘述話語，展示了主人公形象「在
一片晦色悲哀裏去沈思，追念」，「譴責」、「詛咒運命」，
重新揚起被「無情的風雨從四面打來」的人生理想等。隨後，
夏穆天的長篇《孤島夜曲》，以「流浪者」的敘述角度與話
語，展示侵略者刺刀下的上海社會及其民眾心靈的淒苦悲
哀。李健吾發表在《萬象》雜誌上的劇詩《蝶戀花》，是作
者有意用「戲劇體」寫作的一部幽默諷刺「歌劇」。[35]作品
通過「蓼子花」仙女的人間兒子「牧羊人」與「夜郎國」的

---

[34] 王富仁：《文化與文藝》，北嶽文藝出版社 1990 年版，第 225 頁。
[35] 李健吾：《「蝶戀花」後記》，《萬象》第 3 年第 9 期，1944 年 3 月。

「大學士」乾女兒之間的愛情糾葛及荒誕性喜劇情節，展示出沉重的社會現實及歷史思想內容。

　　「太平洋戰爭」爆發之前華北「淪陷區」的敘事詩創作，主要是由一些活躍在燕京大學、輔仁大學等教會學校的青年詩人完成的。這其中，除了「燕京文學社」的吳興華受現代主義詩歌藝術的影響，先後「創作了約二十多首長篇敘事詩」[36]，如「史詩」性敘事詩《柳毅和洞庭龍女》、《褒姒的一笑》、《吳王夫差女小玉》等作品之外，輔仁大學的「校園作家」及《輔仁文苑》刊物上，不僅撰文從理論及文學傳統上強調宋明兩代「國家民族的殘痛衰亡」及作家「身經國家之破滅」的現實，「訓練成了許多最成功的史詩作家」，出現了「有時代的意義」及「感人的作品」[37]，而且創作並發表了許多在藝術風格及主題思想方面，也明顯受到現代主義及宗教神學影響的敘事詩作。這在當時被敵偽政治及文化包圍的校園，他們作為新文學運動及創作的延續，其意義及價值是值得予以重視的。如張秀亞的長詩《水上琴聲》，是她的小說《白鳥的歸來》之插曲。作品以「波浪」形的詩行與柔婉的韻律，抒寫了一位「攜琴在水濱」的「歌人」和「一個少年」神秘悲淒的愛情故事。畢基初的長篇敘事詩《幸福的燈》，以近千行的篇幅，敘述了一對青年戀人對於理想愛情追求；敘事劇詩《騎士銅像》，則通過一個愛情悲劇故事的敘述，表現「騎士」及其人物形象身上所洋溢著的愛國精神與激情。汪玉岑的長篇《夸父》，採用「夸父逐日」的歷史傳說，

---

[36]　龍泉明：《中國新詩流變論》，人民文學出版社 1999 年版，第 439 頁。
[37]　秦佩珩：《又是敘事詩的問題》，《輔仁文苑》第 6 輯，1941 年 6 月。

張揚中華民族頑強堅韌的意志及力量。石雨的《深院》，以象徵的手法，追懷故鄉那「柔和的土地」等故國情懷。尤其是李韻如的劇詩《林中》，以「一個青年詩人」，在「神情憂鬱，精神頹衰」地向「林中」走去，呼喚著「上帝」的「啟示」與拯救之路，表現「黑暗背後有光明」的思想主題。此外，顧視的敘事長詩《文姬怨》，何一鴻的長篇《出塞行》、《天山曲》、《念家山》等，都取材自歷史故事，並以其鮮明的主題思想，也成為當時華北「淪陷區」現代敘事詩創作活動中不可忽略的一個組成部分。

　　東北「淪陷區」是中國大陸遭受日偽統治時間最長的地區，因而那裏的新文學運動及其發展，包括現代敘事詩創作同樣也走過了一段曲折的經歷。「七七事變」之後，中華民族解放戰爭政治態勢的形成，不僅使東北地區的「抗日反滿」文學運動再度勃興，湧現出一批代表不同文學立場及思潮的流派社團，同時也使當時的敘事詩創作，出現了新的發展及變化。其中最為明顯的，就是選擇現實或歷史題材，表現「鄉土」及民族意識等敘事主題，追求「史詩」性敘述的作品大量產生，並在表現手法上不同程度地接受了現代主義詩風的影響。1938 年 3 月，外文在《明明》一周年紀念號上，發表了長篇敘事詩《鑄劍》。這首和魯迅歷史小說同名的敘事詩作，雖也取材自干將莫邪的歷史傳說，但和魯迅小說以干將莫邪的兒子「眉間尺」表現「復仇精神」[38]的意旨不同，詩中通過干將莫邪夫婦為吳王鑄造「殺人」劍的故事，集中

38　陳鳴樹：《魯迅的思想和藝術》，陝西人民出版社 1984 年版，第 250 頁。

展示了主人公由「匠人的心」，到犧牲妻子鑄成了劍後「殺那專門殺人的」的性格變化過程，以及「吳王」的窮兵黷武和專制者心理。而百靈的長篇《烏江》，則是其「長詩《項羽》之一節」。他的長篇《成吉思汗‧序歌》，也是這部長篇「史詩」的一個章節。詩中分別以項羽及成吉思汗的英雄事蹟為題材及敘事情節，刻畫末路英雄的頑強悲壯和「偉大的帝王」的「血手和鐵蹄」。與之不同，山丁的長篇《拓荒者》，以一對父子之間的「對話」，敘述了東北「拓荒者」們「闖關東」的歷史事蹟，以及他們對於「土地」及故鄉的生死依戀。李妹的長篇《格來姆》，通過一位流落到異地他鄉的牧羊「老人」的故事，表達了一種深沉的「流亡」與「生命」意識。楊柳青的《歌者之歌》，以第一人稱的自述體，抒寫了「歌者」失去「家園」後浪迹天涯的悲哀。冷歌的長篇《船廠》，可以說是「吉林」這座城市的一部「史詩」。支援的長篇《極樂之村》，以諷刺的筆調及戲劇性的場面，揭露了殖民統治下所謂的「極樂之村」之真相。

　　女詩人藍苓的敘事詩作品，無疑屬於東北「淪陷區」現實主義敘事詩創作的代表。敘事詩《小巷的除夕》，完整講述了一個女人一生的不幸及其悲劇性的命運故事。長篇《科爾沁草原的牧者》，通過一個「科爾沁草原上的繁榮之家」，在天災人禍的摧殘下，由盛到衰的歷史敘述，表達了深沉的民族意識及一種歷史性的憂傷與希望。作品中那個肩負著「復興起沒落的家族」的「年輕的兒子」，顯然寄寓了詩人滿腔的現實期待及藝術理想。而長達近三百行的敘事詩《在靜靜的榆林裏》，則以完整的故事情節及和諧的音韻節奏，

濃郁的詩情畫意與淡淡的幽怨感傷，以及「回溯」式的敘事結構形式，講述了一個十七歲的「少尼」和她的「身世」之謎。在刻畫「少尼」豐富複雜的心理變化過程中，將人物的命運和社會有機地聯繫了起來，賦予作品以凝重嚴肅的主題內涵與極具詩性敘事藝術張力的審美效果。

　　40 年代中後期，聚集在重慶、桂林等「國統區」的詩人們，雖然審美趣味及藝術風格不盡相同，或分屬不同的詩歌流派，但是他們對敘事詩歌創作，特別是長篇敘事詩創作的重視及倡導，則表現出近乎完全的趨同與一致。這包括他們中許多詩人身體力行的寫作；就創作中某些具體問題組織有針對性的理論及藝術批評；編輯文學刊物支持並推動整個敘事詩創作活動的深入等。同時也使當時許多有影響的刊物，如《詩創作》、《詩》、《文藝陣地》、《自由中國》、《文學創作》、《現代文藝》等，格外地注重刊載發表敘事詩作品。甚至《詩創作》還專門編發了一期「長詩專號」，並通過舉辦「詩人節」的活動，推出一些較為成熟的長篇敘事詩作，促進敘事詩藝術創作的成長及影響力的擴大。[39]從而使當時的「長詩」及長篇敘事詩創作，在 40 年代乃至整個中國敘事詩發展史上，不僅呈現出一種鮮見的繁榮景象及寫作熱潮，同時也在敘事主題及文體結構的拓展創新等方面，進行了努力的藝術探索與實踐。

---

[39] 1943 年 6 月舉行的「詩人節」上，推出的長篇敘事詩作品有：臧克家的《感情的野馬》，臧雲遠的《虎子》，王亞平的《二崗兵》，力揚的《哭泣的年代》。當時有評論稱：這五部敘事長詩「俱以抗戰悲壯之史實為題材，或寫政工人員，或寫農民，或寫士兵，或寫知識份子，均極生動感人」。（見《新華日報》1943 年 6 月 6 日）

　　如在戰時東南地區有影響的大型文學刊物《現代文藝》上，「七月」詩人鄒荻帆先後發表的長篇敘事詩作品中，由「序曲」、「太陽是從這裏滾出來的」、「木船航行在河流上」、「戰鬥者」及「尾聲」五個章節組成的《草原交響樂》，通過對「戰地服務團」的前線慰問、後方訓練的抗日戰士及圍殲敵寇的戰鬥等場景的抒寫，反映中華民族舉國上下，團結一心，共赴國難，爭取國家獨立解放的意志及精神。敘事詩《紫姑》雖只是他的另一首長篇《白露湖的邊緣》的一部分，但作為「七月詩派」敘事詩創作的代表性作品之一，其敘事風格及文體結構的變化，值得注意。詩中以第三人稱的敘述視角，塑造了一個在丈夫從軍奔赴抗日前線之後，滿懷著純樸的道德及勝利的信念，辛勤勞作，操持家務，拒斥地方惡霸流氓的騷擾調戲，勇敢面對艱苦生活的新型的婦女人物形象「紫姑」的故事。征軍的長篇《小紅痣》，以「父與女」、「出閣與歸寧」和「最後一課」三個章節的篇幅，講述一個叫「小紅痣」的「貧苦的女人」，為追求自身政治及社會地位的解放，而付出的努力及犧牲。嚴傑人的長篇《亞當與夏娃的被逐》，以亞當夏娃偷食禁果而被上帝逐出伊甸園的故事，表現詩人熱切的社會理想及政治「想像」。[40]而玉杲的長篇敘事詩《大渡河的支流》，則是用了長達八個章節的篇幅結構，通過一個地主家庭內部的矛盾及衝突，暴露封建制度及其社會關係的非人道本質與罪惡，反映並揭示造

---

[40] 嚴傑人：《亞當與夏娃的被逐·題記》，詩創作社 1942 年版，第 2 頁。

成社會貧困及政治黑暗的歷史原因。[41]同樣，「七月詩人」
彭燕郊的「長詩」《船夫和船》，以短促的詩行及緊張的節
奏韻律，講述幾位勇敢機智的「船夫」，將一群用刺刀逼著
他們的日軍沉入急流中的故事。鄭思的敘事詩《荒木大尉的
騎兵》，運用了現代主義特徵的表現手法及敘事結構，通過
「關岳廟」、「古塔」等充滿象徵意味的「戲劇性」場面，
展現侵略者的殘暴及中國民眾的反抗精神。此外，牛漢的《鄂
爾多斯草原》，冀汸的《罪狀》、《上海紀事》等，高崗的
《馬燈》、《班長，牧師，牛》等，也都是當時「七月詩人」
中有影響的敘事詩作品。

　　40 年代的重慶、桂林詩人群中，那些被稱為「中國詩
壇派」旳作家們，以《詩創作》等雜誌為中心，成為當時敘
事詩創作實踐中最為引人注目的一群詩人。這其中，注重於
從個人或家族的命運與社會歷史演進之間的必然關係，來揭
示並反映人與歷史的真實存在及其深厚的文化內涵，是這些
詩人「史詩」創作意識及其作品的一個重要特徵。陳邇冬的
長篇敘事詩《黑旗》，以晚清中法戰爭的歷史為題材，敘述
了黑旗軍首領「劉二」勇敢頑強與出奇制勝的領導才能，越
南人民同仇敵愾反抗侵略的精神意志，以及越南統治者與清
王朝的腐敗無能。李雷的長篇《荒涼的山谷》（第一部），
以散文化的敘述話語，通過對東北「劉二大娘」一家人生活
的描寫，展現了孕育在這塊黑土地上的民間傳說及風俗人情
故事。而他那首由「草原相愛」、「情愛受挫」、「箚薩克

41　馮雪峰：《大渡河的支流‧序》，上海建文書店 1947 年版，第 2 頁。

被遣遠處放牧」、「箚薩旗被逼婚」、「箚薩克殺回王府救人」及「結局」六個章節組成的長篇敘事詩《蒙古利亞底夜曲》，敘述了蒙古貴族少女「箚薩旗」和牧馬的奴隸青年「箚薩克」的生死之戀。戈茅的《棺材》，也是一首由「受傷的勇士」等六個章節組成的長篇敘事詩作。而他的長篇《草原故事》，則以第一人稱的敘述話語，講述「我」駐防邊疆而與牧羊姑娘「烏蘭達」相識相愛，最後因部隊開赴抗日前線不得不分手離別的故事。力揚的長篇敘事詩《射虎者及其家族》及隨後發表的《射虎者及其家族續篇》，以「猛虎」隱喻專制暴政等不合理的現實存在，以「射虎者及其家族」暗示那些被侮辱被損害者們代代相傳、不屈不撓的反抗意志。從而也使「苛政猛於虎」的現實主義傳統主題，在現代敘事詩創作形態中得到了新的藝術開拓。因而備受當時讀者們的關注及批評界的肯定。[42]

　　與之相似，這種創作及藝術結構意識，在一些愛情題材的作品中，也有著較為突出的體現。韓北屏的《鷹之妻》，是一首由「黑暗的黃昏」、「溫室的盆景」、「虹的顯現」、「第二度的失明」、「戰友的關懷」及「繼承者」六章節構成的長篇敘事詩作。作品以「蘇宛小姐」與昔日同學、空軍隊長「陳君」的愛情故事，表現抗戰中中國空軍將士的犧牲精神和作為「神鷹」妻子的堅強性格。同樣，王采的敘事詩《漁夫與漁婦》，通過一位「漁夫」從軍奔赴前線前和妻子的「對話」，表現大時代背景下個人及家庭的幸福，與國家

---

[42]　方然：《論風格與敘事詩》，《詩創作》第 17 期，1942 年 12 月。

及將來「陽光與自由」的關係。而他的那首取材自歷史故事的長篇敘事詩《妲妃》，則以八個章節的詩段及遠近伸縮變換的敘述視點，從「妲妃」等人物形象的心理刻畫及個人的欲望、權力的罪惡等角度，有意超越傳統敘事主題的「禍水說」與簡單的政治「忠奸論」。蘆春的長篇《夜鶯與玫瑰》，以童話故事的形式，講述一位追求真誠愛情的「夜鶯」，雖然獻上的是用「自己生命之血染紅」的「玫瑰」，但卻仍然得不到自己摯愛女子絲毫回應的「愛情悲劇」。孫藝秋的長篇《永遠的星辰》，展示了一對軍人情侶在抗日戰爭的烽火硝煙中，所經歷著的悲歡離合及感情的磨礪。四川詩人羅汀尼，據說寫出了一部長達萬行的長篇敘事詩《葬曲》，反映了抗戰時期所發生的一個悲歡離合的愛情故事。遺憾的是因作者不久患病罹世，使作品未能出版印行。此外，能夠體現並標誌著這個所謂「敘事詩時代」及其創作成績的，還有伍禾的《小寬》、《蕭》等，辛勞的《戰馬》、《棒血者》等，戈茅的《紅鼻子和老馬的故事》，林采的《遵守國民公約》，廠民的《我們的隊伍》，樓棲的《島國的世紀夢》、《鴛鴦子》，李滿紅的《槍的故事》，蒂克的《劉黑疤》，李岳南的《梅花鎮》，力揚的《呂麗》，臧雲遠的《虎子》、《靜默的群山》及劇詩《苗家月》等，張澤厚的長篇《昆侖關》，黃藥眠的《桂林的撤退》，黃寧嬰的《潰退》，雷石榆的長篇《小蠻牛》，丁耶的長篇《外祖父的天下》，林嵐的長篇《灰色馬》及《長恨歌》，東明的《河上歌人》，張睛的《月夜的故事》等，胡危舟的劇詩《金剛坡下》，斯因的《伊蘭布倫》等作品。

　　與此同時，不能忽略的另一個文學史事實，就是現代主義詩歌潮流在當時敘事詩藝術形態中的影響與顯現。這其中，除了主要是由重慶、桂林及「西南聯大」詩人群中，那些被稱之為「新現代派」或「九葉派」的詩人們所代表及完成的之外，對於歷史及現實的理性思索，以及現代社會與人的生存困境之間關係的追問，則成為其敘事主題及思想意旨的根本價值取向。徐遲的長篇敘事詩《一代一代又一代》，以一個東北家族裏祖孫三代人的不同命運為故事線索，通過「祖父」的「闖關東」，「父親」的從軍，孫輩「九一八事變」後在「關內」的被捕等事件，力圖運用現代主義的藝術表現手法，揭示中國近代以來社會歷史的動盪及變遷，以及中華民族為了生存而反抗壓迫與侵略的艱難歷程。或許正因為如此，這首作品才會受到現實主義作家的責備及批評。[43]唐湜的長篇敘事詩《英雄的草原》，是一首長達六千餘行，由三個章節及開頭的「獻詩」和結尾的「合唱」構成的作品。完整的故事情節及現代主義的詩體形式，加上民間傳說「白蛇傳」等傳統敘事元素的穿插，使作品的敘事情境具有了豐富的文化蘊含及歷史透視力。李金髮的《無依的靈魂》，則是一首以「南京大屠殺」為敘事情節背景的長篇敘事詩作。作品以鮮明的主題思想及和他以前迥然不同的藝術風格，表現侵略者的罪惡及民族的苦難，以及戰爭在人心靈深處烙下的難以癒合的精神戕害。而作為「九葉派」的代表詩人，穆旦這時期的敘事詩《神魔之爭》、《森林之魅──祭胡康河

---

[43]　李念群：《人的道路──抒情詩與敘事詩》，《中原》第 1 卷第 3 期，1944 年 3 月。

上的白骨》及《隱現》等，可以說是作者通過「豐富的事實進入關於整個民族生命存在的久遠的話題」，用現代主義的表現手法及其風格，以「戲劇化」的敘事情境及多聲部「抽象」哲理的沈思與「對話」，詛咒死亡與戰爭，歌頌民族的「英靈」對於「死的抗爭」及在歷史中新的「滋生」，「穿透歷史的沉積」和「展現人們感到陌生的浩瀚的精神空間」[44] 的一種敘事詩創作。

此外，在抗戰勝利後復刊的《文學雜誌》上，田疇的「史詩」性敘事詩《洪流》，也格外引人注目。這首寫於 1939 年初，由「病囑」、「洪流」、「烈山」及「禪益」四章組成的長篇詩作，選取中國遠古「堯舜」之際，「鯀」和「禹」治理洪水，「後稷率民稼穡以濟時艱」等史實為題材，以嚴整的多音節詩句及明快的隔行韻律，通過對「伯鯀」、大禹及後稷等帶領民眾戰天鬥地等英雄事蹟的描述，展示了「炎黃的子孫」及其民族意識，在遭遇危機時，「決用血汗把失去的樂園重建」與「慎莫再演兄弟鬩牆的醜劇」等英雄氣概。同樣，在臺灣出版的《現代周刊》及《臺灣月刊》上，也先後發表了幾首值得注意的敘事詩作品。如朱梅用中文寫作的長篇《死島》和劉牧羊的《沈默的彭琪》。它們以冷峻的現實主義敘事手法及其「史詩」性敘述，表現了臺灣人民所遭受的殖民壓迫及麻木冷漠行為背後，深隱的「孤兒意識」及對國家民族的認同。再如白薇的《顯微鏡的悲哀》，杭約赫的《動物寓言詩》、《復活的土地》等，林庚的《黎明的對

44　謝冕：《一顆星亮在天邊──紀念穆旦》，李方編：《穆旦詩全編》，中國文學出版社 1996 年版，第 15 頁。

話》，鄭造的劇詩《明日黃花》，禹鐘琪的《放逐交響樂》，程邊的《小蘿蔔》，李洪辛的《奴隸王國的來客》，王統照的《白雲洞》等，也都不同程度的體現出了這時期敘事詩創作，在主題思想及藝術風格方面的「史詩」性追求及進步。

三、雅俗合流趨勢與敘事詩創作的「謠曲化」

　　事實上，40 年代現代敘事詩創作的「謠曲化」，或者說謠曲體敘事詩創作的勃興，不僅與五四以來中國新文學的「國民文學」及「平民文學」理想追求，以及新詩向民歌民謠學習等審美趣味有著內在的關係，同時也是抗戰以來中國文學雅俗合流的趨勢，以及敘事詩歌藝術形式「意識形態性」的集中體現。歷史與時代的遇合，使長期以來圍繞民歌民謠或「謠曲化」詩歌創作的詩學價值及文體意義等問題展開的討論，有了一個確定性的理論方向及實踐上的轉變。即如朱自清先生所說，「抗戰以來，大家注意文藝的宣傳，努力文藝的通俗化。嘗試各種民間文藝的形式的多起來了。民間形式漸漸變為『民族形式』。」[45]從而也使「謠曲化」逐漸被確認並與現代詩歌的「大眾化」及「民族化」道路、方向緊密地聯繫在了一起。於是，儘管仍有人對此提出質疑[46]，但是，朱自清先生不僅依然堅持「新詩不妨取法歌謠」的主張，同時指出這種「取法」的目的及意義，就在於能夠使現代詩

45　朱自清：《新詩雜話·真詩》，《朱自清全集》（2），江蘇教育出版
　　社 1996 年版，第 380 頁。
46　柯可：《雜論新詩》，《新詩》第 2 卷第 3-4 期，1937 年 7 月。

歌具有更多的「本土的色彩」，特別是有可能「利用民族形式」，創造出來「一種新的『民族的詩』」。[47]

　　然而，40 年代中後期「謠曲」體敘事詩創作在「解放區文學」中的成功，以及抗戰勝利前後對整個現代敘事詩創作形態產生的主導性影響，則至少有兩個方面的條件及原因。其中，首先是抗戰爆發後，尤其是戰爭進入到相持階段後，國內社會矛盾突出，國共之間政治鬥爭日益公開化，促使許多嚮往民主及自由的青年作家，不斷地湧向延安等解放區。從而使解放區作家隊伍迅速壯大，形成了當時中國新文學運動一個新的文學中心，即「解放區文學」或可謂「延安文學派」。加上這些聚集在「解放區」的作家們，幾乎都懷抱著一個共同的政治理想，並具備相近的共同的文學觀念及審美趣味。特別是那些屬於或與 30 年代「左翼文藝運動」，以及「中國詩歌會」派有直接或文學思想淵源關係的作家詩人。因此，這對於「解放區文學」的通俗化及大眾化文學創作路徑走向，包括敘事詩歌的「謠曲化」藝術實踐及其取得的「成功」，應當說有著不可忽略的決定性作用。除此之外，1942 年隨著解放區政治進程中「整風運動」的展開，以「延安文藝座談會」為標誌及其基本內容的「文藝整風」運動，以及《在延安文藝座談會上的講話》的發表，不僅確立了「解放區文學」是「從屬於政治的」，「是整個革命事業的一部分，是螺絲釘」，以及「為工農兵服務」的任務與方向；同時又從意識形態及組織方式方面，「確定了」、「擺好了」

---

[47]　朱自清：《新詩雜話·真詩》，《朱自清全集》（2），江蘇教育出版社 1996 年版，第 387 頁。

作家及「黨的文藝工作」的文學意識產生及寫作行為，「在
黨的整個革命工作中的位置」。即承擔起作為「文化軍隊」
所必須完成的政治鬥爭使命及歷史責任。[48]從而不僅開始了
「解放區文學」及其作家的「體制化」進程，而且也使「控
訴」與「歌頌」兩大主題，成為解放區敘事文學及其「謠曲」
體敘事長詩「宏大敘事」的基本內容。正因為如此，解放區
或「根據地」敘事詩創作的「謠曲化」及其「謠曲」體敘事
詩的「成功」，也就絕非僅是出現在「解放區」的一種「工
農兵文學」或其創作現象。實際上它所具有的代表性及其文
學史意義，已經使之成為整個 40 年代現代敘事詩藝術形態
的一個組成部分。並且，還作為代表「不但是兩種地區，而
且是兩個歷史時代」[49]的文學成就及其文體範式，對當時及
後來的現代敘事詩藝術發展，產生著直接的作用和影響。

　　自然，由於「解放區文學」敘事詩創作的「大眾化」，
以及這種「謠曲」體敘事詩的勃興，也是從抗戰初期風行於
解放區的詩朗誦及街頭詩運動開始的。所以，抗戰初期「解
放區文學」的敘事詩藝術形態，除了在主題思想、題材及文
體形式等方面，將反映與表現根據地或解放區軍民新的戰鬥
生活和精神狀態，追求「大眾化」及「通俗化」的敘事功能，
以及與讀者之間重構一種新的藝術及審美關係等，作為自己
這種「實踐性」藝術的中心任務及目標之外，敘事詩創作活
動的「大眾化」及「謠曲化」傾向，則主要存在著兩方面的

---

[48]　毛澤東：《在延安文藝座談會上的講話》，《解放日報》1943 年 10
　　　月 19 日。
[49]　同上。

趨向：一是有著明顯樂府體「場景」結構及「卒章顯志」形
式「痕迹」的「小敘事詩」創作的繁榮。這基本上由「晉察
冀詩人群」的早期敘事詩創作為代表。如邵子南的《模範婦
女自衛隊》、《運輸員和孩子》，曼晴的《永遠熱鬧的小集
市》，《我們選舉得很好》和《縣長病了》等，方冰的《歌
唱二小放牛郎》，徐明的《游擊隊員》，史輪的《老百姓摸
槍》，陳輝的《姑娘》、《賣糕》、《土地》、《媽媽和孩
子》及《將軍》等，勞森的《打頭陣，開工去》、《新的「捷
克式」》及《用那雙手》，流笳的《高粱熟了》、《搶收》
及《子弟兵三贊》等，任霄的《我還沒有死》，丹輝的《擔
架上》、《敵人與黑夜》等，管樺的《好村長》及《林中待
命》等，商展思的《游擊隊裏的小鬼》、《不准掛個「小」》
和《抬炮》等，章克夫的《誰殺死了媽媽》，遠千里的《去
找呂司令》、《在席簍裏》、《兩個死屍》及《她駕著小船》
等，戈焰的《豆選女縣長》，魏巍的《游擊隊部的夜》等；
一是「參用唱本」等「俗曲」[50]形式，側重於「講故事」的
長篇敘事詩作品的出現。如柯仲平的長篇《邊區自衛軍》及
《平漢路工人破壞大隊的產生》，鷹潭的《老太婆許寶英》，
賀敬之的《小蘭姑娘》，公木的《岢嵐謠》、《鳥槍的故事》，
何其芳的長篇《一個泥水匠的故事》，蕭三的長篇《禮物》
等。同時，這些以長篇的韻文結構及有意識的「民族形式」
創新，也引起了整個新詩創作及理論批評界的廣泛注意。[51]

50　朱自清：《新詩雜話·真詩》，《朱自清全集》（2），江蘇教育出版
　　社1996年版，第381頁。
51　朱自清：《新詩雜話·真詩》，《朱自清全集》（2），江蘇教育出版

　　1942 年 5 月「延安文藝座談會」以後，解放區敘事詩創作形態從內容到形式方面發生的新的重大變化，以及所呈現出的嶄新的面貌，和抗戰初期相比，最為明顯之處，就是除了「謠曲體」敘事長詩創作的繁榮及其成為文學「工農兵方向」及「工農兵文學」創作的重要「實績」之一外，40 年代中後期「晉察冀詩人群」在長篇敘事詩創作領域的獨特表現，實際上也清楚地證明了，即使是在「解放區文學」中，「民族化」與「現代化」，「通俗化」與「多樣化」，「政治性」與「藝術性」之間的現實性矛盾或衝突，也都並非是一種完全對立或絕然互斥的事實。

　　通過抒情寫實性的故事情節及其敘事情境敘述，以及多採用自由體或散文化的詩歌文體形式；注重於平凡故事或非傳奇性題材的抒寫和開掘，傾心於激蕩戰爭風雲際會之中人的精神及心靈的發現與描述等，使得「晉察冀詩人群」的長篇敘事詩創作，與同時期的「民歌體」敘事長詩相比，在敘事主題及藝術風格等方面，不只存在著明顯的不同與差異，而且形成了鮮明的「流派」特徵。例如邵子南、曼晴、丹輝、商展思、郭小川、秦兆陽、魯藜、於六洲、魏巍、胡征、天藍、方冰等人的長篇敘事詩作。這其中，能夠代表他們敘事長詩創作「流派」風範及抒情寫實風格特徵的，應當是當時孫犁的一些長篇敘事詩創作及作品。長篇敘事詩《兒童團長》，以純熟的口語和簡潔清新的詩句韻腳，敘述了「十三歲」的「兒童團團長」——「小金子」的故事。同樣，長篇

　　社 1996 年版，第 385 頁；茅盾：《茅盾文藝雜論集》（下），上海文藝出版社 1981 年版，第 963 頁。

《梨花灣的故事》，則以「複調和聲」式的敘事情境，展示了「梨花灣」村莊的民眾們，面對著日本侵略者的殺戮及殘暴，拋開了悲傷，「當兵」、「從軍」，勇敢地進行戰鬥的事蹟及情景。而長篇敘事詩《白洋淀之曲》，更以長達「三部」章節的篇幅，講述了冀中農村婦女「菱姑」，在丈夫「水生」犧牲之後，自己「拿過水生的駁殼槍」，勇敢「走上戰場」的故事。在一種革命的樂觀主義抒情敘事格調中，將人物的個人命運及情感律動，與大的時代及歷史緊緊地聯結在了一起，開掘並展示出人物性格與心靈深處的生命質感及內涵，彰顯了一種現實生活的詩意和人性人情的極致。此外，還有《春耕曲》、《大小麥粒》及《山海關紅綾歌》等。可以說，40 年代孫犁的這些敘事詩作品，作為作者整個敘事文學創作的一部分，不僅在題材及敘事主題，甚至於人物形象的塑造上，和他的小說創作都有著密切的藝術連續，而且在藝術風格方面，也仍然將「詩意的抒寫」，看成了自己藝術創新及獨特追求的核心內容。從而以不同於「謠曲化」的敘事詩創作，突破並超越「解放區文學」敘事詩藝術形態的模式化格局，在現代敘事詩藝術的「民族化」及現代化、「通俗化」及多樣化實踐方面，做出了積極的、非同一般文學史意義的獨特貢獻。

　　1946 年 9 月，李季的長篇敘事詩《王貴與李香香》在延安出版的《解放日報》上開始連載，同時也因此使其成為「解放區文學」創作活動的一個標誌，顯示出當時「謠曲體」敘事長詩創作高潮的出現及其藝術規範的確立，並且作為現代敘事詩藝術實踐中取得的一種突破及體裁「範

式」，從主題到形式直接主導及影響了 40 年代後期包括「國統區」在內的敘事詩創作。這種借鑒及摹仿民間「謠曲」或「民歌」的敘述格調，以側重於訴諸「聽覺」功能的「講故事」結構模式，輔之於傳統的抒情感事「比興」等表現手法的「民族化」文體形式，在敘事主題方面，則明確地將「暴露」那些「侵略者剝削者壓迫者」及「歌頌無產階級光明者」[52]，揭示勞苦大眾的個人命運和整個階級革命事業之間的血肉關係，反映「解放區」人民在中國共產黨的領導下進行民族解放戰爭及其政治革命的奮鬥歷程與勝利前景，作為敘事長詩作品「壓迫——革命——解放」的敘事模式及其創作的基本規範。於是，作品突出地展示了主人公「香香」與「王貴」性格中，所表現出的愛情的悲歡離合與階級的解放信念的統一，以及個人感情與階級感情的統一等「堅貞」特徵。由此將青年男女的青春「禮贊」、愛情「磨難」及劫後「新生」等糾葛故事，置之於社會革命與政治解放的宏大歷史性敘事之中。在強化及張揚作品故事情節的完整性與「傳奇性」藝術功能的同時，實現及傳達了作者明確的主題思想意旨及政治功利目的。在隨後創作的長篇敘事詩《報信姑娘》、《三邊人》及《只因為我是一個青年團員》等作品中，那些「雖死猶生」的無產階級革命者，雖然他們「姓什名誰」不同，但是人物的性格特徵及其命運經歷，卻從一開始就和中國共產黨所領導的「革命事業」必然地聯繫在一起。

---

[52] 毛澤東：《在延安文藝座談會上的講話》，《解放日報》1943 年 10 月 19 日。

　　阮章競、李冰、張志民等詩人的敘事詩創作，使「解放區文學」的「謠曲體」敘事長詩藝術實踐，在敘事主題及文體形式等方面，又有了一些新的成長及拓展。其中，阮章競的長篇《漳河水》，採用了多種山西民歌小調的形式，圍繞反封建的家庭革命主題，以及新的社會制度下「男女平等」、婦女解放等現實問題，講述了「荷荷」、「苓苓」及「紫雲英」三位農村婦女所走過的不同生活歷程與共同的命運故事。在揭露封建禮教習俗對勞動婦女身心的野蠻摧殘及戕害的同時，預言了舊秩序在新的社會裏的必然覆滅，以及婦女們在人民政權庇護下的「解放」與「新生」。同樣，李冰的長篇《趙巧兒》，也以包括「序曲」、「尾聲」及四個章節在內的龐大結構，完整地敘述了一位「翻身」婦女「趙巧兒」隨著革命事業的發展，自己也從「苦難」中得到「解放」並走向「新生」的故事。而張志民的長篇《死不著》、《王九訴苦》及《歡喜》等作品，則將作品的主題思想，集中在了通過對舊社會及其政權罪惡的血淚「控訴」，對照及抒發「翻身貧農」在政治及經濟，以及「婚姻」與情感方面的「解放」之上。其他還有金帆的長篇《從黑夜到天亮》，蕭邦的長篇《鄭老漢救了小山東》，大芳的《張大嫂分果實》，朱元的長篇《康奶大》，郭振忠、齊開章、石化玉等人的「鼓詞」體敘事詩《何大慶八次立功》、《紅旗插上壺梯山》、《董存瑞》及《侯昭銀殺敵救女記》等。

　　除此之外，在「東北解放區」出版的《東北文藝》、《文學戰線》等報刊雜誌上，反映「土改運動」及翻身農民踴躍「參軍」題材及思想主題的敘事詩作品，一時間大量出現。

如戈振縷的長篇《要想日子永遠過得好》及《夫妻奪旗》等，以「快板書」的敘述句式及音韻節奏，分別展示了貧苦農民「張大成」夫婦和「鐵柱」夫婦，政治經濟上「翻身」解放後，一個在前線「殺敵」立功，一個在後方生產做「模範」的事蹟。公木的長篇《三皇峁》，也採用「謠曲體」的形式，講述「十里鹽灣」的鹽民們團結抗捐，搗毀官府「鹽稅局的故事。史松北的《英雄的紀念冊》，以多首「小敘事詩」的「聯章」結構形式，展示出一幅「八年民族鬥爭的史頁」。再如劉岱等人創作的長篇《陳家大院》，孫濱的長篇《白溝村》，師田手的《擔架隊趕路曲》，史松北的《擔架隊》等，以及譚丁的《萬人坑上開了花》，譚億的《兩個爸爸》，錦清的《鐵樹開花》，陶純的「鼓詞」體敘事詩《馬大娘探兒子》、《女運糧》、《李秀娟賣豆腐》等，張芸生的《賀功會上再團圓》，劉洪的《艾艾翻身曲》，胡昭的《自衛隊長》，紅梁的《小艾丫》，莽永彬的《王福祥》，謝力鳴的《李錫章老兩口子》、《廉二嫂》，丹波的《鐵牛號》，陳旗的《歌唱人民英雄梁士英》等，都是當時湧現出的一批「解放」或「翻身」主題的敘事詩作品。

　　與此同時，40 年代末，隨著抗戰勝利後國共兩黨政治軍事的對決，以及「內戰」局勢的日益明朗，「解放區文學」中的「謠曲化」敘事詩創作，也在題材選擇與主題內容，文體形式與審美趣味等方面，顯示出與「國統區」的「暴露」主題敘事詩創作活動的「合流」趨勢，並成為當時「國統區」的一些進步詩人們，用來表達其政治態度及思想意識，批判黑暗現實或歌頌民主理想等主題內容的一

種主要的詩歌文類形式。從而對新中國建立後的敘事詩創作，構成了一種新的詩性敘事發展態勢及寫作的秩序。如沙鷗的《這裏的日子莫有亮》、《母子遭殃》、《趙美珍的苦命》、《紅花》、《逼租》、《逃兵林桂清》等敘事詩作品，多採用「快板」體的節奏韻腳，暴露「國統區」社會及政治的黑暗與腐敗。此外，呂劍的《花盆山》，羅迦的《老祖母》，臧雲遠的《送丁圖》，都是寫「抓壯丁」題材的敘事詩作品。袁鷹的《運河敘事詩》，鏗鏘的《全盛米店》，許滸的《米》，索開的《在黃河渡上》，洛黎揚的《他的薪水結了冰》等，分別展示了抗戰勝利後「國統區」經濟社會的動盪及人民的苦難，以及國民黨統治者對民眾的橫徵暴斂及壓迫。蕭岱的《厄運》，丁力的《想起祖父》、《苦難的童年》、《做莊稼》及《二姐姐》等，晏明的《三月底夜》，吳祖強的《紅霞的故事》，岡夫的《地主和長工的故事》，馬丁的《反迫害進行曲》，征帆的《深夜》，李洪辛的《奴隸王國的來客》，程邊的《小蘿蔔》，陳牧的《木匠王小山》，凍山的《逼上梁山》，林林的《英雄林阿鳳》等，樓棲的《鴛鴦子》，丹木的《暹羅救濟米》等，也都以其獨特的藝術敏感及形式，成為當時中國社會及政治大轉換時期的一種歷史的記錄。

　　同時，在此應當一提的，就是當時受國民黨政權支持及主導的某些刊物，如《文藝先鋒》等雜誌上面，也出現了幾首直接表現「反共」主題及內容的作品。其中，除了何之的《淮陽劫》及《新探母》等，是以「鼓詞」體寫作的「反共」通俗敘事詩外，魯青的劇詩《易水》，用「荊軻刺秦」的

歷史題材，影射了作者對國民黨政權覆沒的失望，對共產主
義在中國勝利的憤恨。這種創作現象儘管在當時還無法形成
一種所謂的「氣候」或現象，但從文學史的角度來看，則可
以說是五、六十年代臺灣「反共」主題及題材的敘事詩創作
的一個開始。並且由此預示了 1949 年以後海峽兩岸的中國
敘事詩創作走向，首先將在主題思想及其意識形態性方面，
出現一個截然對立與「對峙」的時期。

四、現代敘事詩理論批評建設的演進及分化

　　40 年代的中國現代敘事詩理論及其批評，在 20 世紀中
國敘事詩藝術發展過程中有著重要的地位和意義。這除了體
現在當時文壇對敘事理論研究及批評活動的重視，思想方
法的活躍，以及許多理論命題的提出並且得到進一步的論析
之外，值得注意並表現出的明顯的成長與發展，就是在總結
與整理本世紀以來，尤其是二三十年代敘事詩理論及批評的
詩學成果基礎上，從建立所謂「現代民族史詩」的藝術理想
出發，對敘事詩創作方法及其美學特徵的深入討論及認真探
索，以及民間謠曲形式的美學評析及文學審定，和「為目今
的『敘事詩』復興的風氣找歷史的理論的基礎」[53]的學術性
研究等。從而也使當時的敘事詩理論批評及研究，具備了鮮
明的時代性及歷史性特徵。

---

[53] 茅盾：《〈詩論〉管窺》，《詩創作》第 15 期「詩論專號」，1942
　　年 10 月。

　　抗戰伊始，在中國作家「大都是性急地廉價地向民族戰爭所擁有的意識形態或思想遠景突進」[54]的文學創作熱情中，出於「詩歌新紀元到來了」的現實敏感與藝術直覺，在當時的敘事詩理論及批評活動中，首先明確地將敘事詩創作及其理論批評，與現代中國「民族國家」的政治想像，以及「國家意念」之間的「意識形態」關係，緊緊地聯繫在了一起。提出了諸如「民族敘事詩時代」及「建立民族革命史詩」[55]的創作口號和理論命題。[56]同時，圍繞所謂「民族敘事詩」或「民族革命的史詩」等理論概念，他們一方面對史詩、敘事詩藝術的價值，從創作及理論上進行了進一步的確認及詩學探究；另一方面則就「民族」或「民族革命」等意識形態指向，強調民間「謠曲」形式的審美價值及詩學意義。[57]由此可見，圍繞「史詩」與「謠曲」的敘事功能及文體形式等詩學問題展開的理論批評及研究，事實上從 40 年代初開始，也成為了當時詩人及理論批評家們所思所慮的「焦點」與「核心」話題。

　　1942 年前後，針對「抗戰詩」創作應是「那些以文學表現為出發點，並且技術純熟的詩」，並「得在形式技術與詞藻上練習，試驗，研究，冒險，創造」的「真正文學的詩」[58]

---

[54] 胡風：《今天，我們的中心問題是什麼》，《七月》第 5 集第 1 期，1940 年 1 月。

[55] 穆木天：《民族敘事詩時代》，《時調》創刊號，1937 年 11 月。

[56] 力揚：《今日的詩》，《讀書月報》第 1 卷第 11 期，1940 年 1 月。

[57] 穆木天：《建立民族革命的史詩的問題》，《文藝陣地》第 3 卷第 5 期，1939 年 6 月。

[58] 孫毓棠：《談抗戰詩》，《大公報·文藝》（香港）1939 年 6 月 14-15 日。

而引起的爭論，以及「一面是抗戰八股，一面便是無病呻吟」[59]，或「對現實的缺乏認識感情的浮泛，徒然以空洞的叫喊來代替鬥爭」的所謂「新式風花雪月」[60]創作傾向的批評，特別是諸如「單純的愛國主義與國民精神的空洞叫喊，常用來欺騙讀者的那種比較浮囂的情感；……把抗戰詩單純地作為戰爭詩而製作」等「相當普遍的缺點」[61]，以重慶、桂林為中心的「大後方」詩歌理論批評界，就「民族革命的史詩」及敘事詩創作中「抒情」與「敘事」的關係及作用等問題，展開了廣泛激烈並持續了很長時間的討論。同時，正是在這些文學立場不盡相同或分屬不同流派作家們的理論表述及批評活動中，使我們能夠看到並發現 40 年代中後期現代敘事詩理論批評的演進路徑及分化的趨向。

　　例如，在當時以《詩》月刊及《詩創作》等刊物上相繼開展的所謂「關於詩與感情的討論」等理論批評活動中，那些在文學思想方面和當年「中國詩歌會」派有淵源關係的作家們，如柳倩、王亞平、胡明樹、胡危舟、力揚、周鋼鳴等，首先堅持從敘事詩文學類型的角度進行詩學批評的立場及觀點，在肯定了中國民族解放鬥爭的史實，「必然要求著英雄的史詩的產生」，因而「它的存在和提倡也是有必要」之

59　題橋：《還是老實一點吧》，《現代文藝》第 1 卷第 4 期，1940 年 7月。

60　俞磐：《關於新式風花雪月》，《現代文藝》第 2 卷第 4 期，1941 年1 月。

61　艾青：《抗戰以來的中國新詩》，《中蘇文化》第 9 卷第 1 期，1941年 3 月。

後[62]，明確表示反對那種「認為詩只有主『情』的詩」的觀點[63]，強調「敘事詩裏的感情在成分上決不比抒情詩少，只是它經過了壓縮成了隱性的了」[64]；其次，就是雖然承認「今天的長詩在萌芽，在孕育，還不免帶有若干幼稚的傾向」，但都「不足以說明長詩沒有希望，沒有前途」。[65]相反，除了「敘事詩底重大的難艱與責任，是它不僅是歷史的，並且是美學的」之外[66]，「高級的敘事詩，是敘述『典型的人物與故事』，重要的是『典型』二字，這才是史詩」[67]；最後，是從「詩歌的小說化」及「敘事詩與小說的區別」等文體形式的審美分析入手，探討把握敘事詩藝術及其創作的方法。[68]重申敘事詩和小說應當是一種「姊妹」藝術[69]，只不過，在「敘事詩處理故事與小說處理故事」時，二者之間存在著明顯的區別。[70]除此之外，關於詩性敘事過程中「情感」的作用及意義，也受到特別的注意。[71]於是，他們要求作者除了

---

[62] 柳倩：《中國新詩歌的檢討及其前途》，《新華日報》1942 年 1 月 1 日-6 日。

[63] 胡明樹：《詩之創作上的諸問題》，《詩》第 3 卷第 2 期，1942 年 10 月。

[64] 寄蹤：《關於詩與感情的討論》，《詩》第 3 卷第 5 期，1943 年 1 月。

[65] 《詩》志同人：《詩的光榮，光榮的詩》，《詩》第 3 卷第 4 期，1942 年 12 月。

[66] 胡危舟：《新詩短話‧續三》，《詩創作》第 16 期，1942 年 11 月。

[67] 方然：《論風格與敘事詩》，《詩創作》第 17 期，1942 年 12 月。

[68] 《詩》志同人：《詩的光榮，光榮的詩》，《詩》第 3 卷第 4 期，1942 年 12 月。

[69] 張剛：《小說和其他文藝的關係》，《文學修養》（重慶）第 2 卷第 2 期，1943 年 2 月。

[70] 柳倩：《中國新詩歌的檢討及其前途》，《新華日報》1942 年 1 月 1 日-6 日。

[71] 王亞平：《詩的情感》，《詩創作》第 10 期，1942 年 4 月。

「從詩人自己個人的抒情到為大眾抒情」的立場轉變中，建
立起新的「敘事詩」的「時代」之外[72]，針對某些敘事詩作
品「常常拘促於故事與意義的軛下」，暴露出的「平鋪直敘，
長而無當」及「好像要在數量上競賽似的」等不正常創作現
象[73]，提出並進一步用「詩的形象化」等創作理念及觀點相
號召。[74]

　　然而，值得注意的是，同樣強調「抒情」在詩性敘事中
主導作用及意義的「七月派」作家，則以新詩的現實主義傳
統與「主觀精神」的主體論詩學為旗幟，針對徐遲等提出的
「抒情的放逐」，以及穆木天等要求的「民族的革命的史詩」
應具有的「革命的大眾化感情」[75]和「詩的形象化」等觀點，
進行了嚴肅認真地爭辯與討論，用以高度張揚詩人的主體性
及其現實主義的創作精神。這其中，胡風的詩歌理論批評活
動，實際上代表了「七月派」敘事詩論的基本立場及主要觀
點。在他看來，首先，抗戰初期詩歌理論批評中對於「抒情」
傾向的「討伐」，是將「『抒情的興致』和對待現實生活的
詩人個人的精神動態」，以及「『感傷主義』和現實生活反
映在詩人的主觀上的苦惱，仇恨，興奮，感激……等等的搏
戰精神混為一談」的結果。相反，「真正的詩人」應該遵循

---

[72]　周鋼鳴：《詩歌創作的幾個問題》，《中國詩壇》第 1 卷第 6 期，1940
　　年 8 月。

[73]　力揚：《我們底收穫與耕耘》，《詩創作》第 15 期，1942 年 10 月。

[74]　胡危舟：《新詩短話·續一》，《詩創作》第 14 期，1942 年 9 月；
　　潔泯：《詩的戰鬥前程》，《新詩歌》第 1 卷第 4 號，1947 年 4 月。

[75]　穆木天：《建立民族革命的史詩的問題》，《文藝陣地》第 3 卷第 5
　　期，1939 年 6 月。

的唯一「藝術的道路」，「就要能夠在『個人的』情緒裏面感受」那些「有血有肉的活人」們的「感受」，「和他們一道苦惱，仇恨，希望，感激，高歌，流淚……」[76]；其次，是基於「在詩的創造過程上，客觀事物只有通過主觀精神的燃燒才能夠使雜質成灰，使精英更亮，而凝成渾然的藝術生命」的敘事詩「抒情」論及其立場[77]，強調作家對於創作題材及「客觀事物的理解和發現需要主觀精神的突擊！」以及「只有首先成了人生的戰鬥能力的東西才能夠被提升為詩的表現能力而取得藝術生命」[78]；最後，是從創作上提醒詩人警惕「詩的形象化」的「片面的意義」及「相反的氣味」。[79]從而申明：「說敘事詩基本上也是抒情的，那原因就在這裏」。[80]

　　與此同時，從中國古代文學傳統方面為當下的現代敘事詩創作及其藝術進步，尋找「復興」和「理論」的學術研究活動，也使 40 年代敘事詩學術整理及研究的發展，不僅和此前中國敘事詩學術研究領域關注的「焦點」話題，有著最為密切直接的連續性形態，而且與當時敘事詩理論批評界「所思所慮」的一些創作及實踐性問題，發生了幾乎同步的

---

[76]　胡風：《今天，我們的中心問題是什麼》，《七月》第 5 集第 1 期，1940 年 1 月。

[77]　胡風：《涉及詩學的若干問題》，《詩創作》第 15 期「詩論專號」，1942 年 10 月。

[78]　胡風：《關於題材，關於技巧，關於接受遺產》，《胡風全集》（3），湖北人民出版社 1999 年版，第 80-82 頁。

[79]　胡風：《關於「詩的形象化」》，《胡風全集》（3），湖北人民出版社 1999 年版，第 86-91 頁。

[80]　胡風：《關於題材，關於技巧，關於接受遺產》，《胡風全集》（3），湖北人民出版社 1999 年版，第 79 頁。

緊張聯繫。這其中除了聞一多、朱自清等人從中國古代文化
及「史」、「詩」角度，考證追溯中國古代敘事詩藝術及其
「連續性」元素，強調「『詩』的本質是記事的」，「因為
其中的『事』是經過『情』的泡製然後再寫下來的。」所以，
「知道詩當初即是史，那惱人的問題『我們原來是否也有史
詩』也許就有解決的希望」等觀點[81]，以及「詩言志」與「詩
緣情」的關係及演進[82]之外，茅盾、姚雪垠、李念群等人則
從多個方面，對「限制」及左右現代敘事詩創作進步的歷史
「原因」與因素，進行了較為深入廣泛的學術性「討論」和
研究。

　　事實上，在 1941 年「太平洋戰爭」爆發前，與當時「華
北淪陷區」輔仁、燕京等外國教會大學內新詩創作的一度活
躍相呼應，在理論批評方面也出現了一些對中國古代敘事詩
作家、作品及「史詩」問題的批評和研究。[83]在此，我們所
能夠明顯感受到的，就是 20 年代李開先、郭紹虞、胡適等
人關於中國敘事詩史的學術研究，尤其是一些基本的學術觀
點，如中國「史詩」的「存在說」及敘事詩的「抒情說」、
「失傳說」、「載道說」等，都已經在他們的這些理論批評
及研究活動中，得到了程度不同地繼承及拓展。

　　不過，圍繞當時「國統區」敘事詩創作實踐、理論批評
及學術研究中提出的一些焦點性論題，茅盾則在隨後發表的

---

[81]　聞一多：《歌與詩》，《中央日報‧平明》1939 年 6 月 5 日。
[82]　朱自清：《詩言志辨》，《朱自清古典文學論文集》（上），上海古
　　　籍出版社 1981 年版，第 191 頁。
[83]　秦佩珩：《又是敘事詩的問題》，《輔仁文苑》第 6 輯，1941 年 8 月。

《〈詩論〉管窺》一文中[84]，不僅從文學類型及其藝術形式
演變與發展的角度，較為系統地闡述了他的中國敘事詩藝術
史觀，而且針對所謂的中國古代敘事詩藝術的「否定論」，
批評其研究方法的「歐洲中心主義」及其對中國文學史的漠
視或「剪裁」。指出「我們倘若心目中先有了《失樂園》等
等巨著而去看中國的古體詩中的『歌』『行』，自不免如論
者所太息，敘事詩在中國太不發達」。然而，事實上，「倘
從三百篇看下來」，大量「可舉名的敘事詩」，證明了「誰
又能斷言中國詩史是被小詩支配著？中國是抒情詩與敘事
詩一向同樣地發展，各有千秋的呵！」從而在此基礎上，對
當時敘事詩理論批評及研究活動領域內的所謂「封建勢力促
成了小詩的發展」，以及有論者將敘事詩藝術看成是與「廟
堂文學」對立的「民間文學之路」等觀點，進行了一番認真
地回應與辨析。認為既不能簡單地「從社會經濟之發展階段」
說明「詩之史的發展」，因為「封建時代何嘗沒有長的敘事
詩」；又不能機械理解藝術形式的演變，「把敘事詩視為『民
間文學之路』」。於是，在對「中國敘事詩之發生、發展，
及其終於停滯的過程」的考察分析中，就得出了「形式主義」
才是導致「中國敘事詩發展的停滯」的一個根本性原因的觀
點及結論。所以，儘管在研究中茅盾也表示宋代以後，「從
前敘事詩所負擔的任務，——用了典型性的人物與故事，以
表現人生，——現在可由曲、傳奇、彈詞、小說等形式來負
擔了，而且比敘事詩更為適宜」，但是它與那些依據「進化

---

[84] 茅盾：《〈詩論〉管窺》，《詩創作》第 15 期「詩論專號」，1942
年 10 月。

論」得出的敘事詩文學類型的「代替論」或「取消論」的悲
觀主義的文學史觀，卻有著本質上的不同。正因為如此，茅
盾堅信：「中國現代的文學，正在經歷著一個巨大的變革」，
其中僅「文字」一個「表現工具」的變革，就將「影響到技
巧上的變革與發展」，因而「新的表現工具必將產生新的技
巧，所以敘事詩的復興而再發展，是有前途的」。

　　相比之下，姚雪垠、李念群等人關於中國敘事詩「史」
的研究，卻是分別從所謂「士大夫的文學趣味說」及「作家
人格分裂說」入手，對影響及限制中國敘事詩發展的「原
因」，進行的有針對性的批評與學術性的考察及分析。例如，
姚雪垠就認為：由於「地主士大夫的詩著重於內心表現，再
加之儒家的平實思想，溫柔敦厚之教，一方面反對詩人接觸
深刻的現實問題，一方面反對用神話材料以豐富想像」。結
果，不僅使「中國多產生短的抒情詩，不產生偉大的敘事
詩」，而且「『溫柔敦厚』的教義，和老莊思想相結托，就
產生了一般士大夫們的文學趣味」。[85]而正是這種在審美趣
味上表現出的「纖弱」、「弱不禁風」及「閑情」等「病態」
創作意識，讓中國古代的「士大夫階級」在藝術上「沒有創
造偉大作品的魄力」，並造成了中國古代敘事詩不能夠得以
「發展」的幾方面基本原因，以及和「偉大的敘事詩不相容
的」的關鍵問題之所在。[86]稍後李念群的中國敘事詩藝術批

---

[85]　姚雪垠：《略論士大夫的文學趣味》，《大公報・戰線》，1943 年 5
　　　月 23-30 日。
[86]　以上均見姚雪垠：《中國作風與敘事詩》，《文學》第 1 卷第 3 期，
　　　1943 年 6 月。

評及其研究，則在理論及方法上明顯受到俄羅斯近代文學思
想的影響。所以，他從「文學即人學」的立論出發，指出限
制中國敘事詩藝術發展的根本性原因，關鍵在於「士大夫階
級的形成，人間的牆建立起來」。由此，使作為時代精神「代
言者」的詩人，在人格精神及創作實踐方面發生了「截然的
劃分」或者「分裂」。即一方面是「伴著自己坐下來只講抒
情」；一方面是「另一極端的敘事主義」。所以，在他看來，
「丟開一切技術問題不談，最決定的是作者要對那些人的命
運關心，刻劃出他的命運。」[87]

　　如果說以上的敘事詩理論批評及學術研究，在目的及方
法方面較鮮明地體現出「為目今的『敘事詩』復興的風氣找
歷史的理論的基礎」[88]的特點的話，那麼，聞一多、袁可嘉
等基於「新詩的前途」或現代詩歌的未來發展，而提出的「小
說戲劇」化新詩與「新詩的戲劇化」理論，可以說除了體現
出他們對於當下中國現代詩歌創作及其進步的詩學思考，以
及新詩藝術實踐的總結與回顧，並與當時的文學批評語域保
持著內在的一致外，還寄託著作者對中國新詩藝術形式，包
括敘事詩藝術實踐長期以來的甘苦體驗，以及全部熱情與滿
腔期待的情感積澱。

---

[87] 李念群：《人的道路——抒情詩與敘事詩》，《中原》第 1 卷第 3 期，
　　1944 年 3 月。
[88] 茅盾：《〈詩論〉管窺》，《詩創作》第 15 期「詩論專號」，1942
　　年 10 月。

　　例如，在 1943 年底發表的《文學的歷史方向》一文中[89]，聞一多就是將中國現代詩歌的前途及未來，置之於「近世文明」影響下形成的「世界的文化」歷史背景，以及「平民的」與「貴族的」文學現代性衝突認同之中，來進行討論和思考的。因此，首先就中國文學傳統的特質，聞一多指出，「『三百篇』的時代」，不僅使中國古代的「文化定型了，文學也定型了」。這就是：「詩——抒情詩，始終是我國文學的正統的類型，甚至除散文外，它是惟一的類型。」同時，「詩」在整個中國文化及文學領域中的地位，又是影響廣泛深刻的。除此之外，由於在中國這樣的文學傳統中，敘事文學「從未發展成為文學的部門」，僅有「不是教誨的寓言，就是紀實的歷史」的史傳敘述，所以也就自然「從未養成單純的為故事而講故事，聽故事的興趣」；其次，關於中國文學的「轉向」及其所接受的外來影響。他認為：中國古代文學及其傳統發生的一個根本性「轉向」，就是「南宋時期」以後「小說戲劇的時代」的開啟。尤其是印度佛教文化，「那充滿故事興味的『佛典』之翻譯與宣講，喚醒了本土的故事興趣的萌芽，使它與那較進步的外來形式相結合，而產生了我們的小說與戲劇」。因此，儘管「從故事發展出來的小說戲劇，其本質是平民的，詩的本質是貴族的」，而「我們的文學傳統既是詩，就不但是非小說戲劇的，而且推到極端，可能還是反小說戲劇的」，但是，卻並沒有改變中國敘事文學發生及演進的過程。這就是在「佛教帶來的印度影響」與「基督

---

[89]　聞一多：《文學的歷史方向》，《當代評論》第 4 卷第 1 期，1943 年12 月。

教帶來的歐洲影響」，以及從而形成的「這兩度異鄉文化東漸的陣容中」，同「在小說戲劇的園地上發展」的歷史。並且由此相信：「待寫的一頁文學史，必然又是一段小說戲劇史。而且較向前的一段，更為熱鬧，更為充實。」而正是在這樣的詩學語域及「新時代的文學動向中」，聞一多最後提出並強調「幾乎是完全重新再做起的新詩」及其「生命」：一是應該「真能放棄傳統意識，完全洗心革面，重新做起」。即「把詩做得不像詩了」──不是反小說戲劇的傳統抒情詩：「說得更準確點，不像詩，而像小說戲劇，至少讓它多像點小說戲劇，少像點詩」；二是思考在以敘事文學為中心的現代文學中，除了「詩得儘量採取小說戲劇的態度，利用小說戲劇的技巧，才能獲得廣大的讀眾」之外，充分發揮詩歌藝術形式「無限度的彈性」等「長處」，在創作過程中「變得出無窮的花樣，裝得進無限的內容」。否則，「只有固執與狹隘才是詩的致命傷，縱沒有時代的威脅，它也難立足」等問題；三是必須「要真正勇於『受』」。即以積極主動的文化開放心態，「讓我們的文學更徹底的向小說戲劇發展，等於說要我們死心踏地走人家的路。這是一個『受』的勇氣的測驗，也是我們能否繼續自己文化的主人的測驗。」

與聞一多的「小說戲劇」化現代詩論不同，作為 40 年代末中國現代主義詩歌或「九葉派」詩論的代表作家之一，袁可嘉所提出的「新詩戲劇化」理論，儘管是基於抒情詩學的藝術立場，針對當下抒情詩歌創作中的所謂「說教」及「感傷」傾向，對「詩」的表現形式及手法策略，即所謂「抒情的方式，因為文化演變的壓力，已必須放棄原來的直線傾瀉

而採取曲線的戲劇的發展」[90]，而進行的一種理論探索及思考。但由於同樣是將目光凝注在中國詩歌的「現代化」前途及方向之上，因而在詩的抒情與敘事、題材與主題、文體形式及表現手法等方面，為當時的中國現代敘事詩理論建設及批評實踐，提供了新的思想活力及啟迪。比如，袁可嘉首先從詩歌藝術的形式結構角度，就「詩是否產生意義」的問題，質疑「把詩的散文意義從詩中抽象出來簡化為一個說明或命題的看法」，是一個「最流行，最能害人」及「最必須被肅清的一個邪說」。強調「詩」及其「詩的意義」，指的是「通過詩篇全體的結構，組織而發生的總的，終的結果」。從而在「正確的意義裏」，將詩歌藝術「看作一個擴張的比喻，一個部分之和不等於全體的象徵，一個包含姿勢，語調，神情的動作，一曲接受各部分諸因素的修正補充的交響樂，更可看作一拘調和種種衝突的張力的戲劇」[91]；其次，是針對現代詩歌理論批評中存在的所謂「詩的迷信」問題，指出它不僅是從古代人「相信詩是真理的代言人，靈感的湧現，心靈的立法者或神的化身」，到「現代人相信詩是性的昇華，革命的武器，遁世的門徑或者矛盾的中和」等「詩的迷信」觀念的一種延續，同時還是「眼前極流行」的、包括了所謂「對於激情的熱中」，「詩與信仰的關係」，「詩能導致直接行動的說法」，以及「對於民間語言，日常語言及『散文化』的無選擇、無條件的崇拜」等具體內容的一種創作理論

90　袁可嘉：《詩與民主——五論新詩現代化》，《論新詩現代化》，生活‧讀書‧新知三聯書店 1988 年版，第 47 頁。

91　袁可嘉：《詩與意義》，《文學雜誌》第 2 卷第 6 期，1947 年 11 月。

及批評準則。於是，袁可嘉明確主張：「為著維護詩及其它
價值體系的獨立地位，使他們閃避互相侵蝕消耗的弊病」，
以及「通過明晰的區分，使不同類別價值能密切接近，靈活
配合」，達到使「詩」得以「喚它回本體，重獲新生」的理
論批評目的，所以就有必要在「詩或藝術的領域裏」，一是
區分「人的情緒」與「藝術情緒」的不同。注意到「人的情
緒是詩篇的經驗材料，藝術情緒則是作品完成後所呈現的情
緒模式」；二是明確「詩的『散文化』是一種詩的特殊結構，
與散文的『散文化』沒有什麼關係。二者的主要分別不在文
字的本質，而在結構與安排」等；三是反對在詩歌創作中「無
選擇」、「無條件的崇拜」所謂「民間語言、日常語言」[92]；
最後，是對新文學運動以來，中國現代詩學及其批評中「深
信詩是熱情的產物，有熱情即足以產生詩篇」的「主情主義」
的斷然否定。指出「新詩戲劇化」的主要藝術目的及內容，
除了「設法使意志與情感都得著戲劇的表現，而閃避說教或
感傷的惡劣傾向」之外，「使詩戲劇化」的「詩劇形式」，
關鍵在於能夠「給予作者在處理題材時空間、時間、廣度、
深度諸方面的自由與彈性都遠比其他詩的體裁為多。以詩劇
為媒介，現代詩人的社會意識才可得到充分表現，而爭取現
實傾向的效果。另一方面詩劇又利用歷史做背景，使作者對
現實時有一不可或缺的透視或距離，使它有象徵的功用，不
至於粘現實世界，而產生過度的現實寫法」。[93]

---

[92] 以上均見袁可嘉：《對於詩的迷信》，《文學雜誌》第 2 卷第 11 期，
　　 1948 年 4 月。

[93] 袁可嘉：《新詩戲劇化》，《詩創造》第 12 期，1948 年 6 月。

　　除此之外，40 年代現代詩歌創作實踐及理論批評中，由於對民歌民謠或「謠曲」體裁文體及詩學意義的價值確認，已經和以往發生了重要的轉變。即由五四新文學運動前後對其純樸及清新等「自然」、「率真」質素的肯定與青睞，演進為中國現代詩歌「大眾化」及「民族化」藝術形式的一種方向或道路，被看作為「一種可以弦歌的敘事詩」[94]，以及有可能「發展為新時代的史詩」或實踐「民族革命的史詩」的形式之一。[95]甚至於有人更為直截了當地說：「『舊形式』這個名詞不妥當，我們要著重地說『民族形式』」。並因此認為，現代詩歌新的形式及創作，就要從那些唱本、大鼓詞、蓮花落、彈詞等「老百姓所喜聞樂見的」和「成了形的」，以及「歷史的和民間的形式脫胎出來」。[96]如此等等，充分顯示出了抗戰開始以後，「謠曲」在中國現代詩學中藝術地位的重視及變化。不過，自然應當看到的是，隨著 40 年代中後期「謠曲」體詩歌創作，特別是敘事詩作品所暴露出的藝術缺陷日益明顯，對這類「謠曲」體敘事詩歌創作及其形式的理論批評與研究也日漸深入。如朱自清當時就因此而斷言：「現在的敘事詩雖然發展，唱本卻不足以供模範。現在的敘事詩已經不是英雄與美人的史詩，散文的成份相當多；唱本的結構往往鬆散。若去學它，會增加敘事詩的散文化程

94　茅盾：《關於鼓詞》，《茅盾文藝雜論集》（下），上海文藝出版社
　　1981 年版，第 704-705 頁。
95　穆木天：《建立民族革命的史詩的問題》，《文藝陣地》第 3 卷第 5
　　期，1939 年 6 月。
96　蕭三：《論詩歌的民族形式》，《文藝戰線》第 1 卷第 5 號，1939 年
　　11 月。

度，使讀者過分。」[97]同樣，茅盾除了同意王亞平、戈茅等
人關於用「山歌小調的格式來寫長詩，恐怕不大妥當」的觀
點外，還著重指出：「我們的民歌，就其現存者而言，是也
說不上怎樣莊嚴與雄偉的。但是我們今天的長詩的題材卻非
有莊嚴與雄偉的風格是不相稱的。」因而，他認為：在當時
的「謠曲」體詩歌創作實踐中，儘管蒲風用民歌寫的抒情小
詩取得了一定的「成功」，但是柯仲平採用「民歌風格」寫
作的抗日題材的長篇敘事詩，則「不怎麼出色」，究其原因，
就在這裏。[98]同時，針對何其芳等提出的打破「定型的詩的
概念」，以改變「那種便於知識份子用來表達其曲折與錯綜
的思想感情」的現代詩歌文體形式，「把許多的口語寫進作
品，不像一首詩」，或乾脆將敘事詩改稱「詠事詩」，從而
使「謠曲」體敘事詩歌創作所期待的接受者，不是一個願意
認真閱讀或掩卷深思的「讀者」，而為一個「聽眾」[99]，有
意識使敘事詩藝術由視覺藝術變為聽覺藝術的觀點。不僅朱
光潛、馮雪峰等對之表示了理論與實踐方面的質疑[100]，認為
那是一種「將詩看成新聞記事」，或「將藝術和大眾都看成
為被動的東西」，因而「妨礙著新詩的創造」[101]，而且艾青、

97　朱自清：《真詩》，《新詩雜話》，《朱自清全集》（2），江蘇教育
　　出版社1996年版，第387頁。
98　茅盾：《文藝雜談》，《文藝先鋒》第2卷第2期，1943年2月。
99　何其芳：《談寫詩》，楊匡漢等編：《中國現代詩論》（上），花城
　　出版社1985年版，第452-454頁。
100　朱光潛：《詩論·給一位寫新詩的青年朋友》，《朱光潛全集》（3），
　　安徽教育出版社1996年版，第267頁。
101　馮雪峰：《論兩個詩人及詩的精神和形式》，楊匡漢等編：《中國現
　　代詩論》（上），花城出版社1985年版，第382頁。

朱自清等作家也都明確指出：中國現代敘事詩藝術的本質，決定了它是「讀」的文學藝術，而「詩比歌容量更大，也更深沉」。[102]尤其是「新詩的語言不是民間的語言，而是歐化的或現代的語言」。所以，「新的辭彙，句式和隱喻……還有些複雜精細的表現，原不是一聽就能懂的」。[103]可以說，圍繞「謠曲」體敘事詩歌創作實踐而相繼展開的這些爭論及批評，雖然規模影響及涉及的範圍還顯得零星有限，然而對於 40 年代以及其後中國現代敘事詩藝術的成長與發展，特別是準確認識把握民間「謠曲」形式在現代詩歌，包括敘事詩歌創作中的美學價值及地位，都有著非常積極地作用和意義。

---

[102] 艾青：《詩論》，楊匡漢等編：《中國現代詩論》（上），花城出版社 1985 年版，第 349 頁。

[103] 朱自清：《新詩雜話·朗讀與詩》，《朱自清全集》（2），江蘇教育出版社 1996 年版，第 392 頁。

第五章

繼承與創新：中國現代敘事詩的基本敘事模式

　　從五四新文學運動前後起步，開始其現代化轉變進程的中國敘事詩藝術形式，不僅是中國古典敘事詩歌藝術在所謂「注重主觀情感的抒發，相對忽視複雜的故事敘述與生動的人物描寫」的「詩騷」抒情傳統，以及「以韻語紀時事」的「詩史」傳統夾縫中[1]的一種發展和延續，同時也是 19 世紀末以來中國詩歌藝術在美學原則，審美心理結構和藝術想像定勢等方面不斷「革命」而取得的主要成果之一。因為，正是伴隨著這樣一系列的「藝術革命」，才使得現代敘事詩的藝術形式具備了成長的巨大空間及創新進步的無限可能。所以，當我們從藝術結構的內形式層面，來考察中國現代敘事詩藝術形式的變革與創新，探討並辨明其文體類型的結構特點時，就可以清楚地發現：作為通過個別言述而言及一般的一種「文學言述」的體裁樣式，現代敘事詩的「虛構性」詩學本質，決定了其敘事結構模式，除了對中國古典敘事詩和西方史詩、敘事詩藝術結構形式的縱向繼承與吸收之外，更為重要的，則表現為對於這兩種不盡相同或「異質」的藝術

---

[1]　陳平原：《中國小說敘事模式的轉變》，上海人民出版社 1988 年版，第 300 頁。

形式傳統的橫向借鑒、創造及發展。從而在各個時期和不同
文學流派及其審美趣味的詩人筆下，呈現出了不同的藝術構
思類型。

一、情節型：敘事的詩

　　作為敘事詩藝術形態的文本建構方式，「情節型」敘事
模式不僅是現代詩人實踐現實主義創作精神及其審美感受
的一種文體形式，同時也受制於新文學理性詩學及其創作意
識的追求與激發。因此，通過對完整的故事及其功能性「事
件」的情節安排，以及全聚焦或內聚焦式的邏輯性敘述，強
調「形式化的內容及內容的形式化」，展現並揭示人物命運
及其性格的衝突，造成詩性敘事恢弘渾厚的史詩性氣勢及其
現實主義的美學功能，是所謂情節型敘事詩或「敘事的詩」，
在敘事藝術形式方面的一個基本特徵。如吳芳吉的《婉容
詞》、《倆父女》，玄廬的長篇《十五娘》，臧亦遽（臧克
家）的《賣狗頭罐子的同他隔鄰的少女》及《牛郎與織女》，
梁實秋的《尾生之死》，焦菊隱的《七夕》，羅慕華的《蒼
龍的命運》，趙景深的《花仙》，朱湘的長篇《王嬌》和《團
頭女婿》，劉宇的長篇《械鬥》和《肉與死的搏鬥》，紫荊
的長篇《塞外行》等作品，以及胡寄塵的《聽琴》、《天真
之戀愛》和《希臘騎士》，赤光的《屠殺》，馬子華的《綠
酒！紅燈》，芳孤的《饑者的哀歌》，虹淵的長篇《七口之
家》，征軍的《小紅痣》，韓北屏的《鷹之妻》，李雷的長
篇《荒涼的山谷》（第一部）及《蒙古利亞的夜曲》，嚴傑

人的《亞當與夏娃的被逐》，蒂克的《劉黑疤》，王采的《妲妃》，劉牧羊的《沈默的彭琪》，辛土的《神女》，藍苓的《小巷的除夕》等，無不將人物及其事件置之於一個「虛構性」的故事之中，運用「個人的」詩性敘事話語，以理性的人性預設及人本主義或自由主義的立場，展示社會的險惡，揭示人性的複雜，刻畫現實生存狀態下人物的性格衝突與所遭遇的「非人化」壓迫，昭示「健康」理想的人生理念及「社會想像」。在伸張並承載社會性與歷史性的內容及意義的同時，達到並實現一種可謂「有血有肉」的敘事情境與敘述功能。

　　於是，在敘事詩的可續性「事件」及故事中，通過敘事時間及其空間的轉換與聯接，有意識地變換敘述視點或角度，來造成敘事的遠近觀照及情節場景切換，以及情緒的節奏感與視覺的流動感，展示人物關係並拓展敘事空間，消解長篇敘事詩敘述過程中容易產生的單調與沉悶，追求敘事詩藝術形式的「複調性」生動及想像力的感悟，也就成為其敘述結構形式上進行藝術探索與創新的主要內容之一。如朱湘的《王嬌》，第一章以全知全能的第三人稱敘述，配以四行一節，每節一韻的格律，使之產生一種融融的氣氛及全景式的藝術效果，恰如其分地表現了「王嬌」歡欣活躍的心態，路遇歹徒的緊張，以及「周生」發自內心的深情等，也為靈活自如地展開故事，揭示人物關係及心理，做好了充分的情節關係鋪張；第二章則將敘述者的視角拉了回來，用「內聚焦」第三人稱的敘述話語，以及四行四音步的嚴整詩節及深沉鬱悶的韻律，把讀者的注意力限制在「王父」的回憶裏，

以使人物關係的糾葛向縱深拓展；第三、四、五、六章，隨著故事情節的發展及人物關係與命運的變化，敘述者的視角也分別固定在某一個人物身上，並用類似於特寫的手法及長短急促的詩節韻律，呈現人物關係的戲劇性衝突、性格矛盾及心理變化，推進情節的發展和增強讀者的審美感受；最後一章，仍拉回到開篇的全知全能的第三人稱敘述，以及四行四音步的詩節，並保持了基本不變的詩韻。讓讀者以一種鳥瞰的閱讀姿態及觀照心理，俯視整個的故事內容及敘事過程，感受及領悟人物形象及其性格悲劇的「詩意」等。

　　同樣，藍芩的《在靜靜的榆林裏》，敘述者以全聚焦第三人稱的結構模式，通過敘事時序的倒錯及變化，在刻畫主人公「少尼」複雜的心理活動及性格特徵之際，逐次推移她和「老尼」之間的性格衝突及緊張關係。從而造成情節發展的波瀾起伏及故事的懸念，充分展示人物性格隱密的情感「動作」與內在的心靈衝突，消解僅靠單一的故事情節敘述或外部行動，有可能給詩性敘事及其結構形式所帶來的簡單粗糙及「扁平」效果。因此，使這首作品在整體上以流暢優美的敘述語言，和諧自然的音韻節奏，以及極具「詩意」的形式結構及「完整」的藝術風格，給人們留下了深刻的印象。如詩中故事甫一展開，就以內在的「對話」性言語及敘述行為，通過「少尼」本能性的渴望與意志上的衝突，建立起了整個情節關係的內在邏輯及敘述的順序過程：

　　　深秋的傍晚，
　　　暮色籠罩了孤寂的尼庵。

　　……
　　年輕的徒弟，
　　又想起了師父的箴言。
　　「不信佛，則佛在西天，
　　信佛，則佛在眼前，
　　佛法無邊，
　　拯眾生於苦難。……」
　　……
　　一縷深長的寂寞之感，
　　開始在她的心底蔓延……

而隨著主人公「少尼」性格及心靈「動作」的不斷加劇，雖然會導致情節及其因果關係在這種緊張的敘述過程中逐漸縮減，但是當「少尼」的「身世之謎」被一一揭開之後，故事的「結局」卻在情節發展的前後邏輯關係中，產生了整體性的美學功能及「品質」，達到詩性敘事所具有的一種「高潮」及形式層面的悠揚：

　　「呵，母親，母親……」
　　年輕的徒弟淚落滿襟，
　　失聲的
　　伏在師父懷裏嗚咽。
　　午夜的冷風，
　　擊打著庵門。

　　可以說，正因為現代敘事詩的「個人言述」立場及「閱讀的」文學接受形式，不僅決定了詩性敘事本質上屬於一種

文學的「對話」及美學的文體，而非一個「固定的體裁」或格式，同時也因此而要求「情節型」的敘事結構模式必須通過藝術形式的「創新」，透過題材及人物性格、敘事話語及其策略的「多樣性」，避開傳統史詩及「詩史」形式慣例與成規，消解虛假、封閉、被動的敘述形式缺陷，追求詩性敘事藝術形式應當具有的超文本審美功能，以及能使人類得以回歸本真狀態或洞見的「詩意」。因此，和當時那些以記錄社會生活、人物或重大事件為基本敘述結構及形式的「紀事」性作品相比，這種敘事的詩及其形式結構，也就顯然和那種「把敘事詩寫成分行排列的拖了腳韻的報告文學」，以及所謂「有的只是一些素材，卻不是詩，有的只是一節故事，卻不是詩」[2]的「報告詩」或「故事詩」完全不同。相反，自覺地運用隱喻的「聯想式」藝術手段，拓展「事件」、情節及語言和故事背後所隱藏的深層關係與形式意味，豐富、擴大和深化敘事文本的詩意內涵，實際上也就成為「情節型」敘事模式一種新的藝術探索及體裁趨向。如趙景深的劇詩《天鵝》，徐志摩的《罪與罰》和《文亞峽》等，熊佛西的劇詩《童神》，朱湘的《貓誥》、《莊周之一晚》、《收魂》、《八百羅漢》及《陰差陽錯》等，艾青的《一個拿撒勒人的死》、《吹號者》、《他死在第二次》、《賭博》及《火把》等，羅念生的《馬刺松信使》，鄒荻帆的長篇《紫姑》及《木廠》等，力揚的《射虎者及其家族》，霍佩心的《一隻珍奇的酒杯》，田疇的《洪流》，藍芩的《科爾沁草原的牧者》，

2　艾青：《詩論》，海濤等編：《艾青專集》，江蘇人民出版社 1982年版，第 123-124 頁。

百靈的《烏江》及《成吉思汗·序歌》，山丁的《拓荒者》，外文的長篇《鑄劍》，吳興華的《柳毅和洞庭龍女》、《褒姒的一笑》、《吳王夫差女小玉》等，李金髮的《剩餘的人類》及《無依的靈魂》，徐遲的《一代一代又一代》及劇詩《假面跳舞會》，鄭思的《荒木大尉的騎兵》，蘆春的《夜鶯與玫瑰》，李健吾的劇詩《蝶戀花》，穆旦的《神魔之爭》、《森林之魅——祭胡康河上的白骨》等，冀汸的《上海紀事》等。

　　尤其是在孫毓棠的那首被認為是「打破了中國沒有史詩的寂寥」，甚至於「前無古人，至今尚無來者」的「一首偉大的史詩」[3]，以及「新詩中迄今為止藝術成就最高的史詩」[4]和「很特殊的長詩」[5]中，敘述者沒有沉溺於史料的堆砌，而是將不同階層、不同地域的人物命運，作為敘事文本中敘事時間及空間聯接與轉換的結構中心。因而在故事情節的展現過程中，任何一個「事件」的發展或行動，都會涉及並引起所有人物心靈的顫動——上至國君，下至士兵的父母妻兒。從而使得作品無論在場面的宏大及人物的數量，還是人物心靈世界開掘的深廣上，都顯示出一種「史詩」性的張力及深度。從而以暗示及象徵性的喻指和涵義，表達並呼喚中華民族的「國魂」意識及「剛強」的精神氣魄。

---

[3]　司馬長風：《中國新文學史》（中），香港昭明出版公司 1976 年版，第 187 頁。

[4]　唐湜：《關於中國現代文學史的一些看法》，《新華文摘》1989 年第 4 期。

[5]　藍棣之：《若干重要詩集創作及評價上的理論問題》，《中國現代文學研究叢刊》2002 年第 2 期。

　　此外，體現在這首作品韻律及節奏形式方面的一個重要
成就，可以說是為現代敘事詩「史詩」性或「莊嚴體」的多
音步敘述話語體式的成熟，做出了積極的藝術實踐及努力。
因為，在此之前的現代敘事詩創作活動中，很多有意進行「史
詩」性敘事詩歌創作的作家及其作品，由於作品敘事元素及
故事情節「模糊」，以及「言語的內在對話」及其形式功能
被扼殺，因此而使詩性敘事功能歸之於「平淡」，所以也就
難以達到敘事詩所追求的「史詩」風格的「恢弘」與「博大」。
而在《寶馬》中，詩人多採用了六音步的詩行，不確定的韻
腳和不分節的類似歌行體的敘述形式，以增強敘述話語韻律
及節奏的凝重感，特別是漢語語言詩性敘事及表達的自由舒
暢，因而使之呈現出敘述話語的冷靜客觀及故事情節的「明
晰」等特點。如作者描述塞外「沙塵暴」氣象的詩句：

> 聽西營裏似劈山樣轟隆地倒碎了
> 一行車，背後又猛一陣狂鳴驚跳起
> 一隊驢駝和馬。暴風撒著野是一個多
> 時辰，兩耳裏只灌著說不出名的昏沉，
> 恐怖，震憾，惡狠狠的癲狂，只叫你
> 想到白骨，寒冰，想到死──
> 　　　　　　　風靜後，
> 大漠好平坦，拖開長長的柔浪紋，
> 沒有一星玷污的痕迹；只剩給全軍
> 死洋洋的像一大塊零亂的垃圾
> 半沒在平沙裏。……

正因為如此，才有學者稱它「字字細緻、句句精巧、行行謹嚴」，有「鬼斧神工」之妙，不僅人物描寫「絲絲入扣」等，是寫「史詩的大家」[6]，而且藝術風格上，還「帶著豐滿而新鮮的民族的色與香，又煥發著西方史詩的神采與風格」，是「中國文學吸取消化西方文學之後的結晶」。[7]

二、情調型：詩的敘事

中國現代敘事詩創作形態中「情調型」敘事模式的發生及成長，從藝術傳統來說，自然和中國文學的抒情詩學及其影響有著直接內在的關係。[8]除此之外，西方的浪漫主義文學精神及其主情主義的美學原則，又使中國敘事詩藝術的「現代化」創新及努力，直接得到一種現代性的理論支持及「路徑」方面的親近。於是，將詩性敘事的「品質」及其形式功能的創造，和抒情詩「傾吐心中的渴望、意念或抱負」的形式因素[9]，以及詩人情緒的抒發直接聯繫或等同起來。因此，不僅使「情調」成為這類「詩的敘事」或「抒情敘事」作品形態的藝術結構核心，而且也讓「抒情化」成為其敘事模式「詩意」追求及文體風格關注的「焦點」所在。

---

[6] 司馬長風：《中國新文學史》（中），香港昭明出版有限公司 1976 年版，第 190 頁。

[7] 司馬長風：《新文學叢談》，香港昭明出版有限公司 1975 年版，第 127 頁。

[8] 郭沫若：《詩論三箚》，楊匡漢等編：《中國現代詩論》（上），花城出版社 1985 年版，第 60 頁。

[9] 陳世驤：《中國的抒情傳統》，《陳世驤文存》，遼寧教育出版社 1998 年版，第 5 頁。

　　這種對於「詩」的審美價值預設和「普適的」文體形式認同，為「情調型」敘事詩創作及其藝術結構形式的成長，提供了豐厚的發育條件包括「讀者期待」，並使之得到了充分的發展。縱觀整個的現代敘事詩發展過程，除了湧現出如郭沫若、聞一多、王希仁、馮至、韋叢蕪、沈從文、鶴西（程侃聲）、殷夫、蒲風、田間、孫犁等主要作家及其創作之外，還出現了許多重要的作家及作品：如周作人的《兩個掃雪的人》、《小河》等，劉半農的《敲冰》，馮雪峰的《雪晚》，汪靜之的《孤苦的小和尚》，劉延陵的《琴聲》、《海客的故事》，陳翔冰的《番女夜曲》，梅紹農的《菩提樹下》，許幸之的《牧歌》，田漢的劇詩《南歸》，白薇的劇詩《琳麗》，柯仲平的《海邊歌聲》及劇詩《風火山》，白采的長篇《羸疾者的愛》，佩弦的《朝鮮的夜哭》，王任叔的《詩人和芙蓉》等，徐志摩的《愛的靈感》，戴望舒的《村裏的姑娘》，孫毓棠的《夢鄉曲》，育熙的《街頭女詩人》、《自埋曲》、《也不知是那一位畫師的傑作》等，萩萩的長篇《鶯鶯》，嚶嚶的劇詩《走到幽靈的世界》，周靈均的劇詩《紫娟記》，汪劍余的劇詩《菊園》、《桃花源》及《娥皇女英》，錢杏村的長篇《暴風雨的前夜》，王亞平的《五月的太陽》，竇隱夫的《一個詩人的故事》，孫陵的《大風雪》，玉呆的《大渡河的支流》，張澤厚的《花與果實》，戈茅的《草原牧歌》，逸民的劇詩《歸來，國魂》，王紹清的劇詩《戰爭的插曲》，黃震遐的劇詩《黃人之血》，等等。在這些作品裏，詩人及敘述者關注的敘事角度或「視點」，是故事場景的描寫與自然景物的刻畫，以及由此觸發或引起的抒情想像或感情傾泄等「情調」的說明。

正是由於「情調」成為這類「詩的敘事」藝術及其文本形式的關注中心，因此，不僅故事及情節的形式意味退居其次，甚至被認為「並非一定要有形式上的故事」[10]，而且人物形象在敘事話語中的藝術地位，也因旨在抒發某種人生體驗或生存狀態，而蛻去性格自身發展的內在動力，以模糊或者朦朧迷離的姿態，表現及傳達一種確定了的審美氣氛或意象。比如郭沫若的敘事詩《洪水時代》，詩中「大禹」這一人物形象本身的「故事」並不重要，重要的是詩人及敘述者由此所能夠抒發的那種「勞工神聖」的思想情緒。《瓶》中那位癡情於愛與美的女子，實際上寄寓著一種新時代的青春熱情及愛情的想像。而在劇詩《黎明》、《鳳凰涅槃》及《棠棣之花》等作品中，詩人安排的戲劇性「事件」及故事性的人物，其藝術結構的目的及指向，也都在於以此營造出一種抒情性的場景及氣氛，實現詩性敘事的「情調」化及其審美功能。再如聞一多、王希仁、沈從文、韋叢蕪、鶴西（程侃聲）等人的作品，以及殷夫、蒲風等「左翼」詩人的作品，等等，都在「詩的敘事」結構形式及人物形象的表現上，都有著類似或共同的藝術特徵。其中，20 年代馮至的敘事詩作品，更將這種藝術結構意識發揮到了一種極致。這不僅表現在那些「詩」性人物形象及其給予讀者情緒的體驗方面，如《河上》中如影如幻的「烏髮」少女；《一個青年的故事》中「葬在玫瑰花下」憂鬱而逝的「青年」；《吹簫人》中執著多情、淒婉善感的「吹簫人」與「女郎」，以及《帷幔》

---

[10]　茅盾：《敘事詩的前途》，楊匡漢等編：《中國現代詩論》（上），花城出版社 1985 年版，第 317 頁。

所展示的人生錯失及命運無奈；《蠶馬》表現出的激情與毀滅；《寺門之前》傳達的生命渴望及焦灼等。同時更體現在詩人成功有效地使用象徵及暗示性的敘述行為和結構等方面。如「吹簫人」隱居「高山」中的「洞宇森森」與跟他生命攸關的「洞簫」；「吹簫人」夢幻中遇到的「吹簫女郎」；深山裏的「吹簫人」和深閨中「吹簫女郎」的情投意合，以及失去了各自「洞簫」後男女主人公的精神迷惘等，都構成了極富象徵、暗示意味的情節及人物關係。此外，在《寺門之前》裏反覆出現的「蜃樓」；《蠶馬》裏的「駿馬」；《河上》中的「狂夫」等象徵性意象，其本身就是一種充溢著現代審美意識的「有意味的形式」。從而恰當地將「詩的敘事」與主體生命體驗的表現融合起來，既超越了敘述「故事」的繁複，避免了一味「抒情」的單調及浮露，又消解了過度運用隱喻及暗示手法有可能造成的敘事滯澀和閱讀困難。

此外，為了使敘事詩作品的「情調」敘述及其審美價值，能夠超出「故事」及「事件」本身，達到一種可謂詩性敘事的「意境」美學效果或所謂「抒情化敘事詩」的文體形式追求，選擇正面的「詩」性題材或情感性素材，刻意於故事或情景之中「細節」的生動性，也就不單單是一種創作意識及審美趣味的偏愛與固執，實際上更多的原因則是出於「詩的敘事」及其敘述行為的必然需要與結果。例如，王希仁的《「兒歸」》、《木匠》、《松林的新匪》中，那些細節描寫及刻畫，事實上成了強化故事及其情景悲劇性氣氛的一種形式要素，以及凝結故事情節及其「情調」的一種內在力量和張力。而沈從文的長篇敘事詩《曙》及《絮絮》，在結構龐大的敘

述行為中，忽略並淡化敘事時間序列及人物形象之間的情節
關係，以「自述者」的敘述話語，傾訴著「我」當下的複雜
「情感」及其「情緒」，努力渲染張揚詩性敘事空間及其情
境的抒情化氣氛與體驗性狀態：

> 「我知道我們都成了金錢以下的罪人。
>
> 希望用我聖潔的親吻，
>
> 將你過去自以為是污穢的往事全洗去。」

　　同樣，這些特徵在「左翼」詩人的許多作品中，也有著
清楚明顯地體現。如蒲風及「中國詩歌會」的作家們，就將
「大眾合唱詩」作為「解放過去新詩歌的敘事性和抒情性的
狹隘」，在敘述視點和角度方面進行的一種「新創造的形式
之一」[11]，並直接借助這種「大眾合唱詩」及「合唱」等抒
情性敘述話語形式，來造成「劇場」效果，充實「故事」場
景中的抒情化氛圍，增強其「詩的敘事」及其藝術形式功能，
以達到詩人所期望實現的「儘量地捨棄個人主義的內容形
式，創造集團的、大眾的詩底內容和形式」[12]，以及其文學
社會效果和思想感染力。

　　此外，受中國抒情詩傳統「以字的音樂做組織和內心自
白做意旨」的形式要素影響[13]，自覺運用詩歌文體的音韻句
式、節奏格律等純形式意味，重視敘述語言結構的精雕細琢

---

[11]　戴何勿：《關於大眾合唱詩》，王訓昭編：《一代詩風》，華東師範
　　　大學出版社 1996 年版，第 386 頁。
[12]　同上。
[13]　陳世驤：《中國的抒情傳統》，《陳世驤文存》，遼寧教育出版社 1998
　　　年版，第 2 頁。

及「語調」的形式功能，也是「情調型」敘事模式及其文體
風格的又一重要特徵。可以毫不誇張地認為，或許正是在這
一點上，能夠讓我們最為真切感受到他們對新詩藝術形式所
付出的那份真摯及創新衝動，以及其敘事詩作品「形式的」
藝術品質及精心努力。30 年代鶴西（程侃聲）及萩萩等人
的敘事詩作，就在詩性敘事的敘述語調，包括詩節、詩句及
詩韻的安排設計等方面顯得特別的刻意用心。因此不僅恰當
地表達出作品的敘事「情調」及其旋律，而且成為其文體形
式及結構本身不可或缺的素質構成。如《琵琶引》中表現「她」
的幽怨：

> 梧桐葉歎息著落在長階，
> 秋蟲也忘了為自己悲哀，
> 　　一切如荒島淒清，
> 　　只聞悲憤的海音，
> 　　忽然地院門突開，
> 　　奔來了它的主人，
> 但是呵，等她才走進房門，
> 「錚錚，」發出了弦斷的聲音。

再如萩萩的《鶯鶯》中敘述女主人公對「負心」愛人的「等
待」：

> 那少年就走了，像一顆星，
> 不過不是殞落而是飛升，
> 月是這樣冷，風是這樣輕，
> 　　是何處發出這

　　　　樣幽抑哀怨的悲聲？
是人的啜泣？還是花落的聲音？

夏日冬夜是長長地難挨，
春風明年又遲遲地不來，
直等到桃花發芽桃花開，
　　直等到桃花樹
　　樹開了又落下塵埃，
人兒不來，祇有他的約言空在。

　　同時還值得注意的，是 40 年代「解放區文學」中，孫犁的那些並非「通俗化」的敘事詩作品。由於詩人基於自己「詩意的抒寫」等創作意識，因而在敘述語言及其「語調」等形式層面，也顯示出了一種獨特的敘事性氣質及風格特徵。這僅從他的《兒童團長》中，即可略見一斑。如描述「小金子」夜間巡查「崗哨」時的心理狀態：

小金子，
閉上一會眼，
身上緊接著來了幾陣寒戰。
但是一個想念，
像一條火繩，閃耀在他的眼前，
「我是在抗日呵！」

「我是在抗日呵！」
小金子，
握住了降妖精的法器。

「怕什麼鬼呢？

你怕日本鬼麼？」

他自己和自己，

小聲開著玩笑，

前進了。

三、綴段型：戲劇性的詩

　　所謂「綴段型」的敘事模式，也可以說是中國現代敘事詩創作形態中，與中國古代敘事詩樂府歌行體式關係最為密切，並且對現代敘事詩「寫實主義」創作意識及其藝術形式影響最為明顯、深刻的一種文學的「言述」結構建制。其主要的結構特徵，就是從故事情節的因果關係角度來看，「綴段性的敘述」及其結構形式的重心，並非是建立在邏輯性基礎上一系列故事的聯結及重新安排，而是強調敘事主體及其主觀因素，在敘事過程中對被劃分開來的一個或多個的事件性「場面」及戲劇性衝突的凝聚和感悟。為此，除了敘述者基本採用一種「外在」於故事或事件本身的「代言性」敘述視點及角度之外，詩人的「內心自白」及「虛設」的「對話」，就成為其再現「事件」及故事，刻畫人物及性格，實現敘述話語「感事性」意旨，追求詩性敘事生動明快的節奏感及「質實」性審美功能的基本形式及手法。並且，敘事空間中某個具體「場面」的片斷並置，或者多個敘事「場面」的連綴反覆，又是區別所謂「速寫」式「小敘事詩」或「長詩」體裁及結構形式的一個直觀標準。

　　自然，從文學傳統方面考察，這種「綴段型」的敘事模式，與中國古典文學的「詩史」創作規範及抒情詩文的審美趣味，特別是晚清以降的「聯章體」敘事詩歌及其文體結構形式，存在著一種深層的詩學上的聯繫。然而，西方敘事文學及其「史詩」藝術的影響，尤其是新文學現實主義創作規範的形式要求，使之開始有意打破過於依賴事件「場面」的「片斷描述」，以及因此有可能給詩性敘事帶來的結構鬆散，追求一種可謂「戲劇性的詩」及劇場性敘事情境。從而使其在文體及結構形式方面的表現，實際上朝著兩個不盡相同的方向發展。

　　其中，一是以敘事空間作為連綴事件「場面」及其「故事」的仲介，強化詩性敘事的「紀實」性敘述功能，並在文體形式上能發現樂府歌行體敘事詩歌的「血緣」及基因。這對那些所謂「長詩」的長篇敘事詩來說，就是儘管它從表面上看，似乎是以時間先後順序發展的歷時性及縱剖面結構為主導的。但是，事實上在這些作品中，敘述者傾注於全力的敘事焦點，並非故事、事件及情節的展開，而是各個戲劇性「場面」的精心安排及設計，以及由此所能夠形成的「場面」疊加，以及連綴所形成的整體性結構或話語性印象。如灘迷的《時事新灘簧》，葉聖陶的《瀏河戰場》，王統照的《她的一生》，拾名的《楊媽》，葛葆楨的《荒村浮動線》，楊騷的《鄉曲》，力揚的《東北》，鄒獲帆的《沒有翅膀的人們》，馮至的《北遊》，老舍的《劍北篇》等，臧克家的《自己的寫照》等，黃藥眠的《桂林的撤退》，黃寧嬰的《潰退》，等等。甚至在吳芳吉、沈玄廬等具有較為明顯的敘事時間延

續的作品中，也都仍然有著這種以事件的「場面」為結構中心的形式特徵；而在那些所謂的「小敘事詩」及其文體形式中，則多表現為通過某個客觀、冷靜的「場面」描述，或者借助於人物之間的交叉「對話」與「問答」，形成一個戲劇性的衝突及其「場面」，以達到反映或再現某個社會「事實」及現實的創作目的。並因要「點」出其敘述的「意旨」，而在文體形式上留下「卒章顯志」的話語結構「痕迹」。這些在早期「白話敘事詩」作品和後來的那些「小敘事詩」創作中表現得尤其明顯。

　　二是以敘事主體的主觀感受「意旨」作為事件「場面」轉換連綴及「故事」的延續仲介，突出詩性敘事及其敘述行為的「感事」文體特徵和美學功能。正因為如此，這種用敘事性的「場面」串綴起來，依稀可以意會出一個「故事」大致輪廓的「長詩」或「敘事性」作品，就呈現出以「感事」結構為主導性話語的敘述形式及文本建構的趨勢。從而要求「作者能將主題經過了自己情感的熔爐，把那些故事中的人物底動作、言談都用自己的情感給它渲染上生命的光彩」[14]，實現並形成一種詩性敘事及其敘述話語的所謂「抒情與敘事」的結合。從 20 年代初開始，這樣的「長詩」體裁及其藝術形式，就被認為具有「意境或情調必是複雜而錯綜，結構必是曼衍，描寫必是委曲周至」等「好處」，以及「尤能引起深厚的情感」和「詩的趣味的發展」等文學價值[15]，而備受現代詩壇及一些作家的肯定及喜愛。如朱自清的《毀

14　王亞平：《詩的情感》，《詩創作》第 10 期，1942 年 4 月。
15　佩弦：《短詩與長詩》，《詩》第 1 卷第 4 號，1922 年 4 月。

滅》，聞一多的《七子之歌》、《醒呀》，璧兒的《懺悔》，黃震遐的《英雄美人的夢》，王壎的劇詩《她的亡魂》等，孫大雨的《自己的寫照》，陳夢家的《往日》，老舍的《鬼曲》，葆華的《幻滅》，聶紺弩的《現制度謳歌》，張澤厚的《偉大的開始》，梅痕女士的《她的旅程》，金克木的《少年行》，田間的《中國農村底故事》等，江嶽浪的《饑餓的咆哮》，梅英的《北國招魂曲》，盧冀野的《北征之曲》，廠民的《我們的隊伍》，孫藝秋的《永遠的星辰》，胡征的《好日子》，等等。這裏邊，還出現了一些直接採用「聯章體」的敘述結構，並且有意賦予作品一個形式上的故事或「事件」等情節關係的作品。如劉成禺的《洪憲紀事詩》，張我軍的《亂都之戀》，韋叢蕪的長篇《君山》，曾今可的長篇《愛的三部曲》等，而其結構形式的主要藝術目的及功能指向，就是想要凸顯並貼近「感事」性「場面」及「特寫」性抒情「畫面」，強化結構的曼衍及意境的開闊，以造成一種波瀾壯闊、跳躍變幻的敘事性效果。

　　於是，和「情節型」、「情調型」敘事模式所要體現的「虛構性」故事中人物之間關係，展示人物外在的或內心的「動作」與性格，表現其價值與意志的衝突，從而完成敘事情境邏輯的內在統一性及完整性不同，「綴段型」敘事結構模式及其敘述行為所構成的主導性話語因素，以及故事及事件的發展過程與人物及性格的展開，不僅是直接面向「讀者」講述的，同時敘事的未來可能性及敘述話語內在節奏的「高潮」，也和由於因果聯繫不斷縮減的故事「結局」有著明顯的差異。如同葉聖陶的長篇《瀏河戰場》中，敘事過程中一

個個「場面」及其結構，都是由敘述者及其扮演的「人物」分別講述和完成的那樣，朱大楠的《刑場的輿論》，敘事情境及「場面的敘述」，則是通過一幕「戲劇性」的人物「獨白」及「虛設」的對話來構成的：

> 更辣熱了薑黃的陽光，
> 更蒼白了罪犯的臉上，
> 更臨近了，臨近的罪犯的末運，
> 更興奮了的觀眾，觀眾的欣賞。
>
> 這觀眾的眼光，半徑的亂箭，
> 齊瞄射那罪犯，圓心的一點，
> 這觀眾，軌迹的聚攢，
> 圍繞著罪犯畫了一個圓圈。
>
> 第一人說：痛快！該，該，
> 這可不是「為民除害」？
> 你聽說不——就因為一點黃白的錢財，
> 他拿鋸齒的鐵絲絞掉了一個腦袋。
>
> 第二人說：……
> ……
>
> 還有第十一，第十二，第十三個……說不完，
> 他們都鼓著白眼等著看，
> 等著看那西葫蘆的腦袋滾，
> 和那腥紅的血花的噴濺。

　　同樣，朱自清的《毀滅》，馮至的《北遊》，金克木的《少年行》，孫大雨的《自己的寫照》，陳夢家的《往日》，老舍的《鬼曲》，葆華的《幻滅》等「感事」性話語結構的「長詩」，事實上也都存在著一位假設的「對話者」。如《幻滅》中的「愛神」等。並有可能構成一種「潛對話」的功能性語境。如：

　　　　此後我的屋窗便結了冰霜，
　　　　我的心窗也透不進一點新的空氣，
　　　　我像是一條冬天的蟲，
　　　　一動不動地入了冬蟄。
　　　　「朋友啊，你這一月像老了一年。」
　　　　「老並不怕，我只怕這樣長久地睡死。」
　　　　此後的積雪便鋪滿了長街，
　　　　日光也沒有一點融解的熱力，
　　　　我像是那街上的積雪，
　　　　一任命運的腳步踩來踩去。

　　　　　　　　　　　　　　　——（馮至：《北遊》）

　　　　呵，要是生命中真有智慧，
　　　　我敢說在無知中生長，不死亡，
　　　　就因為得不著什麼，也不失落
　　　　它原始的無根無底的渾實。

　　　　　　　　　　　　——（陳夢家：《往日·鴻濛》）

　　　　烏黑的朋友們！我問，你們
　　　　祖先當年的嘯嗷和自由，

那裏去了？你們底尊嚴

是否被大英西班牙底奸商

賣給了「上帝」，你們底宴席

是否被盎格羅撒克遜大嘴

炎炎的妄人們吞噬盡了？

我不信，我不信。

　　　　　　——（孫大雨：《自己的寫照》）

　　與此同時，需要指出的是，因為這種「只見勾勒未成間
架」，誠如「一部剪去了全部的『動作』而只留下幾個『特
寫』幾個『畫面』接連著演映起來的電影」式的作品，既「沒
有形式上的『故事』」[16]，又有意識地忽略及漠視「貫串著
人物與故事的要素」[17]，一味使用「勾勒」及「剪輯」手法
構成的「特寫」或「畫面」，以及過分注重「場面」的瑣細
鋪陳與感興點染的敘述行為，結果，不僅導致詩性敘事的戲
劇性「場面」及其文體形式整體性功能的弱化[18]，而顯得臃
腫和笨重，觸犯了「堆砌」的藝術大忌。並且，還將為這種
所謂「散珠式的雜感詩的連續」[19]，付出一個「不能近矚」[20]

16　茅盾：《敘事詩的前途》，楊匡漢等編：《中國現代詩論》（上），
　　花城出版社 1985 年版，第 316 頁。
17　林林：《敘事詩的寫作問題》，《文藝生活》（海外版）第 6 期，1948
　　年 9 月。
18　茅盾：《敘事詩的前途》，楊匡漢等編：《中國現代詩論》（上），
　　花城出版社 1985 年版，第 318 頁。
19　林林：《敘事詩的寫作問題》，《文藝生活》（海外版）第 6 期，1948
　　年 9 月。
20　茅盾：《敘事詩的前途》，楊匡漢等編：《中國現代詩論》（上），
　　花城出版社 1985 年版，第 317 頁。

的藝術代價。從而也消解及損害了敘事詩藝術應當具備的感
染力。所以，無論是當時茅盾就長篇敘事詩的「佈局剪裁」
及其「章法」結構提出的「調和」論的「試驗」建議[21]，還
是 40 年代聞一多從新詩及其藝術形式的「小說戲劇」化「方
向」入手，要求作家「真能放棄傳統意識，完全洗心革面，
重新做起」，並且「儘量採取小說戲劇的態度，利用小說戲
劇的技巧」，以使新詩「不像詩，而像小說戲劇」的文體變
革論[22]，以及圍繞「抒情的放逐」及「詩的形象化」等展開
的爭論，實質上也在很大程度上，都多少涉及到「綴段型」
敘事模式，以及其藝術實踐存在的這些現象和問題。

四、謠曲型：「新時代的史詩」

正如我們在前面的考察中所看到的那樣，由於現代敘事
詩在藝術形式的選擇，從一開始就是在外國史詩、敘事詩藝
術形式的啟發和橫向吸收，以及對中國古典敘事詩樂府歌行
體式及其結構形式的縱向繼承和發展基礎上，所建構起來的
一種現代的文學「言述」形式及詩性敘事文體類型。因此，
中國現代敘事詩藝術才能夠在主題的追求和題材的拓展，以
及體裁樣式外觀與作品形態功能等方面，不僅表明其所走過
的及趨向的都是一條中國「詩的發展」的現代化「新路」[23]，

---

21 茅盾：《敘事詩的前途》，楊匡漢等編：《中國現代詩論》（上），
　　花城出版社 1985 年版，第 319 頁。
22 聞一多：《文學的歷史方向》，《當代評論》第 4 卷第 1 期，1943 年
　　12 月。
23 朱自清：《新詩雜話・真詩》，《朱自清全集》（2），江蘇教育出

同時也因此而呈現出了與古典敘事詩迥然相異的美學品質
及發展特徵。

不過，雖然現代敘事詩的藝術結構及文體形式沒有像以
前那樣，「脫胎」自民間歌謠或直接從民間文學形式中獲取
藝術資源及形式上的「靈感」。但是，20 世紀的「現代中
國文學想像」及其「民族化」、「大眾化」的藝術形式期待，
又決定了現代敘事詩藝術及其文體形式的成長，無法拒絕和
迴避民歌民謠及唱本俗曲等民間文學體裁樣式的影響，以及
對於它們某些「自然天成」的形式因素及藝術基因的歷史性
選擇。從梁啟超、黃遵憲等基於「天籟」說的文學認同[24]，
類比「新樂府」體裁並著手「易樂府之名」而創建的「雜歌
謠」體敘事詩歌藝術形式開始[25]，民歌民謠及其文體樣式中
所體現出的「自然」與「率真」、純樸與清新等可謂未被「污
染」的「綠色」品質，一直受到各個時期作家們的重視及注
意。如五四新文學革命後，胡適等一些作家對民間歌謠的藝
術性肯定，也是將目光首先集中在了這一點上。[26]推崇並肯
定民間歌謠及其藝術品質，「獨有民間的匹夫匹婦，他們不
為風化憂心，有所愛好，便說所愛好，有所憂心，便說所憂
心，不論如何直言，都在所不顧，真當得起《蕙的風》的作
者的標語：『放情地唱呵』」。[27]於是，民間歌謠和唱本俗

社 1996 年版，第 386 頁。

[24] 梁啟超：《中國之美文及其歷史》，張品興編：《梁啟超文集》，北
     京出版社 1999 年版，第 4339 頁。

[25] 黃遵憲：《與梁任公書》，《新民叢報》14 號，1902 年 7 月。

[26] 胡適：《北京的平民文學》，《讀書雜誌》1922 年 10 月 1 日。

[27] 田湘靈：《談梅縣山歌至黃五娘傳說的寫成詩》，《一般》第 2 卷第

曲的美學趣味及其結構形式，隨著中國現代詩歌包括現代敘事詩藝術的發展進步，也越來越多地影響到一些作家或某些文學流派的創作實踐，以及理論批評方面的詩學準則和價值評判中來。

　　例如，1924 年，著名詩歌評論家及詩人孫俍工，在當時「文學研究會」會刊《星海》上發表的《最近的中國詩歌》一文中，就對當時的敘事詩創作形態及其文體形式特徵做過一番綜述性的批評。認為除了玄廬的《十五娘》「是稍微帶有敘事詩底性質的，可以拿來歸在個人的敘事詩裏」之外，那種能夠「代表民族的敘事詩」作品，卻「只在『北大歌謠研究會』所出版的《歌謠》裏找著幾首敘事的民歌」，算是「勉強可以拿來歸在這一類裏」。強調正是這種「謠曲」體的敘事詩歌，既「可以說是民眾文學底產物」，同時又「很適合」並可以「拿來代表某一部分民族一般的性情」。[28]而事實上，在此前後，已經有一些現代詩人在不斷地「嘗試」，並且是「有意識」地採用、類比民間謠曲的音韻節奏，以及話語結構形式，創作出了一批批的「謠曲」體敘事詩歌。如劉半農的《瓦釜集》，劉大白的《賣布謠》等詩集中，所收錄的一部分「仿」山歌小調，徐志摩的《一條金色的光痕》等「方言詩」系列；蘇兆驤的《漁娘曲》，禹鐘的《燈光》、《賣餳》，鄧以蟄的《沙士比亞若邈玖嬭新彈詞》，味辛的《倡女曲》，沈廣連的《平民歎十聲》，稻心的《回娘家》，

---

　2 號，1925 年 2 月。

[28]　俍工：《最近的中國詩歌》，《星海》（上），上海商務印書館 1924 年 8 月，第 145-146 頁、第 150 頁。

北觀的《科學救國大鼓書》，蜂子的《趙老伯出口》、《在戰壕裏》等「擬」俗曲或所謂的「民間寫真」系列等。30年代「中國詩歌會」的「新詩歌謠化」理論及實踐，以及抗戰開始後「民族形式」問題的提出與利用民間俗曲等形式進行的「民族敘事詩」創作嘗試，則明確期望並著手從藝術形式方面，對新詩及現代敘事詩做「民謠小調鼓詞兒歌」[29]式的「改造」，甚至於要求直接從這些「成了形的」唱本、鼓詞、蓮花落、彈詞等民間形式中「脫胎出來」。[30]

　　正是在這種詩學觀念及其創作思想的指導下，一些詩人開始有意識地採用民歌民謠、俗曲唱本的韻律節奏及其敘述結構形式，期望以此實現現代敘事詩藝術形式的「民族化」創新。蒲風、穆木天、柯仲平等人的「擬唱本」體長篇敘事詩創作；趙景深、老舍、鄭青士、何容、老向、李昂等人的新「鼓詞」體敘事詩歌，等等，不僅在敘述話語及其文體形式上，毫不掩飾其「舊瓶裝新酒」的文學價值取向，而且這種探索及嘗試所取得的「成就」，也得到了理論及批評界一定的稱讚或基本認同。如茅盾、朱自清、穆木天、馮雪峰等人首先肯定的，就是強調他們的這種創作，在文學史上「實在是抗戰文藝運動中一件大事」[31]，因而「可算作『民族的詩』」外[32]，在現代詩歌藝術形式的「民族化」實踐方面，

29　穆木天：《發刊詩》，《新詩歌》第 1 期，1933 年 2 月。
30　蕭三：《論詩歌的民族形式》，《文藝戰線》第 1 卷第 5 號，1939 年 11 月。
31　茅盾：《關於鼓詞》，《茅盾文藝雜論集》（下），上海文藝出版社 1981 年版，第 704 頁。
32　朱自清：《新詩雜話‧真詩》，《朱自清全集》（2），江蘇教育出版

又是一種「民族革命的史詩」，以及敘事詩「新形式」的「建立」與「製作」[33]，有著「在創造著新的形式」的文學價值及意義。[34]這種企圖及努力[35]，在 40 年代後期「解放區文學」的「工農兵方向」及其「通俗化」的美學選擇，以及「謠曲」體的「新時代的史詩」性敘事詩創作實踐中，終於取得了引人注目的突破及「成功」，同時也由此而帶來並構成了現代敘事詩的「謠曲型」敘事模式，以及其文本形式建構方面的一些基本規範。

　　這種被稱之為「民歌體敘事詩」的「新時代的史詩」，以及其結構形式方面的基本特徵，是出於「大眾文藝」及「工農兵文藝」所要表現的「歌頌」與「暴露」主題需要，以及社會政治革命等重大題材及其情感思想的審美開掘與宏大敘事，將所謂「民族形式」的審美要求，即最後確立的以「新鮮活潑的，為中國老百姓所喜聞樂見的中國作風與中國氣派」[36]作為基本規範和準則，對敘述過程及文本語勢形成確定的控制或作用，從而在敘事模式上構成了一種「詠唱」或「朗誦」式的強力話語結構。提出這種「新的敘事詩的形式」，除了「必須具有大眾的語言，大眾的感情，等等的必需的條件」，並使之「成為普遍的，成為多數人的」，因此

社 1996 年版，第 381 頁。

[33]　穆木天：《建立民族革命的史詩的問題》，《文藝陣地》第 3 卷第 5 期，1939 年 6 月。

[34]　馮雪峰：《論兩個詩人及詩的精神和形式》，楊匡漢等編：《中國現代詩論》（上），花城出版社 1985 年版，第 380 頁。

[35]　王亞平：《論詩歌大眾化的現實意義》，《文藝春秋》第 3 卷第 5 期，1946 年 11 月。

[36]　毛澤東：《論新階段》，《解放周刊》第 57 期，1938 年 11 月。

「也得有意識地去克服我們的個人主義的偏傾才行」之外[37]，最為重要的一點，就是其文體功能及創作目的，應該「要作到能入耳，能唱出來，念出來能使人聽得懂，而且好聽、動人，要使詩真能普遍流傳，成為宣傳鼓動有力的工具」。[38]所以，包括李季、阮章競、李冰、張志民、公木、史松北、劉岱、蕭邦、金帆等作家在內，在吸收或運用民間謠曲章法結構及句式語言等形式因素的基礎上，所創作出的那些反映及表現中國共產黨領導下人民革命事業的「歷史性」進程，以及「解放區」新的政治生活及人物故事，並且代表「解放區文學」現代敘事詩藝術成就的作品，自然也就成為了這種匯聚「革命的文藝」、「自己的民族形式」和「勞動人民喜見樂聞的形式」等[39]品質於一體的「新時代史詩」，以及「謠曲體」敘事詩的典範性藝術形式。

其中，為了克服「謠曲型」敘事模式中，因「歌」的「比興」、「曲」的「繁瑣」等敘述手法的過度使用及其言語相互作用下，使敘事情境缺少的所謂「莊嚴與雄偉的風格」及「雍容的風度，浩蕩的氣勢」。[40]於是，「複沓」與「鋪述」，韻腳與節奏等，就成為補救敘事呆板或滯澀沉悶，追求敘述結構及其功能的單純，增強長篇敘事詩「講述」及記誦效果

---

37 穆木天：《建立民族革命的史詩的問題》，《文藝陣地》第 3 卷第 5 期，1939 年 6 月。

38 蕭三：《論詩歌的民族形式》，《文藝戰線》第 1 卷第 5 號，1939 年 11 月。

39 陸定一：《讀了一首詩》，《解放日報》1946 年 9 月 28 日。

40 茅盾：《文藝雜談》，《茅盾文藝雜論集》（下），上海文藝出版社 1981 年版，第 963-964 頁。

的重要形式和手段。因為，「複沓是歌謠的生命。歌謠的組
織整個兒靠複沓，……歌謠的單純就建築在複沓上」；「鋪
述」不僅「為的是明白易解而能引起大眾的注意」[41]，而且
韻律也是「一種複遝，可以幫助情感的強調和意義的集中。」[42]
這些，我們可以在這種「謠曲體」的敘事詩代表作《王貴與
李香香》裏，能夠清楚地發現。如詩中不僅「第一部」中「崔
二爺收租」和「第二部」中「鬧革命」、「第三部」中「崔
二爺又回來了」，「王貴攬工」和「太陽會從西邊出來嗎」，
「李香香」和「兩塊洋錢」、「羊肚子手巾」，「掏苦菜」
和「自由結婚」、「團圓」等，就構成結構形式上的「複沓」
性關係。同時，「鋪述」手法及韻律節奏的運用，也成為敘
述過程的彼此銜接，以及完成某種「動作」的一種必須。如
「羊肚子手巾」一章中，一段以「虛設」的「對話」方式及
「複沓」的韻腳節奏及言語句式，「鋪陳」並「講述」出的
「香香」對「王貴」的「思念」動作：

> 一圪塔石頭兩圪塔磚，
> 你不知道妹妹怎麼難；
>
> 滿天雲彩風吹亂，
> 咱倆的婚姻叫人攪散。
>
> 五穀裏數不過豌豆圓，

---

[41]　朱自清：《新詩雜話・抗戰與詩》，《朱自清全集》（2），江蘇教育
　　　出版社 1996 年版，第 347 頁。
[42]　朱自清：《新詩雜話・詩韻》，《朱自清全集》（2），江蘇教育出版
　　　社 1996 年版，第 403 頁。

人裏頭數不過咱倆可憐！

莊稼裏數不過糜子光，
人裏頭數不過咱倆悽惶！

想你想的吃不進去飯，
心火上來把嘴燎爛。

陽窪裏糜子背窪裏穀，
那達想起你那達哭！

端起飯碗想起了你，
眼淚滴到飯碗裏；

前半夜想你點不著燈，
後半夜想你天不明；

一夜想你合不著眼，
炕圍上邊畫你眉眼。

　　自然，由於「謠曲型」詩性敘事的主要興趣，在於「講述」一個故事給「觀眾」看或者「聽」，而非「情節」的重新安排及因果關係上的「敘述」，再加上敘事語境中敘述者與接受者之間地位的失衡，因此，使這種以代言體的敘述結構為主導性話語的「言述」文本建構，不僅具有較為鮮明的「講唱文學」文體基因及形式「痕迹」，缺乏情節衝突及邏輯過程，而且單位話語因素之間的功能性關係及相互作用，也並不決定預設的正誤與意義。因此，即使很多的「謠曲型」敘事模式，都希望採用「虛設」的「對話」形式，來銜接不同人物的敘述，變換敘述行為和角度，沖淡或改造「謠曲化」

形式及「講唱文學」的某些文體缺陷，但是最終所形成的，從根本上看仍是一種片斷性的「問答」或「應辯」，難以構成表現價值與意志交換及性格展示的「對話」，實現故事情節邏輯及意義內在統一性的產生與建立。或許正因為如此，除了朱自清、茅盾等嚴肅地指出並強調：以「唱本」及「山歌小調」等民間謠曲「格式」，來寫現代敘事詩「恐怕不大妥當」[43]，以及「大約歌謠的『風格與方法』不足以表現現代人的情思」[44]，所以「拿它們做新詩的參考則可，拿它們做新詩的源頭，或模範，我以為是不夠的」[45]，因而也「不足以」能夠為現代敘事詩藝術結構及文體形式提供一種「模範」外[46]，廢名等作家也明確表示：「事實上歌謠一經寫出便失卻歌謠的生命，而詩人的詩卻是要寫出來的」。[47]因此，「運用民謠也不是一個形式的剽取的問題，正確的運用民謠，是詩人的被賦以主觀的精神突擊的嚴酷的提汲的處理過程」，而「『舊瓶裝新酒』終是一個最沒有出息的做法，永遠收住自己的格調，千篇成一律，沒有強烈的感染力，而是有氣無力的獨白的單調。」[48]

---

[43] 茅盾：《文藝雜談》，《茅盾文藝雜論集》（下），上海文藝出版社1981年版，第962頁。

[44] 朱自清：《歌謠與詩》，《朱自清全集》（8），江蘇教育出版社1996年版，第276頁。

[45] 朱自清：《唱新詩等等》，《朱自清全集》（4），江蘇教育出版社1996年版，第221頁。

[46] 朱自清：《新詩雜話·真詩》，《朱自清全集》（2），江蘇教育出版社1996年版，第387頁。

[47] 馮文炳：《談新詩》，人民文學出版社1984年版，第232頁。

[48] 潔泯：《詩的戰鬥前程》，《新詩歌》第1卷第4號，1947年4月。

第六章

結語：關於中國詩學的歷史與反思

　　如果僅從時間上看，20 世紀前半葉的「年齡」，對於悠久的中國詩學及敘事詩藝術的發展來說，也許只是瞬間的過程或階段的歷史。然而，當我們基於 20 世紀中國的「現代民族國家想像」及其思想文化的歷史境遇，將敘事詩文學類型及其文本樣式成長與演變的審美考察和評價，置之於 19 世紀末以來的「現代中國文學想像」及「現代化」的美學選擇，以及敘事文學的中心位移及其意識形態性等文學史進程之中，揭示並展現中國現代敘事詩藝術的形成與發展的歷史時，其中所能夠給予我們詩學方面的啟悟，應當說已經遠遠超出了現代敘事詩的「文類史」範疇，而關係到當下中國文學的生態狀況及理論需要，以及因此而引發的關於中國詩學的意義判斷與價值反思。

一、中國古典詩學的抒情傳統及其偏向

　　20 世紀中國敘事詩藝術的成長及發展，既是中國敘事詩文學類型自身創造性轉化的一個必然結果，同時又是西方文學藝術，尤其是敘事文學影響下詩學規範及其審美趣味的重構與轉移。因而清楚地反映和體現出了中國敘事詩藝術形

態，從古典向現代演進的基本路徑和本質差異。

　　可以說，正是由於中國文學「抒情的道統」[1]及其詩文理論，在詩與現實、詩及文學的本體論，以及主體的位置等具體詩學問題與關係的認識、準則方面，和現代詩學及敘事美學存在的根本性的分歧和不同，造成了中國現代敘事詩在現代文學的成長語域空間及文化背景下，和中國文學的抒情傳統及其想像定勢、審美心理結構及詩學規範，發生著的激烈碰撞及歷史性較量。正如我們在前面所看到的那樣，從19世紀末前後梁啟超、王國維、周樹人等，出於現代「民族國家」建設的意識形態需要及「世界文學」的眼光，以敘事文學及敘事詩文本樣式為模範，將中國古代的抒情詩歌和所謂「鸚鵡名士」的「柔靡」文學傳統聯繫起來，呼喚「詩界之哥倫布、瑪賽郎」等「足以代表全國民之精神」的新文學精神，倡導「雄渾」、「剛健」的「國魂文學」理想及其審美趣味開始，20世紀各個不同時期的中國作家，以及他們對於「現代中國文學」的想像和文學傳統的思考，表現出的一個直接行動或文學史事實，就是在文藝美學及現代詩歌理論批評中，對所謂「主情主義」、「傷感主義」、「風花雪月」及「士大夫文學趣味」，以及所謂「偽浪漫派」的「濫情」傾向和「小詩」現象的不滿及批評。直到「90年代詩歌」針對「80年代詩歌」，展開的所謂「浪漫主義和布爾喬亞的抒情詩風」[2]的整體性反撥。而這其中，值得注意的，

---

[1]　陳世驤：《中國的抒情傳統》，《陳世驤文存》，遼寧教育出版社1998年版，第3頁。
[2]　程光煒：《歲月的遺照·導言》，程光煒編選：《歲月的遺照》，社

就是在他們提出的那些有針對性的詩學主張及創作方法中，幾乎都將改變這些狀況和重整的目光，集中在現代「史詩」及敘事詩藝術的發展，以及「長詩」及「敘事性」文本建構的可能與形式創新等方面。如前所述，20 年代，朱湘是要用敘事詩體裁，來糾正新詩因「抒情的偏重，使詩不能作多方面的發展」；30 年代，除了茅盾、胡風、蒲風等「左翼」作家，從「大時代」的「客觀的要求」出發，強調敘事詩的發展及「前途」，是「新詩人們和現實密切擁抱之必然的結果」，以及「新詩的領域的開拓」外，梁實秋、柯可、吳世昌、朱光潛等，也把「提倡長詩的創作」與「偉大的詩」聯繫起來，重申「中國詩境需要開拓」，以及敘事詩的發展，代表了一種「中國新詩的形式方面的新方面」；40 年代，我們僅從聞一多的「小說戲劇」化新詩論，以及袁可嘉的「新詩戲劇化」理論中，即可理解他們的甘苦和用心。而他們最想要說明的一個觀點和道理，在聞一多那裏，可以歸納為：由於「詩──抒情詩，始終是我國文學的正統的類型」，因而它「不但是非小說戲劇的，而且推到極端，可能還是反小說戲劇的」。所以，對「新詩的前途」來說，能夠「完全洗心革面，重新做起」的關鍵，就是充分發揮詩性敘事的「無限度的彈性」，讓包括新詩在內的現代文學類型，「徹底地向小說戲劇發展」。而這些在袁可嘉那裏，就是將「使詩戲劇化」的主要目的，放在除「閃避說教或感傷的惡劣傾向」，並進而「必須放棄原來的直線傾瀉」的「抒情方式」外，還

必須破除對於「詩的迷信」及「激情的熱中」等觀念意識。
以求「現代詩人的社會意識」，在作品中既「可得到充分表
現」，又能得以「爭取現實傾向的效果」。

　　其中，所謂「90 年代詩歌」的「敘事性」審美轉向，就
頗具意味。儘管當事者反覆聲明，「最大的混淆，莫過於把九
十年代以來凸現的敘事性有意無意地和敘事詩相提並論」[3]，
但是，這種「著意揭示的是一部充滿詩意和戲劇性張力的思想
文化史」，並且「反對『純詩』並在複雜的歷史中建構詩意」
[4]等「敘事性」的文本形式追求，不僅強調「敘事性」是「顯
形為一種新的詩歌的審美經驗，一種從詩歌的內部去重新整合
詩人對現實的觀察的方法。從文體上看，它給當代詩歌帶來了
新的經驗結構。它的意義絕非僅僅限於是一種單純的表現手
法」。同時認為它「所包含」的諸項「新異之處」及其功能中，
就有：「用現實景觀和大量的細節對八十年代詩歌中的烏托邦
情緒進行清洗」；「用盡可能客觀的視角來對八十年代詩歌中
普遍存在的尖銳的高度主觀化的語調作出修正」；「拓展並增
進詩歌的現場感，對八十年代詩歌中流行的回應歷史的經驗模
式的反思」；「從類型上改造詩歌的想像力，使之能適應複
雜的現代經驗」等。[5]所以，無論是從現代抒情詩學的立場觀
察，或是從當代詩歌藝術形式的「創新」角度分析，至少能

---

[3]　臧棣：《詩歌的記憶敘事學》，臧棣等編：《激情與責任》，人民文
　　學出版社 2002 年版，第 344 頁。
[4]　程光煒：《歲月的遺照·導言》，程光煒編選：《歲月的遺照》，社
　　會科學文獻出版社 2000 年版，第 6 頁。
[5]　臧棣：《詩歌的記憶敘事學》，臧棣等編：《激情與責任》，人民文
　　學出版社 2002 年版，第 344-345 頁。

夠讓我們看到的一個文學事實，就是它們對於中國文學的抒情傳統及其「偏向」，有著某種程度上的自覺與反思。並且，也正是在此意義上，可以說和中國現代敘事詩藝術及其審美趣味的成長，應當存在著的一種「連續性」的詩學史關係。

　　與此同時，我們還應當注意到的，就是在中國現代學術史上，長期以來關於中國古代有無「史詩」及敘事詩史而進行的「文學史」知識建構，以及由此體現出的現代文學「意識形態」性。這裏邊，不管是章太炎的「徵之吾黨，秩序亦同」的「存在說」，還是胡適等人的「失傳說」、「刪除說」、「否定說」、「抒情說」，等等，其探討和研究的一個主要目的，正如朱光潛所述，不僅要說明「中國詩和西方詩的發展路徑有許多不同點」，以及「長篇詩的不發達對於中國文學不能說不是一個大缺陷」等「不能不汗顏」的文學史事實，關鍵是想解釋並總結出「長篇詩在中國何以不發達」的原因及「所得的教訓」。如「史詩和悲劇不同於抒情詩」；「儒教化」的中國與「宗聖」的人生理想；「內傾」的「民族和個人的心理原型」；「偏重主觀，情感豐富而想像貧弱」等，是造成和「西方詩」相比，中國詩歌「偏向抒情的一方面發展」，以及因「中國詩偏重抒情，抒情詩不能長，所以長篇詩在中國不發達」的形式方面的因素。從而清楚地表明了他們的這些包括「史詩」及敘事詩藝術研究在內的學術探索，立意在「用來在中國文學上開闢新境，終久總會使中國文學起一大變化的」[6]現實關懷和用心所在。

6　以上均見朱光潛：《中國文學之未開闢的領土》；《長篇詩在中國何以不發達》，《朱光潛全集》（8），安徽教育出版社 1993 年版，第

　　正因為如此，我們才有足夠的理由來證明，現代敘事詩文學類型及其創作意識在 20 世紀中國文學發展過程中的自覺及「崛起」，不僅是通過大量的創作實踐及藝術探索，參與著中國文學的「現代化」進程，以及其文學的抒情傳統格局的變革。因而成為中國現代文學創作形態中，具有「現代性」及「先鋒性」特質的文本樣式之一。同時，由其引發和觸及到的一系列詩學理論及美學問題，對於中國現代詩學及文學批評方法的進步與發展，特別是中西詩學的歷史比較及理性會通，也產生著積極地推動作用及內聚性的思想活力。

二、在傳統與創新之間的徘徊

　　回顧迄今百年來的中國現代敘事詩史，種種圍繞現代敘事詩的內容及形式等問題而展開的詩學批評，以及關於「現代史詩」、敘事詩藝術的「前途」與「命運」的價值判斷及討論，事實上成為影響或制約現代敘事詩文學類型是否有可能發展進步及藝術創新的一個「關鍵」。從中國古代詩文理論的「詩緣情」說，以及「詩者，吟詠情性也」的文體形式觀，到各個時期新文學理論批評中反覆出現的「抒情是詩的本分」、「詩的專職在抒情」，以及「詩的體裁在外形上雖不同」，但「其實質」，「詩是『短』的意思」，因此「詩的性質是歌詠，是出於意外的發見，不是敘述與描寫」[7]等

---

142 頁、第 352-356 頁。
[7]　草川未雨：《中國新詩壇的昨日今日和明日》，上海書店 1985 年重印本，第 188 頁。

「現代詩論」，以至於斷言：「現代史詩」文體形式的建構及創作「完全是時代的錯誤」等。而這樣的觀點，一直到80年代前後至今，我們仍然是耳熟能詳。在許多作家眼裏，由於「敘事詩是詩，情感，是詩的標誌和直接內容」，因此，「敘事詩既然是詩，其特質不在敘事而在抒情，只不過以敘事為手段進行著感情的傳遞和渲染」。於是，要求敘事詩也應當遵循「抒情是第一的原則，並且是敘事詩的靈魂」，必須「在詩的抒情原則中就範」[8]等等。如此這般的敘事詩論及其藝術形式準則，真切地反映出了現代敘事詩及其文學類型，在中國現代文學中的尷尬處境及徘徊狀態。讓人感到它宛如闖進「詩國」，衝撞了癡情專一的「抒情詩」女神，而招致了諸多的白眼與指責，於是需要不斷地表明身份，並為自己的「合法」性存在解釋辯護的一位「莽漢」那樣。而不僅僅只是出於一種對「抒情」詩學的迷信及「情感」的狹隘熱衷。事實上，反思這種文學現象的背後及其深層因素，能夠清晰發現的是，依然困繞著現代敘事詩藝術成長進步的，除了中國文學的「抒情詩的傳統」[9]及「史傳」敘事手法等，這些體現著中國文學傳統的「路徑依賴」及左右，因而使「在這個文學裏面，抒情詩成了它的光榮，但是也成了它的限制」[10]之外，同時交織在一起的，還有現代理性詩學及其審美趣味帶來的創新壓力與理論衝突，讓中國現代作家既要

---

[8]　謝冕：《北京書簡》，人民文學出版社 1981 年版，第 41 頁。

[9]　陳世驤：《中國的抒情傳統》，《陳世驤文存》，遼寧教育出版社 1998年版，第 6 頁。

[10]　陳世驤：《中國的抒情傳統》，《陳世驤文存》，遼寧教育出版社 1998年版，第 2 頁。

直面現代文壇名利的誘惑，抵禦商業化的現實衝擊，又要在依據「文學進化論」及「科學方法」、現代主義詩學規範等理論，而得出的敘事詩的「過時論」、「替代論」等藝術「規律」面前，必須有所選擇和能夠選擇。因而，這也確實會讓他們感到有些無所適從，以及一時間的難以抉擇。

　　正是在這樣的文學歷史背景及其理論「話語系統」中，現代敘事詩的文本建構及其敘事模式的藝術創新，常常需要首先面對和回答的，至少有二個方面的問題及質疑：一是關於敘事詩藝術對「純粹事實」的文學態度，以及其體裁形式「所特有的觀察和理解現實的方法和手段」[11]等，主要可謂「內容」與「形式」的關係問題。如同我們以上所看到那樣，在敘事詩藝術的諸多詩學及美學問題中，關於「史詩」與「詩史」等涉及到敘事詩文學類型及其藝術形式本質方面的理論探討，是不同時期討論最多，爭議最為激烈一個焦點論題。這中間除了有如何超越古典敘事詩歌以「事」為中心的「徵實」性詩論，以及「韻語紀時事」的「史」性文體形式觀之外，影響最大的，就是根據機械的「內容決定形式」論，割裂文學藝術內容與形式之間所存在的辯證關係，並往往在肯定並強調「內容」之後，否定或漠視「形式」的美學功能和藝術價值。從而使現代敘事詩的藝術創作及理論批評，多糾纏於「本事」與「故事」、紀事與敘事、題材與韻律等「泛詩學」討論，以及所謂詩性敘述方式及「韻文小說」的「代替論」，或者「終結論」等「偽詩學」性問題的無謂爭執中。結果，正是在這種對敘事詩文類是

11　巴赫金：《文藝學中的形式主義方法》，錢中文主編：《巴赫金全集》
　　（2），河北教育出版社 1998 年版，第 289 頁。

否具備「合法性」文學存在的質疑過程中，反而無暇顧及，甚至忽略放棄了對於其作為一種「文學的言述」文本樣式及其「虛構性」本質的注意。未能就「文學性」敘事與歷史性敘事的不同及差異，即敘事詩的佈局形式、體裁形式中，主要就在於故事情節中「虛構性」元素的多寡主次，以及由此而構成一種「形式創造」的故事等問題進行追究；二是關於「抒情」與「敘事」問題的討論，以及對現代敘事詩藝術的「抒情與敘事相結合」創作方法的倡導。由於不是從敘事文學及其美學的立場，來討論和理解「敘事」、「抒情」的詩學功能與意義，結果，不同於西方敘事詩學的「注意重心引向『製作』的結構、設計、和規劃的原則」，而是從「中國人的『詩』字卻專重詩的藝術的要素本質的表現」出發[12]，將「敘事」看作「與『事』脫節了的志」[13]，或者為一種「描寫」或「記敘」的寫作技巧。如此而來，詩性敘事話語的「感事」性及「情義為主」的「抒情化」審美追求，使敘事詩的「抒情」成了作者個人「情緒」的宣泄，以及「直抒胸臆」或者「自我表白」的同義語。於是，那種強調「敘事詩是情緒情節結構」，以及「敘事詩是情與事的融合，是『抒』與『敘』的統一」等觀點，也就有意或無意中排斥、抑制了現代敘事詩藝術結構的創造，以及其文體形式功能和想像力的發揮。從而不僅使中國現代詩學在理論及批評上，表現出明顯的視野封閉及固執簡單，以及創新意識

---

[12] 陳世驤：《中國的抒情傳統》，《陳世驤文存》，遼寧教育出版社 1998 年版，第 146 頁。

[13] 聞一多：《歌與詩》，《聞一多全集》（1），生活·讀書·新知三聯書店 1982 年版，第 191 頁。

的萎縮貧乏及衝突對立，而且直接導致了中國敘事詩文體意識的「抒情化」態勢，以及其文學類型生長的「邊緣化」趨向。

　　此外，中國現代文學及其藝術形態體現出的「史詩情結」及藝術追求，在中國現代敘事詩成長及發展的歷史過程中，無論是姿態立場方面，還是創作期待上，也都顯得尤其的積極主動，並表現得分外的熱烈迫切。作為「現代敘事詩藝術想像」及其文體形式追求的一個基本目標及可能的理想，它們也充分顯示出了中西詩學之間，在敘事主題及創作意識、文體形式及審美功能等方面，所存在著的內在的對話融通及緊張衝突。這裏面，除了我們從中看到的關於有無「民族史詩」的討論，對造成這種「不發達」的「原因」、「遺憾」的探究，以及由此反映出的中國現代學術及其知識體系的一種恰當地「焦慮」外，實際上也證明了自 19 世紀末以來，「史詩」及其美學追求，已經緊緊地和中國敘事詩藝術的「創新」意識凝聚在了一起。因此，無論是最初「棄史籍而采近事」的「雜歌謠」，側重「寫實」的所謂「現實寫真」，以敘述「華族民性」為主題的「史事詩」及敘事詩，用「新現實主義」相標榜的「左翼史詩」或「革命史詩」，抗戰時的「民族革命的史詩」及「民族敘事詩」，「80 年代詩歌」中的所謂「文化史詩」，還是梁啟超期待的「詩界之哥倫布，瑪賽郎然後可」，梁實秋的「詩與偉大的詩」論，「80 年代詩歌」由「呼喚史詩」而引起的爭論[14]，以及被海子視為

14　楊匡漢：《詩美的崇高感》，《文學評論》1983 年第 4 期；毛迅：《關
　　於「呼喚史詩」的質疑》，《文學評論》1984 年第 2 期，等。

「一個當代詩人的夢想和願望」的「偉大的詩歌」等。[15]應當說，「史詩」創作形態，事實上亦成為 20 世紀不同時期的中國詩人心中，能夠和「偉大的詩」等同的詩歌理想及藝術境界。因而讓我們在這種揮之不去的「史詩情結」中，不僅深深地觸摸到一股驅動中國現代文學藝術發展的巨大動力，而且明確地感受到了現代敘事詩及其藝術生命之中的那種持續不懈的「創新」激情。

三、現代敘事詩的「詩學史」意義及價值

正如我們在以上所看到的那樣，由於在近百年走來的現代敘事詩藝術身上，不只凝結著 20 世紀中國文學及其「現代性」的期待與想像，同時也匯聚了中西文學傳統及其審美觀念的衝突與超越。因此，關於現代敘事詩藝術及其創作形態的未來走向，以及它作為一種文學類型在中國文學歷史進程中的前途命運，就成為各個時期的新文學作家們「思慮」較多的一個問題。正所謂判斷一種藝術及其作品的標準，除了要衡量其是否創造了一種藝術規範外，最重要的，還必須審視其對於社會歷史的覆蓋力，以及對「人類日常生活」的穿透力，即關係到「詩意」等終極存在意義方面的藝術性能力。而現代敘事詩藝術及其文體形式核心骨架的形成發展證明：在其明目張膽的「意識形態」性及其隱喻性話語建構方式中，現代敘事詩想要肯定的文學精神及其期望實踐把握的

---

[15] 海子：《詩學：一份提綱》，西川編：《海子詩全編》，上海三聯書店 1997 年版，第 898 頁。

藝術洞察力，不僅和現代文學的其他體裁形式一樣，成為謀求中國民族思想文化的獨立與復興，擺脫帝國主義的「文化霸權」，反抗現代社會及其文化的「非人化」現象與統治的一種藝術的方式，同時，它又以其獨到的觀察理解現實的方法與角度，「閃避」著抒情文學傳統的單調及其文體「程式」的保守固執，實踐著「詩的意識及形式」的創造，也在詩學方面為中國現代文學及敘事文學的發展，提供著一種積極的文學影響與經驗。並且，因此而成為現代作家在中西文學思想及觀念的碰撞對話中，尋求中國文學的「現代化」發展途徑，建設無負於時代與歷史的「現代中國文學」理想的一部分，從而具有了較為深刻的「詩學史」意義及價值。

　　正是在這樣的新文學傳統及歷史語境中，80 年代初的當代詩壇上，伴隨著新時期中國社會政治及思想文化領域「思想解放」運動的拓展深入，不僅在當時的詩歌理論中，重新奏響了「呼喚史詩」及其創作的聲音，強調「需要時代巨大、莊嚴、雄偉的交響樂」，並「呼喚詩美的崇高感」的「新的史詩」。同時認為這種「史詩」性藝術，「能夠把民族的大事和民族的精神融合在一起，把美學的發揮和社會歷史的剖析結合在一起，把戲劇的與詩歌的、敘事的和抒情的全部才能匯集在一起，在一個雄偉的高度和掘進的深度去把握典型環境中的典型事件與典型情緒，施展對民族對祖國的思考中噴發出來的思辯力量和情感力量」。[16]而在此前後，除了國內的許多文學期刊、詩刊大量登載，甚至特別徵集現代敘事詩

16　楊匡漢：《詩美的崇高感》，《文學評論》1983 年第 4 期。

的作品或稿件[17]，並出現了中國文學史上第一個專門發表敘事詩作品的刊物，即 1980 年創刊的《敘事詩叢刊》，湧現出一批以現代「史詩」創作聞名的詩人，如楊煉、江河、海子等，以及李發模、孫靜軒、李老鄉、張永枚、胡昭、高洪波等等敘事詩作家外，在「海峽對岸」的臺灣，被稱為「臺灣文學史上」由「報業秉持文化理想，創立文學獎的歷史最悠久」的「時報文學獎」，則在 1979 年的第二屆「時報文學獎」中，特意增設了一項「敘事詩獎」。後來雖因敘事詩「行數較多，發表時所占篇幅太大」，乃從第六屆「停止」了「甄選」。[18]但在白萩、余光中、葉維廉、鄭愁予、洛夫、楊牧、顏元叔等先後擔任「決審委員」的推舉下，湧現出了一大批獲得「敘事詩獎」的作家及作品。如楊牧、白靈、鄭文山、黎父、羅智成、施善繼、向陽、楊澤、周安托、陳黎、江雪英、荀孫、楊渡、李弦、焦桐、管管、高大鵬、李鹽水、徐訏、趙衛民、汪啟疆、陳克華、洛夫、張錯、蘇紹連、渡也、吳德亮、侯吉諒、蔣勳等。不僅極大地促進了臺灣地區的現代敘事詩創作活動及其繁榮，而且，在 20 世紀 80 年代中國文學的發展過程中，讓因政治制度及意識形態而中斷了幾十年文學聯繫的「海峽兩岸」，通過現代「史詩」及敘事詩創作，尋找到一種共同的文學傳統及藝術聯繫。從而形成了當代「海峽兩岸」的中國文學中，一個可謂「不約而同」的文學景觀。這其中所蘊含著的文學史意義及價值，或許更值得我們注意。

---

[17]　《詩刊》編輯部：《歡迎敘事詩稿》，《詩刊》1984 年第 4 期。
[18]　以上見季季：《時報文學獎史料索引·後記》，季季編：《時報文學獎史料索引》，（臺北）中國時報社 1990 版。

　　同樣，在「90 年代詩歌」關於「敘事性」審美轉向的討論，以及他們提出的「堅持知識份子的敘事態度和文化整合性的寫作」[19]意識及立場中，我們也能夠從中追溯到它和現代敘事詩藝術，包括「80 年代詩歌」某些方面的「連續性」關係。這不只表現在它們希望從柔靡邁向博大的「反浪漫反抒情」上，由簡約走向宏闊，追求現代詩歌藝術的「新歷史主義」品質等方面，而且作為一種在後現代思想狀況下的詩學思考，其中對「多年來在中國現代詩歌寫作中占支配地位的，一直是一種非歷史化的詩學傾向及『純詩』口味」的不滿，對所謂「歷史的文本化與文本的歷史化」的審美「欣賞」，以及「一種歷史化的詩學，一種和我們的時代境遇及歷史發生深刻關聯的詩學」的理論要求[20]，都使得他們的這種「歷史個人化」的「敘事性」詩歌創作論，與 80 年代初的現代「史詩」及敘事詩藝術的發展，以至於 19 世紀末以來的中國詩歌藝術，在美學原則及其文學理想等方面，保持著一種「對話性」及「互文性」的文學史或「詩學史」關係。

　　除此之外，現代的形式主義文論以來文學觀念及研究方法的轉變，特別是「後現代理論」及其方法論的影響，也為敘事詩藝術的發展，以及其文學類型成長經驗與審美要求的研究，提供了新的美學準則及方法論角度。如巴赫金的「文學體裁論」[21]，雅克‧拉康的「後現代」文化心理學，以及

19　王家新：《從一場濛濛細雨開始》，孫文波編選：《中國詩歌 九十年代備忘錄》，人民文學出版社 2000 年版，第 10 頁。

20　王家新：《夜鶯在它自己的時代》，上海東方出版中心 1997 年版，第 108 頁，第 82 頁。

21　巴赫金：《陀思妥耶夫斯基詩學問題》，錢中文主編：《巴赫金全集》

福柯的「考古學」及「系譜學」方法論等。從而提醒我們注意到，在什麼意義和範圍之內，才能給敘事詩藝術及其文體形式以恰當的文學史地位與價值認同？或者，更為關鍵性及根本性的一個問題，就是在當代及未來的文學語域空間裏，敘事詩藝術有可能成為人們期待的「文學言述」或一種「藝術體裁」嗎？對此，儘管是難以輕易得出一個準確答案的，但是面對現代敘事詩藝術的歷史和未來，尤其是必須要解決的那些成長和發展中提出的種種問題時，它們應當在理論及實踐方面有所啟示與幫助。

所以，我們今天除了「必須拋棄在文學的發展和從生到死的封閉進行過程之間作生物學的類比的觀點」。即立足於一種開放的多元的文學史及其「詩學史」的立場，在承認「歷史過程會不斷地產生到目前為止還不知道的而且是不可預言的新價值形式」[22]的同時，能夠從一種更大的文學史範圍內，重新檢討這些糾結在中國敘事詩文類身上的所謂「紀事」、「徵實」說，以及「抒情」、「替代」論等文學觀點外，事實上，如同「歷史的過程得由價值來判斷，而價值本身卻又是從歷史中取得的」那樣[23]，不僅中國敘事詩藝術及其文體形式的美學價值，必須從對其文學類型的歷史考察及研究過程中取得，並只能依據其本身的價值進行學術的研究及評判，而且歷史詩學的研究證明，人類歷史過程中形成的

（5），河北教育出版社 1998 年版，第 140 頁。

[22] 韋勒克等著，劉象愚等譯：《文學理論》，生活·讀書·新知三聯書店 1984 年版，第 256-257 頁。

[23] 韋勒克等著，劉象愚等譯：《文學理論》，生活·讀書·新知三聯書店 1984 年版，第 257 頁。

任何文學類型及文本樣式，無不是每個時期人們對於傳統形式及舊有文類「基因」成份，進行的重新組合和加工改造，以及新的豐富和擴展[24]，並由於語言本身具有的內在對話性及隱喻性結構，以及對「意義」的表達等，因而揭示並闡明了「詩的意識」及其形式演變的總體趨勢。如巴赫金關於在文學史的「小說統治時期」，「幾乎所有其他體裁不同程度上都『小說化』了」的論斷，以及詩歌體裁中的所謂「言語的內在對話主義」的研究等[25]。實際上都已經在昭示著，作為一種「正在成長中」的文本樣式，中國敘事詩也唯有秉持這種「開放」性的藝術姿態，保持具有包容性的文學創造力，在自然地適應「詩」的「閱讀的形式」，以及「讀者期待」的歷史過程中吸收「更新」，不為成就一種「固定的體裁」或文體「程式」，拒絕或放棄未來應當具有的無限可能，以及不斷創新的藝術領域及發展的空間。

---

[24] 參見劉寧：《維謝洛夫斯基的歷史詩學研究》，《世界文學》1997 年第 6 期。

[25] 巴赫金：《史詩與小說》，錢中文主編：《巴赫金全集》（3），河北教育出版社 1998 年版，第 508-509 頁。

附錄

中國現代敘事詩作品要目

（1898-1949）

1898-1917

彩雲曲	樊增祥	見錢仲聯編著：《近代詩鈔》(2)江蘇古籍出版社 1993 年版
後彩雲曲	樊增祥	…………………………
逐客篇	黃遵憲	…………………………
馮將軍歌	黃遵憲	…………………………
錫蘭島臥佛	黃遵憲	…………………………
番客篇	黃遵憲	…………………………
臺灣行	黃遵憲	…………………………
度遼將軍歌	黃遵憲	…………………………
俠客行	黃遵憲	…………………………
壬子正月十二日入都……	林　紓	…………………………
十四夜天津果大掠	林　紓	…………………………
侯生行	嚴　復	…………………………
開歲忽六十篇	康有為	…………………………
海軍衙門歌……	丘逢甲	…………………………
和平里行	丘逢甲	…………………………

元旦日蝕詩	黃　人	見錢仲聯編著：《近代詩鈔》(3)江蘇古籍出版社 1993 年版
宮井篇	金兆蕃	....
艾如張董逃歌	章炳麟	....
秋風斷藤曲	梁啟超	....
朝鮮哀詞五律二十四首	梁啟超	....
拆屋行	梁啟超	....
紅毛刀歌	秋　瑾	....
寶刀歌	秋　瑾	....
寶劍歌	秋　瑾	....
檀青引	楊　圻	....
哀南溟	楊　圻	....
天山曲	楊　圻	....
哀大刀王五	楊　圻	....
頤和園詞	王國維	....
隆裕皇太后輓歌辭九十韻	王國維	....
寧壽宮詞	孫景賢	....
王郎曲	柳棄疾	見《磨劍室詩詞集》（上）上海人民出版社 1985 年版
閩中新樂府	林　紓	1897 年福州刻版印行
逐滿歌	西　狩（章炳麟）	《復報》5 號 1906 年 10.12
二十世紀太平洋歌	任　公	《新民叢報》第 1 號
新羅馬（傳奇）	梁啟超	第 10-13.15.20.56 號
度遼將軍歌	人境廬主人	《新民叢報》第 21 號
愛國歌四章	少年中國之少年	《新小說》… 第 1 號

俠情記（傳奇）	飲冰室主人	……………………
辛壬之間新樂府	燕市酒徒	…………… 第 2 號
支那新樂府三十章	水月廣主	…………… 第 4 號
燕市吟	公之瘦	……………………
新樂府十章	雪　如	…………… 第 5 號
庚子時事雜詠二十二首	詠　一	…………… 第 6 號
團匪魁（京調）	春夢生	…………… 第 9 號
粵謳新解心四章	外江佬	……………………
黃大仙報夢	未上臺臺上人	………… 第 10 號
勸學	夢餘生	……………………
易水餞荊卿	新小武	《新小說》… 第 4 號
班定遠平西域（劇詩）	曼殊室主人	…………… 第 7-9 號
黑龍江（彈戲）	周祥駿	張庚主編：《中國近代文學大系・戲劇集》(1)上海書店 1996 年版
風洞山（傳奇）	吳　梅	《中國白話報》………… 1904 年 4.6 期
俗耳針砭彈詞	謳歌變俗人	《繡像小說》第 1-6 期
維新夢傳奇	惜　秋	…………… 第 2-6 期
時調唱歌	謳歌變俗人	…………… 第 1 期
警世吳歌	戎馬書生	…………… 第 2 期
戒煙歌	天地寄廬主人	…………… 第 3 期
世事曲	鯽　士	…………… 第 4 期
十二月太平年	竹天農人	…………… 第 5 期
小五更北調	竹天農人	…………… 第 6 期
歎中華	鯽　士	…………… 第 7 期
商務開篇	鯽　士	…………… 第 8 期
破國謠	蓬　園	…………… 第 10 期

醒世道情　　　　　　戎馬書生　　　……………… 第 11 期

小五更　　　　　　　竹天農人　　　……………… 第 15 期

歡五更　　　　　　　天地寄廬主人　……………… 第 16 期

蒼鷹擊（雜劇）　　　傷時子　　　　　張庚主編：《中國近代
　　　　　　　　　　　　　　　　　　文學大系·戲劇集》(1)
　　　　　　　　　　　　　　　　　　上海書店 1996 年版

吉慶花（時調雜劇）　　　　　　　　　《小說月報》2 卷 7 號

說國慶（新灘黃）　　我　一　　　　　……………… 3 卷 7 號

軒亭冤（雜劇）　　　蕭山湘靈子　　　……………………………

諷諭新樂府　　　　　林　紓　　　　　《平報》
　　　　　　　　　　　　　　　　　　1912.11.1-1913.9.30

大雪放歌和叔永　　　胡　適　　　　　《留美學生季報》
　　　　　　　　　　　　　　　　　　……………… 第一年春期

裴倫哀希臘歌　　　　胡　適　　　　　同上

老樹行　　　　　　　胡　適　　　　　見《胡適留學日記》

睡美人歌　　　　　　胡　適　　　　　同上

答梅覲莊　　　　　　胡　適　　　　　同上

贈朱經農　　　　　　胡　適　　　　　《新青年》2 卷 6 號

1918

人力車夫　　　　　　沈尹默　　　　　《新青年》 4 卷 1 號

人力車夫　　　　　　胡　適　　　　　……………………2 號

遊香山紀事詩　　　　劉半農　　　　　……………………2 號

車毯　　　　　　　　劉半農　　　　　……………………2 號

學徒苦　　　　　　　劉半農　　　　　……………………4 號

他們的花園　　　　　唐　俟　　　　　……………… 5 卷 1 號

三弦　　　　　　　　沈尹默　　　　　……………………2 號

我與趕腳的和驢子　　　君　左　　　《民國日報‧批評》

　　　　　　　　　　　　　　　　　………………11.5

鳳凰涅槃（劇詩）　　　郭沫若　　　《時事新報‧學燈》

　　　　　　　　　　　　　　　　　………………1.20

分類白話詩選（寫實類）　許德鄰編　　上海崇文書局

新詩集（寫實類）　　　　新詩社編　　新詩社出版部

棠棣之花（劇詩）　　　　郭沫若　　　《時事新報‧學燈》

　　　　　　　　　　　　　　　　　增刊

1921

京漢車中雜　　　　　　　李之常　　　《文學旬刊》‥12 期

琴聲　　　　　　　　　　劉延陵　　　…………16，19 期

路上　　　　　　　　　　玉　諾　　　《晨報副刊》10.27

囚徒　　　　　　　　　　蘇宗武　　　《晨報副刊》12.17

三哥　　　　　　　　　　朱毅農　　　《晨報副刊》12.26

掛髮網的姑娘　　　　　　李日生　　　《晨報副刊》12.27

漁娘曲　　　　　　　　　蘇兆驤　　　《民國日報‧平民》

　　　　　　　　　　　　　　　　　………………1.3

人力車夫　　　　　　　　劍　奴　　　………………5.21

上帝之心　　　　　　　　余　愉　　　………………9.10

苦奴──紡紗聲　　　　　潘垂統　　　………………12.29

小村姑　　　　　　　　　天　月　　　………………12.31

姻緣──愛　　　　　　　大　白　　　《民國日報‧覺悟》

　　　　　　　　　　　　　　　　　………………1.4

黃包車與汽車　　　　　　洽　儒　　　………………1.28

收成好　　　　　　　　　大　白　　　………………3.1

田主來　　　　　　　　　大　白　　　………………3.2

1922

1924

途遇	王任叔	《文學》……… 105 期
從狹的籠中逃出來的囚人	王任叔	……110、111、123 期
詩人和芙蓉	王任叔	……………… 130 期
迴現	陳開銘	……………… 139 期
童心	王任叔	……………… 153 期
迷途的小羊	全 平	《創造季刊》2 卷 2 期
愛之箭	歐陽蘭	《晨報‧文學旬刊》
		……………… 25 號
一條金色的光痕	徐志摩	《晨報副刊》……2.26
沙士比亞若邈玖嬭新彈詞	鄧以蟄	……………… 4.25-26
無「心」的悲哀	林憾	……………… 5.17
一個驢夫的故事	林玉堂	……………… 9.24
太平景象	徐志摩	……………… 9.28
花間鳥語	鄧炳麟	……………… 10.6
誰知道	徐志摩	……………… 11.9
他們的晚餐	何植三	……………… 11.15
卡爾佛里	徐志摩	……………… 11.17
「蓋上幾張油紙」	徐志摩	……………… 11.25
叫化活該	徐志摩	《晨報六周年紀念增刊》
古怪的世界	徐志摩	同上
兒時的回憶（長篇）	珠 含	《民國日報‧覺悟》
		……………… 7.17
倡女曲	味 辛	《民國日報‧平民之友》
		……………… 6.13
絲廠女工曲	茜 村	……………… 6.20
回娘家（長篇）	稻 心	……………… 6.27-7.4

1925

天安門	聞一多	…………… 1370 號
睡歌	王希仁	…………… 1371 號
朝鮮的夜哭	佩　弦	…………… 1415 號
「快離開我」	王希仁	…………… 1423 號
水鬼的生前	王希仁	…………… 1450 號
木匠	王希仁	…………… 1469 號
海盜的歌	王希仁	…………… 1470 號
護國岩述	吳芳吉	…………… 1477 號
天安門	饒孟侃	《晨報・詩鐫》 1 號
回來啦	楊世恩	…………………… 1 號
欺負著了	聞一多	…………………… 1 號
江上	蹇先艾	…………………… 3 號
鐵樹開花	楊了惠	…………………… 3 號
搗衣曲	饒孟侃	…………………… 3 號
罪與罰	徐志摩	…………………… 4 號
又一次試驗	志　摩	…………………… 6 號
松林的新匪	王希仁	…………………… 6 號
海下孤飛的燕兒	金滿成	…………………… 9 號
「大帥」（戰歌之一）	南　湖（徐志摩）…… 10 號
拿回吧，勞駕，先生	南　湖	………………… 10 號
兩地相思	南　湖	………………… 11 號
孤哭的鳩	燕志儁	《小說月報》
		…………… 17 卷 1 號
殘灰	朱　湘	…………………… 3 號
玉簫明月（長篇）	易家鉞	…………………… 4 號
還鄉	朱　湘	…………………… 5 號
王嬌	朱　湘	…………………… 7 號
哭城	朱　湘	…………………… 9 號

死之勝利	朱　湘	……………………… 12 號
寺門之前	馮　至	《沈鍾》合訂本第 1 冊
君山（長篇）	韋叢蕪	《莽原》1 卷
		………… 2/4-6/9-15 期
十字架	張向明	《白露》…… 2 卷 5 期
在黑夜裏	光　赤	《洪水》…… 2 卷 3 期
群星之鼓噪	曹鈞石	…………………………4 期
他，她	為　法	《洪水》…周年增刊
可憐的黃包車夫	楊鼎鴻	《生活》…1 卷 17 期
瓶	郭沫若	《創造月刊》1 卷 2 期
瘋人的詩	劉　復	《京報副刊》429 期
冬之夜	宗樹男	《現代評論》3 卷 83 期
井欄月上	呂伯攸	《小說世界》14 卷 24 期

1927

錦兒的哀歌	王希仁	《晨報副刊》1541 號
倡答曲	王希仁	………………… 1565 號
春	甲　辰（沈從文）……1986-1987 號
七夕	焦菊隱	………………… 2025 號
街頭女詩人	育　熙	………………… 2094 號
上帝	焦菊隱	………………… 2095 號
童神（劇詩）	熊佛西	………… 2120-2134 號
駱駝的末日	割　紫	《現代評論》5 卷 110 期
原始之夢	倪炯聲	………………… 122 期
瘋婦之歌	甲　辰（沈從文）………… 123 期
深夜裏的戰士	啟　熙	………………… 126 期
古翁仲對話	施蟄存	………………… 148 期

賣狗頭罐子的同他隔鄰的少女　臧亦遽（臧克家）⋯⋯⋯⋯6 卷 154 期

曙　　　　　　　　　　　甲　辰　　　《現代評論》

　　　　　　　　　　　　　　　　　⋯⋯二周年紀念增刊

放翁的老年　　　　　　　趙景深　　　《小說月報》18 卷 5 號

牧歌　　　　　　　　　　許幸之　　　《創造月刊》

　　　　　　　　　　　　　　　　　⋯⋯⋯⋯ 第 1 卷 7 期

墳邊潔婦　　　　　　　　錦　遐　　　《真美善》1 卷 9 號

夢拜倫　　　　　　　　　孟　超　　　《洪水》⋯3 卷 30 號

菩提樹下（長篇）　　　　梅紹農　　　⋯⋯⋯⋯⋯⋯ 32 期

花仙　　　　　　　　　　趙景深　　　《一般》2 卷 4 號

帷幔（長篇）　　　　　　馮　至　　　見《昨日之歌》

　　　　　　　　　　　　　　　　　上海北新書局

蠶馬　　　　　　　　　　馮　至　　　　　同上

紫絹記（劇詩）　　　　　周靈均　　　上海創造社出版部

海邊歌聲　　　　　　　　柯仲平　　　上海光華書局

1928

三個時代　　　　　　　　渾　沌　　　《小說月報》19 卷 4 號

琵琶引　　　　　　　　　鶴　西（程侃聲）⋯⋯⋯⋯⋯4 號

一個牧童的故事　　　　　鶴　西　　　⋯⋯⋯⋯⋯⋯⋯6 號

幽靈　　　　　　　　　　鶴　西　　　⋯⋯⋯⋯⋯⋯ 10 號

最後　　　　　　　　　　鶴　西　　　⋯⋯⋯⋯⋯⋯ 10 號

自埋曲（長篇）　　　　　育　熙　　　《現代評論》8 卷 183 期

也不知是那一位畫師的傑作　育　熙　　　⋯⋯⋯⋯⋯ 190 期

絮絮（長篇）　　　　　　甲　辰　　　《現代評論》

　　　　　　　　　　　　　　　　　⋯⋯三周年紀念增刊

蒼龍底命運　　　　　　　羅慕華　　　《燕大月刊》2 卷 3-4 期

黑衣的人（長篇）	韋叢蕪	《燕大月刊》
		………… 二周年紀念刊
老馬	聞家駟	《新月》1 卷 8 號
餓者的哀歌（長篇）	芳 孤	《泰東月刊》1 卷 9 期
媽…媽…我餓了！我要吃飯	藻 雪	……………… 10 期
幽夢曲	羽 音	《白露月刊》1 卷 6 期
記得	索 非	《文學周報》5 卷
在死神到來之前	殷 夫	《太陽月刊》4 期
花一般的罪惡	邵洵美	《一般》4 卷 1 號
露絲	謝 康	上海北新書局
迷雛（劇詩）	楊 騷	上海北新書局
暴風雨的前夜	錢杏村	上海泰東書局
夢與眼淚	邱韻鐸	畸形小集五種

1929

械鬥（長篇）	劉 宇	《新月》…… 2 卷 9 號
鶯鶯	萩 萩	……………… 3 卷 7 號
懺悔	壁 兒	《文學周報》7 卷
小小的田雞	李健吾	……………………………
走到幽靈的世界	嚶 嚶	《燕大月刊》4 卷 1 期
國務院門前	王冰裏	《燕大月刊》4 卷 3 期
聖誕故事（長篇）	清 溪	……………… 5 卷 3 期
母子之死	昌 標	《莽原》……… 13 期
乳婦的悲歌	梨 子	……………… 14 期
鷓鴣使她	昌 標	……………… 15 期
番女夜曲	陳翔冰	《奔流》1 卷 8 期
從故鄉帶來的消息	光 慈	《海風月報》第 5 期

骷髏歌舞之夜	王　壜	《真美善》4 卷 3 號
英雄美人的夢	黃震遐	《雅典月刊》第 1 期
在戰壕裏	蜂　子	（東北）《泰東日報》5.3
心聲（劇詩）	孤　雁	……………… 5/15-17
心曲（劇詩）	楊　騷	上海北新書局
靈魂底夢（長篇）	徐沁君	上海文藝書局
湖上曲	沐　鴻	上海南華書局

1930

拷刑	辛　民	《萌芽月刊》1 卷 3 期
一九二九年的五月一日	殷　夫	………………… 5 期
雪	六　弟	………………… 5 期
一副農民的淡描	鄭志劍	………………… 5 期
梅兒的母親	殷　夫	《海風周報》第 17 期
遺囑	森　堡	
十月三日	森　堡	《拓荒者》… 第 2 期
廢人	馮憲章	…………… 4、5 合期
「你不該拿走我的腿」	紺　弩	《文藝月刊》1 卷 4 期
肉與死的搏鬥（長篇）	劉　宇	………………… 5 期
一隻珍奇的酒杯	霍佩心	《清華周刊》488 期
黑暗（長篇）	胡開瑜	《金屋月刊》
		……… 1 卷 9-10 合刊
流離曲（長篇）	賴　和	《臺灣新民報》
		………… 329-332 號
罪人的歌	微　靈	《泰東日報》8 月 12 日
歸家	鷗　弟	《新地月刊》1 卷 6 期
她的亡魂（劇詩）	王　壜	《真美善》第 5 卷 4 號

愛的除夕（劇詩）	轉　蓬	……………… 6 卷 4 號
潯陽江上	一　粟	………………………4 號
魔王的吩咐（劇詩）	陳晉遐	……………… 7 卷 1 號
風火山（劇詩）	柯仲平	上海新興書店
曼殊的春夢（劇詩）	嚴　夢	上海建設書局
鐵大姐	符　號	夜鷹文藝社

1931

在黃昏裏（長篇）	鶴　西	《小說月報》22 卷 3 號
村裏的姑娘	戴望舒	…………………… 10 號
愛的靈感	徐志摩	《詩刊》…… 創刊號
棄兒	饒孟侃	……………………
洵美的夢	邵洵美	
幻變（長篇）	葆　華	………………………2 期
自己的寫照	孫大雨	……………………2-3 期
七夕	程鼎興	………………………3 期
李媽	霍佩心	《清華周刊》 509 期
夢鄉曲	孫毓棠	……… 511、512 期
櫓歌	孫毓棠	……… 552 期
共工之怒	石　民	《文藝月刊》 ………2 卷 11-12 號
理想之光（劇詩）	梅痕女士等	《現代文學評論》 ……… 第 1 卷 1/2/4 期
廢墟之歌	丁　丁	……………………3 期
現制度謳歌	聶紺弩	《創作月刊》創刊號
寶寶（長篇）	冷　落	《真美善》7 卷 3 號
詩人的悲哀（劇詩）	笳　嘯	《泰東日報・文藝周

		刊》（東北）4 月
黃人之血（劇詩）	黃震遐	《前鋒月刊》1 卷 7 期
愛的三部曲	曾今可	上海新時代書局
出獄之前	滄　海	東方詩社
時代祭	李白英	上海光華書局

1932

偉大的開始（長篇）	張澤厚	《文藝新地》創刊號
「言詞爭執」歌	阿　二（魯迅）	《十字街頭》第 3 期
她的旅程	梅痕女士	《青年界》2 卷 4 號
王老太太的新年	紫　曼	《小說月刊》1 卷 1 期
當她的男人死了之後	程一戎	……………………3 期
我的小朋友	梁　格	梁志平發行
歸來（長篇）	塞　克	見《追尋》上海勵群書店

1933

她的生命（長篇）	王統照	《文學》（滬）創刊號
撿煤球的姑娘	臧克家	……………………………
莊周之一晚	朱　湘	……………1 卷 4 號
販魚郎	臧克家	…………………4 號
補破爛的女人	臧克家	…………………4 號
母親	何谷天	《文藝》（滬）創刊號
潘三沒走合母親的意思	濼　波	……………1 卷 3 期
兩個小車夫	臧克家	……………3 卷 10 期
剩餘的人類	李金髮	《現代》2 卷 3 期

難民	臧克家	《新月》4 卷 7 期
楊媽（長篇）	拾 名	《新時代》5 卷 4 期
教授	老 舍	《申報·自由談》1.25 日
希望	老 舍	⋯⋯⋯⋯⋯⋯ 8.9 日
滑稽的夢（長篇）	叔 寒	《文學雜誌》（平）3.4 期
父與子	木 農	⋯⋯⋯⋯⋯⋯⋯⋯⋯⋯
碼頭夫	三 郎（蕭軍）	《大同報·夜哨》9.17
酒杯的故事（長篇）	霍世昌	《民國日報·十字街頭》（綏遠）12.7
白衣血浪	史 輪	上海泰東圖書局
祈禱	李唯建	上海新月書店

1934

告訴你	蒲 風	《新詩歌》（平）⋯⋯⋯⋯⋯ 創刊號
茫茫夜（長篇）	蒲 風	⋯⋯⋯⋯⋯ 2.3 合刊
拉拉拉（上海車夫曲）	蒲 風	⋯⋯⋯⋯⋯⋯ 4 期
牧童的歌	蒲 風	《新詩歌》 2 卷 1 期
阻運（劇詩）	柳 倩	⋯⋯⋯⋯⋯ 2 卷 2 期
行不得呀哥哥	蒲 風	⋯⋯⋯⋯⋯⋯⋯⋯⋯
六士兵（大眾合唱詩）	芙	⋯⋯⋯⋯⋯⋯⋯⋯⋯
一面坡（大眾合唱詩）	甘 馥	⋯⋯⋯⋯⋯⋯ 3 期
防俄（劇詩）	雪芙堡	⋯⋯⋯⋯⋯⋯ 4 期
旱魃	楊 騷	⋯⋯⋯⋯⋯⋯ 4 期
鬼曲	老 舍	《現代》第 5 卷 5 期
一個拿撒勒人的死	艾 青	《詩歌月報》1 卷 4 期
東北（報告詩）	力 揚	⋯⋯⋯⋯⋯ 2 卷 2 期

1935

拾穗人　　　　　　　錢一葦　　　………………………3 號

和尚　　　　　　　　張瘦鶴　　　……………………………

河　　　　　　　　　孫毓棠　　　《水星》1 卷 5 期

少年行　　　　　　　金克木　　　《文飯小品》第 3 期

掛在枝頭的老奴（劇詩）　王景秀　　見《逃難人》北平太
　　　　　　　　　　　　　　　　　白書店

六月流火（長篇）　　蒲　風　　　日本東京渡邊印刷所

1936

團頭女婿　　　　　　朱　湘　　　《文藝》（武漢）
　　　　　　　　　　　　　　　　………………2 卷 4-6 期

戰爭的插曲（劇詩）　王紹清　　　……………… 3 卷 2 期

荒村浮動線　　　　　葛葆楨　　　《文學》7 卷 1 號

溫柔的逆旅　　　　　臧克家　　　《文學》7 卷 4 號

哀鴻　　　　　　　　臧克家　　　《天地人》… 創刊號

紅娘子本姓王　　　　管九思　　　……………………………

浪捲來的人群　　　　徐　訏　　　………………………2 期

供　　　　　　　　　徐　訏　　　………………………8 期

遭遇　　　　　　　　王士瑗　　　………………………9 期

新的航程　　　　　　李華飛　　　《詩歌生活》（滬）
　　　　　　　　　　　　　　　　……………………創刊號

流亡　　　　　　　　林　蒂　　　《詩歌生活》（青島）
　　　　　　　　　　　　　　　　……………………創刊號

靜靜的南渡江　　　　征　軍　　　《東方文藝》1 卷 2 期

一個青年人的苦悶　　李長之　　　《文藝月刊》9 卷 3 號

雨夜（長篇）　　　　柳　倩　　　《文學大眾》1 卷 1 期

鄉曲（長篇）　　　　楊　騷　　　《文學界》… 創刊號

恭喜恭喜	石塘清	……………… 1 卷 4 號
文化琴的母音斷了（劇詩）	臧雲遠	《質文》 2 卷 1 期
一條腿	施誼	《光明》…… 1 卷 2 號
五月的太陽	王亞平	………………3 號
風波亭	關露	………………6 號
馬刺松信使	羅念生	《新詩》1 卷 1 期
饑餓	田間	《夜鶯》第 4 期
小麻雀的懷疑	楊騷	《文學叢報》2 期
張忠定計（鼓詞）	老舍	《大時代》2 號
瘋婆	臧克家	《今代文藝》創刊號
仲夏月	李雷	《詩歌雜誌》（滬）
		………………… 創刊號
八百羅漢	朱湘	見《永言集》上海時
		代圖書公司
易水悲歌	許子曙	見《孤吊》詩華社出版
自己的寫照	臧克家	文學出版社
路（劇詩）	林房舒	萬人出版社
驪山之夜（長篇）	馬子華	每月詩歌社
中國農村底故事	田間	詩人社出版
饑餓的咆哮	江岳浪	海風詩歌小品社
第三時期	白曉光	北平文學導報社
換火柴的少婦	萬咸	北平人文書店版

1937

寶馬（長篇）	孫毓棠	《大公報・文藝》
		（天津）…………4.11
農夫	孫毓棠	《文叢》第 1 卷 5 號

關山月	蔣山青	《文藝》（武漢）………… 4 卷 2 期
司情人的馬槽	宋衡心	……………………4 期
盧溝曉月（劇詩）	蔣山青	…………5 卷 1、2 期
鬥爭（劇詩）	胡紹軒	………………………………
光幾亭（鼓詞）	老　向	……………………4 期
靜的雪，神秘的雪	徐　遲	《新詩》（滬）1 卷 4 期
馬槽	艾　青	……………………5 期
假面跳舞會（劇詩）	徐　遲	…………2 卷 3、4 期
八個如雲的幻想	李白鳳	………………………………
一個詩人的故事	竇隱夫	《文學》…… 8 卷 1 號
做棺材的人	鄒荻帆	………………………………
光明的見證	臧克家	……………………2 號
退色的金枝	臧克家	……………………4 號
麥家窩	鄒綠芷	《中流》…… 1 卷 9 期
沒有翅膀的人們	鄒荻帆	……………………2 卷 8 期
丁令威之死	李　雷	……………… 10 期
九百個	克　阿（艾　青）	《熱風月刊》1 卷 2 期
他們是五百個	靳　以	《烽火》第 5 期
寓言詩一章	任　鈞	《光明》2 卷 11 號
血的願望（劇詩）	史　輪	《詩歌雜誌》（滬）……………… 第 3 期
玫瑰的故事	慕　旦（穆旦）	《清華周刊》45 卷 12 期
可憐蟲（長篇）	蒲　風	廣州詩歌出版社
曠野（長篇）	張澤厚	1937 年出版
記憶之都（劇詩集）	楊　騷	上海商務印書館
興安嶺的風雪（長篇）	金劍嘯	上海華聯書局版
七口之家（長篇）	虹　淵	中國文化出版社

戰歌	蕭劍青	青年作家協會
防守（劇詩）	柳　倩	思想出版社
山青詩草（第一卷・敘事詩輯）	蔣山青	山川書屋出版
龐琪（劇詩）	彭麗天	見《晨夜詩庋》
		聞一多發行

1938

王小趕驢（鼓詞）	老　舍	《文藝陣地》1卷3號
天柱山的爭奪	蔣必午	……………………5號
校長會議與午睡問題	任　鈞	…………2卷2號
血戰亭子山	王亞平	……………………3號
八百壯士（鼓詞）	鄭青士	《文藝月刊・戰時特刊》…………1卷6期
飛將軍轟炸臺灣（鼓詞）	鄭青士	…………………10期
劉夫人哭靈（鼓詞）	鄭青士	…………………11期
南京浩劫（鼓詞）	鄭青士	…………………12期
決定的答覆	任　軍	…………2卷2期
中國馬的故事	魯之輸	……………………5期
傷兵的灰軍毯和手杖	覃子豪	……………………7期
蔡金花之死	梅　英	…………3卷3、4期
范築先魯西抗敵（鼓詞）	蕭　波	《抗到底》…第5期
流亡曲	征　庸	…………………10期
模範傷兵李德榮（鼓詞）	老　向	
漢奸定計害漢奸（鼓詞）	何　容	…………………12期
棄家從軍（鼓詞）	何　容	…………………15期
割愛除奸（鼓詞）	何　容	…………………19期
新「栓娃娃」（鼓詞）	老　舍	《大風旬刊》…35期

難童謠	平　林	《抗戰文藝》（漢）
		…………… 1 卷 2 期
江曉風捨身誘敵（鼓詞）	老　向	…………………9 期
檄日本飛行士	伍　禾	……………2 卷 5 期
毛脈厚（鼓詞）	老　向	……………2 卷 8 期
邊區自衛軍（長篇）	柯仲平	《解放周刊》（延安）
		…………… 6.8、20
快槍八條	野　火	《大公報·戰線》（渝）
		………… 10.12
他老先生是一位忙人	任　鈞	………… 10.27
塞外行（長篇）	紫　荊	《新詩刊》（滬）
		…………… 創刊號
卓文君（長篇）	芷　蘅	…………………………
鑄劍（長篇）	外　文	《明明》（東北）
		……… 1 周年紀念刊
野店（長篇）	百　靈	…………………………
格來姆（長篇）	李　妹	《新青年》（東北）
		………………4 期
烏江（長篇）	百　靈	………………5 期
她也要殺人（長篇）	田　間	七月文叢版
高梁紅了（劇詩）	安　娥	上海雜誌公司（漢）
天明了（劇詩）	梅　英	四川血光周刊社出版
北國招魂曲	梅　英	上海民新書局出版
抗戰大鼓詞	穆木天	新知書店出版

1939

| 隊長騎馬去了 | 天　藍 | 《文藝陣地》2 卷 6 期 |

| 木廠 | 鄒荻帆 | 上海文化生活出版社 |

1940

一個泥水匠的故事	何其芳	《中國文化》（延安）
		……………… 創刊號
禮物	蕭　三	《中國文化》1 卷 6 期
湘北之戰	王亞平	《抗戰文藝》5 卷 6 期
走向火線（報告詩）	臧克家	……………… 6 卷 2 期
劍北篇	老　舍	………………3 期
紅鼻子和老馬的故事	戈　茅	《文學月報》（渝）
		……………… 1 卷 1 期
他們戰鬥在西班牙	力　揚	……………………………
汾河灣上的故事	李　雷	………………2 期
血的斗笠	王亞平	………………3 期
破路	林　采	………………6 期
耶瑪	高　崗	《文藝陣地》
		……………… 4 卷 9 期
北運河上	魯　嶽	………………8 期
拉夫	征　驊	……… 12 期
諷刺二題	高　崗	……… 5 卷 1 期
開荒素描	駱　方	《文藝戰線》1 卷 6 號
騎馬的人	姚　奔	《現代文藝》（福建
		永安）……… 2 卷 2 期
石匠（通俗韻文）	老　向	《黃河》（西安）
		……………… 創刊號
北征之曲	盧冀野	………………2.3.5.6 期
呂麗	力　揚	《大公報·戰線》

1941

阿三（長篇）	鄭笛華	《詩創作》（桂）第 2 期
夜店	鄭　思	……………… 3.4 期
金剛坡下（劇詩）	胡危舟	……………… 6 期
小寬	伍　禾	……………… 6 期
戰馬	辛　勞	……………… 6 期
草原交響樂（長篇）	鄒荻帆	《現代文藝》（福建永安）…… 2 卷 4 期
馬燈	高　崗	……………… 3 卷 1 期
紫姑（長篇）	鄒荻帆	……………… 3 期
荒涼的山谷（第一部）	李　雷	……………… 3 卷 4 期
班長，牧師，牛	高　崗	
他躺在金黃色的稻草床上	鄒荻帆	《自由中國》（桂）………… 新 1 卷 3 期
黑夜與少女	袁　勃	《華北文藝》（晉）………… 創刊號
攔牛人的故事	王博習	
第二顆子彈	陳　隴	……………… 1 卷 4 期
荒木大尉的騎兵（長篇）	鄭　思	《文藝生活》（桂）………… 創刊號
李二爺與我們	彭燕郊	……………… 1 卷 2 期
蕭（長篇）	伍　禾	……………… 1 卷 23 期
生命爬出來了（劇詩）	徐　遲	《抗戰文藝》………… 7 卷 2.3 合刊
擬寓言詩五章	金克木	……………… 4.5 合刊
瑪蒂夫人家	艾　青	《文藝陣地》………… 6 卷 1 期

1942

劉黑疤	蒂　克	《西南文藝》第 2 期
酒場	彭燕郊	《文化雜誌》2 卷 5 號
小麵人求仙記	梅　志	《青年文藝》（桂）
		…………… 1 卷 3 期
船夫與船（長篇）	彭燕郊	《現代文藝》（福建
		永安）…… 5 卷合訂本
亞當與夏娃的被逐（長篇）	嚴杰人	……………………………
蒙古利亞底夜曲（長篇）	李　雷	…………… 6 卷 1 期
透明的土地	鄒荻帆	………………………3 期
李秀貞	力　揚	《大公報·戰線》
		…………………………10.8
老嫗與士兵	臧克家	…………………………11.8
棄兒	程　錚	…………………………11.8
海盜兄弟們	戈　茅	《新華日報》（重慶）
		…………………………5.28
問媽媽	胡　耒	《國民公報》（重慶）
		…………………………11.3
漁村之夜	沈寄蹤	………………… 11.26
東海老人	蘆　芒	見《中國四十年代詩
		選》重慶出版社
放逐交響樂（劇詩）	禹鐘琪	重慶國訊書店出版
花與果實（長篇）	張澤厚	新藝書店出版
古樹的花朵（長篇）	臧克家	重慶東方書社
生命的動力（長篇）	左　右	普藍圖書館版
小蘭花	蒂　克	成都莽原出版社

1943

哈薩克	山　青	《文學創作》（桂）………2卷1期
老伯伯和牛	韋　平	………2期
賣狗頭罐子的（長篇）	臧克家	………5期
來自田間的人們（長篇）	鄒荻帆	《文藝雜誌》（桂）………2卷3號
鳥槍的故事	公　木	………4號
月亮在頭上	臧克家	
灰色馬（長篇）	林　嵐	《黃河》（西安）………4卷6期
長恨歌（長篇）	林　嵐	………5卷1期
吳滿有（選載）	艾　青	《新華日報》……6.7
月夜的故事	張　晴	………71.5
爸爸殺日本強盜去了	羅　泅	《航程》文藝周刊………9.23
給哥哥的信	鄒荻帆	《詩墾地》叢刊第3輯
曲陽營	田　間	《文學報》新1卷1期
皮鞋	廠　民	《文化雜誌》3卷4號
靜默的群山（長篇）	臧雲遠	《文學》1卷4-5期
昆侖關（長篇）	張澤厚	《時與潮文藝》（渝）………2卷1期
感情的野馬（長篇）	臧克家	………1-3期
他打仗去了（長篇）	臧克家	《文藝先鋒》（渝）………2卷2期
宛香玉	符　浩	《大千》（桂）第3期
苗家月（劇詩）	臧雲遠	《戰時文藝》2卷1期

梅花鎮	李岳南	《天下文章》（渝） ．．．．．．．．．．．．．．1 卷 6 期
拓荒者（長篇）	山　丁	《青年文化》（東北） ．．．．．．．．．．．．．．．創刊號
小蠻牛（長篇）	雷石榆	桂林文化供應社
未唱完的歌	姚雲帆	安徽建導報社

1944

祖母的夢	力　揚	《時與潮文藝》2 卷 5 期
街頭散曲	任　鈞	．．．．．．．．．．．．．．3 卷 4 期
和駄馬一起上前線（長篇）	臧克家	．．．．．．．．．．．．．．4 卷 2 期
詩頌張自忠（長篇）	臧克家	．．．．．．．．．．．．．．．4 期
妲妃	王　采	《文學》．．．．2 卷 3 期
顯微鏡的悲哀（長篇）	白　薇	《文學》．．．．．．．革新號
老寡婦和她的兒子	臧雲遠	．．．．．．．．．．．．．．
白鳥頌	程　錚	《文藝先鋒》4 卷 4 期
大馬山的人民	韋　璞	．．．．．．．．．5 卷 1-2 期
定羌廟之夜	山　青	．．．．．．．．．．．．．．3 期
雪裏鑽	艾　青	《青年文藝》 ．．．．．．．．新 1 卷 1 期
寓言詩集	方　然	．．．．．．．．．．．．．．2 卷 6 期
河上歌人	東　明	《高原》（西安） ．．．．．．．．．．．．．．．創刊號
黃金與歌唱	白　榆	《中原》（渝）1 卷 4 期
二崗兵	王亞平	《天下文章》2 卷 3 期
牛郎和織女（長篇）	臧克家	《當代文藝》（桂） ．．．．．．．．．．．．．．．創刊號

漁夫和漁婦	王　采	《詩月報》之二
劉桂英是一朵大紅花	於之洲	《新華日報》……1.10
鐵錘	臧雲遠	……………10.10
蝶戀花（劇詩）	李健吾	《萬象》（滬）
		………第 3 年 9-10 期
在靜靜的榆林裏（長篇）	藍　苓	《青年文化》（東北）
		…………1 卷 2 期
科爾沁草原的牧者	藍　苓	…………3 期
歌者之歌（長篇）	楊柳青	…………4 期
明日黃花（劇詩）	鄭　造	重慶中國新聞出版印刷公司
海河的子孫	李岳南	作品出版社

1945

大渡河的支流（長篇）	玉　杲	《文藝雜誌》（渝）
		…………新 1 卷 2 期
射虎者及其家族續篇	力　揚	《詩文學》（渝）
		…………第 1 輯
鍛煉	魯　藜	…………………
這裏的日子莫有亮	沙　鷗	《文哨》（渝）1 卷 1 期
化雪夜	沙　鷗	
駱駝和星	朱　健	《希望》（渝）1 集 1 期
六機匠（長篇）	臧克家	《青年文藝》
		…………新 1 卷 6 期
兩個遊蕩的心（長篇）	蕭斯金	《文藝大眾》（平）
		…………第 4 期
大石湖	邵子南	《新華日報》……3.3

人力車夫	間　流	《新滿洲》（東北）…………3月號
五百多個男子漢	黎　哲	《現代女性》（東北）…………創刊號
歲寒曲（長篇）	瞿白音	進修出版教育社
阿細的先基（阿細族史詩）	光未然	昆明北門出版社
洛茸異珠	黃　梅	文合社出版
航海者	田　野	萬縣讀者書屋版
人流三千里（報告詩）	姚散生等	詩創作社出版

1946

吳滿有（長篇）	艾　青	《文藝春秋》（滬）…………2卷3期
夜鶯和玫瑰（長篇）	蘆　春	…………4期
中隊的名字	向　春	…………6期
人的考驗	賀　宜	
牧師和他的僕人	陳伯吹	…………3卷5期
大皮鞋	袁水拍	《文聯》（滬）1卷2期
重慶人	臧克家	
赫爾利這老頭子	袁水拍	…………4期
秩序	鄭　思	《希望》…………2卷4期
紅霞的故事	吳祖強	《清明》（滬）創刊號
厄運（長篇）	蕭　岱	《文壇》（滬）創刊號
好日子	胡　征	…………1卷2號
滹沱河之水（長篇）	張　藍	《文藝大眾》第5期
王貴與李香香（長篇）	李　季	《解放日報》（延安）…………9.22-24

血祭	呂　梁	《文藝生活》新第 4 號
農民兵	穆　旦	《文藝復興》（滬）
		……………… 1 卷 6 期
森林之歌	穆　旦	……………………………
白雲洞（長篇）	王統照	………………… 2 卷 1 期
紅羊角	丹　輝	《北方文化》2 卷 5 期
地主和長工的故事	岡　夫	《北方雜誌》1 卷 4 期
農抗會長（長篇）	金　帆	《文藝叢刊》（港）
		……………………2 輯
死島（長篇）	朱　梅	《現代周刊》（台）
		………………… 1 卷 12 期
十四年	崔松泉	《駝鈴》（東北）
		…………… 創刊號
神女（長篇）	辛　土	《高粱》（東北）
		…………… 創刊號
三皇峁（長篇）	公　木	《東北文藝》（哈爾濱）………… 1 卷 1 期
解放戰士的旗幟——姚海斌	葛力群等	《知識》（東北）
		………………… 7 卷 3 期
我給工人們上課的時候	谷　波	《東北日報》10.2
災難（長篇）	胡　考	山東新華書店
紅日初升（長篇）	方　徨	山東新華書店
戎冠秀	田　間	東北畫報社版
孟平英雄歌	田　間	晉察冀教育陣地社

1947

| 母子遭殃 | 沙　鷗 | 《新詩歌》…· 創刊號 |

淮陽劫（鼓詞）	何　之	《文藝先鋒》12 卷 3-4 期
新探母（鼓詞）	何　之	……………………5 期
木匠王小山（長篇）	陳　牧	詩號角詩叢出版
逼上梁山（長篇）	凍　山	香港詩歌出版社
狼	童晴嵐	香港新詩歌社版
血仇	戈　陽	……………………
小蘿蔔（長篇）	程　邊	上海文通書局版
奴隸王國的來客（長篇）	李洪辛	……………………
土地（第一部）	邵　宇	東北畫報社出版
土地（第二部）	邵　宇	……………………
捧血者	辛　勞	上海星群出版社
英雄的草原（長篇）	唐　湜	……………………
黃河西岸的鷹形地帶（長篇）	侯唯動	東北牡丹江分店
風雲巴郎寨（劇詩）	黃　梅	萬縣新生書店版
苦盡甜來	劉藝亭	冀南新華書店版
死去活來——農民的血淚控訴	張志民等	太嶽新華書店版
潰退（長篇）	黃寧嬰	香港人間書屋版
翼旋與金漢	樂　鳴	社會教育出版社
西裏維奧	張　領	北風社出版
艾艾翻身曲（長篇）	劉　洪	大眾書店版

1949

趙巧兒	李　冰	《人民文學》1 卷 2 期
歡喜	張志民	……………………
漳河水	阮章竟	《太行文藝》(復刊號)
夜戰大鳳莊（鼓詞）	陳　明	《文學戰線》2 卷 2 期
自衛隊長	胡　昭	……………………

復活的土地	杭約赫	上海森林出版社
大娘	李　冰	見《佃戶林》新華書店
天晴了	張志民	天津讀者書店
橋（長篇）	柳漠遠	冀南新華書店
趕車傳（長篇）	田　間	新華書店出版
圈套	阮章竟等	………………………
暹羅救濟米（方言詩）	丹　木	香港潮書公司
鴛鴦子（長篇）	樓　棲	香港人間書屋
潮洲有個許亞標（長篇）	黃　雨	香港新詩歌社
賀功會上再團圓	張芸生	東北新華書店
李錫章老兩口子	謝力鳴	………………………
要太陽的人	羅　迦	翻身社出版

主要參考文獻

1、丁福保輯：《歷代詩話續編》上中下冊，中華書局 1983 年版

2、王夫之等撰：《清詩話》上下冊，上海古籍出版社 1978 年版

3、郭紹虞編選：《清詩話續編》上下冊，上海古籍出版社 1983 年版

4、王運熙等編：《清代文論選》上下冊，人民文學出版社 1999 年版

5、舒蕪等編：《近代文論選》上下冊，人民文學出版社 1999 年版

6、楊匡漢等編：《中國現代詩論》，上下冊，花城出版社 1985 年版

7、王運熙主編：《中國文論・現代卷》上中下冊，江蘇文藝出版社 1996 年版

8、徐中玉編：《中國近代文學大系・文學理論集》全二冊，上海書店 1994 年版

9、趙家璧編：《中國新文學大系》（1917-1927），上海文藝出版社 1980 年重印版

10、《中國新文學大系》（1927-1937），上海文藝出版社 1987 年版

11、林默涵編：《中國抗日戰爭時期大後方文學書系》，重慶出版社 1989 年版

12、張毓茂編：《東北現代文學大系》（1919-1949），瀋陽出版社 1996 年版

13、賈植芳等主編：《中國現代文學總書目》，福建教育出版社

1993 年版

14、陳荒煤主編：《中國現代文學期刊目錄匯編》上下冊，天津
人民出版社 1988 年版

15、姚淦銘等編：王國維：《王國維文集》四卷本，中國文史出
版社 1997 年版

16、茅盾：《茅盾文藝評論集》上下冊，文化藝術出版社 1981 年
版

17、錢仲聯編：《近代詩鈔》三卷本，江蘇古籍出版社 1993 年版

18、李澤厚：《中國近代思想史論》，安徽文藝出版社 1994 年版

19、李澤厚：《中國現代思想史論》，安徽文藝出版社 1994 年版

20、胡適：《白話文學史》，嶽麓書社 1986 年版

21、王哲甫：《中國新文學運動史》，上海書店 1986 年重印本

22、周策縱等：《五四與中國》，臺灣時報出版公司 1985 年版

23、郭延禮：《中國近代文學發展史》三卷本，高等教育出版社
2001 年版

24、王瑤：《中國新文學史稿》上下冊，上海文藝出版社 1983 年
版

25、賈植芳：《中國現代文學社團流派》，江蘇教育出版社 1989
年版

26、黃修已：《中國新文學史編纂史》，北京大學出版社 1995 年
版

27、嚴家炎：《中國現代小說流派史》，人民文學出版社 1989 年
版

28、朱德發：《五四文學初探》，山東人民出版社 1982 年版

29、司馬長風：《中國新文學史》上中下冊，香港昭明出版有限
公司 1978 年版

30、魏紹馨：《中國現代文學思潮史》，浙江大學出版社 1988 年
版

31、孫玉石：《中國現代主義詩潮史論》，北京大學出版社 1999年版

32、黃子平等：《二十世紀中國文學三人談》，人民文學出版社 1988年版

33、陳思和：《中國新文學整體觀》，上海文藝出版社 1987年版

34、駱寒超：《新詩創作論》上海文藝出版社 1990年版

35、龍泉明：《中國新詩流變論》，人民文學出版社 1999年版

36、李怡：《中國現代新詩與古典詩歌傳統》，西南師範大學出版社 1998年版

37、陳文忠：《中國古典詩歌接受史研究》，安徽大學出版社 1998年版

38、劉納：《嬗變》，中國社會科學出版社 1998年版

39、陳平原：《中國小說敘事模式的轉變》，上海人民出版社 1988年版

40、陳平原：《小說史：理論與實踐》，北京大學出版社 1993年版

41、陳平原：《中國現代學術之建立》，北京大學出版社 1998年版

42、陳平原：《二十世紀中國小說理論資料》，北京大學出版社 1989年版

43、梁實秋：《偏見集》，上海書店 1988年重印本

44、朱湘：《中書集》，上海書店 1986年重印本

45、羅念生編：《朱湘書信集》，上海書店 1983年重印本

46、袁可嘉：《論新詩現代化》，生活・讀書・新知三聯書店 1988年版

47、朱自清：《新詩雜話》，生活・讀書・新知三聯書店 1984年版

48、潘頌德：《中國現代詩論四十家》，重慶出版社 1991年版

49、陳鳴樹：《文藝學方法概論》，上海文藝出版社 1991 年版

50、洪子誠：《問題與方法》，生活・讀書・新知三聯書店 2002
　　年版

51、蕭馳：《中國詩歌美學》，北京大學出版社 1986 年版

52、徐岱：《小說敘事學》，中國社會科學出版社 1992 年版

53、王安憶：《心靈世界》，復旦大學出版社 1997 年版

54、黃藥眠等主編：《中西比較詩學體系》上下冊，人民文學出
　　版社 1991 年版

55、周來祥：《西方文論與中國文學》，江蘇教育出版社 1997 年
　　版

56、余虹：《中國文論與西方詩學》，生活・讀書・新知三聯書
　　店 1999 年版

57、余虹：《革命・審美・解構》，廣西師範大學出版社 2001 年
　　版

58、楊義：《李杜詩學》，北京出版社 2001 年版

59、舒舍予：《文學概論講義》，北京出版社 1984 年版

60、陳世驤：《陳世驤文存》，遼寧教育出版社 1998 年版

61、韓經太：《詩學美論與詩詞美境》，北京語言文化大學出版
　　社 2000 年版

62、羅綱：《敘事學導論》，雲南人民出版社 1999 年版

63、夏忠憲：《巴赫金狂歡化詩學研究》，北京師範大學出版社
　　2000 年版

64、戴燕：《文學史的權力》，北京大學出版社 2002 年版

65、楊柯編：《馬克思恩格斯論文藝與美學》上下冊，文化藝術
　　出版社 1982 年版

66、亞里斯多德著，羅念生譯：《詩學》，人民文學出版社 1982
　　年版

67、黑格爾著，朱光潛譯：《美學》，商務印書館 1981 年版

68、黑格爾著，賀麟譯：《小邏輯》，商務印書館 1981 年版

69、韋勒克、沃倫著，劉象愚等譯：《文學理論》，三聯書店 1984 年版

70、艾略特著，李賦寧譯注：《艾略特文學論文集》，百花洲文藝出版社 1994 年版

71、馬爾庫塞著，李小兵譯：《審美之維》，生活・讀書・新知三聯書店 1989 年版

72、什克洛夫斯基等著，方珊等譯，《俄國形式主義文論選》，三聯書店 1989 年版

73、裏蒙・凱南著：《敘事虛構作品》，生活・讀書・新知三聯書店 1989 年版

74、蘇珊・朗格著，劉大基等譯：《情感與形式》，中國社會科學出版社 1986 年版

75、蘇珊・朗格著，滕守堯等譯：《藝術問題》，中國社會科學出版社 1983 年版

76、施塔格爾著，胡其鼎譯：《詩學的基本概念》，中國社會科學出版社 1992 年版

77、厄爾・邁納著，王宇根等譯：《比較詩學》，中央編譯出版社 1998 年版

78、巴赫金著，錢中文主編：《巴赫金全集》，河北教育出版社 1998 年版

79、米歇爾・福柯著，謝強等譯：《知識考古學》，生活・讀書・新知三聯書店 1999 年版

80、雅克・德裏達著，趙興國等譯：《文學行動》，中國社會科學出版社 1998 年版

81、托多羅夫著，蔣子華等譯：《巴赫金、對話理論及其他》，百花文藝出版社 2001 年版

82、米蘭・昆德拉著，孟湄譯：《小說的藝術》，生活・讀書・

新知三聯書店 1995 年版

83、維謝洛夫斯基著，劉寧譯：《歷史詩學》，百花文藝出版社
2003 年版

後　記

　　本書有幸能收入臺灣中國文化大學宋如珊教授主編的
「大陸學者叢書」，並由臺灣秀威資訊科技股份有限公司以
全新的數位短版印刷 POD 模式出版發行，首先感謝宋如珊
教授的熱情幫助，以及為此從審稿到二校、終審等繁複的勞
動，所付出的種種辛苦和花費的大量精力。所以也想特別借
此機會表達對宋如珊教授最美好的祝福。同時，對於秀威資
訊公司宋政坤總經理給予學術研究及其出版的全力支援和
幫助，表示最為誠摯的致意和感謝。

　　從中國敘事文學及其詩性敘事藝術的視角，尤其是二十
世紀中國「革命與戰爭」的歷史語境和中國文學抒情傳統及
其意識形態性背景之下，圍繞中國現代敘事詩及其文學類型
的文學成長經驗與美學選擇，以及不同時期各種流派及其作
家的創作實踐和敘事詩學理論及其批評活動等，在細緻系統
地實證性考察分析和學理性歷史闡釋基礎之上，從「文學類
型史」的學術角度，描述、把握並有意超越中國現當代文學
學科政治意識形態結構的單純及其意義闡釋的偏向等，拓展
並夯實二十世紀中國文學的研究視野及其學科建構，應當說
是本課題研究及其寫作的學術初衷和基本目的。

　　回想起以往的個人經歷和專業選擇，事實上，或許正是
自身所處的中國社會及其政治意識形態，特別是「文革」印

象和七十年代末「改革開放」及「思想解放」運動的感召，
中國現當代文學的「現代」性敘事及其「啟蒙」思想等，對
學習和生活在八十年代初前後大學的自己及其文學閱讀與
學術興趣，產生了主導性的影響。記得當時那些湧動在大學
校園內的各種討論會、演講、講座。其中如受邀講學的李澤
厚先生，時任西北大學兼職教授的美籍華裔學者唐德剛先生
等，以及由學生自己創辦的《希望》文學刊物等，都令人有
耳目一新之感。從而學生創辦的《希望》文學刊物等，讓我
除了對「朦朧詩歌」頗為注意，寫過幾篇批評習作文章外，
大學畢業時所撰寫的關於八十年代初小說創作的論文，還曾
被收錄在當年西北大學編輯出版的《1983 屆優秀本科畢業論
文選》一書。不過，談到自己學術意識及「專業」自覺的變
化，包括目下所從事的「二十世紀中國文學史」及其文學類
型史的學術研究課題，則應當首先歸之於我的幾位老師及前
輩學者的引導和啟發。這其中必須提到的就有我的碩士研究
生導師蔣樹銘教授。當時蔣先生兼任著西北大學圖書館長、
陝西省中國現代文學學會會長等職，並正在組織編寫出版一
套名為《中國現代文學鑒賞文庫》的「詩歌卷」。於是他交
代並讓我寫一篇賞析孫毓棠的敘事史詩《寶馬》的文章。雖
然這本書稿後來由於經費原因未能出版，先生也因一些事情
退休後心緒鬱悶，並於多年前黯然逝世。但是，這卻是我第
一次切實瞭解並認識「敘事詩」概念的開始，也是隨後著手
研究二十世紀中國敘事詩創作及其理論批評史的直接契機。

　　1991 年考入復旦大學中文系「二十世紀中國文學史」
研究方向的博士研究生後，使我對二十世紀中國文學及其理

論的整體瞭解及研究，尤其在現代敘事詩創作和理論批評資料的搜集及整理上有了很大的收穫。我的導師陳鳴樹先生是六十年代就已經建樹頗豐的著名魯迅研究專家、學者，當時剛剛出版《文藝學方法概論》專著，正主持編寫後來由上海教育出版社發行的那部長達 260 萬字的《二十世紀中國文學大典》研究項目。因此讓我不只有機會參與其中一些與之相關的資料搜集工作，翻閱到許多過去未接觸的中國近、現當代文學書籍及新聞報刊原作，而且通過這種嚴肅和細緻的資料梳理及其學術訓練，讓自己對於學術研究及其理論方法等，都有了更為深刻的理解和領悟。這本書中所附錄的「中國現代敘事詩作品要目（1898-1949）」，可以說就是在復旦的三年學習及閱讀生活中取得的成果之一。

那時候，隨著文學專業學習以及對相關學科的涉及和深入，意識到雖然「敘事詩」文類及其創作本身，在二十世紀中國文學中成就有限，但是，從清末民初之際，梁啟超、黃遵憲、王國維、章太炎、周樹人等關於「史詩」、敘事詩的論述及其理論倡導，到隨後胡適、聞一多、梁實秋、茅盾、郭紹虞、朱光潛等圍繞現代敘事詩創作，以及中國古代文學有無「史詩」、敘事詩及其文學傳統的討論等，特別是在直到九十年代前後各個時期作家們的藝術實踐等文學史事實中，實質上顯示並深蘊著二十世紀中國文學觀念的轉變及其「現代性」追求、現代中國「國家意識」及其「文學想像」的趨向，以及與中國古代「史傳」敘事文學傳統及其「詩史」創作精神的內在聯繫等。所以從學術研究的立場審視，應當是一個具有多重學術價值及意義，值得探究的關乎二十世紀

中國文學及其敘事文學「來龍去脈」的論題及領域。於是，
在得到陳先生的支持及指導，並將之作為博士論文題目後，
開始由梳理和編寫「二十世紀中國敘事詩創作及理論批評」
的目錄及資料「長編」入手，期望能夠對中國現當代敘事詩
及其理論批評做出整體性的學術性敘述及歷史性闡釋。

　　不過，由於現代敘事詩研究課題學術積累的薄弱，作品
及研究資料整理出版的欠缺等方面的原因，使得預想的計劃
及工作實行起來，備感不便和困難。其中尤其是查找那些
1949 年以前出版發表的作品及其資料，不僅佔用了大量的
時間，結果也時常會一無所獲，而且往往由於那些書刊的散
落或佚失，而有一種束手無策之感。為此，僅這部分的資料
搜求，包括隨後幾年間在陝西省圖書館、西北大學和陝西師
範大學圖書館的反覆訂正、補充，就不知付出了多少的心
思。其中在上海讀書期間，由於當時上海圖書館正搬遷閉
館，所以只要復旦大學圖書館和系資料室開放，就去查閱所
能看到的書刊、報紙，抄錄刊載其中的作品及理論批評文
章。後來時間稍長，和管理圖書的老師熟悉並被允許進到書
庫翻閱後，除加快了工作的效率與進度外，也讓我能夠將復
旦收藏的，甚至很少有人動過的、覆蓋著積塵的文史類舊書
刊，幾乎都翻了一遍。例如，我就曾在一本舊刊物中，發現
夾在裏面一封 30 年代由南京發出，蓋著「新生活運動促進
總會」印章，寫有上海「震旦大學收」的公函信封。僅此觀
之，個中滋味，即可略見一斑。

　　因而，念及於茲，值本書出版之際，除了寫出以上文字
予以說明，並表達對於各位導師的回憶與紀念；對給予自己

諸多鼓勵支持的賈植芳先生、朱德發先生、黃霖先生、朱文華先生等，以及多方面有力幫助的盧濟恩先生、馮廣裕先生、張中良先生、閻慶生先生、李繼凱先生等的真誠感激之外，也對陝西省圖書館、西北大學、陝西師範大學圖書館的老師及管理員們，為此而提供的諸多方便，表示深切的敬意。在此特別需要提出的，還有臺灣的《中國時報・人間副刊》編輯部。1993 年初，我在復旦圖書館查閱臺灣九歌出版社 1989 年版的《中華現代文學大系・詩卷》中，看到有關臺灣《中國時報》舉辦「敘事詩獎」的文字，於是貿然寫了封信寄去索求相關資料。未料想不久即收到署名「中國時報人間副刊」的手書回信，並寄來一冊「慶祝中國時報創報四十周年」，由季季女士主編的「時報文學獎史料索引」等。信中以溫和的言語和懇切有禮的態度，簡要地介紹說明了「時報文學獎」及其獲獎作品的出版情況等。因此也給我留下了一個親切清晰的印象。自然，這本史料索引，也讓我在整理編寫「中國當代敘事詩作品要目」的目錄索引部分時，對臺灣的當代敘事詩創作有了一個初步的基本瞭解和認識。

　　正如宋如珊教授在「大陸學者叢書」及其「總序」中所構想與期望的那樣，兩岸文學研究成果的密切交流與溝通理解，相互砥礪與共同進步，不僅對於中國現代文學研究面貌的較完整勾勒及其學術追求的雙贏有著重要的意義，同時兩岸不同歷史背景下的文學研究及其學術實踐，對當今世界及「全球化」語境下中華民族的歷史和文化反思，走出並超越基於政治意識形態的思想衝突甚或對抗，在和平發展中弘揚中華文化及其人文精神，推進兩岸中國人的福祉，攜手走向

整個民族國家的復興、繁榮及未來，或許有著更為深遠的現實意義及歷史價值。相信有了宋如珊教授和宋政坤總經理的齊心協力和如此良好的開端，必將會收取更為豐碩的成績與廣泛的影響。

　　　　　　　　　　　　　　王　榮
　　　　　　　　　　　　　　2005 年 11 月 26 日於西安

國家圖書館出版品預行編目資料

詩性敘事與敘事的詩：中國現代敘事詩史簡編
／王榮著. -- 一版. -- 臺北市：秀威資訊
科技, 2005[民 94]
面；　公分
參考書目:面
ISBN 978-986-7263-95-7(平裝)

1. 中國詩 - 歷史 - 現代(1900-　　) 2.
中國詩 - 評論
820.9108　　　　　　　　　　94023886

詩性敘事與敘事的詩
——中國現代敘事詩史簡編

作　　者／王　榮
發 行 人／宋政坤
執行主編／宋如珊
執行編輯／林秉慧
圖文排版／張慧雯
封面設計／羅季芬
數位轉譯／徐真玉　沈裕閔
圖書銷售／林怡君
網路服務／徐國晉
出版印製／秀威資訊科技股份有限公司
　　　　　台北市內湖區瑞光路 583 巷 25 號 1 樓
　　　　　電話：02-2657-9211　　傳真：02-2657-9106
　　　　　E-mail：service@showwe.com.tw
經 銷 商／紅螞蟻圖書有限公司
　　　　　台北市內湖區舊宗路二段 121 巷 28、32 號 4 樓
　　　　　電話：02-2795-3656　　傳真：02-2795-4100
　　　　　http://www.e-redant.com

2006 年 7 月　BOD 再刷
定價：400 元

讀 者 回 函 卡

感謝您購買本書，為提升服務品質，煩請填寫以下問卷，收到您的寶貴意見後，我們會仔細收藏記錄並回贈紀念品，謝謝！

1. 您購買的書名：＿＿＿＿＿＿＿＿＿＿＿＿＿＿＿＿

2. 您從何得知本書的消息？

　　□網路書店　□部落格　□資料庫搜尋　□書訊　□電子報　□書店

　　□平面媒體　□ 朋友推薦　□網站推薦　□其他＿＿＿＿＿＿

3. 您對本書的評價：(請填代號　1.非常滿意 2.滿意 3.尚可 4.再改進)

　　封面設計＿＿＿　版面編排＿＿＿　內容＿＿＿　文/譯筆＿＿＿　價格＿＿＿

4. 讀完書後您覺得：

　　□很有收獲　□有收獲　□收獲不多　□沒收獲

5. 您會推薦本書給朋友嗎？

　　□會　□不會，為什麼？＿＿＿＿＿＿＿＿＿＿＿＿＿＿＿＿＿

6. 其他寶貴的意見：＿＿＿＿＿＿＿＿＿＿＿＿＿＿＿＿＿＿

＿＿＿＿＿＿＿＿＿＿＿＿＿＿＿＿＿＿＿＿＿＿＿＿＿＿

＿＿＿＿＿＿＿＿＿＿＿＿＿＿＿＿＿＿＿＿＿＿＿＿＿＿

＿＿＿＿＿＿＿＿＿＿＿＿＿＿＿＿＿＿＿＿＿＿＿＿＿＿

讀者基本資料

姓名：＿＿＿＿＿＿＿＿＿＿　年齡：＿＿＿＿　性別：□女 □男

聯絡電話：＿＿＿＿＿＿＿＿　E-mail：＿＿＿＿＿＿＿＿＿＿

地址：＿＿＿＿＿＿＿＿＿＿＿＿＿＿＿＿＿＿＿＿＿＿＿＿

學歷：□高中(含)以下　　□高中　　□專科學校　□大學

　　　□研究所(含)以上 □其他＿＿＿＿＿＿＿＿

職業：□製造業 □金融業 □資訊業 □軍警 □傳播業 □自由業

　　　□服務業 □公務員 □教職　□學生 □其他＿＿＿＿＿＿

秀威與 BOD

BOD（Books On Demand）是數位出版的大趨勢,秀威資訊率先運用 POD 數位印刷設備來生產書籍,並提供作者全程數位出版服務,致使書籍產銷零庫存,知識傳承不絕版,目前已開闢以下書系:

一、BOD 學術著作—專業論述的閱讀延伸
二、BOD 個人著作—分享生命的心路歷程
三、BOD 旅遊著作—個人深度旅遊文學創作
四、BOD 大陸學者—大陸專業學者學術出版
五、POD 獨家經銷—數位產製的代發行書籍

BOD 秀威網路書店：www.showwe.com.tw
政府出版品網路書店：www.govbooks.com.tw

永不絕版的故事・自己寫・永不休止的音符・自己唱